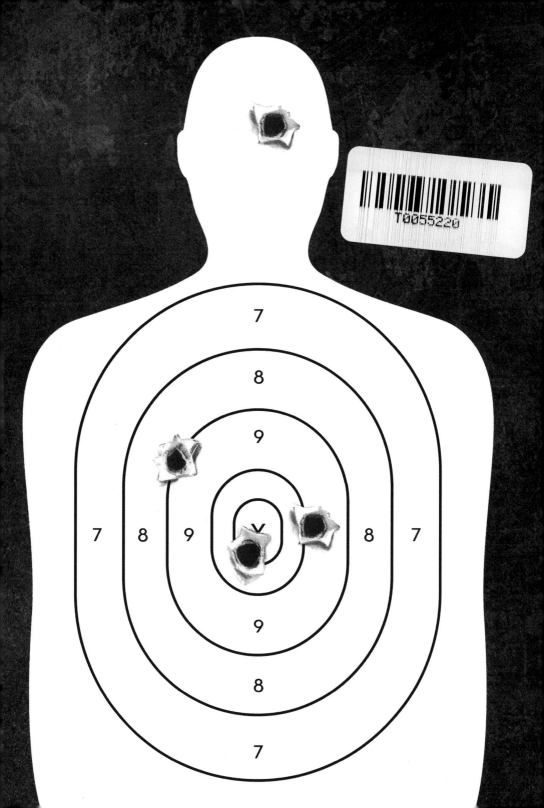

ANTOLOGÍA DE RELATOS DE DETECTIVES

ALMA CLÁSICOS ILUSTRADOS

ANTOLOGÍA DE RELATOS DE DETECTIVES

Ilustraciones de
Fernando Vicente

Títulos originales: *Aylmer Vance and the Vampire, The Crime of Captain Gahagan, The Three Tools of Death, The Pair of Gloves, The Artful Touch, The Adventure of the Noble Bachelor, The Lost Special, The Problem of Cell 13, La Main d'écorché, The Murders in the Rue Morgue, The Purloined Letter, Shvedskaia spichka,The Stolen White Elephant, The Perfect Crime, The Seventy-Fourth Diamond.*

© de esta edición:
Editorial Alma
Anders Producciones S.L., 2019
www.editorialalma.com

© Traducción: Sara Alonso

© Ilustraciones: Fernando Vicente

Diseño de la colección: lookatcia.com
Diseño de cubierta: lookatcia.com
Maquetación y revisión: LocTeam, S.L.

ISBN: 978-84-17430-47-4
Depósito legal: B4801-2019

Impreso en España
Printed in Spain

El papel de este libro proviene de bosques gestionados de manera sostenible.

ÍNDICE

PRÓLOGO

Las características de la inteligencia que suelen calificarse de analíticas son en sí mismas poco susceptibles de análisis.[...]El analista halla su placer en esa actividad del espíritu consistente en desenredar. Goza incluso con las ocupaciones más triviales, siempre que pongan en juego su talento.

EDGAR ALLAN POE, *Los asesinatos en la rue Morgue*

Querido lector:

Si has escogido este libro es porque tú también te consideras una persona analítica y, como C. Auguste Dupin, disfrutas resolviendo los casos más complejos. En este libro hemos recogido algunos de los mejores relatos del género policiaco clásico para que apliques todo tu ingenio. ¿Quién es el asesino? ¿Cómo perpetró el delito? ¿Cómo consiguió fugarse? Después de leer estas historias, ¿estarás a la altura de Sherlock Holmes, el padre Brown, Auguste Dupin, el señor Pound o los detectives de Scotland Yard?

Aunque hay quien se remonta a la Biblia para trazar los orígenes del cuento de detectives (en concreto, al episodio de Susana y los ancianos, en el Libro de Daniel), y tanto en *Las mil y una noches* como en algunas narraciones chinas del siglo XVII se describen procesos judiciales, hay que esperar a 1819 para que E. T. A. Hoffmann inaugure el género con su historia *Mademoiselle de Scuderi.* Más adelante, Edgar Allan Poe se inspira en ella para crear al analítico Auguste Dupin y en *Los asesinatos en la rue Morgue* (1841) ya se acuña el término *detective,* que sienta las bases del relato policial detectivesco clásico tal como lo conocemos hoy en día. El delito se considerará un entretenimiento, el protagonista del relato ya no es el crimen en sí sino el enigma que hay que resolver y todo el proceso analítico que lleva a la conclusión. El lector es partícipe del proceso de deducción lógico, sigue las pistas y se plantea hipótesis al mismo tiempo que el detective, ya que comparte la misma información.

Aunque Poe era americano, este nuevo género alcanza su plenitud en Europa. Francia sirve de modelo (Dupin no deja de ser francés) y proporciona grandes firmas como Guy de Maupassant o Jacques Futrelle, cuyo relato *El misterio de la celda número 13* se incluye en esta antología.

Tampoco podemos olvidarnos del gran Wilkie Collins, considerado uno de los creadores del género de la novela policiaca. Sin embargo, es la revista británica *Strand Magazine* la que lleva el relato detectivesco a su edad de oro. De entre todos los personajes de intriga, crímenes, policiacos y detectivescos, el carismático Sherlock Holmes, de cuyo ciclo narrativo incluimos en esta selección clásica *La aventura del aristócrata soltero,* es el que se lleva la palma, convirtiéndose en el arquetipo del detective dotado de prodigiosas dotes deductivas. No obstante, sir Arthur Conan Doyle siempre quiso demostrar que era mucho más que el autor de las andanzas de Holmes, por eso hemos incluido también *El tren especial desaparecido.*

Al igual que nosotros, Jorge Luis Borges sentía debilidad por los relatos de G. K. Chesterton, creador de dos de los detectives más perdurables y universales, por ello podrás leer a continuación *Los tres instrumentos de la muerte* y *El crimen del capitán Gahagan,* protagonizados por el padre Brown y el señor Pond, respectivamente.

Por otro lado, no pueden faltar en esta selección Edgar Wallace (por partida doble, pues sus ciclos de ladrones y justicieros bien lo merecen), Charles Dickens y dos de sus tres famosas anécdotas de detectives, o los relatos de Alice y Claude Askew, verdaderos precursores de los investigadores de lo sobrenatural que inundaron los sumarios de las revistas fantásticas en la primera mitad del siglo xx.

Tampoco hemos querido olvidarnos del humor y la reflexión mordaz sobre los clichés del relato detectivesco, rayano en la autoparodia, que cultivaron los inigualables Antón Chéjov y Mark Twain.

Finalmente, el detective clásico experimenta un cambio a partir de la Primera Guerra Mundial. Con la posguerra, la ley seca y la Gran Depresión, el auge de la literatura *pulp* y el aumento de la alfabetización dan paso a una nueva literatura policiaca mucho más oscura, con nuevos canales como la revista estadounidense *Black Mask* y nuevos autores emblemáticos como Raymond Chandler o Dashiell Hammett. A partir de entonces, los detectives son más hombres de acción que prodigios deductivos, pero tal vez carezcan del encanto de los grandes clásicos como Dupin o Holmes.

La gama temática de esta antología es muy variada: encontrarás relatos de asesinatos consumados y de intentos de homicidios, de robos que salen bien y otros que son auténticos despropósitos, de huidas de la cárcel y fugas para no acabar en ella, de misteriosas desapariciones o de falsas identidades... protagonizados por personajes también dispares que reflejan los gustos de los lectores burgueses del siglo xix y principios del xx: detectives, policías, sacerdotes, damas de la alta sociedad, abogados, jóvenes aristócratas, aventureros...

Esperamos que este libro saque a relucir tus dotes detectivescas y despierte al investigador que hay en ti.

EL EDITOR

AYLMER VANCE Y LA VAMPIRA

Alice y Claude Askew

Aylmer Vance tenía habitaciones en Dover Street, Piccadilly. Tras decidir seguir sus pasos y tenerlo como profesor mío en materias paranormales, pensé que lo mejor era alojarme en la misma casa que él. Aylmer y yo en seguida nos hicimos buenos amigos. Fue él quien me enseñó a utilizar la clarividencia, facultad que yo desconocía poseer. He de decir que esta facultad mía nos fue de gran utilidad en más de una ocasión.

Sin embargo, más de una vez también le serví a Vance de memoria de sus aventuras más extrañas. En lo que a él respecta, nunca se preocupó demasiado de hacerse famoso, aunque un día por fin pude convencerlo de que, en nombre de la ciencia, me dejase divulgar algunos de sus hallazgos.

Los incidentes que voy a contar a continuación ocurrieron poco después de que estableciéramos nuestra residencia juntos y mientras yo todavía era, por decirlo de alguna forma, un principiante. Serían las diez de la mañana cuando anunciaron la llegada de una visita. La tarjeta era de un tal Paul Davenant.

El nombre me resultaba familiar. ¿Tendría algo que ver con aquel Davenant, el jugador de polo y jinete, famoso por sus concursos de salto?

Había oído que era un joven de buena posición y que, hacía más o menos un año, se había casado con una chica considerada la más guapa de la temporada. Todas las revistas publicaron fotos suyas y recuerdo que pensé en lo buena pareja que hacían.

En ese momento apareció el señor Davenant. Al principio, dudé de si aquel individuo era el tipo en el que yo estaba pensando, pues parecía terriblemente demacrado, pálido y enfermo. De las fotos de su boda, de aquel hombre atractivo y fornido, sólo quedaba un joven caído de hombros, que arrastraba los pies al andar, y su rostro, sobre todo alrededor de los labios, parecía el de un ser anémico. Pero seguía siendo el mismo hombre, pues debajo de aquel aspecto macilento pude reconocer la huella del buen porte que una vez distinguió a Paul Davenant.

Tomó la silla que le ofreció Aylmer, después de saludarse cortésmente y, a continuación, me miró con desconfianza.

—Me gustaría hablar con usted en privado, señor Vance —le dijo—. El asunto que me trae hasta aquí es de gran importancia para mí y podría decir que es una cuestión de delicada naturaleza.

Al oír aquello, me levanté inmediatamente para retirarme a mi habitación, pero Vance me sujetó por el brazo.

—Si ha venido porque conoce mi forma de trabajar, señor Davenant —le contestó—, si lo que desea es que lleve a cabo algún tipo de investigación en su nombre, le agradecería que hiciera partícipe al señor Dexter de todos los detalles. Dexter es mi ayudante. Pero, por supuesto, si usted no...

—¡Oh, no! —le interrumpió—. Si es su ayudante, ruego al señor Dexter que se quede. Tengo oído, además —añadió dedicándome una sonrisa—, que es usted de Oxford, ¿no es así, señor Dexter? Eso fue antes de que yo estuviera allí, pero creo haber oído su nombre en relación con el río. Usted remaba en Henley, ¿no?, a menos que yo esté equivocado.

Admití el hecho con una agradable sensación de orgullo. Por aquella época, era un gran aficionado al remo. Las hazañas del colegio y de la facultad siempre se recuerdan con cariño. Olvidados estos primeros recelos, Paul Davenant se dispuso a contarnos a Aylmer y a mí lo que ocurría.

Empezó pidiéndonos que nos fijáramos en su aspecto.

—Seguro que no podrían reconocerme como el hombre que era hace un año —nos dijo—. Durante los últimos seis meses he perdido peso. Hace una semana vine desde Escocia para consultar a un doctor de Londres. He visitado a dos; me han visto, pero el resultado está muy lejos de ser satisfactorio. No parecen saber qué es lo que me ocurre en realidad.

—Anemia… corazón —sugirió Vance. Desde el principio no había dejado de estudiar al joven sin que éste se diera cuenta—. Los atletas suelen castigarse mucho, someten su corazón a demasiado esfuerzo.

—Mi corazón está perfectamente —respondió Davenant—. Está en perfecto estado. El problema parece ser que no tiene suficiente sangre que bombear a mis venas. Los doctores me preguntaron si había tenido algún accidente en el que hubiera perdido mucha sangre, pero no he tenido ninguno. Nunca he tenido ningún accidente y tampoco creo que sea anemia, pues no tengo ninguno de los síntomas. Lo inexplicable es que parece que llevo algún tiempo perdiendo sangre sin saberlo y que me he ido poniendo cada vez peor. Al principio era algo casi imperceptible. No se trata de un colapso repentino, sino de un deterioro gradual de mi estado de salud.

—Pero —dijo Vance pensando en sus palabras—, ¿por qué ha venido a consultarme a mí? Usted ya sabe cuál es mi campo de investigación. ¿Puedo preguntarle si tiene alguna razón para creer que su estado de salud se debe a alguna causa que podamos describir como sobrenatural?

Las blancas mejillas de Davenant tomaron un ligero color.

—Todo es muy extraño —dijo con tono serio—. Le he estado dando mil vueltas, he intentado encontrarle una explicación. Me atrevo a decir que todo esto es una locura. Deben saber que no soy para nada un tipo supersticioso. Bueno, tampoco vayan a pensar que soy un incrédulo, pero jamás me había parado a pensar en causas de este tipo. He tenido una vida llena de actividad. Pero, como ya le he dicho, todo es muy extraño y eso es lo que me ha llevado a recurrir a usted.

—¿Me lo va a contar todo, sin ningún tipo de reserva? —le preguntó Vance.

Y pude ver que el caso le interesaba. Estaba sentado en su silla, con los pies apoyados en un escabel, los codos sobre las rodillas y la barbilla sujeta entre las manos, una de sus posturas favoritas.

—¿Tiene alguna herida —le insinuó—, algo que se pueda asociar, aunque sea remotamente, con su debilidad?

—Es curioso que me haga esa pregunta —le contestó Davenant—, porque tengo una extraña marca, una especie de cicatriz, a la que no encuentro explicación alguna. Pero se la enseñé a los doctores y me dijeron que no tenía nada que ver con mi estado. En cualquier caso, no sabían qué podía ser. Supongo que imaginaron que era un antojo, algo parecido a un lunar. Me preguntaron si la había tenido siempre, pero puedo jurar que no ha sido así. Me la vi por primera vez hará unos seis meses, justo cuando me empecé a sentir mal. Pero véalo usted mismo.

Se desabrochó el cuello de la camisa y dejó al descubierto su garganta. Vance se levantó y examinó detenidamente la sospechosa marca. Se encontraba ligeramente a la izquierda de la columna vertebral, justo sobre la clavícula y, como Vance señaló, directamente sobre las gruesas venas de la garganta. Mi amigo me pidió que me acercara para que yo también lo examinara. Fuera la que fuera la opinión de los doctores, a Aylmer se le veía terriblemente interesado. Pero allí había poco que ver. La piel estaba casi intacta y no había signo alguno de inflamación. Lo que sí había eran dos marcas rojas, a dos centímetros una de otra, con forma de medialuna, pero destacaban más por la lividez de la piel de Davenant.

—Seguro que no es nada —dijo Davenant con una risa nerviosa—. Yo creo que las marcas están desapareciendo.

—¿Ha notado que estuviesen en algún momento más inflamadas que ahora? —preguntó Vance—. Y si es así, ¿fue en alguna circunstancia especial?

Davenant reflexionó durante un instante.

—Sí —respondió pensativo—, ha habido veces, creo que sin motivo aparente, que me despertaba por las mañanas y las marcas parecían más grandes y tenían peor aspecto. Yo tenía una ligera sensación de dolor, un ligero hormigueo, pero nunca le di la menor importancia. Pero, ahora que lo dice, creo que esas mismas mañanas me he sentido especialmente cansado y agotado; tenía una sensación de cansancio absolutamente rara en mí. Y en una ocasión, señor Vance, recuerdo que me vi una manchita de sangre cerca de la marca. En ese momento no le presté ninguna atención. Me lavé y ya está.

—Ya veo... —Aylmer Vance volvió a sentarse e invitó al joven a que hiciera lo mismo—. Y ahora —continuó—, dice usted, señor Davenant, que hay ciertos detalles que quiere contarme. ¿Está dispuesto a hacerlo?

Y entonces Davenant se abrochó el cuello de la camisa y se dispuso a contar su historia. Yo voy a repetirla lo mejor que pueda, sin mencionar las interrupciones que hicimos Vance y yo mismo.

Paul Davenant, como ya he dicho, era un hombre rico, de cierta posición social y, también, en todos los sentidos de la expresión, el marido ideal para la señorita Jessica MacThane, la joven que con el tiempo llegaría a ser su esposa. Antes de pasar a contarnos todo lo relacionado con su estado de salud, Davenant se detuvo en los pormenores sobre la señorita MacThane y la familia de ésta. La joven era de familia escocesa y, aunque tenía algún rasgo típico de su raza, en realidad no parecía escocesa. Su belleza respondía más a la típica belleza del lejano sur que a la de las tierras altas, de donde procedía.

Los nombres no son siempre deseados por quienes los llevan y el de la señorita MacThane era particularmente inapropiado. De hecho, había sido bautizada como Jessica en una especie de patético esfuerzo por contrarrestar su obvia desviación del tipo normal. Había una razón para esto que pronto descubriremos.

Lo que más llamaba la atención de la señorita MacThane era su maravillosa melena pelirroja, color que rara vez se puede ver fuera de Italia, no así el rojo celta; la melena le llegaba hasta los pies y tenía un brillo tan extraordinario que parecía tener vida propia. Además, la joven tenía el cutis que uno puede esperar con ese cabello, del más puro blanco marfil, y ni una sola peca, al contrario de lo que ocurre con la mayoría de las chicas pelirrojas. Aquella belleza le venía de un antepasado que la habría traído a Escocia de alguna tierra extranjera, aunque nadie sabía exactamente de dónde.

Davenant se enamoró de ella la primera vez que la vio y estaba casi seguro de que, a pesar de sus muchos admiradores, ella también lo amaba. Por aquella época, apenas sabía nada de ella, sólo que era rica por derecho propio, huérfana y el último eslabón de una familia que se había hecho famosa en los anales de la historia por su infamia. A los MacThane se los recordaba más por su crueldad y por su sed de sangre que por sus hazañas. Aquel clan de bandidos había ayudado a añadir muchas páginas sangrientas a la historia de su país.

Jessica había vivido con su padre, que tenía una casa en Londres, hasta que éste murió, cuando ella tenía unos quince años. Su madre falleció en Escocia cuando ella no era más que una niña. Al señor MacThane le afectó tanto la muerte de su mujer que cogió a su pequeña y juntos abandonaron la finca donde vivían en Escocia, o por lo menos eso fue lo que se creyó que hicieron; la propiedad la dejó a cargo de un administrador, aunque lo cierto es que allí poco trabajo había para un administrador, pues apenas quedaban arrendatarios. El castillo de Blackwick se había ganado con los años una reputación poco envidiable.

Tras la muerte de su padre, la señorita MacThane se fue a vivir con la señora Meredith, pariente de su madre, pues por parte de su padre no le quedaba familia. Jessica era el último miembro de un clan que en su día llegó a ser tan grande que establecieron como tradición casarse entre ellos, pero esta norma había ido desapareciendo poco a poco en los últimos doscientos años hasta su desaparición. La señora Meredith presentó a Jessica en sociedad, honor que jamás hubiera tenido la joven si su padre, el señor MacThane, siguiera con vida, ya que éste era un hombre malhumorado, ensimismado y que había envejecido prematuramente, como si no hubiera podido con el peso de su gran pena.

Bien, ya he dicho que Paul Davenant se enamoró a primera vista de Jessica y no pasó mucho tiempo antes de que le pidiera la mano. Pero, para su sorpresa, pues el joven creía tener razones suficientes para pensar que ella lo amaba, se encontró con una negativa. Ella no le dio ninguna explicación, aunque rompió a llorar. Desconcertado y desengañado, habló con la señora Meredith, de quien supo que Jessica había recibido varias proposiciones de matrimonio, todas de buenos hombres, pero que, uno tras otro, habían sido rechazados.

Paul se consoló con la idea de que quizá Jessica no los amase, pero estaba seguro de que a él sí lo quería. Y así, decidió intentarlo de nuevo. Y lo hizo, y con mejor resultado. Jessica reconoció que lo amaba, pero le volvió a repetir que no se casaría con él. El amor y el matrimonio no estaban hechos para ella. Entonces, para asombro de Davenant, le contó que había nacido bajo una maldición que, tarde o temprano, se cumpliría y se cerniría fatalmente sobre aquél que se uniera a ella. ¿Cómo iba a consentir que el hombre que amaba corriese un riesgo tal? Además, puesto que sabía que aquella maldición había pasado de generación en generación, había tomado una decisión firme: ningún niño la llamaría mamá. Debía ser el último eslabón de su estirpe.

Davenant se quedó sorprendido ante aquella declaración y no pudo por más que pensar que podría quitarle de la cabeza aquella idea absurda razonándolo con ella. Sólo había otra posible explicación. ¿Acaso tenía miedo de volverse loca? Pero Jessica hizo un gesto con la cabeza. En su familia no había habido ningún loco. La enfermedad de la que hablaba era mucho más terrible, más sutil que todo eso. Y, entonces, le contó lo que sabía. La maldición, ella utilizaba esa palabra porque no encontraba otra que lo describiese mejor, venía de tiempos inmemoriales. Su padre la había sufrido y también el padre de éste y, antes que ellos, su abuelo. Los tres se habían casado con mujeres jóvenes que habían fallecido de forma misteriosa, de alguna enfermedad que las consumía en pocos años. Pensaron que quizá, si hubieran seguido la antigua tradición de contraer matrimonio con un miembro de la propia familia, nada habría ocurrido, pero eso era imposible, puesto que la familia estaba a punto de extinguirse.

La maldición, o lo que fuese aquello, no acababa con los que llevaban el apellido MacThane; sólo suponía un peligro para sus cónyuges. Era como si los muros ensangrentados de su castillo desprendieran una enfermedad mortal que actuaba de forma terrible sobre aquellos con quienes se relacionaban, especialmente sus seres más queridos.

—¿Sabes en qué decía mi padre que nos íbamos a convertir? —le comentó un día Jessica mientras la recorría un escalofrío—. Él usaba la palabra *vampiros*. Paul, date cuenta. Vampiros que se alimentan de la sangre de los demás —Y, a continuación, cuando Davenant se iba a echar a reír, ella lo detuvo—. ¡No! —gritó horrorizada—, no es imposible. Piénsalo bien. Somos una estirpe decadente. Desde el principio, nuestra historia ha estado marcada por el derramamiento de sangre y la crueldad. Los muros del castillo de Blackwick están impregnados del mal, cada piedra podría contar una historia diferente de violencia, dolor, lujuria y asesinato. ¿Qué se puede esperar de alguien que ha pasado toda su vida entre esos muros?

—Pero tú has vivido en el castillo y eres distinta —le contestó Paul—. Te salvaron de eso, Jessica. Te sacaron de allí al morir tu madre y no conservas ningún recuerdo del castillo de Blackwick, ninguno. No tienes por qué volver a poner tus pies en él nunca más.

—Tengo miedo de que el mal ya esté en mi sangre —contestó entristecida—, aunque yo no lo sepa todavía. Y en cuanto a lo de no volver a Blackwick, no estoy segura de que sirviera de mucho. Al menos, eso fue lo que me advirtió mi padre. Dijo que había algo allí, una fuerza irresistible que me atraería en contra de mi voluntad. Pero no sé nada, no sé nada, y eso es, precisamente, lo que lo hace tan difícil. Si yo pudiese creer que todo esto no es más que una superstición, podría ser feliz de nuevo, disfrutar de la vida. Soy muy joven todavía, pero no puedo olvidar que mi padre me dijo todas estas cosas cuando estaba en su lecho de muerte.

Parecía aterrorizada. Paul la animó a que le contase todo lo que sabía y, finalmente, ella le reveló otra parte de la historia de su familia, que parecía tener relación con lo que ocurría. Y era el terrible parecido que ella guardaba con un antepasado suyo de hacía unos doscientos años, cuya vida presagiaba ya la caída de la estirpe de los MacThane.

Un tal Robert MacThane, incumpliendo la tradición que establecía que no podía casarse con nadie que no fuera de la familia, contrajo matrimonio con una mujer extranjera, una mujer hermosísima, con una larga melena de color rojizo y tez pálida como el marfil. A partir de entonces, estos rasgos se repitieron una y otra vez en todas las mujeres que descendían en línea directa de ella. Al poco tiempo de llegar a la familia, la gente empezó a decir que aquella mujer era bruja. Circulaban extrañas historias sobre ella y el nombre del castillo de Blackwick corrió de boca en boca. Un día la joven desapareció. Robert MacThane había estado fuera por negocios un día entero y fue al regresar a casa cuando se encontró con que ella no estaba. Buscaron por todas partes sin ningún resultado. Y entonces Robert, que era un hombre violento y adoraba a su esposa, reunió a algunas de las personas que vivían en sus tierras, de quienes sospechaba, con o sin razón, que se la habían jugado, y las asesinó a sangre fría.

En aquellos días, no era difícil asesinar a una persona, pero se produjo tal revuelo que Robert tuvo que marcharse. A sus dos hijos los dejó al cuidado de una niñera y, durante mucho tiempo, el castillo de Blackwick estuvo sin dueño. Pero su mala reputación no desapareció con él. Los rumores decían que Zaida, la bruja, aun muerta, dejaba sentir su presencia. Muchos de los hijos de los arrendatarios y otros jóvenes de la zona enfermaron y murieron, quizá por causas naturales, pero eso no impidió que el miedo se apoderara de todos. Decían que habían visto a Zaida, una mujer pálida, vestida de blanco, merodeando de noche por entre las casas, y que sembraba la enfermedad y la muerte por donde pasaba.

Y, a partir de entonces, la suerte de la familia MacThane cambió. Es cierto que a un heredero lo sucedía otro, pero nada más llegar al castillo de Blackwick, su carácter, fuera cual fuera éste, parecía sufrir un cambio. Era como si cayera sobre su persona todo el peso del mal que había manchado el nombre de la familia, como si se convirtiera en un vampiro que llevara la destrucción a todo aquel que no fuera de su estirpe.

Poco a poco, los arrendatarios se fueron marchando de Blackwick. La tierra se dejó de cultivar y las granjas se quedaron vacías. Y así continúa siendo en la actualidad, pues los supersticiosos campesinos siguen contando historias sobre la misteriosa mujer vestida de blanco que merodea por aquellas tierras y cuya sola presencia trae la muerte o algo incluso peor que ésta.

Los últimos miembros de la familia MacThane tampoco parecían poder abandonar la que había sido la residencia de todos sus antepasados.

Tenían riqueza suficiente para vivir felizmente en cualquier otro lugar, pero, llevados por una fuerza que no podían dominar, preferían pasar el resto de su vida en la soledad de un castillo medio derruido, rechazados por sus vecinos y temidos y odiados por los pocos arrendatarios que aún quedaban en sus tierras. Eso es lo que les había ocurrido al abuelo y al bisabuelo de Jessica. Ambos se habían casado con una mujer joven, pero sus historias de amor fueron demasiado breves. El espíritu del vampiro seguía vivo y se manifestaba, o eso parecía, generación tras generación. Un espíritu que reclamaba sangre joven como sacrificio. Y, después, fue el padre de Jessica, el que, no escarmentado con lo ocurrido, siguió los pasos de su propio padre. Y el mismo destino cayó sobre la mujer a la que amaba apasionadamente. La joven murió de una anemia perniciosa; al menos, ése fue el diagnóstico de los médicos, pero él siempre se culpó de su muerte.

A diferencia de sus predecesores, el padre de Jessica se marchó de Blackwick por el bien de su hija. Sin embargo, y sin que ella lo supiese, regresaba año tras año atraído por la llamada de los tenebrosos pasillos del viejo castillo, por el oscuro páramo y la melancolía de los bosques de pinos. Y fue entonces cuando se dio cuenta de que ni su hija ni él se salvarían de la maldición y, ya en el lecho de muerte, le advirtió de cuál iba a ser su destino.

Esta es la historia que Jessica le contó al hombre que deseaba hacerla su esposa y él, como habría hecho cualquiera, le quitó importancia; todo aquello no era más que una superstición inocente, fruto del delirio de una mente cansada. Y, al final, como ella lo amaba con todo su corazón y toda su alma, Davenant consiguió que Jessica pensara como él; le quitó aquellas ideas enfermizas de la cabeza (así es como él las llamaba) y logró que aceptara casarse con él.

—Haré todo lo que quieras —le dijo—. Estoy dispuesto a irme a vivir a Blackwick, si es lo que deseas. ¡Pensar que eres una vampira! No he escuchado una tontería así en toda mi vida.

—Mi padre decía que me parezco mucho a Zaida, la bruja —añadió ella. Pero él silenció sus palabras con un beso.

De modo que se casaron y fueron a pasar la luna de miel fuera del país. Llegó el otoño y Paul aceptó una invitación para ir a pasar unos días a

Escocia y participar en la caza del urogallo, deporte que adoraba. A Jessica le pareció bien. No había ninguna razón para dejar de hacer lo que más le gustaba.

Quizá no fue lo más indicado marcharse a Escocia, pero, en aquel momento, la joven pareja, más enamorada que nunca, había dejado atrás sus miedos. Jessica rebosaba de salud. En más de una ocasión le repitió a Paul que, si alguna vez pasaban cerca de Blackwick, le gustaría ver el viejo castillo, sólo por curiosidad y por demostrarse a sí misma que había conseguido vencer los estúpidos miedos que solían asaltarla en el pasado.

Paul estuvo de acuerdo y, así, un día que no se encontraban muy lejos, se dirigieron a Blackwick; allí se encontraron con el administrador y le pidieron que les enseñase el castillo. Era un gran edificio almenado. Con el paso de los años, había ido adquiriendo un tono grisáceo y, en algunas partes, estaba a punto de venirse abajo. Se alzaba en la ladera de una montaña, con la que llegaba a confundirse; a unos cincuenta metros más abajo había una caída de agua de un arroyo. Los MacThane jamás hubieran imaginado una fortaleza mejor. Por detrás, subiendo por la ladera de la montaña, había oscuros bosques de pinos, entre los que sobresalían, aquí y allá, escarpados riscos de caprichosas formas humanas, que parecían montar guardia sobre el castillo y la angosta garganta, único medio de llegar a aquél. En esta garganta siempre resonaban misteriosos sonidos. El viento se escondía allí e, incluso en los días apacibles, corría arriba y abajo como si buscase una salida. Gemía entre los pinos y silbaba entre los peñascos; gritaba con una risa burlona e invadía las rocosas alturas. Parecía el lamento de las almas perdidas. Así lo llamaba Davenant: el lamento de las almas perdidas.

¡Y el castillo! Aunque Davenant empleó contadas palabras para describirlo, todavía puedo ver aquel tenebroso edificio dibujado en mi mente. Parte del horror que contenía invadió mis pensamientos. Quizá fue la clarividencia lo que me ayudó, porque, mientras él hablaba, tuve la sensación de haber visto antes aquellos amplios vestíbulos de piedra con sus largos pasillos, oscuros y fríos incluso en los días más luminosos y cálidos, aquellas habitaciones oscuras cubiertas de madera de roble, y la escalera central, desde la que uno de los primeros MacThane mandó salir a una docena de hombres a caballo a perseguir a un ciervo que se había refugiado dentro del recinto del castillo. El castillo tenía también una torre del homenaje, cuyos gruesos muros permanecían intactos al paso del tiempo y, en sus sótanos, había mazmorras que podrían contar terribles historias de injusticia y dolor.

Pues bien, el señor y la señora Davenant recorrieron con el administrador una gran parte del funesto castillo. A Paul se le vino a la cabeza su casa de Derbyshire, una bella mansión georgiana con todas las comodidades, donde había decidido irse a vivir con su mujer. Por eso se sobresaltó cuando, mientras regresaban, Jessica puso su mano sobre la de él y le dijo en voz baja:

—Paul, me prometiste que no me negarías nada, ¿verdad?

Hasta ese momento su mujer había permanecido en silencio. Paul, un poco preocupado, le dijo que sólo tenía que pedir, pero aquello no era del todo cierto, pues podía adivinar qué era lo que deseaba. Quería vivir en el castillo, pero sólo durante algún tiempo. Seguro que se cansaba enseguida. Además, el administrador le había dicho que había papeles, documentos que debía examinar, porque la propiedad era ahora suya. Allí habían vivido sus antepasados y quería conocer el castillo. Oh, no, su decisión no estaba influida ni mucho menos por la vieja maldición; no era eso lo que la atraía del castillo. Ya se había olvidado de todas aquellas estúpidas ideas. Paul la había curado. Puesto que él sabía que la maldición no tenía ningún fundamento, no había motivo alguno para no concederle aquel capricho.

Era un argumento convincente, difícil de refutar. Al final, Paul cedió, aunque puso algunas objeciones. ¿Por qué no esperaban a que el castillo estuviera arreglado (lo que llevaría su tiempo)?, ¿por qué no dejaban el traslado para el año siguiente, en verano, y no ahora, cuando estaba a punto de llegar el invierno? Pero Jessica no quería retrasarlo más tiempo y no le gustó nada la idea de arreglar el castillo. Eso le quitaría todo el encanto y, además, sería una pérdida de dinero, pues lo único que ella quería era pasar allí una semana o dos. La casa de Derbyshire todavía no estaba terminada del todo; tenían que esperar a que se secase el papel de las paredes.

Así, unas semanas después, y tras pasar unos días con sus amigos, se fueron a Blackwick. El administrador había contratado a varios criados sin mucha experiencia y había intentado que el castillo estuviese lo más acogedor posible. Paul estaba preocupado e inquieto, pero no podía reconocerlo delante de su mujer. Él mismo la había convencido de lo estúpida que parecía aquella superstición. Por entonces llevaban casados tres meses. Y pasaron nueve más. Nunca salían de Blackwick más que por un par de horas. Paul iba a Londres solo.

—Mi mujer quiere que me vaya —siguió contándoles—. Con lágrimas en los ojos y casi de rodillas me suplica una y otra vez que la deje sola, pero yo me he negado a menos que ella me acompañe. Pero ése es el problema, señor Vance, que no puede. Hay algo, cierto temor, que la tiene atada a aquel lugar, la atrae con más fuerza de la que atrajo a su padre. Nos hemos enterado de que él solía pasar al menos seis meses al año en Blackwick con la excusa de que tenía que viajar al extranjero. El hechizo, lo que quiera que sea, siempre fue con él.

—¿Y nunca ha intentado sacar a su mujer de allí? —le preguntó Vance.

—Sí, varias veces, pero ha sido en vano. En cuanto cruzábamos los límites de la propiedad, se ponía enferma y tenía que llevarla de nuevo al castillo. Una vez llegamos hasta Dorekirk, la ciudad más cercana, y pensé que lo conseguiría si al menos podíamos pasar allí la noche. Pero se escapó, saltó por una ventana. Pretendía regresar a pie, de noche, andar todos aquellos kilómetros. Entonces hice venir a los doctores, pero parecía que era yo quien necesitaba un médico y no ella. Me ordenaron que la dejase sola, pero yo me he negado a hacerles caso hasta ahora.

—¿Ha cambiado en algo el aspecto físico de su mujer? —le interrumpió Vance. Davenant se quedó pensativo.

—Ha cambiado —dijo—, sí, pero de una forma tan sutil que me cuesta describirlo. Está mucho más hermosa que nunca, pero no es su belleza de siempre. No sé si me explico. Ya les he hablado de la lividez de su piel. Pues bien, ahora es mucho más patente, porque sus labios se han vuelto extremadamente rojos; parecen una salpicadura de sangre en su rostro. En el labio superior tiene una incisión que no creo que tuviera antes y, cuando se ríe, lo hace sin sonreír. ¿Saben lo que quiero decir? Su pelo ha perdido el brillo. Sé que está preocupada por mí, pero también esto es muy extraño. Unas veces, como ya les he contado, me ruega que me vaya y la deje sola y, a continuación, unos minutos después, me abraza y me dice que no puede vivir sin mí. Me doy cuenta de que se debate contra una fuerza que se ha apoderado de ella, una fuerza, sea lo que sea, ante la que va cediendo. Es ella la que me pide que me marche, pero cuando me suplica que me quede... es entonces cuando se vuelve más hermosa. No puedo dejar de pensar en lo que me dijo antes de casarnos, en esa palabra... —y entre susurros, dijo—: la palabra *vampiro* —se pasó la mano por la frente, humedecida por el sudor—. Pero eso es absurdo, ridículo —murmuró—. Hace años que se desecharon esas ideas. Estamos en el siglo xx.

Hubo un instante de silencio y, a continuación, Vance comenzó a hablar:

—Señor Davenant, ya que me ha hecho partícipe de su confianza, ya que los médicos no le han servido de mucho, ¿va a dejar que intente ayudarlo? Creo que algo podré hacer, si no es demasiado tarde. Si le parece bien, el señor Dexter y yo lo acompañaremos, como usted mismo ha sugerido, al castillo de Blackwick tan pronto como sea posible, quizás en el tren del Norte de esta noche. En condiciones normales, le pediría que, si le tiene algún aprecio a su vida, no regresara... —Davenant movió la cabeza.

—Eso es algo que nunca haré —respondió—. He decidido que, pase lo que pase, cogeré ese tren esta noche. Estoy encantado de que me acompañen.

Quedamos en encontrarnos en la estación y Paul Davenant se marchó. Quedó en darnos los demás detalles durante el trayecto.

—Un caso de lo más interesante —dijo Vance cuando nos encontramos a solas—. ¿Tú qué opinas, Dexter?

—Supongo —contesté no sin cierta cautela— que incluso en estos días que corren hay vampirismo. Fíjese en la influencia que ejerce una persona anciana sobre una joven, si se relacionan constantemente. Aquélla le va arrebatando la vitalidad a ésta para poder seguir viviendo. Y hay personas, y se me ocurre más de una, que roban la energía de los que tienen a su alrededor; eso sí, de forma totalmente inconsciente. Parece como si te quitaran parte de tu fuerza. Pues bien, en el caso que nos ocupa, el mal se hace patente en la esposa de Davenant, y no es muy descabellado pensar que también le afecte físicamente a él, aunque se trate de algo puramente mental.

—¿Así que crees —me preguntó Vance— que es algo mental? De ser así, ¿cómo explicas las marcas que tiene Davenant en el cuello?

No encontré ninguna respuesta y, aunque le pedí a Vance que me diera su punto de vista, no quiso comprometerse con ninguna explicación. De nuestro largo viaje a Escocia no hay nada digno de mención. No llegamos al castillo de Blackwick hasta bien entrada la tarde del día siguiente. El lugar era tal como me lo había imaginado, tal como lo he descrito. A medida que nuestro coche avanzaba traqueteando por el camino que cruza la Garganta de los Vientos, me invadió una sensación de tristeza que se hizo aún mayor cuando entramos en el inmenso y frío vestíbulo del castillo.

La señora Davenant, a quien avisaron de nuestra llegada mediante telegrama, nos recibió cordialmente. No estaba informada de por qué estábamos allí y creyó que éramos simples amigos de su marido. En todo momento estuvo inquieta. Me daba la sensación de que había una fuerza que la obligaba a decir y hacer todo lo que hacía y decía, pero, por supuesto, ésta era una conclusión lógica ante los datos que yo conocía. Por lo demás, la mujer de Davenant era una persona encantadora y muy atractiva. Eso me hizo comprender el comentario que hizo Davenant durante el viaje.

—Daría mi vida por Jessica, por sacarla de Blackwick, Vance. Sé que todo va a salir bien. Iría hasta el infierno con tal de que volviese a ser... como era.

Y ahora que había visto a la señora Davenant, comprendí lo que quería decir su esposo con aquellas palabras. Jessica estaba más atractiva que nunca, pero no era un atractivo natural, no el de una mujer normal, como lo había sido ella en otro tiempo. Era el encanto de una Circe, de una bruja, de una hechicera y, como tal, era irresistible.

Al poco de nuestra llegada, fuimos testigos de la naturaleza del mal que la dominaba. Vance preparó una prueba. Davenant había mencionado que en Blackwick no crecía flor alguna y a Vance se le ocurrió que debíamos llevarle algunas flores como regalo a la señora de la casa. Compró un ramo de rosas blancas en el pueblo en el que nos dejó el tren y donde iba a recogernos el coche. Nada más llegar al castillo, se las dio a la señora Davenant. Ella cogió las flores muy nerviosa y, apenas su mano las hubo tocado, las rosas empezaron a deshacerse en una lluvia de pétalos.

—No podemos esperar más —me dijo Vance mientras bajábamos a cenar esa misma noche—. Hay que hacer algo.

—¿Qué es lo que temes? —le pregunté en voz baja.

—Davenant ha estado fuera una semana —contestó de forma solemne—. Se encuentra mejor que cuando se fue, pero no lo suficiente como para perder más sangre. Hay que protegerlo. Esta noche corre peligro.

—¿Crees que es su mujer? —Me estremecí ante lo horrible de la sugerencia.

—El tiempo lo dirá —Vance se giró hacia mí y añadió con gran seriedad—: La señora Davenant, Dexter, se debate entre dos mundos. El mal aún no la ha dominado por completo. ¿Recuerdas lo que dijo Davenant de cómo ella pedía que se marchara y al instante le imploraba que se quedase? Jessica está librando una batalla, el mal se va apoderando de ella. Esta última semana que ha estado aquí sola, el mal se ha hecho fuerte. Y contra eso es contra lo que voy a luchar, Dexter. Será una batalla de mi voluntad contra la del mal, una batalla que acabará cuando uno de los dos haya ganado. Y vas a ser testigo de ello. Cuando se produzca algún cambio en la señora Davenant, sabrás que he ganado.

De esta manera, supe cómo se proponía actuar mi amigo. La batalla enfrentaba su voluntad contra la misteriosa fuerza que se había apoderado de la casa de los MacThane. Había que arrebatar a la señora Davenant del fatal encanto que la dominaba. Y yo, sabiendo lo que iba a ocurrir, podía observar y analizar la situación paso a paso. Me di cuenta de que la contienda había comenzado mientras cenábamos. La señora Davenant apenas comió nada y parecía enferma; no hacía más que moverse en la silla, hablaba sin parar y se reía. Era una risa sin sonrisa, como tan bien había descrito Davenant. En cuanto pudo, se retiró.

Más tarde, cuando ya estábamos en el salón, pude sentir que algo pasaba. El ambiente se había electrificado, cargado por una fuerza tremenda e invisible. Y fuera, alrededor del castillo, el viento susurraba, gritaba y gemía; parecía como si todos los antepasados de los MacThane, un ejército siniestro, se hubiesen reunido para entablar la batalla final de toda su estirpe. ¡Y todo esto mientras nosotros cuatro charlábamos en el salón de las típicas cosas que se comentan en la sobremesa! Eso era lo más curioso de toda la situación... Paul Davenant no sospechaba nada y yo, que lo sabía todo, tenía que representar mi papel. Pero no podía apartar la mirada del rostro de Jessica. No quería que el cambio, o lo que quisiera que fuese, me pillara por sorpresa. Por fin, Davenant se levantó y dijo que estaba cansado y que se iba a la cama. No hacía falta que Jessica lo acompañara. Nosotros podíamos dormir esa noche en su vestidor, donde no seríamos molestados. Y fue justo en ese momento, cuando sus labios se encontraron con los de ella en un beso de buenas noches y ella lo abrazó con ternura, ajena a nuestra presencia, cuando sus ojos brillaron ávidamente y se produjo el cambio.

El viento aulló fiero y amenazador y las contraventanas empezaron a batirse como si una horda de fantasmas fuera a romperlas contra nosotros. Jessica lanzó un largo y trémulo suspiro; sus brazos dejaron de rodear a su esposo y ella misma retrocedió tambaleándose de un lado a otro.

—¡Paul! —gritó. Aquél no era su tono de voz—. ¡Qué malvada he sido trayéndote a Blackwick, con lo enfermo que estás! Pero nos vamos a ir, querido. Sí, yo también me voy a ir. ¿Me vas a sacar de aquí, me llevarás contigo mañana? —Hablaba con una gran solemnidad y había perdido la noción del tiempo. Las convulsiones estremecían todo su cuerpo—. No sé por qué quise venir —repetía una y otra vez—. Odio este lugar. Este maldito... maldito.

Estas palabras me llenaron de alegría, porque el triunfo de Vance estaba asegurado. Pero pronto me iba a dar cuenta de que el peligro no había pasado todavía.

Marido y mujer separados, cada uno a una habitación. Davenant le dedicó una mirada de agradecimiento a Vance, pues era más o menos consciente de que mi amigo tenía algo que ver en lo que había sucedido. A la mañana siguiente se harían los preparativos para abandonar el castillo.

—Ha salido bien —dijo Vance en cuanto nos quedamos a solas—. Pero este cambio podría ser meramente transitorio. Estaré alerta toda la noche. Dexter, tú vete a la cama. No hay nada que puedas hacer.

Obedecí, aunque yo también me hubiera quedado vigilando, pendiente de un peligro desconocido. Me fui a mi habitación, una estancia lúgubre y con muy pocos muebles. Sabía que no iba a poder dormirme. Y así, vestido como estaba, me senté junto a la ventana abierta. El viento, que horas antes había bramado alrededor del castillo, gemía ahora entre los pinos en doloroso llanto. Y mientras permanecía allí, me pareció ver una silueta blanca que salía del castillo por una puerta que no pude distinguir; con los puños cerrados, atravesó corriendo la terraza en dirección al pinar. La vi sólo un instante, pero lo suficiente para saber que era Jessica Davenant.

Instintivamente, supe que algo iba a pasar, quizá llevado por la sensación de desesperación que transmitían aquellos puños cerrados. En cualquier caso, no lo dudé ni un solo instante. La ventana se encontraba a cierta distancia del suelo, pero la pared estaba cubierta de hiedra. Podría apoyar bien los pies. Resultó ser más fácil de lo que esperaba. Bajé justo a tiempo para iniciar la persecución en la dirección correcta, hacia la espesura del bosque que colgaba de la ladera de la montaña. Jamás podré olvidar aquella terrible búsqueda. Sólo había sitio para avanzar por el escarpado camino; afortunadamente, era el único camino que Jessica podía haber tomado, pues yo la había perdido de vista. No había ninguna otra senda y el bosque tenía demasiada extensión como para que ella hubiera cambiado de dirección.

Y en el bosque resonaban tenebrosos ruidos: gemidos, lamentos y risas. Sabía que era el viento, por supuesto, y el ulular de los mochuelos (hubo una vez que llegué a sentir el revoloteo de unas alas junto a mi cara). Pero no pude dejar de pensar que, a la vuelta, las fuerzas del infierno se confabularían contra mí. El camino acababa al borde del lago que mencioné antes. Y, entonces, me di cuenta de que había llegado justo a tiempo, pues, delante de mí, zambulléndose en el agua, estaba la figura vestida de blanco de la mujer a la que yo perseguía. Al escuchar mis pasos, se volvió, alzó los brazos y se puso a gritar. La melena roja le caía sobre los hombros y su rostro, o al menos eso me pareció a mí en aquel momento, estaba desfigurado por el dolor del remordimiento.

—¡Vete! —gritaba—. ¡Por el amor de Dios, déjame morir!

Pero yo ya estaba muy cerca de ella mientras pronunciaba estas palabras. Forcejeó para deshacerse de mí; me imploró entre jadeos que la dejase morir ahogada.

—¡Es la única forma de salvarlo! —gritó—. ¿No entiendes que soy un ser despreciable? Soy yo quien... Yo... Soy yo quien se bebe su sangre. Lo sé, lo he sabido esta noche. Soy una vampira. Ya nada se puede hacer. Así que, por su bien, por el bien de su hijo no nacido, ¡déjame morir!

¿Acaso puede haber una súplica más terrible? Y yo... ¿Qué podía hacer yo? Dejé de sujetarla y la llevé hasta la orilla. Ella se apoyaba sobre mi brazo como un peso muerto. La tendí sobre un banco cubierto de musgo, me arrodillé a su lado y la miré fijamente. Y entonces me di cuenta de que había obrado bien. Aquel rostro no era el de Jessica la vampira, no era el rostro que había visto aquella misma tarde; eran los rasgos de Jessica, la mujer a la que amaba Paul Davenant.

Y Aylmer Vance también tenía algo que contar.

—Esperé —dijo— hasta que vi que Davenant se había dormido y, entonces, entré en su habitación para observarlo de cerca. Al poco tiempo, llegó ella (como yo había imaginado que ocurriría), la vampira, ese ser maldito que ha estado alimentándose de las almas de sus familiares, haciéndoles lo que le hicieron a ella cuando éstos vivían en el Mundo de las Sombras: buscar una y otra vez la sangre de aquellos que no pertenecen a su estirpe. Es el cuerpo de Paul y el alma de Jessica, Dexter, lo que hay que salvar.

—¿Te refieres —ahí dudé— a Zaida, la bruja?

—Sí —dijo confirmando mis sospechas—. Sí, ella es el espíritu maligno que ha caído como una plaga sobre la casa de los MacThane. Pero creo que la he exorcizado para siempre.

—Cuéntame.

—Ella entró en la habitación de Paul Davenant, como ha debido de hacer siempre, disfrazada de su mujer. Ya sabes que Jessica se le parecía mucho. Él iba a abrazarla, pero yo ya había tomado mis precauciones. Mientras Davenant dormía, le coloqué sobre el pecho esto, que arrebata al vampiro su poder. Ella corrió aullando por la habitación. Sólo era una sombra, que un minuto antes había mirado a Paul con los ojos de Jessica y le había hablado con la voz de Jessica. Sus labios rojos eran los labios de Jessica. Esos labios se acercaron a los de él, pero los ojos del joven la miraron y la vieron como realmente es: el horrible fantasma del maligno. Y, entonces, la maldición se desvaneció y ella huyó al lugar del que venía.

E hizo una pausa.

—¿Y ahora qué? —le pregunté.

—Hay que demoler el castillo de Blackwick —me contestó—. Es la única solución. Hay que acabar con cada piedra, con cada ladrillo, convertirlos en polvo y quemarlos. En ellos está la causa de todo el mal. Davenant ha dado su permiso.

—¿Y la señora Davenant?

—Creo —contestó Vance con cautela— que todo va a salir bien. La maldición desparecerá cuando destruyamos el castillo. Ella sigue viva gracias a ti. Era menos culpable de lo que ella misma pensaba; mejor dicho, era la víctima. Pero ¿puedes imaginar cómo se sintió cuando comprendió el papel que había jugado en toda esta historia, cuando supo que iba a tener un hijo, la terrible herencia que le dejaba...?

—Sí, me hago cargo —murmuré mientras me recorría un escalofrío. Y entonces, casi sin aliento, susurré—: ¡Gracias a Dios!

EL CRIMEN DEL
CAPITÁN GAHAGAN
G. K. Chesterton

Es obligado reconocer que había quienes juzgaban pesado a mister Pond. Sentía debilidad por hablar en largas parrafadas, no a causa de ninguna petulancia, sino de un gusto literario de ribetes clasicistas; y es que inconscientemente se le había pegado el estilo de Gibbon o Butler o Burke. Ni siquiera sus paradojas eran lo que se suele decir brillantes. Desde hace tiempo el calificativo *brillante* es la más temible arma arrojadiza de los críticos, pero no era una acusación de brillantez lo que podía menoscabar y ningunear a mister Pond. Así pues, en el episodio que seguidamente se estudiará, cuando mister Pond dijo (refiriéndose, me apena decirlo, a la mayor parte del sexo femenino, al menos en su más moderna fase): «Van con tanta prisa que no llegan nada lejos», no quiso hacer un epigrama. Y en cierto modo lo que dijo no pareció epigramático, sino simplemente extraño y oscuro. Y las mujeres a quienes se lo dijo, en especial la honorable Violet Varney, no le encontraron ningún sentido a la frasecita. Opinaron que mister Pond, cuando no era aburrido, era simplemente extravagante.

En ocasiones, con todo y con eso, mister Pond no vacilaba en expresarse con parrafadas larguísimas. Por consiguiente, el triunfo y la gran gloria eran para todo aquél que lograba impedir que mister Pond incurriese en sus luengas parrafadas, y este laurel es para la frente de miss Artemis Asa-Smith, venida desde Pentápolis (Pensilvania). Dicha señorita había viajado con el fin de entrevistar a mister Pond, para la revista *Alta tensión,* acerca de sus presuntas opiniones sobre el misterio Haggis y apenas le permitió meter baza en toda la conversación.

—Creo —comenzó mister Pond, con cierta incomodidad— que su publicación indaga sobre lo que algunos denominan ejecución privada y yo asesinato, pero...

—Olvídese de ello —dijo sucintamente la joven—. Para mí ya es maravilloso el simple hecho de estar aquí sentada junto a todos los secretos de su Gobierno y si...

Prosiguió su monólogo, pero en un estilo de puntos suspensivos. Como no dejaba que la interrumpiera mister Pond, parecía creer que lo compensaba interrumpiéndose a sí misma. Enseguida dio la extraña impresión de que jamás fuera a concluir su explicación y, de hecho, no concluyó ni una sola de sus frases.

Todos hemos oído hablar de periodistas norteamericanos que profanan secretos de familia, derriban puertas de alcoba y cosechan información a la manera de salteadores. Es verdad que los hay, pero también hay muchos otros. Hay, o hubo, según se acuerda este escritor, una suficiente cantidad de periodistas inteligentes, propicios a tratar de cosas inteligentes... y, además, ha habido una miss Asa-Smith. Era bajita y morena; era más bien hermosa, y habría sido hermosísima si no soliese pintarse los labios con tonalidades de terremoto y eclipse. Las uñas las llevaba pintadas de cinco colores diferentes, como las pinturas de la caja de acuarelas de un niño, y era tan ingenua y parlanchina como ellos. En mister Pond advirtió algo paternal y se lo contó todo. Él no hubo de contarle nada. No fueron exhumadas tragedias enterradas de la familia Pond, ni fueron hurtados secretos de crímenes cometidos en la alcoba de mister Pond. La conversación, por llamarla de alguna manera, giró principalmente en torno a los días de iniciación de la reportera en Pensilvania: sus primeras ambiciones e ideales, dos cosas éstas que, como muchas de sus fábulas locales, ella parecía figurarse que eran una sola. Era feminista y se había sumado a Ada P. Tuke en su cruzada contra los clubes y las tabernas y el egoísmo del macho. Había escrito una obra teatral y se moría de ganas de leérsela a mister Pond.

—Respecto a lo de la ejecución privada —incidió mister Pond educadamente—, creo que en momentos de desesperación todos nos hemos sentido tentados de...

—Pues bien, yo siento desesperación por leerle esta obra y... ya verá cómo la he compuesto. Mire usted, mi obra es rabiosamente moderna. Pero ni aun los más modernos se habían atrevido a algo así... quiero decir, a comenzar en el agua y luego...

—¿Comenzar en el agua? —inquirió mister Pond.

—Sí, tal vez le parecerá que eso es muy... oh, ya sabe. Supongo que en el teatro no tardarán en aparecer en traje de baño todos los personajes..., pero seguirán entrando en escena por la derecha o por la izquierda: por uno de los laterales, ya sabe... y todos esos recursos apolillados. Mis personajes entran desde arriba, lanzándose, con una zambullida. Vaya, esto va a hacer mucho ruido, ¿verdad? Mire, mire, mi obra se inicia de este modo. —Y se puso a leer muy rápidamente:

Escena: El mar frente al Lido.

Voz de TOM TOXIN (desde arriba): —Mira qué sensación causo si...

(Desde arriba TOXIN se zambulle en el escenario, en traje de baño de color verde guisante).

Voz de la DUQUESA (desde arriba): —Chaval, la única clase de impresión que tú causarás jamás... (Desde arriba la DUQUESA se zambulle, en traje de baño de color escarlata).

TOXIN (subiendo a la superficie, farfulla con la boca llena de agua): —Farfullo mi farfolla... la única clase de impresión según tus...

DUQUESA: —¡Eres un abuelito!.

—Ella lo llama abuelito, ¿entiende?, porque hay una anticuadísima tonada cómica en la que se dice que lo único que puede causar impresión es el dinero..., aunque en realidad ambos son jovencísimos, faltaría más, y un poco... ya sabe. Pero...

Mister Pond intervino con delicadeza, pero firmemente:

—Acaso tendrá usted a bien, miss Asa-Smith, prestarme el original o enviarme una copia, para permitirme gozar del placer de leerla con calma. Así, de viva voz, todo es demasiado rápido para antiguallas como yo; y, además, ninguno de los personajes parece ser capaz de concluir una frase. Por cierto, ¿cree usted poder persuadir a nuestros actores y actrices consagrados para que se lancen desde una gran altura a un mar de cartón-piedra?

—Oh, seguramente algunos de los más viejos y retrógrados pondrán peros —contestó ella—, porque... y desde luego no me imagino que esa gran actriz trágica que tienen en este país, Olivia Feversham... aunque en realidad no es tan vieja y todavía está guapa, sólo que... ¡pero es tan shakespeariana! Eso sí, he logrado que la honorable Violet Varney me prometa... y su hermana es muy amiga mía, aunque claro está que... y hay cantidad de actores no profesionales que lo harían por pura diversión. Ese Gahagan es buen nadador y alguna vez ha actuado en teatro y... pero, además, ¡qué caramba!, se someterá si Joan Varney intercede.

El semblante de mister Pond, paciente y estoico hasta ahora, se puso silenciosamente muy alerta y vivaz. Con novedosa seriedad, dijo:

—El capitán Gahagan es un gran amigo mío, que ya me ha presentado a miss Varney. En cuanto a la hermana de ésta, la que es actriz...

—... no le llega a Joan ni a la altura del zapato, ¿a que no? De todas formas... —dijo miss Asa-Smith.

Mister Pond se había formado su opinión. Le caía bien miss Asa-Smith. Le caía muy bien. Y pensar en la honorable Violet Varney, la inglesa distinguida, hacía que la norteamericana le cayera aún mejor. La honorable Violet era una de esas mujeres acaudaladas que pagan para poder ser malas actrices y obstaculizan a las mujeres pobres que podrían ser pagadas por ser actrices buenas. Ciertamente era muy capaz de zambullirse en traje de baño, o en cualquier otro atuendo, o en ninguno, si éste último fuera el único camino para triunfar sobre las tablas y bajo los focos. Era muy capaz de participar en la absurda obra teatral de miss Asa-Smith y de decir similares tonterías sobre la modernidad y la emancipación de la tiranía del macho opresor. Pero había una diferencia y no redundaba en favor de la honorable Violet. La pobre Artemis suscribía modas idiotas porque era una periodista trabajadora que necesitaba ganarse el sustento y lo único que hacía Violet Varney era quitarles el sustento a otras. Las dos hablaban con ese estilo que consiste en una sarta de frases inconclusas. Era el único lenguaje que mister Pond estimaba merecedor del apelativo de inglés chapurreado. Pero si Violet omitía la conclusión de sus frases era porque parecía estar demasiado hastiada para concluirlas; en tanto que, en el caso de Artemis, no parecía sino que ella estaba demasiado ansiosa por pasar a su frase siguiente. En cierto modo, había en ella un algo, un espíritu de vida, que sobrevive a toda crítica de los Estados Unidos.

—Joan Varney es mucho más maja que su hermana —insistió Artemis— y podríamos apostar a que el amigo de usted, Gahagan, opina igual que yo. ¿Le parece que acabarán en bodorrio? Es un hombre muy extraño, ya sabe.

Mister Pond no lo negó. El capitán Gahagan, ese hombre fanfarrón y zascandil y a veces hosco, frecuentador habitual de todos los lugares de jarana, era extraño en muchos sentidos y sobre todo en su casi inverosímil afecto por el morigerado y sobrio mister Pond.

—Hay quien dice que es un sinvergüenza —aseveró la franca reportera—. No soy yo quien lo dice, pero lo que sí digo es que es un hombre impredecible. Y no termina de declarársele a Joan Varney, ¿verdad? Hay quien dice que en realidad es el amante de la gran Olivia, la única gran actriz trágica que tienen ustedes los ingleses. Pero resulta tan divertida de puro trágica...

—Quiera Dios que no tenga que participar en ninguna auténtica tragedia —dijo Pond.

Mister Pond sabía lo que decía, pero ni por asomo presagiaba la horrible tragedia de vida y muerte auténticas en la que iba a participar Olivia Feversham durante las siguientes veinticuatro horas.

Mister Pond pensaba únicamente en su amigo irlandés, tal como lo conocía, pero muy próximo estaba de averiguar lo que no conocía de él. Peter Patrick Gahagan vivía la vida moderna, acaso con exceso: era partícipe de los clubes nocturnos y corredor de automóviles deportivos, todavía relativamente joven, pero, con todo y con eso, era un sobreviviente de otra era. Pertenecía a la época de una más byroniana elegancia. Cuando W. B. Yeats escribió: «La Irlanda romántica ha muerto ya: con O'Leary está en la tumba», no conocía a Gahagan, quien aún no estaba en la tumba. Por un centenar de razones, pertenecía a esa tradición pretérita; había sido soldado de caballería y también había sido miembro del Parlamento, el último en emular a los antiguos oradores irlandeses de cláusulas bien construidas. Al igual que todos ellos, por la razón que fuese, adoraba a Shakespeare. Isaac Butt trufaba de Shakespeare sus discursos; Tim Healy podía citar al bardo con tal exactitud que su poesía parecía una viva conversación de sobremesa; Russell de Killowen no leía otros libros. Pero Gahagan, como ellos, era shakespeariano de una manera dieciochesca: la manera de Garrick; y ese siglo XVIII que él evocaba tenía visos bastante paganos. Pond era incapaz de descartar que Gahagan estuviera teniendo una aventura con Olivia o con cualquier otra mujer y, si así era, podía estar fraguándose una tormenta. Pues Olivia estaba casada, y no con un marido impasible.

Frederick Feversham era algo peor que un actor fracasado: era un actor que había tenido éxito en el pasado. Ahora estaba olvidado en el teatro y era recordado solamente en los tribunales. Hombre avinagrado y atrabiliario, todavía cetrinamente apuesto, se había vuelto famoso, o familiar, en calidad de litigante permanente. No paraba de presentar querellas contra personas a las cuales acusaba de pequeñas zancadillas y de ofensas lejanas y confusas: empresarios y rivales y gente así. Aún no tenía una especial queja contra su esposa, más joven que él y todavía popular en su oficio. Pero es que mantenía mucho menos trato con su esposa que con su abogado.

Por un tribunal tras otro pasaba Feversham, en pos de sus legítimos derechos y seguido perrunamente por su abogado, Luke, de la firma Masters, Luke & Masters: hombre joven de lacios cabellos rubios y cara de palo. Dicha cara de palo jamás transparentaba lo que pensaba de las querellas de su cliente o hasta qué punto conseguía moderarlas. Pero trabajaba con eficacia por su cliente, e inevitablemente los dos se habían vuelto en cierto modo compañeros de armas. De una cosa estaba seguro Pond: ni Feversham ni Luke iban a perdonar a Gahagan si este errático caballero cometía algún ultraje. Pero esta vertiente del problema estaba destinada a hallar una resolución peor de lo que él soñaba. Veinticuatro horas después de la entrevista de Pond con la reportera, se enteró de que Frederick Feversham había muerto.

Como otras personas litigiosas, mister Feversham había legado un problema judicial de una categoría tal como para manutener los honorarios de muchos abogados. Mas no era el problema de un testamento impugnable o una rúbrica ilegible. Era el problema de un rígido cadáver con la mirada desorbitada, yacente junto a la verja de un jardín y clavado allí por un florete cuya punta roma había sido afilada. El legalista Frederick Feversham había sufrido por lo menos una ilegalidad definitiva e irrebatible: lo habían asesinado de una estocada cuando llegaba a su casa.

Mucho antes de que determinados hechos, lentamente esclarecidos, fuesen expuestos ante la policía, le fueron sometidos a mister Pond. Esto puede parecer raro, mas hubo buenas razones; de hecho, mister Pond, como tantos otros funcionarios gubernamentales, tenía influencias algo recónditas e insospechadas; su dominio público era muy privado. Se sabe de jóvenes muy conspicuos que le tenían temor, debido a particulares circunstancias. Pero explicar eso equivaldría a explorar el laberinto de la menos constitucional de las constituciones. Sea como fuere, su primera noticia de los sucesos asumió la vulgar forma de una ordinaria carta legal con el membrete de la conocida firma Masters, Luke & Masters, donde se expresaba la esperanza de que mister Luke fuera recibido por mister Pond para debatir cierta información antes de que fuese preciso que tal información llegara hasta las autoridades policiales o la prensa. Con pareja formalidad, mister Pond contestó que le complacería recibir a mister Luke a cierta hora del día siguiente. Luego se sentó a dejar vagar la mirada, con esa expresión de ojos muy abiertos que movía a algunos amigos suyos a compararlo con un pez.

Ya había imaginado unos dos tercios de lo que el abogado iba a decirle.

—Lo cierto es, mister Pond —dijo el abogado, con voz confidencial pero asimismo ponderada, cuando por fin, al día siguiente, se instaló al lado opuesto de la mesa de mister Pond—, que las consecuencias de este asunto, doloroso en todos los aspectos, pueden ser especialmente dolorosas para usted. A casi todos nos es imposible aceptar que un amigo íntimo pueda verse bajo sospecha en un caso como éste.

Los gentiles ojos de mister Pond se abrieron como platos y hasta su boca realizó el pasajero movimiento que algunos juzgaban tan similar al de un pez. Probablemente, el abogado presumió que se sentía atónito ante la primera insinuación de que su amigo estaba involucrado en el caso, pero la verdad es que lo que se sentía era levemente extrañado de que pudiese haber alguien que no hubiese concebido tales sospechas desde bastante antes. Sabía que eran corrientes las frases de esa índole en los relatos policíacos más convencionales, que le agradaban grandemente como alternativa a Burke y Gibbon. En un centenar de páginas impresas había leído frases así: «Ninguno de nosotros podía creer que aquel deportivo joven tan apuesto hubiese cometido un crimen» o «Parecía descabellado atribuirle el asesinato a un hombre como el capitán Pickleboy, crema y nata de la mejor sociedad». Siempre se había preguntado cuál podía ser el sentido de palabras tales. Para su honrado y desencantado espíritu dieciochesco, no parecían poseer sentido alguno. ¿Por qué los hombres apuestos y distinguidos no habrían de cometer asesinatos, igual que todo hijo de vecino? Estaba muy trastornado, en su fuero interno, por este caso concreto, pero nunca había comprendido semejante manera de hablar.

—Lamento decir —continuó el abogado en voz queda— que la investigación privada que por nuestra cuenta hemos realizado pone a su amigo el capitán Gahagan en una coyuntura que exige explicaciones.

«¡Sí! —pensó Pond—. Y, cielo santo, vaya si el propio Gahagan necesita ser explicado! Precisamente eso es lo arduo de él... pero ¡Dios mío, qué obtuso es este hombre!». En suma, lo peor era que Pond apreciaba muchísimo al capitán Gahagan, pero, en la medida en que uno se preguntase si había hombres capaces de asesinar, se inclinaba a pensar que Gahagan era hombre capaz de asesinar: era mucho más capaz de cometer un asesinato que de ser tacaño con un cochero.

De improviso, con extraordinaria vivacidad, se dibujó en el cerebro de Pond la figura de Gahagan, tal como lo había visto la última vez, caminando con sus anchas espaldas y sus largas zancadas, y con el inusitado cabello rojo oscuro bajo el sombrero de copa gris seductoramente ladeado, y sobre él un espacio de cielo por el que las nubes del atardecer desfilaban en una especie de disoluto cortejo escarlata, trasunto del propio pobre Gahagan. No: aquel irlandés era un hombre a quien se podía perdonar setenta veces siete, pero no era un hombre a quien se pudiera absolver a la ligera.

—Mister Luke —dijo inesperadamente Pond—, ¿ahorraremos tiempo si le cuento, de entrada, todo lo que sé que hay en contra de Gahagan? Mariposeaba en torno a mistress Feversham, la gran actriz; no sé por qué, pues yo personalmente creo que está realmente enamorado de otra mujer. Sin embargo, no cabe duda de que le consagraba a la actriz una porción enorme de su tiempo: horas y horas, y además horas sumamente avanzadas. Pero si Feversham lo pilló haciendo algo inconveniente, Feversham no era hombre de dejarlo escapar sin un juicio y un escándalo y Dios sabe cuántas cosas más. No es mi intención criticar a su cliente; no obstante, para decirlo mal y pronto, durante toda su vida se alimentó prácticamente de juicios y escándalos. Pero si Feversham era hombre de amenazar o extorsionar, abiertamente le concedo que Gahagan era hombre de devolver el golpe físicamente y tal vez de matarlo, máxime si estaba en juego la reputación de una dama. Esto es todo lo que hay en contra del capitán Gahagan, y desde ahora mismo le confieso que no creo que haya caso.

—Por desgracia, eso no es todo lo que hay en contra del capitán Gahagan —replicó suavemente Luke—, y mucho me temo que el cúmulo de datos que voy a comunicarle hará que incluso usted crea que sí hay caso. Tal vez la averiguación más grave de nuestras investigaciones sea la siguiente. Está irrecusablemente probado que el capitán Gahagan ofreció tres declaraciones contradictorias e incompatibles sobre sus actos, o más bien sus intenciones, de la noche de autos. Aun cuando le atribuyéramos la mayor veracidad posible en este punto, ha debido decir como mínimo dos mentiras por cada verdad.

—Siempre he considerado a Gahagan bastante veraz —repuso Pond, excepto cuando miente por divertirse, lo cual es de veras el marchamo de un hombre que no prostituye el sublime arte de la mentira a los viles utilitarismos de la necesidad. En todas las indispensables cosas prácticas, a mi parecer siempre ha sido no sólo franco, sino además muy exacto.

—Aunque se admita lo que dice usted —comentó con desconfianza mister Luke—, todavía habría que contar con esto: si comúnmente es franco y veraz, debió ser un motivo mortal y desesperado lo que lo instó a mentir.

—¿Y a quién mintió? —preguntó Pond.

—Aquí es donde todo el asunto se hace tan penoso y delicado —dijo el abogado meneando negativamente la cabeza—. Aquella tarde, por lo visto, Gahagan habló a varias damas.

—Es lo que generalmente hace —dijo Pond—. ¿O fueron ellas quienes hablaron? Si una de tales damas, sin ir más lejos, fue la deliciosa miss Asa-Smith de Pentápolis, me aventuraría a afirmar que fue ella quien le habló a él.

—Es extraordinario —dijo Luke con cierta sorpresa—. No sé si usted es adivino, pero desde luego una de ellas fue una tal miss Asa-Smith de Pentápolis. Las otras dos fueron la honorable Violet Varney y, *last but not least,* la honorable Joan Varney. Curiosamente, fue con la última con quien habló primero, lo cual, supongo, no es sino lógico. Es de reseñar que sus palabras a esta última señorita, en concordancia con la insinuación de usted sobre que Gahagan siente un amor verdadero por ella, parecieron ser las más impregnadas de sinceridad.

—Oh —dijo mister Pond, y se mesó pensativo la barba.

—Joan Varney —observó gravemente el abogado— declaró muy resuelta, antes de saber que había alguna anomalía o tragedia en este caso, que el capitán Gahagan se marchó de su casa diciéndole: «Me voy de visita a la casa de los Feversham».

—Y usted pretende que esto se contradice con sus palabras a las otras dos —apostilló mister Pond.

—Categóricamente —aseveró Luke—. La otra hermana, célebre en el mundo teatral como Violet Varney, paró al capitán cuando éste se disponía a salir e intercambió con él algunas frases convencionales. Pero, cuando ya salía, lo oyó decir claramente: «No voy a ir de visita a la casa de los Feversham; aún siguen en Brighton», o algo parecido.

—Y ahora pasemos —sonrió mister Pond— a mi joven amiga procedente de Pentápolis. ¿Qué pinta aquí, si puede saberse?

—El capitán se topó con ella al pie de las escaleras tras salir por la puerta principal —contestó mister Luke, sonriendo también—. Pletórica de entusiasmo, acudía a entrevistar a Violet Varney en calidad de «actriz y ciudadana». Ni ella ni Gahagan son personas que pasen inadvertidas... o que no se adviertan entre sí. Conque Gahagan también conversó con ella unos momentos, al cabo de los cuales se marchó, tocándose atentamente el gris sombrero de copa, diciendo que se iba sin más tardanza a su club.

—¿Está usted seguro? —preguntó mister Pond, ceñudo.

—Está segura ella, porque aquello la hizo montar en cólera —respondió Luke—. Parece ser que abriga ideas feministas al respecto. Opina que todo macho que acude a un club lo hace para referir anécdotas ultrajantes sobre mujeres y después emborracharse hasta caer al suelo. Tal vez la influyera asimismo cierto sentimiento profesional: acaso le habría gustado tener una entrevista más larga con él, ya fuese para sí misma o para *Alta tensión*. Pero yo juraría que es muy sincera.

—Oh, sí —dijo taxativamente, pero con cierta tristeza, mister Pond—, es de todo punto sincera.

—Pues ahí tiene —sentenció Luke, quien también habló con un deje de decorosa tristeza—. Se me antoja que la explicación psicológica es evidentísima a tenor de las circunstancias. El capitán le anunció adónde iba realmente a la mujer con quien acostumbra a mantener confidencias; en realidad, quizá no planeó el crimen hasta un poco más tarde... o quizás el crimen no fue del todo planeado o premeditado. Pero, cuando pasó a hablar con gente menos íntima, ya había intuido cuán imprudente era revelar que iba a casa de los Feversham. Su impulso segundo fue decir, con precipitación y con excesiva torpeza, que no iba a casa de los Feversham. Luego, en su tercer encuentro, ya ha ideado una mentira competente, inofensiva y suficientemente imprecisa, y dice que se va al club.

—Podría ser así —observó Pond—, pero podría... —Y por primera vez mister Pond incurrió en el censurable hábito de miss Asa-Smith y no llegó a concluir su frase. En vez de ello, se quedó mirando en lontananza con sus muy abiertos ojos similares a los de un pez; luego, hundió la cabeza entre las manos y, como pidiendo excusas, dijo—: Por favor, discúlpeme que reflexione unos instantes. —Y volvió a sepultar sus despobladas cejas entre los dedos.

El pez barbudo retornó a la superficie con una expresión extrañamente novedosa y dijo en tono intenso y casi brusco:

—Parece usted empeñadísimo en atribuirle el crimen al pobre Gahagan.

Por primera vez, las facciones de Luke se tensaron hasta volverse duras y hasta ásperas:

—Naturalmente, deseamos entregar a la Justicia al asesino de nuestro cliente.

Pond se le aproximó un poco y, con mirada penetrante, reiteró:

—Pero usted desea que el asesino sea Gahagan.

—Yo le he mostrado las pruebas —dijo Luke, frunciendo el entrecejo—; usted conoce a las testigos.

—Ahora bien, por raro que parezca —dijo Pond muy lentamente—, usted no ha señalado lo que en las declaraciones de estas testigos hay de decisoriamente incriminador en contra de él.

—Son sobradamente incriminadoras de por sí. ¿A qué se refiere usted? —Se sobresaltó airadamente el abogado.

—Me refiero al hecho de que son testigos involuntarias —contestó Pond—. No puede tratarse de un complot. Mi querida amiga yanqui es tan sincera como la luz del día y jamás formaría parte de un complot. El capitán es de esos hombres que agradan a todas las mujeres. Agrada incluso a Violet Varney. En cuanto a Joan Varney, lo ama. No obstante, todas aportan testimonios que lo contradicen o que, cuando menos, muestran que él se contradijo. Pero todas yerran.

—¿¡Qué diantres quiere usted decir —exclamó Luke con inopinada irritación— al afirmar que todas yerran?!

—Que yerran por completo acerca de lo que el capitán le dijo a cada una —aclaró mister Pond—. ¿Les preguntó usted si él les dijo alguna cosa más?

—¿¡Qué más hacía falta que dijera?! —gritó el abogado, ya realmente furibundo—. Todas están dispuestas a jurar que les dijo lo que le he referido a usted: que se iba a casa de los Feversham, que no se iba a casa de los Feversham, que se iba a su supuesto club... y que después se largó presuroso dejando encolerizada a una señorita.

—Helo ahí —observó Pond—. Usted afirma que el capitán dijo tres cosas diferentes. Yo sostengo que les dijo lo mismo a las tres. Alteró el orden de los términos, pero no dejó de ser una misma cosa.

—Sí que alteró el orden —repuso Luke casi con encono—. Pero, si se sienta en el banquillo de los acusados, comprobará si la ley de perjurios establece que alterar los términos de una declaración no modifica las cosas.

Se produjo una pausa y, por último, mister Pond dijo serenamente:

—Así pues, ahora lo sabemos todo sobre el crimen del capitán Gahagan.

—¿Quién dice que lo sabemos todo? Yo no lo sé todo. ¿Lo sabe usted?

—Sí —dijo mister Pond—. El crimen del capitán Gahagan consistió en no comprender a las mujeres, especialmente a las mujeres modernas. Rara vez los hombres con personalidad de tenorio conocen a las mujeres. ¿No sabe usted que en realidad el bueno de Gahagan es tatarabuelo de usted?

Mister Luke hizo un ademán como de repentina y auténtica alarma; no era el primero que por un instante creía que mister Pond se había vuelto loco.

—¿No comprende usted —insistió mister Pond— que el capitán pertenece a esa vieja estirpe de galanes enamoradizos que decían: «Mujer, mujer maravillosa» sin saber nada de ella, con lo cual incrementaban escandalosamente los privilegios femeninos? Eso sí, ¡con qué arte piropeaban! «No te desvanezcas, oh beldad estigia...». Aunque acaso, como parece sugerir su semblante, esto no venga mucho a cuento. Pero ¿sabe lo que quiero decir si afirmo que Gahagan es un tenorio de antaño?

—¡Al menos sí sé que mata hombres como un tenorio de antaño —exclamó Luke con virulencia— y que ha matado al noble caballero, seriamente agraviado, que era mi cliente y amigo!

—Parece usted algo excitado —dijo mister Pond—. ¿Ha probado a leer *La vanidad de los deseos humanos* del doctor Johnson? Es muy sosegante. Créame, son muy sosegantes esos escritores del siglo XVIII que yo quería citarle. ¿Ha leído la obra teatral de Addison sobre Catón?

—Usted parece estar loco —dijo el abogado, ahora completamente pálido.

—O, si no —prosiguió mister Pond con ameno desapego—, ¿ha leído usted la obra teatral de miss Asa-Smith sobre la duquesa en traje de baño? Todas las frases están llamativamente cercenadas... como el traje de baño.

—¿Pretende usted decir algo? —inquirió el abogado con voz grave.

—Huy, sí, pretendo decir mucho —contestó Pond—. Pero es menester cierto rato para explicarlo... al igual que para explicar la vanidad de los deseos humanos. Lo que pretendo decir es lo siguiente. Mi amigo Gahagan tiene mucho aprecio por esos antiguos escritores y oradores, no menos que yo; son disquisiciones en las que hay que aguardar a la conclusión, epigramas con lo esencial en la coda. Uno de los elementos que originariamente nos unieron en amistad fue nuestro común amor por el estilo dieciochesco: equilibrios y antítesis y tal. Pues, si usted se sumara a nuestra costumbre y leyera, digamos, ese socorrido diálogo del *Catón:* «No les es dable a los mortales garantizarse el éxito, pero, Sempronio, nosotros haremos algo mejor: lo mereceremos», notaría que la frase puede parecerle mala o buena, pero que hay que aguardar a su conclusión; porque comienza con una trivialidad y acaba en algo sublime. Pero las frases modernas no concluyen jamás, ni nadie aguarda a que concluyan.

»Ahora bien, las mujeres siempre han sido más o menos así. No es que no piensen: piensan más rápido que nosotros. A menudo hablan mejor. Pero no escuchan igualmente bien. Se aferran tan impacientemente a lo primero que oyen, lo exprimen tantísimo y se dedican tan alocadamente a deducirle consecuencias, que a veces ni siquiera notan que les hayan dirigido otras palabras. Pero Gahagan, al ser de otro estilo, el de la oratoria clasicista, siempre se preocupa de concluir debidamente sus frases, adjudicándole la misma importancia a lo que dice para terminar que a lo que dice para empezar.

»Me tomo la libertad de plantearle, como dicen los juristas, que lo que en realidad el capitán Gahagan le dijo a Joan en la despedida primera fue esto:

"Voy a ir a casa de los Feversham; no creo que hayan regresado todavía de Brighton, pero de todas formas iré a comprobarlo. Si aún no han regresado, me iré al club". Esto fue lo que dijo Peter Gahagan, pero no fue esto lo que escuchó Joan Varney. Ella escuchó que él iba a ir a casa de los Feversham y de inmediato, muy naturalmente, creyó adivinarlo todo (o demasiado); algo así como "Va a ir a verse con esa mujer", aunque sus restantes palabras especificaran que era casi seguro que aquella mujer aún no había regresado. Lo de Brighton y lo del club le dio igual y más tarde no lo recordó siquiera. Ahora, vayamos a la segunda despedida. Lo que Gahagan le dijo a Violet Varney fue esto: "En realidad no merece la pena que me pase por casa de los Feversham; no habrán regresado de Brighton, pero quizá vaya a comprobarlo; si aún no han regresado, me iré al club". Violet es mucho menos literal y exacta que Joan y, además, sintió también celos de Olivia, aunque de una forma mucho menos personal, ya que Violet se piensa que ella misma es actriz. También ella oyó la palabra Feversham y se limitó a reparar en que el capitán decía que no merecía la pena ir a visitarla, de lo cual dedujo que a él no le apetecía visitarla. Le encantó esto y se dignó a pararse a intercambiar unas palabras con Gahagan, pero no se dignó prestar una mínima atención al resto de lo que él dijo.

»Examinemos ahora la tercera despedida. Lo que Gahagan le dijo a miss Artemis Asa-Smith en la calle fue esto: "Me voy al club; prometí ir a visitar a unos amigos, los Feversham, pero no creo que hayan regresado todavía de Brighton". Esto fue lo que dijo. Lo que Artemis escuchó, vio y censuró con mirada fulgurante, fue al típico macho irredento, insolente, egoísta, que osaba envanecerse públicamente de su propósito de ir a un infame club de ésos donde las mujeres son calumniadas y los hombres se embrutecen de alcohol. Tras su consternación ante tal confesión desvergonzada, es patente que fue incapaz de reparar en cualquier otra insignificancia que él pudiera decir. Él no era otra cosa que un hombre que iba a un club.

»Como se ve, estas tres declaraciones veraces de Gahagan son intrínsecamente iguales. Todas comunican un mismo contenido, formulan un mismo propósito, enuncian las mismas motivaciones de los mismos actos. Pero suenan de todo punto distintas según las palabras que figuren en primer lugar, máxime al modo de ver de estas mujeres modernas tan impacientes, acostumbradas a aferrarse únicamente a las palabras que desfilan primero…, porque después de ellas no suele haber nada más. La escuela dramática de Asa-Smith, en la que cada frase se corta nada más nacer, aunque nos parezca totalmente ajena a la tragedia de Catón, no ha sido nada ajena a la tragedia del capitán Gahagan. Entre estas tres mujeres, con la mejor intención del mundo, habrían podido causar que mi amigo fuera ajusticiado, y pura y simplemente porque sólo piensan a base de frases a medias. Cuellos rotos, corazones rotos, vidas rotas, y todo por no manejar otro lenguaje que un inglés macarrónico. ¿No le parece que hay mucho que decir en loor de ese mohoso gusto arcaizante del capitán y mío, en loor de esa literatura que nos obliga a leer hasta el final lo que un hombre escriba y a escuchar al completo lo que diga? ¿No prefiere usted que las declaraciones importantes se las hagan con el lenguaje de Addison o Johnson en vez de con la farfulla de mister Toxin y la duquesa zambullidora?».

Durante aquel monólogo, ciertamente largo, el abogado había ido inflamándose paulatinamente, pleno de nerviosa irritación.

—Eso es pura imaginación —dijo casi enfebrecido—. No ha demostrado usted nada de lo que ha dicho.

—En efecto —respondió mister Pond con seriedad—, como bien dice usted, ha sido obra de mi imaginación. Cuando menos, me dediqué a intuirlo. Pero luego hablé por teléfono con Gahagan y corroboré la verdad de sus palabras y sus actos esa tarde.

—¡¿La verdad?! —espetó Luke con acritud inusitada.

Pond lo escudriñó detenidamente. Bien examinada, aquella cara de palo, que era el rasgo que más resaltaba en mister Luke, era principalmente producto de una artificiosa expresión de fijeza, así como de la tiesa lisura de sus cabellos, que parecían pintados con algún pegajoso mejunje amarillo, alguna pasta gomosa. De veras sus párpados eran hieráticos y a menudo se mostraban entrecerrados; pero, por debajo, los ojos verdigrises aparecían extrañamente minúsculos, como si estuvieran lejanos, y se empecinaban en corretear y brincar como diminutas moscas verdes. Cuanto más observaba mister Pond aquellos ojos velados pero intranquilos, menos le gustaban. Le volvió a las mientes la idea de un verdadero complot contra Gahagan, aunque, desde luego, no urdido por Artemis o Joan. Por último, interrumpió el silencio bruscamente:

—Mister Luke —dijo—, usted está preocupado, como es natural, por su difunto cliente, pero cabría pensar que siente un interés algo más que puramente profesional. Ya que tiene tan estudiados los asuntos de su cliente, ¿sabría darme cierta información sobre él? Ese día, ¿habían regresado de Brighton mister Feversham y esposa? ¿Estaba mistress Feversham en su casa esa tarde, fuera o no a visitarla Gahagan?

—No estaba —contestó Luke escuetamente—. Ambos planeaban regresar juntos de Brighton a la mañana siguiente. No tengo ni idea de por qué se le ocurrió a Feversham regresar solo esa noche.

—Casi se diría que alguien lo mandó llamar —dijo mister Pond. Bruscamente, el abogado mister Luke se levantó de su asiento y le volvió la espalda.

—No veo qué utilidad tienen todas estas especulaciones suyas —dijo, y, tras un rígido ademán de despedida, cogió su bombín y se marchó de la casa con una celeridad que no pareció muy normal.

Al día siguiente, mister Pond se acicaló aún más convencional y esmeradamente que de costumbre y fue a visitar a varias damas: una frívola solemnidad a la que no estaba nada acostumbrado. La primera dama a la cual visitó fue la honorable Violet Varney, a quien hasta entonces sólo había visto de lejos, y quedó ligeramente deprimido al verla de tan cerca. Era lo que, según había oído él, últimamente se da en llamar una rubia platino. Sin duda una sofisticada remembranza de su propio nombre de pila era lo que la hacía pintarse labios y mejillas con un color más violeta que púrpura, confiriéndole un aspecto que sus amigos denominaban etéreo y sus enemigos, horroroso. Aun de tan lánguida dama, mister Pond consiguió ciertas aclaraciones conducentes a la reconstrucción de las auténticas frases de Gahagan... si bien las frases de la propia dama tuvieron su habitual aspecto de agotarse indolentemente casi antes de haberse iniciado. Luego, mister Pond se reunió con Joan, la hermana, y en su fuero interno se maravilló de esa cosa extraña que es la humana personalidad, la cual es independiente de crianzas y configuraciones. Pues Joan tenía muy parecidos recursos de estilo: la misma voz alta y templada, las mismas frases esquemáticas e inconclusas; pero, por fortuna, no tenía el mismo carmín violeta ni, decididamente, las mismas miradas o ademanes o mente o alma. Al punto, mister Pond, pese a todos sus anticuados prejuicios, conoció que en esta joven las «nuevas virtudes» eran efectivamente virtudes, fuesen nuevas o no. Realmente era valerosa y generosa y amiga de la verdad, a pesar de que así lo afirmaran las revistas del corazón. «Es estupenda —se dijo mister Pond para sus adentros—. Vale tanto como el oro. Mucho más que el oro. ¡Y, oh, muchísimo más que el platino!».

En la siguiente estación de su peregrinaje, recaló en el monstruoso y ridículo gran hotel que tenía el honor de hospedar a miss Artemis Asa-Smith, de Pensilvania. Ella lo recibió con ese abrumador entusiasmo del que hacía gala por doquier en toda ocasión; y mister Pond tuvo bien pocas dificultades en su caso para arrancarle la confesión de que cabe dentro de lo posible que un hombre que frecuenta un club no sea un asesino. Aunque esta declaración fue naturalmente menos personal e íntima que la de Joan (sobre la cual mister Pond siempre se negaría a participarle detalle a nadie), la ardorosa Artemis siguió conquistando su aprecio con sus muestras de sentido común y buen talante. Ella comprendió la influencia sobre su propio ánimo de la ordenación de los puntos mencionados y, de esta guisa, la diplomacia de mister Pond tuvo pleno éxito. Las tres damas, pese a sus diversos grados de implicación y concentración, atendieron íntegramente a su teoría de lo que en realidad les había dicho Gahagan, y convinieron en que muy probablemente era aquello lo que él les había dicho. Cumplida esta parte de su tarea, mister Pond se entregó a un breve rato de descanso y acaso trató de hacer acopio de fuerzas, antes de afrontar su última diligencia… que también tenía forma de visita a una dama. Bien puede excusársele su leve desfallecimiento, pues esta tarea le exigía atravesar el entristecido jardín donde había yacido un hombre asesinado, de camino hacia aquella elevada mansión siniestra en la que, solitaria, seguía residiendo la viuda: la gran Olivia, reina de la tragedia, ahora doblemente trágica.

Mister Pond cruzó, no sin repugnancia, el sombrío trecho, junto a la verja y bajo el acebo, donde el pobre Fred Feversham había sido clavado en tierra por la mera punta de una espada, y, en tanto seguía el tortuoso sendero que llevaba hasta la puerta de la sobria y despojada mansión de ladrillo que se alzaba como una oscura torre contra un fondo de estrellas, interiormente le daba vueltas a dificultades mucho más arduas que las que hasta ahora lo habían preocupado en el comparativamente más sencillo problema de las presuntas incoherencias en las despedidas de Gahagan. Detrás de todas estas fruslerías acechaba algo realmente angustioso, que ahora precisaba esclarecimiento. Alguien había asesinado al infeliz Fred Feversham y no dejaba de haber fundadas razones para orientar las sospechas hacia Gahagan. A fin de cuentas, Gahagan acostumbraba a pasar días enteros, y aun la mitad de sus correspondientes noches, en compañía de la actriz; nada parecía más horriblemente lógico, incluso repulsivamente probable, que ambos hubiesen sido sorprendidos por Feversham y hubiesen escogido el método más cruento para escapar del trance. Con frecuencia, la Feversham había sido equiparada a la Siddons. Su conducta pública siempre había aparecido rebosante de dignidad y decencia. Para ella un escándalo no habría sido una agradecida publicidad, como sí lo habría sido para Violet Varney. En realidad, era ella quien, de las dos, tenía más motivos para haber... ¡pero, Santo Dios, menuda posibilidad! En caso de que Gahagan fuese de veras inocente... ¡vaya sacrificio el que estaría realizando! Cualesquiera que fuesen sus debilidades, no cabía duda de que era todo un caballero, capaz de dejarse ajusticiar antes que dejar que la Dama... Con creciente espanto, mister Pond levantó los ojos para contemplar la torre de oscuro ladrillo, preguntándose si la mujer a quien iba a visitar era la asesina. Pero dejó nerviosamente a un lado este pensamiento morboso y procuró volver a concentrarse en los datos. Al fin y al cabo, ¿qué había en contra de Gahagan o la viuda? Se le antojó, tras obligarse a reflexionar con frialdad, que lo cierto era que todo se reducía a una cuestión de tiempo.

Ciertamente, Gahagan había pasado con Olivia una gran cantidad de tiempo: ésta era la única prueba visible de su pasión por ella. Las pruebas de su pasión por Joan eran muchísimo más visibles. Pond hubiera jurado que el irlandés estaba realmente enamorado de Joan. Él se abalanzaba sobre ella; y ella, de acuerdo con las pautas habituales de la moderna juventud, se abalanzaba a su vez sobre él. Pero estos encuentros, por no llamarlos colisiones, eran no menos breves que estrepitosos. ¿Por qué un enamorado agraciado por tal conquista se dedicaba a pasar tanto tiempo con una mujer mucho mayor que ella?... Estas cavilaciones convirtieron a Pond en un autómata que maquinalmente saludó al mayordomo y ascendió la escalinata y se acomodó en la estancia, donde se le solicitó que aguardara unos momentos a mistress Feversham. Tomó nerviosamente un viejo libro gastado, aparentemente de cuando la actriz había sido colegiala, pues en la blanca página de guarda se veía inscrito, con letra muy escolar: «Olivia Malone». Quizá la gran actriz shakespeariana afirmara descender del gran crítico shakespeariano. Pero, en cualquier caso, debía de ser irlandesa... al menos de tradición.

Examinando el ajado libro en la penumbrosa antesala, iluminó su espíritu un fúlgido relámpago de entendimiento sereno y completo; en lo que atañe a este relato, fue la última de las paradojas de mister Pond. Lo invadió una claridad extensa y completa, pero las palabras capaces de reflejarla se formularon en su cerebro con el desconcertante laconismo de un jeroglífico:

El Amor nunca necesita tiempo. Pero la Amistad siempre necesita tiempo. Cada vez más y más y más tiempo, hasta muy después de la medianoche.

Cuando Gahagan llevaba a cabo esas chifladuras que pregonaban su pasión hacia Joan Varney, casi no necesitaba tiempo. Cuando se lanzó sobre ella en paracaídas, mientras ella salía de la iglesia de Bournemouth, naturalmente el descenso fue raudo. Cuando rompió un pasaje de regreso que le había costado centenares de libras, a fin de permanecer media hora más con ella en la isla de Samoa, únicamente se trató de media hora más. Cuando cruzó a nado el Helesponto en imitación de Leandro, fue para disfrutar de exactamente treinta y cinco minutos de conversación con Hero. Pero es que el Amor es así. Es cosa de grandes momentos y se alimenta del recuerdo de momentos. Quizás es un débil espejismo; quizá, por el contrario, sea eterno y esté más allá del tiempo. Pero la Amistad consume tiempo. Cuando el pobre Gahagan tenía una auténtica amistad espiritual con una persona, estaba dispuesto a quedarse hablando con ella hasta muy después de la medianoche. Y ¿con quién había tanta probabilidad de que tuviera una auténtica amistad espiritual como con una actriz irlandesa que estaba versada especialmente en Shakespeare? Aún no había acabado mister Pond de pensar eso, cuando escuchó la hermosa voz finamente irlandesa de Olivia saludándolo, y supo que había dado en el clavo.

—¿Sabía usted —preguntó con enlutada sonrisa la viuda, después de que él, con gran tacto, tras darle el pésame, hubiera encaminado la charla hacia la cuestión del capitán Gahagan—, que nosotros los pobres irlandeses tenemos un vicio secreto? Se llama Poesía, o más bien debería decir que se acostumbra a llamarlo Recitales. Los hábitos sociales los han reprimido en todos los salones ingleses, y ésa es la mayor de las calamidades para los irlandeses. En Londres no hay posibilidad de que las personas se pasen la noche entera recitándose poesías, como sí se hace en Dublín. El pobre Peter siempre acudía a visitarme para hablar de Shakespeare hasta la mañana siguiente; pero al final yo siempre tenía que echarlo. Cuando un hombre me visita y se pone a recitar la totalidad de *Romeo y Julieta,* eso pasa de castaño oscuro. Pero usted ya comprende. Al pobrecillo los ingleses no lo dejan declamar a Shakespeare.

Mister Pond comprendía mucho. Conocía bastante al ser humano como para saber que todo hombre necesita un amigo, y si es posible una amiga, con quien poder charlar hasta ponerse morado. Conocía bastante a los dublineses como para saber que ni los diablos ni la dinamita pueden impedirles declamar poesías. Todas las negras nubes de reflexiones morbosas sobre aquel asesinato, que lo habían abrumado en el jardín, se dispersaron al primer sonido de esta poderosa y alegre voz de irlandesa. Pero un rato más tarde empezaron a adensarse de nuevo, aunque a mayor distancia. Al fin y al cabo, como había pensado él antes, alguien había asesinado al infeliz Fred Feversham.

Ahora estaba segurísimo de que ese alguien no había sido la esposa de Feversham. Estaba casi seguro de que no había sido Gahagan. Aquella noche, regresó a casa dándole innumerables vueltas al problema, pero su insomnio duró una sola noche. Pues al día siguiente el periódico matutino informaba del inexplicable suicidio de mister Luke, miembro de la conocida firma Masters, Luke & Masters; conque mister Pond se reprendió indulgentemente por no haber pensado en que era obvio que un hombre que no hace sino desmenuzar y perseguir a los demás porque se siente estafado, un día puede muy bien descubrir que lo ha estafado su propio abogado. Feversham había convocado a Luke para aquella reunión nocturna en su jardín con el fin de anunciárselo, pero mister Luke, hombre preocupado por su prestigio profesional, tomó medidas inmediatas para evitar que mister Feversham se lo revelara a nadie.

—Esto me ha hecho sentir muy mal —dijo mister Pond, resignada y casi trémulamente—. Durante la conversación que sostuvimos, pude advertir que estaba bastante atemorizado; y, ¿saben una cosa?, mucho me temo que fui yo quien lo atemorizó.

LOS TRES INSTRUMENTOS DE LA MUERTE

G. K. Chesterton

Tanto por profesión como por convicción, el padre Brown sabía, mejor que casi todos nosotros, que la muerte dignifica al hombre. Con todo, tuvo un sobresalto cuando al amanecer vinieron a decirle que sir Aaron Armstrong había sido asesinado. Había algo de incongruente y absurdo en la idea de que una figura tan agradable y popular tuviera la menor relación con la violencia secreta del asesinato. Porque sir Aaron Armstrong era agradable hasta el punto de ser cómico y popular hasta ser casi legendario. Era aquello tan imposible como figurarse que Sunny Jim se había colgado o que el pacífico señor Pickwick de Dickens había muerto en el manicomio de Hanwell. Porque aunque sir Aaron, como filántropo que era, tenía que conocer los oscuros fondos de nuestra sociedad, se enorgullecía de hacerlo de la manera más brillante posible. Sus discursos políticos y sociales eran cataratas de anécdotas y carcajadas; su salud corporal, tremenda; su ética, el optimismo más completo, y trataba el problema de la embriaguez (su tema favorito) con esa alegría perenne y aun monótona que es muchas veces la señal de una absoluta y provechosa abstinencia.

La historia corriente de su conversación era muy conocida en los círculos y púlpitos más puritanos: cómo, de niño, había sido arrastrado de la teología escocesa al whisky escocés; cómo se había redimido de lo uno y lo otro y había llegado a ser (según decía modestamente) lo que era. La verdad es que su gran barba blanca, su cara de querubín, sus gafas relucientes y las innúmeras comidas y congresos a los que asistía hacían difícil creer que hubiera sido nunca persona tan tétrica como un borrachín o un calvinista. No: aquél era el más seriamente alegre de todos los hijos de los hombres.

Vivía por los rústicos alrededores de Hampstead en una hermosa casa, alta, pero no ancha: una de esas modernas torres tan prosaicas. La más estrecha de sus estrechas fachadas daba sobre la verde pendiente de la vía férrea y hasta la casa llegaban los traqueteos del tren. Sir Aaron Armstrong, como él decía con ímpetu, no tenía nervios. Pero, si a menudo el tren hacía temblar la casa, aquella mañana se cambiaron los papeles y fue la casa la que hizo temblar el tren.

La máquina disminuyó la velocidad y, finalmente, paró justo frente al sitio en el que un ángulo de la casa se adelantaba sobre la pendiente de pasto. Generalmente, los mecanismos paran poco a poco, pero la causa viviente de aquella parada fue muy rápida. Un hombre vestido rigurosamente de negro, sin omitir (como lo recordaron los testigos de la escena) el tenebroso detalle de los guantes negros, apareció en lo alto del terraplén, frente a la máquina y agitó las negras manos como un negro molino de viento. Esto no hubiera bastado siquiera para detener a un tren lentísimo. Pero de aquel hombre salió un grito que después todos repetían como si hubiera sido algo totalmente nuevo y sobrenatural. Fue uno de esos gritos horriblemente claros, aun cuando no se entiende qué dicen. Las palabras articuladas por aquel hombre fueron: «¡Un asesinato!».

Pero el conductor asegura que, si únicamente hubiera oído aquel grito penetrante y espantoso, sin entender las palabras, habría parado igualmente.

Una vez detenido el tren, bastaba un vistazo para advertir las circunstancias del incidente... El hombre de luto era Magnus, el lacayo de sir Aaron Armstrong. El baronet, con su habitual optimismo, solía burlarse de los guantes negros de su lúgubre criado, pero ahora toda burla hubiera sido inoportuna.

Dos o tres curiosos bajaron, cruzaron la ahumada cerca y vieron, casi al pie del edificio, el cuerpo de un anciano con una bata amarilla que tenía un forro de rojo vivo. En una pierna se veía un trozo de cuerda, enredado tal vez en la confusión de una lucha. Había una o dos manchas de sangre, muy poca, pero el cuerpo estaba doblado o quebrado en una postura imposible para un ser vivo. Era sir Aaron Armstrong. Poco después, apareció un hombre robusto de rubia barba, en quien algunos viajeros reconocieron al secretario del difunto, Patrick Royce, un tiempo muy célebre en la sociedad bohemia y hasta famoso en las artes bohemias. De un modo más vago, aunque aún más convincente, el secretario manifestó la misma angustia del criado. Cuando un instante después apareció en el jardín la tercera figura del hogar, Alice Armstrong, la hija del muerto, vacilante e indecisa, el conductor se decidió a obrar. Se oyó el silbato y el tren, jadeando, corrió a pedir auxilio a la próxima estación, que no estaba demasiado lejos, por cierto, de aquel lugar.

Y así, a petición de Patrick Royce, el enorme secretario exbohemio, fueron a llamar a la puerta del padre Brown. Royce era irlandés de nacimiento y pertenecía a esa casta de católicos accidentales que sólo se acuerdan de su religión en los malos trances. Pero el deseo de Royce no se hubiera cumplido tan de prisa si uno de los detectives oficiales que intervinieron en el asunto no hubiera sido amigo y admirador del detective no oficial llamado Flambeau... Porque era imposible ser amigo de Flambeau sin oír contar mil historias sobre el padre Brown. Así, mientras el joven detective llamado Merton conducía al sacerdote, a campo traviesa, a la vía férrea, su conversación fue más confidencial de lo que hubiera sido entre dos perfectos desconocidos.

—Según me parece —dijo ingenuamente el señor Merton— hay que renunciar a desenredar este lío. No se puede sospechar de nadie. Magnus es un loco solemne, demasiado loco para ser asesino; Royce, el mejor amigo del baronet durante años, y su hija le adoraba sin duda. Además, todo es absurdo. ¿Quién querría matar a este viejo tan simpático? ¿Quién podría mancharse las manos con la sangre del amable señor del brindis? Sería como matar a Papá Noel.

—Sí, era un hogar muy alegre —asintió el padre Brown—. Mientras él vivió, al menos, así fue siempre. ¿Cree usted que seguirá siendo igual de alegre ahora que está muerto?

Merton, asombrado, le dirigió una mirada interrogadora.

—¿Ahora que está muerto?

—Sí —continuó impasible el sacerdote—. Él era muy alegre. Pero ¿comunicó a los demás su alegría? Francamente, ¿había en esa casa alguna persona alegre, aparte de él?

En la mente de Merton pareció abrirse una ventana, dejando penetrar esa extraña luz de sorpresa que nos permite darnos cuenta de lo que siempre hemos estado viendo. A menudo había estado en casa de los Armstrong, trabajando en ciertos asuntillos policíacos del viejo filántropo. Y ahora que pensaba en ello se daba cuenta de que, en efecto, aquella casa era deprimente: los cuartos, muy altos y fríos; el decorado, mezquino y provinciano; los pasillos, llenos de corrientes de aire, alumbrados con una luz eléctrica más fría que la luz de la luna. Y aunque, a cambio de esto, la cara escarlata y la barba plateada del viejo ardieran como hogueras en todos los cuartos y pasillos, no dejaban ningún calor tras de sí. Sin duda, aquella incomodidad de la casa se debía a la vitalidad y a la exuberancia de su propietario. A él no le hacían falta estufas ni lámparas; llevaba consigo su luz y su calor. Pero, recordando a las otras personas de la casa, Merton tuvo que confesar que no eran más que las sombras de su señor. El taciturno lacayo, con sus guantes negros, era una pesadilla. Royce, el secretario, hombre sólido, como un toro, un muñeco de trapo barbudo, tenía las pajizas barbas notablemente salpicadas de gris —como de trapo bicolor— y la ancha frente surcada de arrugas prematuras. Era de buen natural, pero su bondad era triste y lánguida, y tenía ese aire vago de los que se sienten fracasados. En cuanto a la hija de Armstrong, parecía increíble que lo fuera: tan pálida era y de un aspecto tan sensitivo. Era agraciada, pero había en su figura un temblor de álamo. Y Merton a veces se preguntaba si habría adquirido ese temblor con el traqueteo continuo del tren.

—Ya ve usted —dijo el padre Brown pestañeando modestamente—. No es seguro que la alegría de Armstrong haya sido alegre... para los demás. Usted dice que a nadie se le puede haber ocurrido dar muerte a un hombre tan feliz. No estoy muy seguro de ello: *ne nos inducas in tentatione*. Si alguna vez me hubiera yo atrevido a matar a alguien —añadió con sencillez—, hubiera sido a un optimista.

—¿Cómo? —exclamó Merton, risueño—. ¿A usted le parece que la alegría de uno es desagradable a los demás?

—A la gente le agrada la risa frecuente —contestó el padre Brown—, pero no creo que le agrade la sonrisa perenne. La alegría sin humorismo es cosa agotadora.

Caminaron un rato en silencio, bajo las ráfagas, por el herboso terraplén de la vía y, al llegar al límite de la larguísima sombra que proyectaba la casa de Armstrong, el padre Brown dijo de pronto, como el que echa de sí un mal pensamiento, más que ofrecerlo a su interlocutor:

—Claro es que la bebida en sí misma no es buena ni mala. Pero no puedo dejar de pensar que, a los hombres como Armstrong, les convendría beber un poco de vino de tiempo en tiempo para entristecerse un poco.

El jefe de Merton, un detective muy apuesto, de pelo canoso, llamado Gilder, estaba en la verde loma de la vía esperando al médico forense y hablando con Patrick Royce, cuyas anchas espaldas y erizados pelos le dominaban por completo. Y esto se notaba más porque Royce siempre andaba combado de una manera hercúlea y discurría por entre sus pequeños deberes domésticos y secretariales con un aire de pesada humildad, como un búfalo que arrastra un carro.

Al ver al sacerdote, levantó la cabeza con evidente satisfacción y se apartó con él unos pasos. Entretanto, Merton se dirigió a su mayor con evidente respeto, pero con cierta impaciencia de muchacho.

—¿Y qué, señor Gilder, ha avanzado usted en la solución de este misterio?

—Aquí no hay misterio —replicó Gilder, contemplando, con soñolientas pestañas, el vuelo de las cornejas.

—Bueno; para mí, al menos, sí lo hay —dijo Merton, sonriendo.

—Todo está muy claro, muchacho —dijo su mayor, acariciando su puntiaguda barba gris—. Tres minutos después de que te fueras a buscar al párroco del señor Royce todo se aclaró. ¿Conoces a ese criado de cara de palo que lleva unos guantes negros, el que detuvo el tren?

—¡Ya lo creo! Me da escalofríos.

—Bien —dijo Gilder con voz cansina—; cuando el tren partió, ese hombre había partido también. Un criminal muy frío, ¿verdad? ¡Mira tú que escapar en el tren que va a avisar a la policía!

—Pero ¿está usted seguro —observó el joven— de que fue él quien mató a su amo?

—Sí, hijo mío, completamente seguro —replicó Gilder secamente—; por la sencilla razón de que ha escapado llevándose veinte mil libras en acciones que estaban en el escritorio de su amo. No: aquí lo único que merece el nombre de misterio es cómo cometió el asesinato. El cráneo se diría roto con un arma grande, pero no aparece arma ninguna, y no es fácil que el asesino se la haya llevado consigo, a menos que fuera lo bastante pequeña para no advertirse.

—O quizá lo bastante grande para no advertirse —dijo el sacerdote, dominando una risita. Ante esta alocada observación, Gilder miró a su alrededor y le preguntó secamente al padre Brown qué quería decir.

—Nada, una necedad, ya lo sé —dijo el padre Brown como excusándose—. Suena a cuento de hadas. Pero el pobre señor Armstrong murió por una cachiporra gigantesca, una enorme cachiporra verde, demasiado grande para ser notada, y que se llama «tierra». En suma, que se rompió la cabeza contra esta misma loma verde en la que estamos.

—¿Cómo? —preguntó vivamente el detective.

El padre Brown volvió su cara de luna hacia la casa y pestañeó como un desesperado. Siguiendo su mirada, los otros vieron que en lo alto de aquel muro, y como ojo único, había una ventana abierta en el desván.

—¿No ven ustedes? —explicó, señalándola con una torpeza infantil—. Cayó o fue arrojado desde allí.

Gilder escudriñó la ventana con arrugado ceño y dijo:

—En efecto, es muy posible. Pero no entiendo cómo habla usted de ello con tanta seguridad.

El padre Brown abrió sus vacíos ojos grises.

—¿Cómo? —exclamó—. En la pierna de ese hombre hay un trozo de cuerda enredado. ¿No ve usted otro trozo allí, en el ángulo de la ventana?

A aquella altura, la cuerda parecía una brizna o una hebra de cabello, pero el astuto y viejo investigador estaba satisfecho:

—Muy cierto, caballero. Creo que ha acertado.

En este instante, un tren especial de un solo vagón entró por la curva a la izquierda de la vía y, deteniéndose, dejó salir otro contingente de policías, entre los cuales aparecía la cara de perro apaleado de Magnus, el sirviente huido.

—¡Por los dioses! ¡Lo han cogido! —gritó Gilder, y se adelantó a recibirlos con mucha precipitación—. ¿Y el dinero? ¿También lo traen ustedes? —preguntó a uno de los policías.

El agente, con una expresión singular, contestó:

—No. —Luego añadió—: Por lo menos, aquí no.

—¿Quién es el inspector, por favor? —preguntó Magnus.

Y, al oír su voz, todos comprendieron que aquel hombre hubiera podido detener el tren. Era un hombre de aspecto soso, negros cabellos lacios, cara descolorida, a quien los ojos y la boca, verdaderas rajas, daban cierto aire oriental. Su procedencia y su nombre habían sido siempre un misterio. Sir Aaron lo había redimido del oficio de camarero, que desempeñaba en un restaurante de Londres, y aseguran las malas lenguas que de otros oficios más infames. Pero su voz era tan viva como su cara muerta. Ya fuera por esfuerzo de exactitud para emplear una lengua que le era extranjera, o por deferencia a su amo (que había sido algo sordo), la voz de Magnus había adquirido una sonoridad, una extraña penetración. De modo que, cuando Magnus habló, todos se estremecieron.

—Siempre me lo había yo temido —dijo en voz alta con una suavidad ardorosa—. Mi pobre amo se reía de mi traje de luto, pero yo siempre me dije que con este traje estaba preparado para su funeral —E hizo un ademán con sus manos enguantadas de negro.

—Sargento —dijo el inspector, mirando con furia aquellas manos—, ¿cómo es que no le ha puesto usted las esposas a este individuo, que parece tan peligroso?

—Señor —dijo el sargento desconcertado—, no sé si debo hacerlo.

—¿Cómo es eso? —preguntó el otro con aspereza—. ¿No lo han arrestado ustedes?

En la hendida boca del criado se dibujó una mueca desdeñosa, y el silbato de un tren que se acercaba pareció curiosamente hacerse eco de la intención burlesca.

El sargento, muy gravemente, replicó:

—Lo hemos arrestado precisamente cuando salía de la comisaría de Highgate, donde acababa de depositar todo el dinero de su amo en manos del inspector Robinson.

Gilder contempló al lacayo, asombrado.

—¿Y por qué diablos hizo usted eso? —preguntó.

—Para poner el dinero a salvo del criminal, ¿por qué si no? —contestó Magnus.

—Es que el dinero de sir Aaron —dijo Gilder— estaba seguro en manos de la familia de sir Aaron.

El final de esta frase se ahogó en el estruendo del tren, que se acercó temblando y chirriando. Pero, sobre el infierno de ruidos al que aquella triste mansión estaba periódicamente sujeta, se oyeron las sílabas precisas de Magnus, tan nítidas como repiques de campana:

—Tengo razones para desconfiar de la familia.

Todos, aunque inmóviles, sintieron vagamente la fantasmal presencia de un recién llegado. Merton volvió la cabeza y no le sorprendió encontrarse con la cara pálida de la hija de Armstrong, que asomaba sobre el hombro del padre Brown. Todavía era joven y bella, con un aire plateado, pero su cabello era de un color castaño tan opaco y tan sin matices que, a la sombra, de repente parecía gris.

—¡Cuidado con lo que dice! —gruñó Royce—. Va usted a asustar a la señorita Armstrong.

—Eso espero —dijo el hombre de la voz clara.

La dama retrocedió. Todos lo miraron sorprendidos. Y él prosiguió así:

—Estoy ya acostumbrado a los temblores de la señorita Armstrong. La he visto temblar muchas veces durante muchos años. Unos decían que temblaba de frío; otros, que de miedo, pero yo sé bien que temblaba de odio y de perverso rencor... Los diablos se han dado un festín esta mañana. De no ser por mí, a estas horas ella estaría lejos en compañía de su amante y con todo el dinero de mi amo a cuestas. Desde que el pobre de mi amo le prohibió casarse con ese borracho bribón...

—¡Alto! —dijo Gilder con energía—. No nos importan sus sospechas ni sus imaginaciones. Mientras no presente usted una prueba evidente, sus meras opiniones...

—¡Oh, ya lo creo que presentaré pruebas evidentes! —interrumpió Magnus con su acento entrecortado—. Usted tendrá que llamarme a declarar, señor inspector, y yo tendré que decir la verdad. Y la verdad es ésta: un momento después de que este anciano fuera arrojado por la ventana, entré corriendo en el desván y me encontré a la señorita desmayada, en el suelo, con una daga roja en la mano. Permítaseme también entregarla a la autoridad competente.

Sacó de su bolsillo un largo puñal con mango de cuerno manchado de rojo y se adelantó para entregárselo respetuosamente al sargento. Después retrocedió otra vez y las rajas de los ojos casi desaparecieron de su cara en una inmensa mueca chinesca.

Merton se sintió enfermo ante aquella mueca y murmuró al oído de Gilder:

—Habrá que oír lo que dice la señorita Armstrong contra esta acusación, ¿verdad?

El padre Brown levantó de pronto la cara, tan disparatadamente fresca como si acabara de lavársela.

—Sí —exclamó con radiante candor—. Pero ¿dirá la señorita Armstrong algo contra esta acusación?

La dama dejó escapar un grito breve y extraño. Todos se volvieron a mirarla. Estaba rígida, como paralizada. Sólo en el marco de sus cabellos castaños resaltaba un rostro animado por la sorpresa. Se diría que acababan de echarle el lazo al cuello.

—Este hombre —dijo el señor Gilder gravemente— acaba de declarar que la encontró a usted empuñando un cuchillo e inanimada, un momento después del asesinato.

—Dice la verdad —contestó Alice.

Todos quedaron deslumbrados y no volvieron en sí hasta que Patrick Royce adelantó su cabezota y dijo estas singulares palabras:

—Bueno, si me han de llevar, antes he de darme un gusto.

Y, levantando los fornidos hombros, descargó un puño de hierro en la blanda cara de mongol de Magnus, haciéndole caer a tierra más aplastado que una estrella de mar. Dos o tres policías agarraron a Royce al instante, pero a los demás les pareció que la razón misma había estallado y que el universo todo se convertía en una pantomima insensata.

—De eso nada, señor Royce —gritó Gilder autoritariamente—. Lo arresto a usted por agresión.

—No —contestó el secretario con una voz como de gong de hierro—, tendrá usted que arrestarme por homicidio.

Gilder miró muy alarmado al hombre agredido, pero como éste estaba levantándose y limpiándose un poco de sangre de la cara, que en rigor no estaba muy dañada, se limitó a preguntar:

—¿Qué quiere usted decir?

—Que es cierto, como ha dicho este hombre —explicó Royce—, que la señorita Armstrong cayó desmayada con un cuchillo en la mano. Pero no había empuñado el cuchillo para atacar a su padre, sino para defenderlo.

—¡¿Para defenderlo?! —gritó Gilder gravemente—. ¡¿De quién?!

—De mí —contestó el secretario.

Alice lo miró con expresión compleja y desconcertada. Después dijo con voz débil:

—Me alegro de que, después de todo, sea usted valiente.

—Subamos —dijo Patrick Royce con pesadez— y les haré ver cómo sucedió todo este maldito asunto.

El desván, que era el aposento privado del secretario —diminuta celda para tan enorme ermitaño—, ofrecía, en efecto, señales de haber sido escenario de un violento drama. En el centro, sobre el suelo, había un revólver; por un lado rodaba una botella de whisky, abierta, pero no completamente vacía. El tapete de la mesita había caído y estaba pisoteado. Y una cuerda, como la que había aparecido en la pierna del cadáver, colgaba por la ventana. En la chimenea, dos vasos rotos, y uno sobre la alfombra.

—Yo estaba borracho —dijo Royce; y esta confesión sencilla de aquel hombre prematuramente abatido tenía todo el patetismo del primer pecado infantil—. Todos ustedes me conocen —continuó con voz ronca—. Todos saben cómo empezó mi vida, y parece que voy a acabarla de igual modo. En otro tiempo decían que yo era inteligente, y pude haber sido feliz. Armstrong salvó de las tabernas este despojo de cerebro y de cuerpo y, a su modo, el pobre hombre fue siempre bondadoso conmigo. Sólo que no quería dejarme casar con Alice, y todos dirán que tenía razón. Bueno: pueden ustedes llegar a las conclusiones que quieran, y no necesitarán que yo entre en detalles. Allí, en el rincón, está mi botella de whisky medio vacía; allí, sobre la alfombra, mi revólver completamente descargado. La cuerda que se encontró en el cadáver es la cuerda de mi baúl y el cuerpo fue arrojado desde mi ventana. No necesitan detectives para arrancarme una confesión sobre mi tragedia: es una de esas hierbas que crecen en todos los rincones. ¡Me entrego a la horca! Y, basta, ¡por Dios!

A una señal, que fue lo bastante discreta, la policía rodeó al robusto secretario para conducirlo preso. Pero esta operación fue hasta cierto punto interrumpida por la extrañísima actitud que adoptó el padre Brown. Éste, a gatas sobre la alfombra, junto a la puerta, parecía entregado a poco dignas oraciones. Como era persona que jamás se daba cuenta del aspecto que tenía a ojos de los demás, conservando su postura, volvió de pronto su cara redonda y radiante, asumiendo la figura de un cuadrúpedo con ridícula cabeza humana.

—¡Veamos! —dijo con sencillez amable—. Esto se complica. Al principio, señor inspector, decía usted que no aparecía arma ninguna, pero ahora vamos encontrando muchas armas. Tenemos ya el cuchillo para apuñalar, la cuerda para estrangular y la pistola para disparar. Y todavía hay que añadir que el pobre señor se partió el cuello al caer de la ventana. Esto no va bien. No es económico.

Y sacudió la cabeza junto al suelo, como caballo que pasta. El inspector Gilder abrió la boca para decir algo muy serio; pero, antes de que pudiera articular una palabra, la grotesca figura rampante decía ya con la mayor fluidez:

—¡Y estas tres cosas inexplicables! Primero, estos agujeros en la alfombra, donde entraron los seis tiros. ¿A quién se le ocurre disparar a la alfombra? Un borracho dispara a la cara de su enemigo, que sonríe burlonamente ante él. Pero no riñe con los pies de su enemigo, ni asedia sus pantuflas. Y, luego, la dichosa cuerda.

Y, habiendo acabado con la alfombra, el orador levantó las manos y se las metió en los bolsillos, pero permaneció de rodillas sin afectación.

—¿En qué grado de embriaguez se le ocurre a un hombre atarle a su enemigo la soga al cuello para acabar atándosela a la pierna? Royce no estaba tan ebrio como para hacer semejante disparate, porque ahora estaría más dormido que un tronco. Y, finalmente, la botella de whisky, y esto es lo más claro de todo: usted quiere hacernos creer que aquí ha habido un combate de dipsómano por apoderarse del whisky, que usted ganó la botella, y que, después, la arrojó usted a un rincón, vertiendo la mitad del whisky y dejando el resto en la botella, lo cual me parece poco propio de un dipsómano.

Se irguió de un salto y, en tono de límpida penitencia, le dijo al presunto asesino:

—Lo siento mucho, mi buen señor, pero lo que usted nos cuenta es una sandez.

—Señor —dijo Alice Armstrong al sacerdote en voz baja—, ¿podemos hablar a solas?

Esta petición obligó al parlanchín sacerdote a salir al pasillo. Y, antes de preguntar nada, la dama le dijo decidida:

—Usted es un hombre inteligente y trata de salvar a Patrick, lo comprendo. Pero es inútil. Este asunto es muy oscuro y, mientras más indicios encuentre usted, menos posibilidad de salvación habrá para el desdichado a quien amo.

—¿Por qué? —preguntó el padre Brown mirándola con fijeza.

—Porque —contestó ella con la misma expresión— yo misma le he visto cometer el crimen.

—¡Ah! —dijo el padre Brown impertérrito—. ¿Y qué fue lo que hizo?

—Yo estaba en este cuarto —explicó ella—. Esta y aquella puerta estaban cerradas. De pronto, oí una voz que decía repetidas veces: «¡Maldición,

maldición!», y poco después las dos puertas vibraron con la primera explosión del revólver. Hubo tres disparos más antes de que yo lograra abrir una y otra puerta. Me encontré la estancia llena de humo, pero la pistola estaba humeando en la mano de mi pobre y loco Patrick. Y yo lo vi con mis propios ojos disparar el último tiro asesino. Después saltó sobre mi padre, que, lleno de terror, estaba encaramado en la ventana, y aferrándolo, trató de estrangularlo con la cuerda, echándosela por la cabeza; pero la cuerda se deslizó por los hombros estremecidos y cayó hasta los pies de mi padre, y se ató sola a una pierna. Patrick tiró de la cuerda enloquecido. Yo cogí entonces un cuchillo que estaba sobre la estera y, metiéndome entre ellos, logré cortar la cuerda antes de caer desmayada.

—Ya veo —dijo el padre Brown con la misma cortesía impasible—. Muchas gracias.

Y mientras la dama desfallecía al evocar tales recuerdos, el sacerdote regresó rápidamente a la habitación. Allí se encontró a Gilder y a Merton solos con Patrick Royce, que estaba sentado en una silla, con las esposas puestas. Dirigiéndose respetuosamente al inspector, dijo:

—¿Puedo decir algo al preso en presencia de usted? ¿Y le permite usted quitarse esas cómicas esposas un instante?

—Es un hombre muy fuerte —dijo Merton en voz baja—. ¿Para qué quiere que se las quite?

—Pues, mire usted —dijo humildemente el sacerdote—, porque quisiera tener el honor de darle un apretón de manos.

Los dos detectives se miraron sorprendidos y el padre Brown añadió:

—¿No quiere usted decirles cómo fue la cosa?

El hombre de la silla movió negativamente la despeinada cabeza y, entonces, el sacerdote dijo con impaciencia:

—Pues lo diré yo. La vida privada es más importante que la reputación pública. Voy a salvar al vivo y a dejar que los muertos entierren a los muertos.

Se dirigió a la ventana fatal y se asomó mientras seguía hablando:

—Le dije a usted que aquí había muchas armas para una sola muerte. Ahora debo rectificar: aquí no ha habido armas, porque no se han empleado para causar la muerte. Todos estos instrumentos terribles, el nudo corredizo, la sanguinolenta navaja, la pistola explosiva, han servido aquí como instrumentos de una extraña piedad. No se han empleado para matar a sir Aaron, sino para salvarlo.

—¡Para salvarlo! —exclamó Gilder—. ¿De qué?

—De sí mismo —dijo el padre Brown—. Era un maníaco suicida.

—¿Qué? —dijo Merton con tono incrédulo—. ¿Y su religión de la alegría...?

—Es una religión muy cruel —dijo el sacerdote mirando por la ventana—. ¡Que no haya podido él llorar un poco, como antes habían llorado sus padres! Sus ánimos se tensaron, sus opiniones se volvieron cada vez más frías. Bajo la alegre máscara se escondía el espíritu hueco del ateo. Finalmente, para conservar ante el público su alegría profesional, volvió a la bebida, que había abandonado hacía tanto tiempo. Pero el alcoholismo es terrible para un abstemio sincero, porque le procura visiones de ese infierno psicológico contra el cual trata de poner en guardia a los demás. Pronto este terror se abalanzó sobre el pobre señor Armstrong. Y esta mañana se encontraba en tal estado que se sentó aquí a gritar que estaba en el infierno, con una voz tan trastornada que su misma hija no la reconoció. Le entró la locura de la muerte y, con la agilidad de un mono, propia del maníaco, se rodeó de instrumentos mortíferos: el lazo corredizo, el revólver de su amigo, el cuchillo. Royce entró casualmente y, comprendiendo lo que pasaba, se apresuró a intervenir. Arrojó el cuchillo por aquella estera, arrebató el revólver y, sin tener tiempo de sacar las balas, lo descargó tiro a tiro contra el suelo. El suicida vio aún otra posibilidad de muerte, y quiso arrojarse por la ventana. El salvador hizo entonces lo único que podía: le dio alcance y trató de atarle con la cuerda las manos y los pies. Entonces esa desdichada joven entró aquí y, comprendiendo al revés las cosas, trató de libertar a su padre cortando la cuerda. Al principio, no hizo más que rasguñar las muñecas de Royce, y ésa es toda la sangre que ha habido en este asunto. Porque supongo que ustedes habrán advertido que, aunque su puño dejó sangre en la cara del criado, no le provocó la menor herida. Y la pobre mujer, antes de caer desmayada, logró cortar la cuerda que retenía a su padre, el cual se precipitó por esa ventana rumbo a la eternidad.

Hubo un largo silencio, hasta que se oyó el ruido metálico que hacía Gilder al abrir las esposas de Patrick Royce, a quien dijo:

—Creo que debo decir lo que siento, caballero. Usted y esa dama valen más que la esquela de defunción de Armstrong.

—¡Al diablo con Armstrong y su esquela! —gritó brutalmente Royce—. ¿No comprenden ustedes que se trataba de que ella no lo supiera?

—¿Que no supiera qué? —preguntó Merton.

—¿Cómo que qué? ¡Que es ella quien ha matado a su padre, imbécil! —rugió el otro—. A no ser por ella, estaría vivo. Cuando lo sepa va a volverse loca.

—No, no lo creo —observó el padre Brown, agarrando su sombrero—. Al contrario, creo que debo decírselo. Ni la más sangrienta equivocación envenena la vida tanto como un pecado. Y creo también que en adelante ella y usted podrán ser más felices. Y me voy: tengo que volver a la Escuela de Sordomudos.

Al salir por entre el césped mojado, un conocido de Highgate lo detuvo para decirle:

—Acaba de llegar el forense. Va a comenzar la instrucción.

—Tengo que ir a la Escuela de Sordomudos —dijo el padre Brown—. Siento mucho no poder asistir a la instrucción.

EL PAR DE GUANTES
Charles Dickens

Es una historia simple —dijo el inspector Wield, que, acompañado por los sargentos Dornot y Mith, nos hizo otra visita crepuscular una noche de julio— y creo que le gustaría conocerla.

Está relacionada con el asesinato de la joven Eliza Grimwood, hace algunos años en Waterloo Road. Era comúnmente conocida como la Condesa, debido a su belleza y a su altanera manera de comportarse; y cuando vi a la pobre Condesa (la había conocido lo suficiente como para hablar con ella), que yacía muerta, con el cuello cortado en el suelo de su dormitorio, me creerá si le digo que se me pasó por la cabeza una diversidad de reflexiones capaces de hacer que un hombre se desanime bastante.

Pero eso no viene al caso. Fui a la casa la mañana siguiente al asesinato, examiné el cadáver e hice un reconocimiento general del dormitorio en el que se encontraba. Al dar la vuelta a la almohada de la cama, hallé, debajo de ella, un par de guantes. Un par de elegantes guantes de caballero, muy sucios; y, en el interior del forro, las letras TR y una cruz.

Pues bien, señor, me llevé los guantes y se los mostré al magistrado, en Union Hall, ante el cual se expuso el caso. Él me dijo:

—Wield, no hay ninguna duda de que este descubrimiento puede conducir a algo muy importante y lo que debe hacer usted es averiguar quién es el dueño de esos guantes.

Yo pensaba lo mismo, por supuesto, e inmediatamente me dispuse a hacerlo. Examiné los guantes muy atentamente y mi opinión era que habían sido limpiados en seco. Tenían un olor a azufre y colofonia, ya me entiende, como normalmente tienen los guantes limpiados en seco, más o menos. Se los llevé a un amigo mío de Kennington que se dedica a eso y se los mostré.

—¿Qué me dice? ¿Se han limpiado en seco estos guantes?

—Estos guantes se han limpiado en seco —me dijo él.

—¿Tiene usted alguna idea de quién pudo limpiarlos? —le pregunté.

—En absoluto —contestó él—. Lo que sí tengo claro es que no fui yo. Pero se me ocurre una idea, Wield. En Londres no hay más de ocho o nueve firmas que se dedican a limpiar guantes —no las había en aquella época, por lo visto— y creo que puedo darle sus señas; así podrá averiguar quién los limpió.

De modo que me dio las direcciones y fui de acá para allá consultando a los respectivos encargados; pero, aunque todos estaban de acuerdo en que los guantes los limpiaron en seco, no pude averiguar qué hombre, mujer, o niño había limpiado aquel susodicho par de guantes.

Entre que uno no se encontraba en casa, a otro se lo esperaba por la tarde y esas cosas, la pesquisa me llevó tres días. La noche del tercer día, al pasar por Waterloo Bridge viniendo desde Surrey, completamente derrengado, y muy enfadado y decepcionado, pensé que un espectáculo en el Lyceum Theatre, que sólo costaba un chelín, me refrescaría. Así que entré en el patio de butacas, a mitad de precio, y me senté cerca de un joven muy reservado y modesto. Viendo que yo era forastero (pensé que fue una suerte que pareciera serlo) me dijo los nombres de los actores en escena y entablamos una conversación. Cuando la función terminó, salimos juntos y le dije:

—Hemos tenido una charla muy agradable y bien avenida, y a lo mejor no le importaría a usted tomar una copa.

—Bueno, es usted muy amable —me dijo él—. No me importaría tomar una copa.

De modo que fuimos a una taberna cerca del teatro, nos sentamos en una tranquila sala en el primer piso y pedimos cada uno una pinta de mitad y mitad y una pipa.

Pues bien, señor, dejamos a un lado nuestras pipas y nos bebimos nuestras pintas de mitad y mitad y nos pusimos a conversar muy amigablemente, cuando el joven me dijo:

—Disculpe, pero debo poner fin a esta velada, pues no me queda más remedio que volver a casa rápidamente. Tengo que trabajar toda la noche.

—¿Trabajar toda la noche? —pregunté—. ¿Es usted panadero?

—No —contestó riéndose—. No soy panadero.

—No me lo parecía. No tiene usted pinta de panadero.

—No —me dijo—. Soy limpiador de guantes.

En mi vida había sentido mayor perplejidad que cuando escuché esas palabras saliendo de sus labios.

—¿Es usted limpiador de guantes?

—Sí —me dijo—, lo soy.

—En ese caso —le dije, sacando los guantes del bolsillo—, quizá pueda decirme quién limpió este par de guantes. Es una historia extraña. Verá usted, el otro día estuve cenando en una animada tasca de Lambeth..., bastante promiscua..., con chicas de alterne..., cuando ¡algún caballero se olvidó allí estos guantes! Otro caballero y yo, ¿me comprende?, apostamos un soberano a que yo no averiguaría a quién pertenecían. He gastado ya no menos de siete chelines tratando de descubrirlo; pero, si pudiera usted ayudarme, con mucho gusto pagaría otros siete. Mire, llevan por dentro unas iniciales: TR y una cruz.

—Ya lo veo —me dijo—. ¡Vaya por Dios! ¡Conozco muy bien estos guantes! He visto docenas de pares que pertenecen al mismo individuo.

—¡No! —le dije.

—Sí —me dijo él.

—Entonces, ¿sabe quién los ha limpiado? —le dije yo.

—Ya lo creo que sí —me dijo—. Los limpió mi padre.

— ¿Dónde vive su padre? —le dije.

—Justo a la vuelta de la esquina —me dijo el joven—, cerca de Exeter Street. Él podrá decirle directamente a quién pertenecen.

—¿Tendría la amabilidad de acompañarme ahora?

—Cómo no —me dijo—. Pero no hace falta que le diga a mi padre que nos hemos conocido en el teatro, ya me entiende, porque podría no gustarle.

—¡De acuerdo!

Fuimos a la casa y allí encontramos a un anciano con un mandil blanco que, acompañado de dos o tres hijas, frotaba y limpiaba montones de guantes en una sala de estar que daba a la calle.

—Oye, padre —le dijo el joven—, aquí hay alguien que ha hecho una apuesta sobre quién es el propietario de un par de guantes, y le he dicho que tú puedes aclarárselo.

—Buenas noches, señor —le dije al anciano—. Estos son los guantes de los que habla su hijo. Con las iniciales TR, fíjese, y una cruz.

—Oh, sí —me dijo—, conozco muy bien esos guantes; he limpiado docenas de pares iguales. Pertenecen al señor Trinkle, el famoso tapicero de Cheapside.

—¿Se los entregó al señor Trinkle personalmente, si me permite preguntárselo?

—No —me dijo—. Trinkle siempre se los da al señor Phibbs, que tiene una mercería en la acera de enfrente, y él me los da a mí.

—¿Le importaría a usted tomar una copa conmigo? —le dije.

—¡En absoluto! —me dijo él.

De modo que me llevé al anciano y estuve un buen rato bebiendo y charlando con él y con su hijo y nos despedimos tan amigos.

Eso ocurrió a última hora de la noche de un sábado. Lo primero que hice el lunes por la mañana fue presentarme en la mercería, que estaba justo enfrente del establecimiento del señor Trinkle, el gran tapicero de Cheapside.

—¿Está el señor Phibbs?

—Yo soy Phibbs.

—¡Ah! Creo que llevó usted este par de guantes a limpiar.

—Sí, por encargo del joven señor Trinkle, de ahí enfrente. ¡Está en la tienda!

—¡Ah! ¿Es ése de ahí? ¿El de la bata verde?

—El mismo.

—Verá usted, señor Phibbs, este es un asunto desagradable, pero el hecho es que soy el inspector Wield, de la brigada de detectives, y encontré estos guantes debajo de la almohada de la joven a la que asesinaron el otro día en Waterloo Road.

—¡Dios mío! —me dijo—. Es un joven muy respetable y, si su padre se entera de esto, ¡será su perdición!

—Lo lamento mucho —le dije—, pero tengo que detenerlo.

—¡Dios mío! —dijo Phibbs—. ¿No se puede hacer nada?

—Nada —le dije.

—¿Me permite que lo llame para que venga? —me dijo—. Para que su padre no lo vea.

No me opongo —le dije—, pero, por desgracia, señor Phibbs, no puedo permitir que ustedes se comuniquen. Si lo intentaran, me vería en la obligación de interferir directamente. ¿Por qué no le hace una seña para que venga?

El señor Phibbs fue hasta la puerta y le hizo una señal, y el tapicero cruzó inmediatamente la calle. Era un joven elegante y jovial.

—Buenos días, señor —le dije.

—Buenos días, señor —me dijo.

—¿Puedo preguntarle, señor —le dije—, si conoce usted a alguien que se apellide Grimwood?

—¿Grimwood... Grimwood? —dijo—. ¡No!

—¿Conoce usted Waterloo Road?

—¡Por supuesto que conozco Waterloo Road!

—¿Y por casualidad no sabrá usted que allí asesinaron a una joven?

—Sí, lo leí en el periódico, y lo sentí mucho.

—Aquí tengo un par de guantes que le pertenecen y que encontré debajo de su almohada la mañana siguiente.

Se quedó horrorizado, señor, ¡completamente horrorizado!

—Señor Wield —me dijo—, le juro solemnemente que nunca estuve allí. Que yo sepa, ¡ni siquiera he visto a esa muchacha en toda mi vida!

—Lo siento mucho —le dije—. Si he de serle sincero, no creo que usted sea el asesino, pero tengo que llevarlo a Union Hall en coche. De todos modos, tratándose de un caso como éste, creo que el magistrado lo interrogará personalmente.

Se llevó a cabo un interrogatorio a puerta cerrada; así se descubrió que aquel joven conocía a una prima de la desventura Eliza Grimwood y que, habiendo pasado a verla uno o dos días antes del asesinato, se había dejado esos guantes encima de la mesa. ¿Y quién llegó poco después? ¡Eliza Grimwood!

—¿De quién son estos guantes? —dijo.

—Son del señor Trinkle —dijo su prima.

—¡Vaya! —dijo—. Están muy sucios y no creo que le sirvan. Me los llevaré para que mi criada limpie las estufas.

Y se los guardó en el bolsillo. La criada los había usado para limpiar las estufas y, no me cabe la menor duda, se los había dejado en el dormitorio, encima de la repisa, en la gaveta o en algún sitio; y su señora, al inspeccionar la habitación para ver si estaba en orden, los había cogido y guardado debajo de la almohada, donde yo los encontré.

—Esa es la historia, señor.

UN TOQUE DE ASTUCIA
Charles Dickens

Una de las cosas más formidables que se han hecho jamás —dijo el inspector Wield, recalcando el adjetivo, como si quisiera predisponernos para un ejemplo de destreza o de ingenio— fue obra del sargento Witchem. ¡Tuvo una idea espléndida!

Witchem y yo estábamos en Epsom, un día de derbi, vigilando a los carteristas en la estación. Como ya he señalado en otras ocasiones, siempre vamos a la estación cuando hay carreras o una feria agrícola, o cuando se celebra el juramento de un rector en la universidad o se espera la llegada de la soprano Jenny Lind, o cosas por el estilo y, cuando aparecen los carteristas, los detenemos y nos los llevamos en el siguiente tren. En la ocasión del derbi al que me refiero, unos carteristas nos engañaron y para ello alquilaron un caballo y una silla de posta. Fueron de Londres a Whitechapel y dieron un rodeo de varios kilómetros para entrar en Epsom en dirección contraria y empezaron a trabajar, aquí y allá, mientras nosotros los esperábamos en la estación. De todos modos, no es eso lo que quiero contarle. Mientras Witchem y yo esperábamos en la estación, apareció el señor Tatt, un antiguo funcionario, buen detective amateur y hombre muy respetado.

—Hola, Charley Wield. ¿Qué hace usted aquí? ¿Busca a alguno de sus viejos amigos?

—Sí, Tatt, lo de siempre.

—Vengan conmigo a tomar una copa de jerez —dijo.

—No podemos movernos de aquí hasta que llegue el próximo tren. Pero después iremos con mucho gusto.

El señor Tatt esperó, el tren llegó y Witchem y yo nos fuimos con él al hotel. Nuestro amigo no reparó en gastos para la ocasión y vimos que llevaba en la camisa un precioso alfiler de diamante que le había costado quince o veinte libras, un alfiler bonito de verdad. Nos tomamos tres o cuatro copas de jerez y, de pronto, Witchem gritó:

—¡Cuidado, señor Wield! ¡Levántese! —Vimos entrar en el hotel a cuatro carteristas que habían llegado como acabo de explicarle y, en un abrir y cerrar de ojos, el alfiler de Tatt había desaparecido. Witchem les cerró el paso en la puerta, yo la emprendí a puñetazos con ellos como buenamente pude, Tatt peleó como un valiente, y acabamos todos enredados en el suelo del bar. ¡No creo que haya visto usted una escena de tanta confusión! El caso es que logramos reducirlos, porque Tatt es tan hábil como el mejor oficial; los cogimos a todos y los llevamos a la estación. La estación estaba abarrotada de gente que volvía de ver la carrera y nos costó Dios y ayuda que no se escaparan. Al final lo conseguimos y los registramos, pero no llevaban nada encima. Los encerramos de todos modos y no se figura usted lo acalorados que estábamos a estas alturas.

Yo estaba convencido de que le habían dado el alfiler a un cómplice, y así se lo dije a Witchem cuando los dejamos a buen recaudo y fuimos a refrescarnos un poco con Tatt.

—No nos ha salido bien la jugada esta vez, porque no llevaban nada encima, y al final ha sido todo pura fanfarronería.

—¿Qué quiere decir, Wield? —preguntó Witchem—. Aquí está el alfiler —Y lo enseña en la palma de la mano, sano y salvo.

—Pero ¿qué es esto? —preguntamos Tatt y yo, atónitos—. ¿Cómo lo ha conseguido?

—Les diré cómo —dijo—. Vi quién se lo quitaba y, cuando estábamos todos enredados en el suelo, peleando, le di un golpecito en el dorso de la mano, como sabía que haría su compinche, ¡y me lo entregó! ¡Fue maravilloso! ¡Ma-ra-vi-llo-so!

Pero tampoco eso fue lo mejor del caso, porque al ladrón lo juzgaron en Guildford, en la vista trimestral. Ya sabe usted, señor, lo que es la vista trimestral. Bueno, pues no se lo va a creer, pero mientras esa justicia tan lenta consultaba las leyes para ver qué podían hacer con él, ¡se les escapó del banquillo delante de sus narices! Como se lo cuento. Se les escapó allí mismo, cruzó el río a nado y se subió a un árbol para secarse. Lo encontraron en el árbol, una anciana lo había visto subir, y el ingenio de Witchem acabó llevándolo a la cárcel.

LA AVENTURA DEL ARISTÓCRATA SOLTERO
Arthur Conan Doyle

Hace mucho tiempo que la boda de lord Saint Simon y el modo curioso en que se truncó ya no son objeto de interés en los círculos elevados en que se mueve el desventurado novio. Han surgido nuevos escándalos que la han eclipsado, con detalles más picantes que han hecho olvidar a los chismosos este drama de hace ya cuatro años. No obstante, dado que tengo motivos para creer que la totalidad de los hechos no se ha desvelado al público general y, dado que mi amigo Sherlock Holmes desempeñó un papel considerable a la hora de aclarar la cuestión, tengo la impresión de que ninguna crónica de sus hechos estará completa sin un breve esbozo de este episodio notable.

Pocas semanas antes de mi propia boda, en la época en que todavía compartía habitaciones con Holmes en Baker Street, volvía éste a casa después de darse un paseo por la tarde y se encontró en la mesa una carta para él. Yo había pasado todo el día en casa, pues el tiempo se había metido de pronto en agua, con fuertes vientos otoñales, y la bala jezail que me había traído en una de mis extremidades como recuerdo de mi campaña de Afganistán me producía un dolor sordo y persistente. Con el cuerpo en una butaca y las piernas sobre otra, me había rodeado de una nube de periódicos hasta que, por fin, saturado de las noticias del día, los tiré todos a un lado y me quedé tendido con apatía, contemplando el escudo de armas y el monograma enormes que aparecían en el sobre que estaba en la mesa y preguntándome perezosamente quién podía ser el noble corresponsal de mi amigo.

—He ahí una misiva muy elegante —comenté al verlo entrar—. Si no recuerdo mal, sus cartas de esta mañana eran de un pescadero y de un vista de aduanas.

—Sí, mi correspondencia tiene, sin duda alguna, el encanto de la variedad —respondió él, con una sonrisa—, y las cartas más humildes suelen ser las más interesantes. Ésta parece ser una de esas molestas invitaciones a un acto social, que lo obligan a uno a aburrirse o a mentir.

Rompió el sello y le echó un vistazo al contenido.

—Ah, caramba, esto puede resultar interesante después de todo.

—¿No se trata de un acto social, entonces?

—No, es decididamente profesional.

—¿Y de un cliente de la aristocracia?

—Uno de los más altos de Inglaterra.

—Lo felicito, mi querido amigo.

—Le aseguro, Watson, sin afectación alguna, que la categoría social de mi cliente me importa menos que el interés de su caso. Sin embargo, existe la posibilidad de que esta nueva investigación no esté exenta de interés. Ha estado usted leyendo los periódicos con aplicación últimamente, ¿no es así?

—Eso parece —respondí con melancolía, señalando la pila ingente del rincón—. No he hecho otra cosa.

—Es una suerte, pues quizá pueda ponerme usted al día. Yo sólo leo las noticias de crímenes y la columna de mensajes personales. Esta última siempre resulta instructiva. Pero si ha seguido usted tan de cerca las últimas noticias, habrá leído usted algo acerca de lord Saint Simon y su boda, ¿no es cierto?

—Ah, sí, con el máximo interés.

—Muy bien. La carta que tengo en la mano es de lord Saint Simon. Se la leeré y, a cambio, repasará estos periódicos para informarme de todo lo que guarde alguna relación con este asunto. He aquí lo que dice.

Estimado señor Sherlock Holmes:

Lord Backwater me comunica que puedo confiar absolutamente en su buen juicio y en su discreción. Por ello, he decidido visitarlo y consultarlo en relación con el hecho tan doloroso que se ha producido en relación con mi boda. El señor Lestrade, de Scotland Yard, ya se está ocupando del caso, pero me asegura que no pone ninguna objeción a que colabore usted, y que cree, incluso, que podría resultar de alguna ayuda. Le haré una visita a las cuatro de la tarde, y, si tiene algún otro compromiso para esa hora, espero que lo retrase, pues este asunto es de enorme importancia.

Atentamente,

Saint Simon

»Está fechada en Grosvenor Mansions, escrita con pluma de ave, y el noble lord ha tenido la desventura de mancharse de tinta la parte exterior de su meñique derecho —comentó Holmes mientras plegaba la misiva.

—Dice que a las cuatro. Ahora son las tres. Llegará dentro de una hora.

—Entonces tengo el tiempo justo, con la ayuda de usted, de enterarme del asunto. Repase usted esos periódicos y ordene cronológicamente los extractos, mientras yo consulto quién es nuestro cliente.

Tomó un volumen de tapas rojas entre una hilera de libros de referencia que estaban junto a la repisa de la chimenea.

—Aquí está —dijo, sentándose y abriendo el libro sobre sus rodillas—. Lord Robert Walsingham de Vere Saint Simon, hijo segundo del duque de Balmoral. ¡Hum! Escudo de armas: en campo de azur, tres abrojos en jefe sobre un frangle de sable. Nacido en 1846. Tiene cuarenta y un años, edad madura para contraer matrimonio. Fue subsecretario de Colonias en una Administración anterior. El duque, su padre, fue secretario de Asuntos Exteriores. Heredan sangre de los Plantagenet por línea directa y de los

Tudor por línea femenina. ¡Ah! Bueno, nada de esto nos enseña gran cosa. Creo que debo recurrir a usted, Watson, para que me aporte datos algo más sólidos.

—No me costará ningún trabajo encontrar lo que quiero —dije yo—, pues los hechos son muy recientes y el asunto me pareció singular. Pero no quise comentárselo a usted, pues sabía que tenía entre manos una investigación y que no le gusta que lo molesten con otras cosas.

—Ah, se refiere al problema del camión de mudanzas de Grosvenor Square. Ya está resuelto del todo, aunque a decir verdad era evidente desde el principio. Le ruego que me dé los resultados de su selección de periódicos.

—He aquí la primera nota que he podido encontrar. Apareció en la sección de sociedad del *Morning Post* y, como verá usted, data de hace algunas semanas. «Se ha acordado el matrimonio —dice— que tendrá lugar dentro de muy poco, si los rumores son ciertos, entre lord Robert Saint Simon, hijo segundo del duque de Balmoral, y la señorita Hatty Doran, única hija del señor Aloysius Doran, de San Francisco, California, EE. UU.». Eso es todo.

—Es breve y va al grano —comentó Holmes, estirando las piernas largas y delgadas hacia la lumbre.

—En una de las revistas especializadas en vida social de la misma semana apareció un párrafo que ampliaba esto mismo. Ah, aquí está:

> No tardarán en reclamarse medidas proteccionistas en el mercado de los matrimonios, pues, al parecer, los principios de libre mercado actuales perjudican de manera notable a nuestros productos nacionales. Las casas nobles del Reino Unido se están quedando, una tras otra, bajo la dirección de nuestras bellas primas del otro lado del Atlántico. La semana pasada, estas encantadoras invasoras han cobrado una nueva pieza de gran importancia. Lord Saint Simon, quien durante más de veinte años se ha mostrado inmune a las flechas del diosecillo, acaba de anunciar formalmente su próximo matrimonio con la señorita Hatty Doran, cautivadora hija de un millonario de California. La señorita Doran, cuya grácil figura y cuyo

rostro bellísimo llamaron mucho la atención en las festividades de Westbury House, es hija única, y se dice que su dote superará con mucho las cien mil libras esterlinas, además de la herencia que puede esperar para el futuro. En vista de que es un secreto a voces que el duque de Balmoral se ha visto obligado a vender sus cuadros durante los últimos años, y de que lord Saint Simon no tiene bienes propios, salvo la pequeña finca de Birchmoor, es evidente que la heredera californiana no será la única que saldrá ganando con un enlace que le permitirá convertirse, cosa fácil y habitual, de dama republicana en noble británica.

—¿Algo más? —preguntó Holmes, bostezando.

—Pues sí, bastante. Se publicó otra nota en el *Morning Post,* en la que se decía que la boda se celebraría en la más absoluta intimidad en la iglesia de San Jorge, en Hanover Square; que sólo se invitaría a media docena de amigos íntimos y que los invitados se reunirían después en la casa amueblada de Lancaster Gate que ha alquilado el señor Aloysius Doran. Dos días más tarde (es decir, el miércoles pasado) apareció la escueta noticia de que la boda se había celebrado y de que los novios pasarían la luna de miel en la finca de lord Backwater, cerca de Petersfield. Éstas son todas las noticias que se publicaron antes de la desaparición de la novia.

—¿Antes de qué? —preguntó Holmes, dando un respingo.

—De la desaparición de la señora.

—¿Cuándo desapareció, pues?

—Durante el desayuno, tras la ceremonia.

—¡No me diga! Esto es más interesante de lo que prometía. Bastante dramático, la verdad.

—Sí; me pareció que se salía un poco de lo normal.

—Suelen desaparecer antes de la ceremonia y, a veces, durante la luna de miel; pero no recuerdo ningún caso en el que la desaparición haya sido tan inmediata como ésta. Le ruego que me exponga los detalles.

—Le advierto que son muy incompletos.

—Quizá podamos completarlos nosotros.

—Lo que hay aparece en un único artículo de un periódico matutino de ayer, que le leeré. Lleva el titular: «Suceso singular en una boda de la alta sociedad».

La familia de lord Robert Saint Simon se ha visto sumida en la mayor consternación a raíz de los episodios extraños y lamentables que han tenido lugar en relación con la boda de aquél. La ceremonia, tal como se anunció brevemente en los periódicos de ayer, tuvo lugar la mañana anterior; pero sólo ahora se han podido confirmar los extraños rumores que han corrido con tanta insistencia. Aunque los familiares han intentado echar tierra al asunto, éste ha suscitado tanto interés ante la opinión pública que a estas alturas no tiene sentido pasar por alto lo que corre en boca de todos.

La ceremonia, que se celebró en la iglesia de San Jorge, en Hanover Square, fue muy íntima, y no asistieron a ella más que el padre de la novia, señor Aloysius Doran; la duquesa de Balmoral; lord Backwater; lord Eustace y lady Clara Saint Simon (hermano y hermana menores del novio), y lady Alicia Whittington. Todos los asistentes se trasladaron después a la casa del señor Aloysius Doran, en Lancaster Gate, donde se había preparado el desayuno. Parece ser que hubo un pequeño alboroto, provocado por una mujer, cuyo nombre no ha trascendido, que intentó entrar a la fuerza en la casa tras los invitados, alegando que tenía algunos derechos sobre lord Saint Simon. Fue expulsada por el mayordomo y un lacayo, pero sólo tras una escena lastimosa y prolongada. La novia, que por suerte había entrado en la casa antes de esta interrupción desagradable, se había sentado a desayunar con los demás, pero se quejó entonces de encontrarse, de pronto, algo indispuesta, y se retiró a su cuarto. Cuando su ausencia prolongada suscitó algunos comentarios, su padre fue a buscarla, pero la doncella de la novia le informó de que ésta sólo había subido a su cuarto un instante, había tomado un abrigo y un sombrero y había bajado enseguida al pasillo. Uno de los lacayos declaró haber visto salir de la casa a una señora así vestida, pero que no había querido creer que se tratase de su señora, pues creía que ésta estaba con los invitados. Al comprobar que su hija había desaparecido, el señor Aloysius Doran, junto con el novio, se puso inmediatamente en contacto con la policía, y se realizaron pesquisas muy enérgicas que con toda probabilidad aclararán rápidamente este asunto tan singular. Sin embargo, a última hora de esta noche no se sabe nada todavía del paradero de la señora desaparecida. Se rumorea que podría haber habido violencia y se dice que la policía ha dado orden de detención de la mujer que había provocado el primer alboroto, considerando que, o bien por celos o bien por algún otro motivo, podría estar implicada en la extraña desaparición de la novia.

—¿Y eso es todo?

—Sólo una nota breve en otro periódico de la mañana, pero es sugerente.

—¿Y es...?

—Que se ha detenido, en efecto, a la señorita Flora Millar, la dama que había provocado el alboroto. Al parecer, había sido bailarina en el Allegro y conoce al novio desde hace unos años. No se dan más detalles y ya tiene usted en sus manos la totalidad del caso, en la medida que ha trascendido al público en la prensa.

—Y parece que se trata de un caso interesantísimo. No me lo habría perdido por nada del mundo. Pero ha sonado el timbre, Watson, y en vista de que el reloj marca las cuatro y unos minutos, no me cabe duda de que será nuestro noble cliente. No se marche usted, Watson, ni soñarlo; prefiero contar con un testigo, aunque sólo sea para contrastar mi propia memoria.

—Lord Robert Saint Simon —anunció nuestro botones, abriendo la puerta. Entró un caballero de cara agradable y culta, nariz alta, y pálido, con algo de petulancia quizá en la boca, y con la mirada firme y bien abierta del hombre cuyo único y agradable papel en la vida ha sido siempre el de mandar y ser obedecido. Aunque se movía con energía, su aspecto daba una impresión general de vejez, pues estaba algo encorvado hacia delante y caminaba con las rodillas algo flexionadas. Cuando se despojó de su sombrero, de ala muy abarquillada, se vio que también tenía el pelo gris por los lados y ralo en la coronilla. En cuanto a su vestimenta, era correcta hasta llegar a la afectación, con cuello alto, levita negra, chaleco blanco, guantes amarillos, zapatos de charol y polainas claras. Se adentró despacio en la sala, volvió la cabeza de izquierda a derecha e hizo oscilar sus quevedos dorados, que colgaban de un cordón que sujetaba con la mano derecha.

—Buenos días, lord Saint Simon —dijo Holmes, levantándose y haciendo una reverencia—. Le ruego que se siente en la butaca de mimbre. Le presento a mi amigo y compañero, el doctor Watson. Acérquese un poco a la lumbre y hablaremos de este asunto.

—Un asunto muy doloroso para mí, como ya se figurará usted, señor Holmes. Me han herido donde más duele. Tengo entendido que ya se ha ocupado usted de varios casos delicados de esta clase, señor mío, aunque supongo que no pertenecían ni mucho menos a la misma clase social.

—No, estoy bajando.

—¿Cómo dice usted?

—Mi último cliente en un caso de esta especie era rey.

—¡Ah! ¿No me diga? No tenía idea. Y ¿qué rey?

—El rey de Escandinavia.

—¿Cómo? ¿Había perdido a su esposa?

—Comprenderá usted —dijo Holmes con suavidad— que hago extensiva a los asuntos del resto de mis clientes la misma discreción que le prometo a usted con los suyos.

—¡Por supuesto! ¡Muy justo! ¡Muy justo! Le pido disculpas, desde luego. En lo que se refiere a mi propio caso, estoy dispuesto a proporcionarle cualquier información que pueda servirle para formarse una opinión.

—Muchas gracias. Estoy al corriente de todo lo que se ha publicado en la prensa, nada más. Supongo que puedo darlo por correcto... Este artículo, por ejemplo, sobre la desaparición de la novia.

Lord Saint Simon le echó una ojeada.

—Sí, es correcto, dentro de lo que cabe.

—Pero es preciso completarla mucho para poder emitir una opinión. Creo que la mejor manera de enterarme de los hechos será preguntándole a usted.

—Hágalo, se lo ruego.

—¿Cuándo conoció usted a la señorita Hatty Doran?

—En San Francisco, hace un año.

—¿Viajaba usted por los Estados Unidos?

—Sí.

—¿Se comprometieron ustedes en matrimonio entonces?

—No.

—¿Pero mantenían relaciones de amistad?

—Su trato me divertía, y ella se daba cuenta de que me divertía.

—¿Su padre es muy rico?

—Se dice de él que es el hombre más rico de la costa del Pacífico.

—¿Y cómo hizo su dinero?

—En la minería. Hace unos años no tenía nada. Pero encontró oro, lo invirtió y se enriqueció a pasos agigantados.

—Y bien, ¿qué impresión tiene usted del carácter de la joven... de su esposa?

El aristócrata hizo oscilar los quevedos un poco más deprisa y volvió la vista hacia el fuego.

—Verá usted, señor Holmes —dijo—, mi esposa había cumplido los veinte años antes de que su padre se hiciera rico. En esa época andaba suelta por un campamento de mineros y vagaba por los bosques o por las montañas, de modo que su maestra ha sido la naturaleza, más que la escuela. Es lo que llamamos en Inglaterra una marimacho, de carácter fuerte, libre y arrebatado, no constreñido por tradiciones de ninguna clase. Es impetuosa... Iba a decir volcánica. Se decide con rapidez y lleva a cabo sus decisiones sin miedo. Por otra parte, yo no le habría concedido el apellido que tengo el honor de llevar —soltó una tosecilla solemne— si no considerara que, en el fondo, es una mujer noble. Creo que es capaz de hacer sacrificios heroicos y que le repugnaría hacer algo deshonroso.

—¿Tiene usted su fotografía?

—He traído esto.

Abrió un medallón y nos enseñó el rostro de una mujer encantadora. No era una fotografía, sino una miniatura en marfil, y el artista había captado plenamente el efecto de los cabellos negros y lustrosos, los grandes ojos oscuros y la boca exquisita. Holmes lo observó largo rato con atención. Después, cerró el medallón y se lo devolvió a lord Saint Simon.

—¿La señorita vino a Londres más tarde y reanudaron el trato?

—Sí; su padre la trajo para que pasara en Londres la última temporada. Me vi con ella varias veces, nos comprometimos y ahora me he casado con ella.

—Aportaba, según tengo entendido, una dote considerable, ¿no es así?

—Una dote justa. No mayor que la habitual en mi familia.

—¿Y usted la conservará, por supuesto, en vista de que el matrimonio se ha celebrado?

—La verdad es que no he hecho averiguaciones al respecto.

—Por supuesto que no. ¿Vio usted a la señorita Doran el día anterior a la boda?

—Sí.

—¿Estaba de buen ánimo?

—Mejor que nunca. No dejaba de hablar de lo que haríamos en nuestra vida futura.

—Ah, ¿sí? Es muy interesante. ¿Y la mañana de la boda?

—Tenía toda la alegría del mundo... Al menos, hasta después de la ceremonia.

—¿Y observó usted algún cambio en ella entonces?

—Bueno, a decir verdad, vi entonces por primera vez en ella indicios de que tenía un poquito de mal genio. Pero el incidente es tan trivial que no vale la pena contarlo y no creo que guarde relación con el caso.

—Le ruego que nos lo cuente, de todos modos.

—Oh, es una niñería. Cuando íbamos hacia la sacristía se le cayó el ramo. Ella pasaba entonces ante el primer banco y cayó dentro de él. Hubo un retraso momentáneo, pero el caballero que estaba en el banco se lo entregó y no pareció que el ramo hubiera quedado deteriorado por la caída. Sin embargo, cuando le hablé de ello, me respondió con brusquedad; y en el carruaje, de vuelta a casa, parecía agitada de una manera absurda por aquel incidente insignificante.

—¡No me diga! Dice usted que había un caballero en el banco. ¿Había allí público general, entonces?

—Ah, sí. Es imposible impedirles el paso cuando la iglesia está abierta.

—¿Aquel caballero no figuraba entre los familiares o amigos de su esposa?

—No, no. Lo he llamado caballero por cortesía, pero era una persona de aspecto bastante vulgar. Apenas me fijé en su aspecto. Pero creo en verdad que nos estamos apartando bastante de la cuestión.

—Entonces, lady Saint Simon estaba mucho menos alegre a la vuelta de la boda que a la ida. ¿Qué hizo cuando llegó de nuevo a casa de su padre?

—La vi conversar con su doncella.

—¿Y quién es su doncella?

—Se llama Alice. Es americana y vino de California con ella.

—¿Una criada de confianza?

—Un poco más de la cuenta. Me pareció que su señora le permitía tomarse grandes libertades. Con todo, por supuesto, en América ven estas cosas de otro modo.

—¿Cuánto tiempo estuvo hablando con esa Alice?

—Ah, unos minutos. Yo tenía otras cosas en qué ocuparme.

—¿No oyó usted lo que decían?

—Lady Saint Simon dijo algo de saltarse una concesión. Tenía la costumbre de servirse de expresiones de jerga como ésa. No tengo idea de qué quería decir.

—La jerga americana es muy expresiva a veces. ¿Y qué hizo su esposa cuando terminó de hablar con su doncella?

—Entró en el comedor a desayunar.

—¿Del brazo de usted?

—No, sola. Era muy independiente en detalles pequeños como ése. Después, cuando llevábamos sentados cosa de diez minutos, se levantó de manera apresurada, murmuró unas palabras de disculpa y salió de la sala. Ya no regresó.

—Pero esa doncella, Alice, ha declarado, según tengo entendido, que subió a su cuarto, se cubrió el vestido de novia con un abrigo largo, se puso un sombrero y salió.

—En efecto. Y, más tarde, se la vio adentrándose en Hyde Park en compañía de Flora Millar, una mujer que ahora está detenida y que ya había causado un alboroto en la casa del señor Doran aquella mañana.

—Ah, sí. Quisiera algunos detalles sobre esa joven y sobre las relaciones de usted con ella.

Lord Saint Simon se encogió de hombros y enarcó las cejas.

—Hace años que mantenemos relaciones de amistad... podría decir que de amistad muy estrecha. Ella actuaba en el Allegro. He sido generoso con ella, y en justicia no tiene de qué quejarse de mí; pero ya sabe usted cómo son las mujeres, señor Holmes. Flora era una mujercita encantadora, pero demasiado impulsiva, y me tenía un gran cariño. Cuando se enteró de que iba a casarme, me escribió unas cartas terribles y, a decir verdad, si hice celebrar la boda de manera tan íntima fue porque temía que se produjera un escándalo en la iglesia. Se presentó en la puerta de la casa del señor Doran poco después de que regresásemos, e intentó entrar a la fuerza, profiriendo graves insultos hacia mi esposa, e incluso amenazándola, pero yo ya había previsto tal posibilidad y había instalado allí a dos agentes de policía de paisano, que no tardaron en ponerla en la calle de nuevo. Cuando vio que no serviría de nada montar un escándalo, se calló.

—¿Oyó su esposa todo aquello?

—No, no lo oyó, gracias a Dios.

—¿Y se la vio caminar junto a esa misma mujer más tarde?

—Sí. Esto es lo que el señor Lestrade, de Scotland Yard, considera tan grave. Se cree que Flora hizo salir a mi esposa con un ardid y le tendió alguna trampa terrible.

—Bueno, la hipótesis es posible.

—¿Usted también lo cree?

—No he dicho que sea probable. Pero ¿usted mismo no lo considera posible?

—No creo que Flora sea capaz de hacerle daño a una mosca.

—Con todo, los celos transforman el carácter de modos extraños. Si me hace el favor, ¿cuál es su teoría sobre lo que sucedió?

—Bueno, la verdad es que he venido aquí a que me ofrezcan una teoría, no a exponerla. Ya le he dado todos los datos. No obstante, ya que me pregunta usted, podría decirle que se me ha ocurrido que la emoción del momento, la conciencia de haber ascendido de una manera tan inmensa en la escala social, ha surtido el efecto de provocarle a mi esposa una pequeña alteración nerviosa.

—¿En suma, que se le ha trastornado el juicio de pronto?

—Bueno, la verdad, cuando considero que ha vuelto la espalda... no diré a mí, sino a algo a lo que han aspirado tantas sin conseguirlo..., no soy capaz de explicarlo de otra manera.

—Y bien, también es una hipótesis concebible, ciertamente —dijo Holmes, sonriendo—. Y ahora, lord Saint Simon, creo que ya tengo casi todos los datos. ¿Puedo preguntarle si estaban ustedes sentados a la mesa del desayuno de tal modo que podían ver por la ventana?

—Podíamos ver el otro lado de la calle y el parque.

—Ya veo. Entonces, no creo que tenga que entretenerlo más tiempo. Me pondré en contacto con usted.

—Suponiendo que tenga usted la fortuna de resolver el problema —dijo nuestro cliente, poniéndose de pie.

—Ya lo he resuelto.

—¿Eh? ¿Cómo dice usted?

—Digo que ya lo he resuelto.

—¿Dónde está mi esposa, entonces?

—Ese detalle se lo comunicaré a usted enseguida.

Lord Saint Simon sacudió la cabeza.

—Me temo que para eso harían falta cabezas mejores que la de usted o la mía —comentó; y, tras hacer una reverencia solemne, a la antigua, se marchó.

—Lord Saint Simon es muy amable al honrar mi cabeza poniéndola a la misma altura de la suya —dijo Sherlock Holmes, riendo—. Creo que, después de tanto interrogatorio, me tomaré un whisky con soda y me fumaré un puro. Ya había llegado a mis conclusiones sobre el caso antes de que nuestro cliente entrara en la sala.

—¡Mi querido Holmes!

—Tengo notas sobre varios casos semejantes, aunque, como ya comenté antes, ninguno fue tan repentino como éste. Todo mi examen ha surtido el efecto de convertir mi conjetura en certeza. Las pruebas indirectas resultan a veces muy convincentes, como cuando se encuentra uno una trucha en la leche, por citar el ejemplo de Thoreau.

—Pero ¡yo he oído lo mismo que ha oído usted!

—Pero sin ese conocimiento de los casos previos que a mí me resulta tan práctico. Se dio un caso similar en Aberdeen hace unos años y sucedió algo muy semejante en Múnich el año posterior a la guerra franco-prusiana. Es uno de esos casos... pero ¡hombre! ¡Aquí está Lestrade! ¡Buenas tardes, Lestrade! Encontrará otro vaso en el aparador y hay puros en la caja.

El detective de la fuerza oficial iba ataviado con un chaquetón y una bufanda que le daban un aspecto francamente náutico y llevaba en la mano una bolsa de lona. Tras un breve saludo, se sentó y encendió el puro que se le había ofrecido.

—¿Qué pasa, pues? —preguntó Holmes con un brillo humorístico en los ojos—. Parece usted poco contento.

—Y estoy poco contento. Se trata de este caso infernal de la boda de Saint Simon. No le veo ni pies ni cabeza.

—Ah, ¿sí? ¡Me sorprende usted!

—¿Cuándo se habrá visto un asunto tan complicado? Me parece que todas las pistas se me deslizan entre los dedos. Llevo trabajando en ello todo el día.

—Y parece que se ha mojado bastante —observó Holmes, poniendo una mano sobre la manga del chaquetón.

—Sí, he estado dragando el Serpentine.

—En nombre del cielo, ¿para qué?

—Buscando el cuerpo de lady Saint Simon.

Sherlock Holmes se recostó en su butaca y se rio de buena gana.

—¿Ha hecho dragar también la taza de la fuente de Trafalgar Square? —le preguntó.

—¿Por qué? ¿Qué quiere decir usted?

—Porque tiene usted las mismas posibilidades de encontrar a la señora en una como en otra.

Lestrade le dirigió a mi compañero una mirada airada.

—Supongo que usted ya lo sabe todo —dijo con enfado.

—Bueno, acabo de enterarme de los hechos, pero ya he llegado a una conclusión.

—¡Ah! ¡No me diga! Entonces, ¿no cree usted que el Serpentine tenga nada que ver en este asunto?

—Me parece muy poco probable.

—Entonces, ¿tiene usted la bondad de explicarnos cómo es que hemos encontrado esto en ella?

Mientras decía esto, abrió su bolsa y dejó caer al suelo un vestido de novia de seda con aguas, un par de zapatos blancos de satén y el ramo y el velo de una novia, todo ello desteñido y empapado de agua.

—Aquí tiene —dijo, depositando sobre el montón un anillo de casada nuevo—. Aquí tiene usted un pequeño rompecabezas, señorito Holmes.

—Ah, no me diga —replicó mi amigo, despidiendo al aire anillos de humo azulado—. ¿Sacó usted estas cosas del fondo del Serpentine con la draga?

—No. Un guardia del parque las encontró flotando cerca de la orilla. Se ha identificado como su ropa y me pareció que si la ropa estaba allí, el cuerpo no estaría muy lejos.

—Según ese mismo razonamiento brillante, el cuerpo de cualquier hombre debería hallarse en las cercanías de su guardarropa. Pero, por favor, dígame: ¿Adónde esperaba llegar usted con todo esto?

—A alguna prueba que implicara a Flora Millar en la desaparición.

—Me temo que eso le resultará difícil.

—Conque eso se teme, ¿eh? —exclamó Lestrade con cierta mordacidad—. Lo que yo me temo, Holmes, es que no es usted muy práctico con sus deducciones y sus inferencias. Ha cometido dos errores de bulto en otros tantos minutos. Este vestido de novia compromete a la señorita Flora Millar.

—¿Y cómo?

—En el vestido hay un bolsillo. En el bolsillo hay una cartera. En la cartera hay una nota. Y la nota es esta misma —concluyó, soltándola de golpe en la mesa que tenía delante—. Escuchen esto: «Me verás cuando esté todo dispuesto. Ven enseguida. F. H. M.». Y bien, mi teoría, desde el primer momento, ha sido que Flora Millar hizo salir con engaños a lady Saint Simon y que fue, con cómplices sin duda, la responsable de su desaparición. He aquí la misma nota, firmada con sus iniciales, que sin duda se le puso discretamente en la mano en la puerta y que la atrajo hasta que la tuvieron en sus manos.

—Muy bien, Lestrade —repuso Holmes, riéndose—. Está usted superior de verdad. Déjeme verla.

Tomó el papel con desgana, pero al cabo de un instante clavó en él su atención y soltó una leve exclamación de agrado.

—Esto es francamente importante —comentó.

—¡Ah! ¿Se lo parece a usted?

—Enormemente. Lo felicito de todo corazón.

Lestrade, lleno de satisfacción, se levantó e inclinó la cabeza para mirar.

—¡Cómo! —chilló—. ¡Si lo está usted mirando por el otro lado!

—Nada de eso: éste es el lado bueno.

—¿El lado bueno? ¡Está usted loco! La nota, escrita a lápiz, está por aquí.

—Y al otro lado figura lo que parece ser un fragmento de una factura de hotel, que me interesa profundamente.

—No tiene nada de particular —dijo Lestrade—. Ya la miré antes. «4 Oct., habitación, 8 chelines; desayuno, 2 chelines y 6 peniques; cóctel, 1 chelín; almuerzo, 2 chelines y 6 peniques; copa de jerez, 8 peniques». No veo nada en ello.

—Es muy probable que no. Sin embargo, no deja de tener una importancia trascendental. En cuanto a la nota, también es importante, o al menos lo son las iniciales, por lo que vuelvo a felicitarlo a usted.

—Ya he perdido bastante tiempo —zanjó Lestrade, poniéndose de pie—. Creo en el trabajo duro, no en quedarme sentado ante la lumbre tejiendo bonitas teorías. Buenos días, señor Holmes, y ya veremos cuál de los dos llega primero al fondo de la cuestión.

Recogió las prendas, las metió de nuevo en la bolsa y se dirigió hacia la puerta.

—Permita que le dé una sola indicación, Lestrade —intervino Holmes con voz pausada antes de que se hubiera perdido de vista su rival—. Le diré a usted la verdadera solución del asunto. Lady Saint Simon es un mito. No existe tal persona, ni ha existido nunca.

Lestrade miró a mi compañero con tristeza. Después se volvió hacia mí, se dio tres golpecitos en la frente, sacudió la cabeza con solemnidad y se marchó con prisa.

Apenas había cerrado la puerta cuando Holmes se levantó a ponerse el abrigo.

—No le falta razón al hombre en lo de salir a trabajar —comentó—, así que, Watson, creo que deberé dejarlo a usted un rato a solas con sus periódicos.

Sherlock Holmes me dejó después de las cinco de la tarde, pero no tuve tiempo de sentirme solo, pues antes de que hubiera transcurrido una hora llegó el repartidor de una confitería con una caja plana muy grande. La abrió, ayudado por un chico que venía con él, y enseguida, con gran asombro por mi parte, empezó a servir una cena fría francamente opípara sobre nuestra modesta mesa de caoba de casa de huéspedes. Había cuatro becadas frías, un faisán, un pastel de *pâté de foie gras,* además de varias botellas añejas y cubiertas de telarañas. Después de haber servido todas estas exquisiteces, mis dos visitantes desaparecieron como los genios de *Las mil y una noches,* sin más explicaciones que decirme que las cosas estaban pagadas y que se les había encargado entregarlas en esta dirección.

Poco antes de las nueve, Sherlock Holmes entró en la sala con paso vivo. Tenía el semblante serio, pero se le veía un brillo en los ojos que me dio a entender que no había errado en sus conclusiones.

—Veo que han servido la cena —dijo, frotándose las manos.

—Parece que espera usted visitas. Han servido una cena para cinco.

—Sí, tengo la impresión de que quizá se pasen por aquí algunos visitantes —reconoció—. Me extraña que no haya llegado todavía lord Saint Simon. ¡Ah! Me parece que ya oigo sus pasos en las escaleras.

Era, en efecto, nuestro visitante de aquella tarde el que irrumpió en la sala. Hacía oscilar los quevedos con más energía que nunca. En su semblante aristocrático se dibujaba un gesto de enorme consternación.

—Entonces, ¿dio con usted mi mensajero? —le preguntó Holmes.

—Sí, y debo confesar que su contenido me ha sobresaltado de un modo indecible. Lo que me dice usted, ¿lo dice de buena fuente?

—De la mejor posible.

Lord Saint Simon se derrumbó en una silla y se pasó la mano por la frente.

—¿Qué dirá el duque cuando se entere de que un miembro de la familia se ha visto sometido a tal humillación? —murmuró.

—Ha sido un mero accidente. No puedo estar de acuerdo en que se haya producido ninguna humillación.

—Ah, usted ve estas cosas desde otro punto de vista.

—No veo ninguna culpa por parte de nadie. No se me ocurre qué otra cosa podría haber hecho la señora, aunque es de lamentar, sin duda, la manera brusca en que lo hizo. Al no tener madre, no tenía quien la aconsejara en ese momento crítico.

—Ha sido un desprecio, señor mío, un desprecio en público —objetó lord Saint Simon, tamborileando con los dedos en la mesa.

—Debe usted tener en cuenta la situación tan excepcional en que se encontró esa pobre muchacha.

—No tengo nada en cuenta. Estoy enfadadísimo y he sido tratado de una manera vergonzosa.

—Me parece que he oído el timbre —dijo Holmes—. Sí, se oyen pasos en la entrada. Si yo no puedo convencerlo a usted, lord Saint Simon, para que se muestre tolerante al respecto, he hecho venir a una abogada que puede tener mayor éxito.

Abrió la puerta e invitó a pasar a una señora y a un caballero.

—Lord Saint Simon, permítame que le presente al señor Francis Hay Moulton y señora. Me parece que ya conoce usted a la señora.

Nuestro cliente se había levantado de un salto al ver a los recién llegados y estaba de pie, muy rígido, con los ojos bajos y la mano metida en la pechera de su levita, la viva imagen de la dignidad ofendida. La señora se había adelantado rápidamente hacia él y le había tendido la mano, pero él seguía negándose a levantar la vista. Quizá así le resultara más fácil mantenerse firme en su actitud, pues la cara de súplica de la mujer era difícil de resistir.

—Estás enfadado, Robert —observó—. Bueno, supongo que tienes motivos para estarlo.

—Le ruego no se disculpe conmigo —replicó lord Saint Simon con mordacidad.

—Ah, sí, sé que te he tratado fatal y que debí haber hablado contigo antes de marcharme, pero es que estaba como alelada y, desde el momento en que volví a ver a Frank, aquí presente, ya no supe ni lo que decía ni lo que hacía. No sé cómo no caí redonda allí mismo, delante del altar.

—Señora Moulton, ¿no preferirá usted, quizá, que mi amigo y yo salgamos de la sala mientras usted explica el asunto?

—Si se me permite opinar —comentó el caballero desconocido—, ya hemos andado con demasiados secretos en este asunto. Yo, por mi parte, quisiera que toda Europa y América se enteraran de la verdad.

Era un hombre pequeño, enjuto y fuerte, curtido por el sol, sin barba ni bigote, de cara angulosa y aspecto inteligente.

—Entonces, voy a contar nuestra historia ahora mismo —dijo la señora—. Frank, aquí presente, y yo nos conocimos en 1884, en el campamento de McQuire, cerca de las montañas Rocosas, donde papá explotaba una mina. Frank y yo estábamos comprometidos; pero un día, mi padre encontró una veta rica y ganó un dineral, mientras el pobre Frank, aquí presente, tenía otra mina que fue de mal en peor y no dio nada. Cuanto más rico se hacía papá, más pobre estaba Frank; de modo que, al final, papá no quiso saber nada de nuestro compromiso y me llevó consigo a San Francisco. Pero Frank no quiso darse por vencido, de manera que me siguió hasta allí sin que papá supiera nada. Ello sólo habría servido para que se enfadara, así que lo arreglamos todo entre nosotros. Frank me dijo que iría a hacer fortuna también él y que no volvería a reclamarme hasta que tuviera tanto como papá. Así que yo le prometí que lo esperaría por los siglos de los siglos y me comprometí a no casarme con nadie mientras él viviera. «¿Por qué no nos casamos ahora mismo, entonces?», me propuso. «Así me sentiré seguro de ti; y no haré valer mi derecho de marido hasta que vuelva». Bueno, lo hablamos, y él lo tenía todo tan bien organizado, con un clérigo esperando, que lo hicimos ahí mismo; y después Frank se fue a buscar fortuna y yo me volví con papá.

»Cuando volví a tener noticias de Frank estaba en Montana, y después estuvo buscando minerales en Arizona, y más tarde tuve noticias de él desde Nuevo México. Después leí en un periódico una larga crónica en la que contaban que los indios apaches habían atacado un campamento de mineros, y ahí venía el nombre de mi Frank, en la lista de fallecidos. Me desmayé ahí mismo y pasé muchos meses muy enferma. Mi padre creyó que padecía una neurastenia y me llevó a la mitad de los médicos de San Francisco. Pasó más de un año sin que se supiera una sola palabra de Frank, de modo que no dudé nunca de que hubiera muerto de verdad. Entonces llegó a San Francisco lord Saint Simon, y nos vinimos a Londres, y se acordó la boda, y papá estaba muy contento, aunque yo no dejaba de sentir que ningún hombre del mundo podría ocupar en mi corazón el lugar que había sido de mi pobre Frank.

»Aun así, si me hubiera casado con lord Saint Simon, habría cumplido mi deber con él, por supuesto. Aunque no podemos ser dueños de nuestro amor, podemos serlo de nuestros actos. Fui al altar con él con la intención de ser tan buena esposa para él como estuviera en mi mano. Pero ya se figurarán ustedes lo que sentí cuando, al llegar ante el altar mismo, volví la vista atrás y vi a Frank de pie en el primer banco, mirándome. Al principio creí que era su fantasma, pero cuando volví a mirar, allí seguía, con una especie de interrogación en los ojos, como si me estuviera preguntando si me alegraba o me entristecía al verlo. No entiendo cómo no me desmayé. Sé que todo me daba vueltas y que las palabras del clérigo me sonaban en los oídos como el zumbido de una abeja. No sabía qué hacer. ¿Debía interrumpir la ceremonia y montar una escena en la iglesia? Volví a mirarlo y parece que me entendió, pues se llevó un dedo a los labios para indicarme que no dijera nada. Después vi que escribía en un papel y entendí que me estaba escribiendo una nota. A la salida, cuando pasé por delante de su banco, al salir, dejé caer mi ramo hacia él, y cuando me devolvió las flores me metió la nota en la mano. Sólo era una línea en la que me pedía que me reuniera con él cuando él me diera la señal. Ni que decir tiene que no dudé ni por un momento que el deber me llamaba a su lado y resolví hacer todo lo que él me indicara.

»Cuando volví, se lo conté a mi doncella, que lo había conocido en California y siempre lo había apreciado. Le ordené que no dijera nada y me preparara unas cuantas cosas y mi abrigo. Sé que debí haber hablado con lord Saint Simon, pero era la mar de difícil hacerlo delante de su madre y de toda esa gente importante. Me decidí a huir y explicar las cosas más tarde. Cuando apenas llevaba diez minutos a la mesa, vi a Frank por la ventana, al otro lado de la calle. Me llamó por señas y después se adentró en el parque. Yo salí discretamente, me puse mis cosas y lo seguí. Entonces apareció una mujer que me decía no sé qué de lord Saint Simon... Por lo poco que oí, me pareció que él también tenía un secretillo propio antes de casarse; pero conseguí librarme de ella y no tardé en alcanzar a Frank. Tomamos un coche de punto juntos y nos fuimos a un alojamiento que había tomado en Gordon Square, y ésa fue mi verdadera boda después de tantos años de espera. Frank había estado cautivo de los apaches, había escapado, fue a San Francisco, se enteró de que yo lo había dado por muerto y me había ido a Inglaterra, me siguió hasta aquí y me alcanzó la mañana misma de mis segundas nupcias.

—Lo vi en un periódico —explicó el estadounidense—. Daban el nombre y la iglesia, pero no la dirección de la novia.

—Después hablamos de lo que debíamos hacer. Frank era partidario de dar la cara, pero yo estaba tan avergonzada por todo que me daban ganas de esfumarme y no volver a ver nunca a nadie. Quizá le enviaría una nota a papá para que supiera que yo seguía viva. Me parecía espantoso imaginarme a todos esos caballeros y damas de la nobleza sentados a la mesa del desayuno, esperando mi regreso. De modo que Frank tomó mi vestido de novia y demás, hizo un paquete con todo, para que no me localizaran, y lo tiró en alguna parte donde no pudiera encontrarlo nadie. Lo más probable es que nos hubiéramos ido a París mañana, de no haber sido porque este caballero tan bueno, el señor Holmes, se ha presentado a vernos esta tarde, aunque no me cabe en la cabeza cómo ha dado con nosotros, y nos ha demostrado con mucha claridad y amabilidad que yo estaba equivocada y que Frank tenía razón, y que si obrábamos con tanto secreto quedaríamos muy mal. Después, se ofreció a darnos la oportunidad de hablar a solas con lord Saint Simon, y por eso hemos venido directamente a su casa. Ahora ya lo sabes todo, Robert, y siento mucho haberte hecho sufrir y espero que no tengas muy mal concepto de mí.

Lord Saint Simon no había relajado, ni mucho menos, su actitud rígida. Por el contrario, había escuchado el largo relato con el ceño fruncido y apretando los labios.

—Dispense usted —dijo—, pero no tengo por costumbre debatir mis asuntos personales más íntimos de una manera tan pública.

—Entonces, ¿no me perdonas? ¿No me vas a dar la mano antes de que me vaya?

—Oh, desde luego, si eso le agrada.

Extendió la mano y asió con frialdad la que le ofrecía ella.

—Albergaba la esperanza de que se quedase usted a compartir con nosotros una cena de amistad —propuso Holmes.

—Creo que eso ya es pedir demasiado —repuso su señoría—. Quizá me vea obligado a transigir con los últimos hechos, pero mal se me puede pedir que los celebre. Me parece que, con su permiso, les desearé a todos muy buenas noches.

Hizo una amplia reverencia que nos abarcó a todos y salió de la sala con paso majestuoso.

—Entonces, confío en que ustedes, al menos, me honren con su compañía —dijo Sherlock Holmes—. Siempre me alegro de conocer a un estadounidense, señor Moulton, pues yo soy de los que piensan que la locura de un monarca y la torpeza de un ministro en años ya remotos no será impedimento para que nuestros hijos lleguen a ser algún día ciudadanos de un mismo país que se extenderá a todo el mundo, bajo una bandera que esté compuesta por una combinación de la *Union Jack* y la Barras y Estrellas.

—El caso ha tenido interés —comentó Holmes cuando se hubieron marchado nuestros visitantes—, porque sirve para exponer con mucha claridad cuán sencilla puede ser la explicación de un asunto que, a primera vista, parece casi inexplicable. Nada podía ser más natural que la serie de acontecimientos que ha relatado esta señora; pero nada más extraño que su resultado desde el punto de vista, por ejemplo, del señor Lestrade, de Scotland Yard.

—Entonces, ¿no llegó a estar perplejo?

—Desde el primer momento, vi dos hechos que me resultaron muy evidentes: el primero, que la señora había ido a la boda de muy buena gana; el segundo, que se había arrepentido de ello a los pocos minutos de regresar a su casa. Era evidente, por tanto, que a lo largo de la mañana había sucedido algo que la había hecho cambiar de opinión. ¿Qué podía ser ese algo? Una vez fuera, no podía haber hablado con nadie en ninguna parte, pues el novio la había acompañado en todo momento. ¿Habría visto a alguien, entonces? En tal caso, debía de ser alguien de América, pues llevaba tan poco tiempo en este país que no podía haberse dejado influir por alguien hasta el punto de que su mera visión la indujese a cambiar de planes por completo. Como ve usted, ya hemos llegado, por un proceso de eliminación, a la idea de que pudo haber visto a un americano. Así pues, ¿quién podía ser ese americano y por qué ejercía tal influencia sobre ella? Podía ser un enamorado; podía ser un marido. Yo sabía que ella había pasado su primera juventud en entornos rudos y en condiciones extrañas. Hasta aquí había llegado antes de oír siquiera el relato de lord Saint Simon. Cuando nos habló del hombre en el banco de la iglesia, del cambio de comportamiento de la novia, del recurso tan evidente para recoger una nota como es dejar caer un ramo, de la conversación de ésta con su doncella de confianza y de su alusión tan significativa a saltarse una concesión (que, en la jerga de los mineros, significa apoderarse de algo a lo que alguien tenía derechos adquiridos), toda la situación quedó perfectamente clara. Se había ido con un hombre, y aquel hombre era un enamorado o un marido anterior, y lo más probable era esto último.

—¿Y cómo diantres los encontró usted?

—Podría haber resultado difícil, pero el amigo Lestrade tenía en sus manos una información cuyo valor no conocía. Las iniciales tenían una importancia enorme, por supuesto, pero todavía resultaba más valioso el dato de que en la última semana esta persona había liquidado su cuenta en uno de los hoteles más selectos de Londres.

—¿Cómo dedujo usted que era selecto?

—Por los precios selectos. Ocho chelines por una cama y ocho peniques por un vaso de jerez apuntaban a uno de los hoteles más caros. Hay pocos en Londres que cobren esos precios. En el segundo que visité, en Northumberland Avenue, la inspección del registro me hizo saber que Francis H. Moulton, un caballero estadounidense, había salido del hotel el día anterior y, al repasar sus gastos, encontré los mismos conceptos que había visto en su copia de la factura. Había dejado aviso de que le remitieran la correspondencia al 226 de Gordon Square, de modo que allí me dirigí y, como tuve la fortuna de encontrar en casa a la pareja amorosa, me tomé la libertad de darles algunos consejos paternales y de hacerles ver que lo mejor, en todos los sentidos, sería que dejasen un poco más clara su posición ante el público en general y ante lord Saint Simon en particular. Los invité a que se reunieran con él aquí y, como ha visto usted, también conseguí que él asistiera a la cita.

—Pero sin grandes resultados —observé—. No ha estado muy amable, desde luego.

—Ah, Watson —replicó Holmes, con una sonrisa—. Quizá tampoco estuviera usted muy amable si, después de todo el trabajo de cortejar y de casarse, se encontrara privado en un momento de esposa y de dote. Creo que podemos juzgar a lord Saint Simon con mucha clemencia y dar gracias a nuestras estrellas de que no es probable que nos vayamos a encontrar en su misma situación. Acerque usted su butaca y alcánceme mi violín, pues el único problema que nos queda pendiente de resolver es el de cómo matar el rato en estas tristes veladas otoñales.

EL TREN ESPECIAL DESAPARECIDO

Arthur Conan Doyle

L a confesión hecha por Herbert de Lernac, que se halla en la actualidad condenado a muerte en Marsella, ha venido a arrojar luz sobre uno de los crímenes más inexplicables del siglo, un suceso que, según creo, no tiene precedente alguno en los anales del crimen de ningún país. Aunque en los medios oficiales se muestran reacios a tratar del asunto, por lo que los informes entregados a la prensa son muy pocos, existen, no obstante, indicaciones de que la confesión de este archicriminal está corroborada por los hechos y de que hemos encontrado, al fin, la solución al más asombroso de los asuntos. Como el suceso ocurrió hace ya ocho años y una crisis política que en aquellos momentos tenía absorta la atención del público vino, hasta cierto punto, a quitarle importancia, convendrá que yo exponga los hechos tal como me ha sido posible conocerlos. Los he examinado comparando los periódicos de Liverpool de aquella fecha, las actas de la investigación realizada acerca de John Stater, maquinista del tren, y los archivos de la compañía de ferrocarril de Londres y la Costa Occidental, que han sido puestos cortésmente a mi disposición. Resumiéndolos, son como siguen:

El día 3 de junio de 1890, un caballero que dijo llamarse monsieur Louis Caratal pidió una entrevista con el señor James Bland, superintendente de la estación central de dicho ferrocarril en Liverpool. Era un hombre de corta estatura, edad mediana y pelo negro, cargado de espaldas hasta el punto de producir la impresión de alguna deformidad en la columna. Iba acompañado por un amigo, hombre de aspecto físico imponente, pero cuyas maneras respetuosas y atenciones constantes daban a entender que dependía del otro. Este amigo o acompañante, cuyo nombre no se dio a conocer, era sin duda alguna extranjero, y probablemente español o sudamericano, a juzgar por lo moreno de su tez. Se observó en él una particularidad. Llevaba en la mano izquierda una carpeta negra de cuero, como las del correo, y un observador empleado de las oficinas centrales se fijó en que la llevaba sujeta a la muñeca por medio de una correa. Ninguna importancia se dio en aquel entonces a este hecho, pero los acontecimientos que siguieron demostraron que la tenía. Se hizo pasar al señor Caratal hasta el despacho del señor Bland, mientras su acompañante lo esperaba fuera.

El asunto del señor Caratal fue solucionado rápidamente. Aquella tarde había llegado de un país de Centroamérica. Ciertos negocios de máxima importancia exigían su presencia en París sin perder ni un solo momento. Había perdido el expreso de Londres y necesitaba que se le pusiese un tren especial. El dinero no tenía importancia. El tiempo lo era todo. Si la compañía se prestaba a que lo ganase poniéndole un tren, él aceptaba las condiciones de ésta.

El señor Bland tocó el timbre, mandó llamar al señor Potter Hood, director de tráfico, y dejó arreglado el asunto en cinco minutos. El tren saldría tres cuartos de hora más tarde. Se requería tiempo para asegurarse de que la línea estaba libre. Se engancharon dos coches, con un furgón detrás para un guarda, a una poderosa locomotora conocida con el nombre de Rochdale, que tenía el número 247 en el registro de la compañía. El primer vagón sólo tenía por finalidad disminuir las molestias producidas por la oscilación. El segundo, como de costumbre, estaba dividido en cuatro departamentos: un departamento de primera, otro de primera para fumadores, uno de segunda y otro de segunda para fumadores. El primer departamento, el delantero, fue reservado a los viajeros. Los otros tres quedaron vacíos. El jefe de tren fue James McPherson, que llevaba ya varios años al servicio de la compañía. El fogonero, William Smith, era nuevo en el oficio.

Al salir del despacho del superintendente, el señor Caratal fue a reunirse con su acompañante y ambos dieron claras señales de la gran impaciencia que tenían por ponerse en marcha. Pagaron la suma que se les pidió, es decir, cincuenta libras y cinco chelines, a la tarifa correspondiente para los trenes especiales de cinco chelines por milla, y, a continuación, pidieron que se les condujese hasta el vagón, instalándose inmediatamente, aunque se les aseguró que transcurriría cerca de una hora hasta que la vía estuviese libre. En el despacho del que acababa de salir el señor Caratal ocurrió, mientras tanto, una coincidencia extraña.

El hecho de que en un rico núcleo comercial alguien solicite un tren especial no es cosa extraordinaria, pero que la misma tarde se solicitaran dos de esos trenes ya era poco corriente. Eso fue, sin embargo, lo que ocurrió; apenas el señor Bland hubo despachado el asunto del primer viajero, se presentó en su despacho otro con la misma pretensión. El segundo viajero era un tal señor Horace Moore, hombre de aspecto militar y porte caballeresco, que alegó una enfermedad grave y repentina de su esposa, que se hallaba en Londres, como razón absolutamente imperiosa para no perder un instante en ponerse de viaje. Eran tan patentes su angustia y su preocupación que el señor Bland hizo todo lo posible para complacer sus deseos. No había ni que pensar en un segundo tren especial, porque el comprometido ya perturbaba hasta cierto punto el servicio local ordinario. Sin embargo, quedaba la alternativa de que el señor Moore cargase con una parte de los gastos del tren del señor Caratal e hiciese el viaje en el otro departamento vacío de primera clase, si el señor Caratal ponía inconvenientes a que lo hiciese en el ocupado por él y por su compañero. No parecía fácil que pusiese objeción alguna a ese arreglo; sin embargo, cuando el señor Potter Hood le hizo esta sugerencia, se negó en redondo a tomarla ni siquiera en consideración. El tren era suyo, dijo, e insistiría en utilizarlo para su uso exclusivo. Cuando el señor Horace Moore se enteró de que no podía hacer otra cosa que esperar al tren ordinario que sale de Liverpool a las seis, abandonó la estación muy afligido. El tren en el que viajaban el deforme señor Caratal y su gigantesco acompañante dio su pitido de salida de la estación de Liverpool a las cuatro y treinta y un minutos exactamente, según el reloj de la estación. La vía estaba en ese momento libre y el tren no había de detenerse hasta Manchester.

Los trenes del ferrocarril de Londres y la Costa Occidental ruedan por líneas pertenecientes a otra compañía hasta la ciudad de Manchester, a la que el tren especial habría debido llegar antes de las seis. A las seis y cuarto se produjo entre los funcionarios de Liverpool una gran sorpresa, que llegó incluso a la consternación, al recibir un telegrama de Manchester en el que se anunciaba que no había llegado todavía. Se preguntó a St. Helens, que se encuentra a un tercio de distancia entre ambas ciudades, y contestaron lo siguiente:

A James Bland, superintendente, Central L. & W. C., Liverpool. —El especial pasó por aquí a las 4:52 de acuerdo con su horario. —Dowser, St. Helens.

Este telegrama se recibió a las 6:40. A las 6:50 se recibió desde Manchester un segundo telegrama:

Sin noticias del especial anunciado por usted.

Y diez minutos más tarde un tercer telegrama, aún más desconcertante:

Suponemos alguna equivocación en horario indicado para el especial. El tren corto procedente de St. Helens, que debía seguir al especial, acaba de llegar y no sabe nada de este último. Sírvase telegrafiar. —Manchester.

El caso estaba asumiendo un aspecto de lo más asombroso, aunque el último de los telegramas aportó en ciertos aspectos un alivio a los directores de Liverpool. Parecía difícil que, si al especial le había ocurrido algún accidente, pudiera pasar el tren corto por la misma línea sin haber advertido nada. Pero ¿qué otra alternativa quedaba? ¿Dónde podía encontrarse el tren en cuestión? ¿Lo habían desviado a algún apartadero, por alguna razón desconocida, para permitir el paso del tren más lento? Esa explicación cabía dentro de lo posible, en el caso de que hubiesen tenido que llevar a cabo la reparación de alguna pequeña avería. Se enviaron sendos telegramas a todas las estaciones intermedias entre St. Helens y Manchester y tanto el superintendente como el director de tráfico permanecieron junto al transmisor, presas de la máxima expectación, en espera de que fuesen llegando las contestaciones que habían de informarles con exactitud de lo que le había ocurrido al tren desaparecido. Las contestaciones fueron llegando en el mismo orden de las preguntas, es decir, en el de las estaciones que venían a continuación de la de St. Helens.

> Especial pasó por aquí a las 5:00. — Collins Green.
> Especial pasó por aquí a las 5:05. — Earlestown.
> Especial pasó por aquí a las 5:15. — Newton.
> Especial pasó por aquí a las 5:20. — Kenyon Junction.
> Ningún especial pasó por aquí. — Barton Moss.

Los dos funcionarios se miraron atónitos.

—No me ha ocurrido cosa igual en mis treinta años de servicio —dijo el señor Bland.

—Es algo absolutamente sin precedentes e inexplicable, señor. Algo le ha ocurrido al especial entre Kenyon Junction y Barton Moss.

—Sin embargo, si la memoria no me falla, no existe apartadero entre ambas estaciones. El especial ha debido salirse de los raíles.

—Pero ¿cómo es posible que el tren ordinario de las cuatro cincuenta haya pasado por la misma línea sin verlo?

—No queda otra alternativa, señor Hood. Tiene por fuerza que haber descarrilado. Quizá el tren corto haya observado algo que arroje alguna luz sobre el problema. Telegrafiaremos a Manchester pidiendo mayores informes y a Kenyon Junction le daremos instrucciones de que salgan inmediatamente a revisar la vía hasta Barton Moss.

La respuesta de Manchester no se hizo esperar:

> Sin noticias del especial desaparecido. Maquinista y jefe del tren corto afirman de manera terminante que ningún descarrilamiento ha ocurrido entre Kenyon Junction y Barton Moss. La vía, completamente libre, sin ningún detalle fuera de lo corriente. — Manchester.

—Habrá que despedir a ese maquinista y a ese jefe de tren —dijo, ceñudo, el señor Bland—. Ha ocurrido un descarrilamiento y ni siquiera lo han visto. No cabe duda de que el especial se salió de los raíles sin estropear la vía, aunque esto supera mi entendimiento. Pero así tiene que haber ocurrido, y ya verá usted cómo no tardamos en recibir un telegrama de Kenyon o de Barton Moss anunciándonos que han encontrado el especial en el fondo de un barranco.

Pero la profecía del señor Bland no estaba llamada a cumplirse. Transcurrió media hora y llegó, por fin, el siguiente mensaje enviado por el jefe de estación de Kenyon Junction:

> Sin ningún rastro del especial desaparecido. Con seguridad absoluta que pasó por aquí y que no llegó a Barton Moss. Desenganchamos máquina de tren mercancías y yo mismo he recorrido la línea, que está completamente libre, sin señal alguna de que haya ocurrido accidente.

El señor Bland se tiró de los pelos, lleno de perplejidad, y exclamó:

—¡Esto roza la locura, Hood! ¿Es que puede en Inglaterra esfumarse en el aire un tren a plena luz del día? Esto es absurdo. Una locomotora, un ténder, dos coches, un furgón, cinco personas... y todo desaparecido en la vía despejada de un ferrocarril. Si no recibimos alguna noticia concreta, iré yo personalmente a recorrer la línea dentro de una hora, en compañía del inspector Collins.

Al fin ocurrió algo concreto, que tomó la forma de otro telegrama procedente de Kenyon Junction:

> Lamento informar que cadáver de John Slater, maquinista tren especial, acaba de ser encontrado entre matorral aliagas a dos millas y cuarto de

este empalme. Cayó de locomotora, rodó barranco abajo y fue a parar entre arbustos. Parece muerte debida a heridas en la cabeza que se produjo al caer. Examinado cuidadosamente terreno alrededores, sin encontrar rastro de tren desaparecido.

He dicho ya que el país se encontraba en el hervor de una crisis política, contribuyendo todavía más a desviar la atención del público hacia las noticias sobre sucesos importantes y sensacionales que ocurrían en París, donde un escándalo colosal amenazaba con derribar al Gobierno y desacreditar a muchos de los dirigentes de Francia. Esta clase de noticias llenaban las páginas de los periódicos y la extraña desaparición del tren despertó una atención mucho menor que la que se le habría dedicado en momentos de mayor tranquilidad. Además, el suceso presentaba un aspecto grotesco, que contribuyó a quitarle importancia: los periódicos desconfiaban de la realidad de los hechos tal como venían relatados. Más de uno de los diarios londinenses trató el asunto de ingeniosa noticia falsa, hasta que la investigación del juez acerca de la muerte del desdichado maquinista (investigación que no descubrió nada importante) convenció a todos de que era un incidente trágico.

El señor Bland, acompañado del inspector Collins, decano de los detectives al servicio de la compañía, marchó aquella misma tarde a Kenyon Junction. Dedicaron todo el día siguiente a investigaciones que no obtuvieron más que resultados totalmente negativos. No sólo no existía rastro del tren desaparecido, sino que resultaba imposible formular una hipótesis que pudiera explicar lo ocurrido. Por otro lado, el informe oficial del inspector Collins (que tengo ante mis ojos en el momento de escribir estas líneas) sirvió para demostrar que las posibilidades eran mucho más numerosas de lo que habría podido esperarse. Decía el informe:

En el trecho de vía comprendido entre estas dos estaciones, la región está llena de fundiciones de hierro y de explotaciones de carbón. Algunas de ellas se hallan en funcionamiento, pero otras han sido abandonadas. No menos de una docena cuentan con líneas de vía estrecha, por las que circulan vagonetas hasta la línea principal. Desde luego, hay que descartarlas. Sin embargo, existen otras siete que disponen, o que han dispuesto, de líneas propias que llegan hasta la principal y enlazan con ésta, lo que les permite transportar los productos desde la bocamina hasta los grandes centros de distribución. Todas esas líneas tienen sólo algunas millas de longitud. De las siete, cuatro pertenecen a explotaciones carboníferas abandonadas o, por lo menos, a pozos de mina que ya no se explotan. Son las de Redgaundet, Hero, Slough of Despond y Heartscase, mina esta última que era hace diez años una de las más importantes del condado de Lancashire. Es posible también eliminar de nuestra investigación estas cuatro líneas, puesto que sus vías han sido retiradas en el trecho inmediato a la vía principal, para evitar accidentes, de modo que en realidad no tienen ya conexión con ella. Quedan otras tres líneas laterales, que son las que conducen a los siguientes lugares: a) a las fundiciones de Carnstock, b) a la explotación carbonífera de Big Ben y c) a la explotación carbonífera de Perseverance.

La de Big Ben es una vía que no tiene más de un cuarto de milla de trayecto y que muere en un gran depósito de carbón que espera ser retirado de la bocamina. Allí nadie ha visto ni oído hablar de ningún tren especial. La línea de las fundiciones de hierro de Carnstock estuvo, durante el día 3 de junio, bloqueada por 16 vagones cargados de hematites. Se trata de una vía única y nada pudo pasar por ella. En cuanto a la línea de la Perseverance, se trata de una doble vía por la que pasa un tráfico considerable, debido a que la producción de la mina es muy grande. Ese tráfico se llevó a cabo durante el día 3 de junio como de costumbre; centenares de hombres, entre los que hay que incluir a una cuadrilla de peones del ferrocarril, trabajaron a lo largo de las dos millas y cuarto del trayecto de esa línea, y es inconcebible que un tren inesperado haya podido pasar por ella sin llamar la atención de todos. Para terminar, se puede hacer constar el detalle de que esta vía ramificada se encuentra más próxima a St. Helens que el lugar en el que fue hallado el cadáver del maquinista, por lo que existen toda clase de razones para creer que el tren había dejado atrás ese lugar antes de que le ocurriese ningún accidente.

Por lo que se refiere a John Slater, ninguna pista se puede sacar del aspecto ni de las heridas que presenta su cadáver. Lo único que podemos afirmar, con los datos que poseemos, es que halló la muerte al caer de su máquina, aunque no nos creemos autorizados para emitir una opinión acerca del motivo de su caída ni de lo que le ocurrió a su máquina con posterioridad.

En conclusión, el inspector presentaba la dimisión de su cargo, pues se encontraba muy irritado por la acusación de incompetencia que se le hacía en los periódicos londinenses.

Transcurrió un mes, durante el cual tanto la policía como la compañía ferroviaria prosiguieron en sus investigaciones sin el más pequeño éxito. Se ofreció una recompensa y se prometió el perdón en caso de no tratarse de un crimen, pero nadie reclamó una cosa ni otra. Los lectores de los periódicos los abrían diariamente con la seguridad de que estaría por fin aclarado aquel enigma tan grotesco, pero fueron pasando las semanas y la solución seguía tan lejana como siempre. En la zona más poblada de Inglaterra, a pleno día y en una tarde del mes de junio había desaparecido, con sus ocupantes, un tren, como si algún mago en posesión de una química sutil lo hubiese volatilizado y convertido en gas. Desde luego, entre las distintas hipótesis que aparecieron en los periódicos, hubo algunas que alegaban en serio la intervención de potencias sobrenaturales o, por lo menos, preternaturales, y que el deforme señor Caratal era en realidad una persona más conocida por un nombre menos fino. Otros atribuían el maleficio a su moreno acompañante, aunque nadie era capaz de formular en frases claras de qué recurso se había valido.

Entre las muchas sugerencias publicadas por distintos periódicos o por individuos particulares, hubo una o dos que eran los suficientemente factibles como para atraer la atención de los lectores. Una de ellas, la aparecida en *The Times,* con la firma de un aficionado a la lógica que por aquel entonces gozaba de cierta fama, abordaba el problema de una manera analítica y semicientífica. Será suficiente dar aquí un extracto, pero los curiosos pueden leer la carta entera en el número correspondiente al día 3 de julio. Venía a decir:

Uno de los principios elementales del arte de razonar es que, una vez que se haya eliminado lo imposible, la verdad tiene que hallarse en el residuo, por improbable que parezca. Es cierto que el tren salió de Kenyon Junction. Es cierto que no llegó a Barton Moss. Es sumamente improbable, pero cabe dentro de lo posible, que el tren haya sido desviado por una de las siete vías laterales existentes. Es evidentemente imposible que un tren circule por un trecho de vía sin raíles; por consiguiente, podemos reducir los casos improbables a las tres vías en actividad, es decir, la de la fundición de hierro Carnstock, la de Big Ben y la de Perseverance. ¿Existe alguna sociedad secreta de mineros del carbón, alguna Camorra inglesa, capaz de destruir el tren y a sus viajeros? Es improbable, pero no imposible. Confieso que soy incapaz de apuntar ninguna otra solución. Desde luego, yo aconsejaría a la compañía que concentrase todas sus energías en estudiar esas tres líneas y a los trabajadores del lugar en que éstas terminan. Quizás el examen de las casas de préstamos del distrito saque a la luz algunos hechos significativos.

Tal sugerencia despertó considerable interés, por proceder de una reconocida autoridad en esa clase de asuntos, y levantó también una furiosa oposición de los que la calificaban de libelo absurdo contra una categoría de hombres honrados y dignos. La única respuesta que se dio a estas censuras fue un reto a quienes las formulaban para que expusiesen ellos públicamente otra hipótesis más verosímil. Esto provocó efectivamente otras dos teorías, que aparecieron en los números de *The Times* correspondientes a los días 7 y 9 de julio. Apuntaba la primera de ellas la idea de que quizás el tren hubiese descarrilado y se hubiese hundido en el canal de Lancashire y Staffordshire, que corre paralelo al ferrocarril en un trecho de algunos centenares de metros. Esta sugerencia quedó desacreditada al publicarse la profundidad que tiene el canal, que no podía, ni mucho menos, ocultar un objeto de semejante volumen. El segundo corresponsal llamaba la atención sobre la cartera que constituía el único equipaje que los viajeros llevaban consigo, apuntando la posibilidad de que llevasen oculto en su interior algún nuevo explosivo de una fuerza inmensa y pulverizadora. Pero el absurdo evidente de suponer que todo el tren hubiera podido quedar pulverizado y que la vía del ferrocarril no hubiese sufrido el menor daño colocaba semejante hipótesis en el terreno de la burla. En esa situación sin salida se encontraban las investigaciones cuando ocurrió un incidente nuevo y completamente inesperado.

El hecho es, nada más y nada menos, que la señora McPherson recibió una carta de su marido, James McPherson, el mismo que iba de jefe de tren en el especial desaparecido. La carta, con fecha del 5 de julio de 1890, había sido enviada desde Nueva York y llegó a destino el 14 del mismo mes. Se expresaron dudas acerca de su veracidad, pero la señora McPherson afirmó terminantemente la autenticidad de la letra; además, el hecho de venir con ella la cantidad de cien dólares en billetes de cinco dólares bastaba para descartar la idea de que se tratase de una broma pesada. El remitente no daba dirección alguna y la carta era como sigue:

> Mi querida esposa:
> Lo he meditado muchísimo y me resulta insoportable renunciar a ti. Y también a Lizzie. Por más que lucho contra esa idea, no puedo apartarla de mi cabeza. Te envío algo de dinero, que podrás cambiar por veinte libras inglesas, que serán suficientes para que tú y Elisita crucéis el Atlántico. Los barcos de Hamburgo que hacen escala en Southampton son muy buenos y más baratos que los de Liverpool. Si vosotras vinieseis y os alojaseis en la Johnston House, yo procuraría avisaros de qué manera podríamos reunirnos, pero de momento me encuentro con grandes dificultades y soy poco feliz, porque me resulta duro renunciar a vosotras dos. Nada más, pues, por el momento, de tu amante esposo,
> James McPherson

Confidencialmente, se creyó durante algún tiempo que esta carta conduciría al esclarecimiento total del caso, sobre todo porque se consiguió el dato de que en el buque de pasajeros *Vístula,* propiedad de la compañía Hamburg & New York, que había zarpado el día 7 de junio, figuraba como pasajero, con el nombre de Summers, un hombre de gran parecido físico con el jefe de tren desaparecido. La señora McPherson y su hermana, Lizzie Dolton, embarcaron para Nueva York según las instrucciones que se les dieron y permanecieron alojadas durante tres semanas en la Johnston House, sin recibir noticia alguna del desaparecido. Es probable que ciertos comentarios indiscretos aparecidos en la prensa advirtiesen a éste de que la policía las empleaba como cebo. Sea como sea, lo cierto es que nadie les escribió ni se acercó a ellas y que las mujeres acabaron por regresar a Liverpool.

Así quedaron las cosas, sin nueva alteración hasta el año actual de 1898. Por increíble que parezca, durante los últimos ocho años nada ha trascendido que arrojase la más pequeña luz sobre la extraordinaria desaparición del tren especial en el que viajaban el señor Caratal y su acompañante. Las minuciosas investigaciones que se realizaron acerca de los antecedentes de los dos viajeros únicamente determinaron el hecho de que el señor Caratal era muy conocido en Centroamérica como financiero y agente político y que en el transcurso de su viaje a Europa demostró una ansiedad extraordinaria por llegar a París. Su acompañante, que figuraba en el registro de pasajeros con el nombre de Eduardo Gómez, era un hombre con una historia de personaje violento, con fama de bravucón y pendenciero. Sin embargo, existían pruebas de que servía con honradez y abnegación a los intereses del señor Caratal y de que este último, hombre enclenque, se servía de él como guardián y protector. Puede agregarse a esto que de París llegaron informes acerca de los posibles objetivos que el señor Caratal perseguía en su precipitado viaje.

En el anterior relato están comprendidos todos los hechos que se conocían sobre este caso hasta que los diarios de Marsella publicaron la reciente confesión de Herbert de Lernac, que se encuentra actualmente en la cárcel, condenado a muerte por el asesinato de un comerciante apellidado Bonvalot. He aquí la traducción literal del documento:

No hago pública esta información por simple orgullo o jactancia; si quisiera darme ese gusto, podría relatar una docena de hazañas mías más o menos espléndidas. Lo hago con objeto de que ciertos caballeros de París se den por enterados de que yo, que puedo dar noticias de la muerte del señor Caratal, estoy también en condiciones de decir en beneficio y a petición de quién se llevó a cabo ese hecho, a menos que el indulto que estoy esperando no me llegue muy rápidamente. ¡Mediten, señores, antes de que sea demasiado tarde! Ya conocen ustedes a Herbert de Lernac y les consta que es tan presto para la acción como para la palabra. Apresúrense, porque de lo contrario están perdidos.

No citaré nombres por el momento. ¡Qué escándalo si yo los diese a conocer! Me limitaré a exponer con qué habilidad llevé a cabo la hazaña. En aquel entonces fui leal a quienes se sirvieron de mí y no dudo de que también ellos lo serán conmigo ahora. Lo espero y, hasta que no me convenza de que me han traicionado, me reservaré esos nombres, que producirían una conmoción en Europa. Pero cuando llegue ese día... Bien, no digo más.

Para no andar con rodeos, diré que en el año 1890 hubo en París un célebre proceso relacionado con un monstruoso escándalo político y financiero. Hasta dónde llegaba la monstruosidad del escándalo únicamente lo supimos ciertos agentes confidenciales como yo. Estaban en juego la honra y la carrera de muchos de los hombres más destacados de Francia. Mis lectores habrán visto sin duda un grupo de nueve bolos en pie, todos muy rígidos y muy firmes. De pronto, llega rodando la bola desde lejos y a éste le doy y a éste también, plas, plas, plas, los nueve bolos ruedan por el suelo. Pues bien: represéntense a algunos de los hombres más destacados de Francia como a estos bolos, que ven llegar desde lejos a este señor Caratal, que hace de bola. Si se le permitía llegar a París, todos ellos —plas, plas, plas— rodarían por el suelo. Se decidió que no llegase.

No los acuso de tener clara conciencia de lo que iba a ocurrir. Ya he dicho que estaban en juego grandes intereses financieros y políticos. Se formó un sindicato para poner en marcha la empresa. Hubo algunos de los que se suscribieron al sindicato que no llegaron a comprender cuál era su finalidad. Otros sí que tenían una idea clara de ella y pueden estar seguros de que yo no me he olvidado de sus nombres. Mucho antes de que el señor Caratal embarcase en América, tuvieron ellos noticia de su viaje y supieron que las pruebas que traía con él equivalían a la ruina de todos ellos. El sindicato disponía de una suma ilimitada de dinero; una suma ilimitada en toda la extensión de la palabra. Buscaron a un agente capaz de manejar con seguridad aquella fuerza gigantesca. El hombre elegido tenía que ser fértil en recursos, decidido y adaptable, es decir, de los que se encuentra a uno entre un millón. Se decidieron por Herbert de Lernac, y reconozco que acertaron.

Quedó a mi cargo elegir a mis subordinados, manejar sin trabas de ninguna clase la fuerza que proporciona el dinero y asegurarme de que el señor Caratal no llegase jamás a París. Me puse a la tarea que se me había encomendado, con la energía que me es característica, antes de que transcurriese una hora de recibir las instrucciones que se me dieron, y las medidas que tomé fueron las mejores que era posible idear para conseguir el objetivo.

Envié inmediatamente a Sudamérica a un hombre de mi absoluta confianza para que hiciese el viaje a Europa junto al señor Caratal. Si ese hombre hubiese llegado a tiempo a su destino, el barco en que este señor navegaba no habría llegado jamás a Liverpool. Por desgracia, había zarpado antes de que mi agente pudiera alcanzarlo. Fleté un pequeño bergantín armado para cortar el paso al buque, pero tampoco me acompañó la suerte. Sin embargo, yo, como todos los grandes organizadores, admitía la posibilidad del fracaso y preparaba una serie de alternativas con la seguridad de que alguna de ellas tendría éxito. Que nadie calcule las dificultades de mi empresa por debajo de lo que realmente eran, ni piense que en este caso era suficiente recurrir a un vulgar asesinato. No sólo era preciso destruir al señor Caratal; había que hacer desaparecer también sus documentos y a sus acompañantes, ya que teníamos razones para creer que había comunicado a éstos sus secretos. Téngase además presente que ellos estaban alerta, sospechando vivamente lo que se les preparaba. Era una empresa digna de mí desde todo punto de vista, porque yo alcanzo la plenitud de mis facultades cuando se trata de empresas ante las cuales otros retrocederían asustados.

Todo estaba preparado en Liverpool para la recepción que había de hacerse al señor Caratal, y mi ansiedad era todavía mayor, porque tenía razones para creer que había tomado medidas para disponer de una guardia considerable desde el momento en que llegase a Londres. Todo había de hacerse, pues, entre el momento en que él pusiese el pie en el muelle de Liverpool y el de su llegada a Londres, a la estación terminal del ferrocarril de Londres y la Costa Occidental. Preparamos seis proyectos, cada uno más complicado que el anterior; de las andanzas del viajero dependería cuál de esos proyectos pondríamos en marcha. Lo teníamos todo dispuesto, hiciese lo que hiciese. Lo mismo si viajaba en un tren ordinario que si tomaba un expreso o contrataba un tren especial; le saldríamos al paso. Todo estaba previsto y a punto.

Ya se supondrá que me era imposible realizarlo todo personalmente. ¿Qué sabía yo de las líneas inglesas de ferrocarril? Pero con dinero es posible procurarse agentes activos en todo el mundo, y encontré muy pronto a uno de los cerebros más agudos de Inglaterra, que se puso a mi servicio. No quiero citar nombres, pero sería injusto que yo me atribuyese todo el mérito. Mi aliado inglés era digno de la alianza que establecí con él. Conocía a fondo la línea del ferrocarril en cuestión y tenía bajo su mando a una cuadrilla de trabajadores inteligentes y en los que podía confiar. La idea fue suya y yo sólo tuve que contribuir en algunos detalles. Compramos a varios funcionarios del ferrocarril, siendo James McPherson el más importante de todos, porque nos cercioramos de que, tratándose de trenes especiales, era casi seguro que actuase de jefe. También Smith, el fogonero, estaba a nuestras órdenes. Se tanteó asimismo a John Slater, maquinista; pero resultó hombre demasiado terco y peligroso, por lo que prescindimos de él. No teníamos una certidumbre absoluta de que el señor Caratal contratase un tren especial, pero nos pareció muy probable que lo hiciese, porque era cosa de la máxima importancia para él llegar cuanto antes a París. Realizamos, pues, preparativos especiales para hacer frente a esa eventualidad. Esos preparativos estaban a punto hasta en sus menores detalles mucho antes de que desde el vapor se divisaran las costas de Inglaterra. Quizás al que lea esto le divierta saber que uno de mis agentes iba embarcado en la lancha del piloto que guio al vapor hasta el lugar en el que tenía que anclar.

Desde el instante de la llegada de Caratal a Liverpool, supimos que recelaba del peligro y estaba en guardia. Traía de escolta a un individuo peligroso, de apellido Gómez, que iba bien armado y dispuesto a servirse de sus armas. Este individuo llevaba encima los documentos confidenciales de Caratal y estaba preparado para protegerlos igual que a su amo. Existía, pues, la probabilidad de que Caratal se hubiese confiado a Gómez, y sería perder energías acabar con el primero dejando con vida al segundo. Forzosamente tenía que ser idéntico su final, y nuestros proyectos a ese respecto se vieron favorecidos por la solicitud que hicieron de un tren especial. Está claro que en ese tren especial dos de los tres empleados de la compañía estaban a nuestro servicio y que la suma que les pagamos por ello iba a permitirles gozar de independencia durante el resto de su vida. Yo no llegaré hasta el punto de afirmar que los ingleses son más honrados que los naturales de cualquier otro país, pero sí afirmo que su precio de venta me ha resultado siempre más caro.

Ya he hablado de mi agente inglés. Es un hombre a quien espera un gran porvenir, a menos que algún mal de garganta se lo lleve antes de tiempo. A su cargo corrieron todas las medidas que hubo que tomar en Liverpool, mientras que yo me situé en el mesón de Kenyon Junction, donde esperaba un mensaje en clave para entrar en acción. Cuando todo estuvo dispuesto para el tren especial, mi agente me telegrafió en el acto, advirtiéndome que debía tenerlo todo preparado inmediatamente. Él, por su parte, solicitó, con el nombre de Horace Moore, otro tren especial, confiando en que le enviarían en el mismo en que viajaba el señor Caratal. Su presencia en el tren podría sernos útil en determinadas circunstancias. Si, por ejemplo, fallaba nuestro golpe máximo, mi agente cuidaría de matarlos a los dos a tiros y de destruir los documentos; pero Caratal estaba sobre aviso y se negó a que viajase en su tren ninguna otra persona. Entonces mi agente se retiró de la estación, volvió a penetrar en ella por la otra puerta y se metió en el furgón por el lado contrario al del andén. Viajó, pues, con el jefe de tren McPherson.

Voy a satisfacer el interés del lector poniéndole al corriente de lo que yo tenía tramado. Todo había sido preparado con varios días de antelación, a falta sólo de los últimos retoques. La línea de desviación que habíamos elegido había estado anteriormente conectada con la vía principal, pero esa conexión estaba ya cortada. Para volver a conectarla, sólo teníamos que colocar unos pocos raíles. Estos habían sido emplazados con todo el sigilo posible para no llamar la atención y sólo quedaba completar la unión con la vía principal, disponiendo las agujas tal y como habían estado en otro tiempo. Las traviesas no habían sido quitadas y los raíles, las bridas y los remaches estaban preparados, porque nos habíamos apoderado de ellos en un apartadero que había en el trecho abandonado de la línea. Valiéndome de mi cuadrilla de trabajadores, cortos en número, pero competentes, lo tuvimos todo preparado mucho antes de que llegase el tren especial. Cuando éste llegó, se desvió hacia la línea lateral tan suavemente que los dos viajeros no advirtieron en modo alguno, por lo visto, el traqueteo de los ejes en las agujas.

Nuestro plan era que Smith, el fogonero, cloroformizase a John Slater, el maquinista, a fin de que éste desapareciese con los demás. En este punto, y sólo en este punto, fallaron nuestros proyectos, porque dejo de lado la estupidez criminal de McPherson escribiendo a su mujer. Nuestro fogonero se manejó en su papel con tal torpeza que Slater cayó de la locomotora en sus forcejeos. Aunque la suerte nos acompañó y ese hombre se desnucó al caer, no por eso deja de constituir un borrón en lo que de otro modo habría sido una obra de absoluta maestría, de las que es preciso contemplar con callada admiración. El experto en crímenes descubrirá en John Slater el único defecto de todas nuestras admirables combinaciones. Quien, como yo, lleva obtenidos tantos éxitos, puede permitirse ser sincero y por esa razón señalo con el dedo a John Slater y afirmo que fue el único fallo.

Pero ya tenemos nuestro tren especial dentro de la línea de dos kilómetros o, más bien, de más de una milla de longitud, que conduce, o más bien que solía conducir, a la mina abandonada de Heartscase, que otrora fue una de las minas de carbón más importantes de Inglaterra. Se me preguntará cómo pudo ocurrir que nadie viese circular el tren por la línea abandonada y contesto que esa línea corre en todo su trayecto por una profunda zanja. Nadie que no estuviese en el borde mismo de esa zanja podía verlo. Pero alguien estaba allí. Y ese alguien era yo. Ahora les diré lo que vi.

Mi ayudante se había quedado junto a las agujas para dirigir la maniobra de desviación del tren. Lo acompañaban cuatro hombres armados. Si el tren hubiese descarrilado, cosa que nos pareció probable, porque las agujas estaban muy oxidadas, tendríamos todavía medios a los que recurrir. Una vez que mi ayudante vio que el tren se había desviado sin dificultad por la línea lateral, dejó a mi cargo la responsabilidad. Yo estaba esperando en un lugar desde el que se distinguía la boca de la mina e iba armado, lo mismo que mis dos acompañantes. Como pueden ver, yo estaba siempre dispuesto para cualquier contingencia.

Cuando el tren se hubo metido bastante por la línea lateral, el fogonero Smith redujo la velocidad de la locomotora y luego volvió a ponerla a máxima velocidad, pero él, McPherson y mi lugarteniente inglés saltaron a tierra antes de que fuese demasiado tarde. Quizás esa desaceleración del tren fue lo primero que llamó la atención de los viajeros, aunque, para cuando se asomaron a la ventanilla, el tren avanzaba de nuevo a toda velocidad. Al pensar en el desconcierto que debieron de sentir, no puedo menos que sonreír. Imagínese el lector cuáles serían sus propias sensaciones si, al sacar la cabeza por la ventanilla del lujoso coche, advirtiese de pronto que el tren corría por una vía oxidada y carcomida, de un color encarnado y amarillento por la falta de uso y el abandono. ¡Qué vuelco les debió de dar el corazón cuando se dieron cuenta, con la rapidez del relámpago, de que al final de aquella vía siniestra de ferrocarril no se encontraba Manchester, sino la muerte! Pero el tren ya corría a una velocidad increíble, saltando y balanceándose sobre las vías podridas, en tanto que las ruedas chirriaban de manera espantosa sobre los rieles oxidados. Pasaron a muy poca distancia de mí y pude ver sus rostros. Caratal rezaba, según me pareció, o al menos tenía colgado de la mano algo parecido a un rosario. El otro bramaba como un toro bravo al oler la sangre del matadero. Nos vio en lo alto del talud y nos hizo señas como un loco. En seguida dio un tirón a su muñeca y arrojó por la ventana, hacia nosotros, su cartera de documentos. Estaba claro lo que quería decirnos. Aquellas eran las pruebas acusadoras y, si les perdonábamos la vida, ellos prometían no hablar jamás. Nos habría causado gran placer poder hacerlo, pero los negocios son los negocios. Además, el tren estaba ya tan fuera de nuestro control como del suyo.

Aquel hombre cesó en sus alaridos cuando el tren dobló la curva entre sacudidas y ante ellos se presentó, con sus fauces abiertas, la negra boca de la mina. Nosotros habíamos quitado las tablas que la cerraban, dejando despejada la entrada. En los tiempos en que la mina funcionaba, los rieles de la vía llegaban hasta muy cerca del montacargas, para mayor comodidad en el manejo del carbón. Sólo tuvimos, pues, que agregar dos o tres rieles para llegar al borde mismo del pozo de la mina. En realidad, como la longitud de los carriles no coincidía exactamente, la línea sobresalía unos tres pies de los bordes del pozo. Vimos asomadas a la ventana dos cabezas: la de Caratal debajo y la de Gómez encima; pero tanto el uno como el otro habían quedado mudos ante lo que vieron. Y, sin embargo, no podían retirar sus cabezas. Parecía que el espectáculo los había paralizado.

Yo me había estado preguntando cómo el tren, a toda velocidad, caería en el pozo hacia el que lo había dirigido, y sentía vivo interés por contemplar el espectáculo. Uno de mis colaboradores opinaba que daría un verdadero salto, saliendo por el otro lado, y la verdad es que estuvo a punto de ocurrir eso. Sin embargo, por suerte para nosotros, no llegó a salvar todo el hueco y los parachoques de la locomotora golpearon el borde contrario del pozo con un estrépito espantoso. La chimenea de la locomotora voló por los aires. El ténder, los coches y el furgón quedaron destrozados y aplastados, formando un revoltijo que, junto con los restos de la máquina, cegó por un instante la boca del pozo. Pero enseguida cedió alguna cosa en el centro del montón y toda la masa de hierros, carbón humeante, aplicaciones de metal, ruedas, obra de madera y tapicería se hundió con estrépito, como una masa informe, dentro de la mina. Escuchamos una sucesión de traqueteos, ruidos y golpes, producidos por el choque de todos aquellos restos contra las paredes del pozo, y, al cabo de un rato largo, nos llegó un estruendo atronador. El tren había tocado fondo. Debió de estallar la caldera, porque después de aquel estruendo se produjo un estampido seco y subió desde las profundidades, hasta salir al exterior formando torbellinos, una espesa nube de vapor y de humo, que luego cayó sobre nosotros como un chaparrón de lluvia. El vapor fue luego desmenuzándose, formando nubecillas que se fueron esfumando poco a poco bajo los rayos del sol, y volvió a reinar un silencio absoluto dentro de la mina de Heartscase.

Una vez realizados con tanto éxito nuestros proyectos, sólo nos quedaba ya retirarnos sin dejar rastro. Nuestra pequeña cuadrilla de trabajadores, que había quedado en la cabecera de la línea, había levantado ya los raíles y desconectado aquélla, dejándolo todo como estaba antes. No menos activamente trabajábamos nosotros en la mina. Arrojamos la chimenea y otros fragmentos dentro del pozo, cubrimos la boca de éste con las tablas, tal y como solía estar, y levantamos los carriles que llegaban hasta el pozo, retirándolos de aquel lugar. Después, sin precipitaciones, pero sin demoras innecesarias, salimos del país. La mayoría nos marchamos a la capital de Francia, mientras mi colega inglés se dirigió a Manchester y McPherson se embarcó en Southampton, emigrando a Norteamérica. Léanse los periódicos ingleses de aquellas fechas y se verá con qué perfección realizamos nuestro trabajo y de qué manera hicimos perder por completo nuestra pista a sus finos sabuesos.

Se recordará que Gómez tiró por la ventana su cartera, y no hará falta que diga que yo me apoderé de ella y la entregué a quienes me habían encomendado el trabajo. Quizás les interese hoy a esos patronos míos saber que extraje de la cartera un par de documentos sin importancia como recuerdo de la hazaña. No tengo deseo de publicarlos, pero no obstante, cada cual mira por sí mismo en este mundo. ¿Qué me queda, pues, por hacer si mis amigos no acuden en mi ayuda cuando los necesito? Caballeros, sepan ustedes que Herbert de Lernac es tan extraordinario de enemigo como lo fue de amigo suyo y que no es hombre que se deje llevar a la guillotina sin antes hacer que todos y cada uno de ustedes se vean en camino hacia el presidio de Nueva Caledonia.

Dense prisa, sino por mi bien, por el suyo propio, señor De..., general... y barón... (pongan sus nombres cada uno de ustedes en los espacios en blanco). Les prometo que en la próxima edición no quedará ningún espacio en blanco.

P. D.: Al releer mi exposición, observo que he pasado por alto un solo detalle, el que se refiere al desdichado McPherson, que tuvo la estupidez de escribir a su mujer, citándose con ella en Nueva York. Cualquiera se imaginará que, cuando unos intereses como los nuestros estaban en peligro, no podíamos abandonarlos al azar de que un hombre como aquel descubriese o no a una mujer lo que sabía. No podíamos confiar en McPherson después de que éste faltara a su juramento escribiendo a su mujer. Tomamos por consiguiente las medidas necesarias para que no llegara a entrevistarse con ella. A veces he pensado que sería amable escribirle a esa mujer y darle la seguridad de que no hay impedimento alguno para que contraiga nuevo matrimonio.

EL MISTERIO DE LA CELDA 13
Jacques Futrelle

Después de ser bautizado, Augustus S. F. X. van Dusen adquirió, en el curso de una brillante carrera científica, prácticamente todas las letras restantes del alfabeto. Y dado que las obtuvo honorablemente, las agregó al final de su nombre, de modo que éste, tomado con todo lo que le correspondía, resultaba una estructura muy imponente. Era doctor en Filosofía, doctor en Leyes, miembro de la Sociedad Real, doctor en Medicina y cirujano dental. También era algunas otras cosas, aunque ni él mismo podía decir exactamente qué, en virtud del reconocimiento de su talento por parte de diversas instituciones educativas y científicas extranjeras.

En su apariencia no era menos notable que en su nomenclatura. Era delgado y poseía la inclinación del estudioso en su espalda y la palidez de una vida sedentaria y de reclusión en su rostro rasurado. Sus ojos mostraban un estrabismo perpetuo e inhibidor, el estrabismo de quien estudia cosas diminutas y, cuando se los alcanzaba a divisar a través de sus gruesos anteojos, no eran más que hendiduras de un azul acuoso. Pero sobre los ojos estaba su rasgo más notable. Era una frente alta y ancha, de dimensiones casi anormales, coronada por una espesa mata de cabellos rubios. Todas estas cosas conspiraban para darle una personalidad peculiar, casi grotesca.

El profesor Van Dusen era remotamente alemán. Por generaciones, sus antepasados habían sido ilustres en las ciencias; él era el resultado lógico, la mente maestra. Primero y por encima de todo, era un lógico. Al menos treinta y cinco de sus casi cincuenta años de vida los había dedicado exclusivamente a demostrar que dos y dos siempre suman cuatro, excepto en ocasiones extraordinarias, donde suman tres o cinco, según sea el caso. Se basaba sólidamente en la proposición general de que todas las cosas que comienzan deben seguir un curso y podía convocar la fuerza mental concentrada de sus antepasados al abordar un problema dado. Incidentalmente, debe observarse que el profesor Van Dusen usaba un sombrero del n.º 8.

El mundo en general había tenido noticias de la existencia del profesor Van Dusen bajo el mote de la Máquina Pensante. Se trataba de un apodo que le había dado la prensa con ocasión de una notable exhibición de ajedrez; había demostrado entonces que alguien totalmente ajeno al juego podía, por la fuerza de la lógica inevitable, vencer a un campeón que había dedicado toda una vida a su estudio. ¡La Máquina Pensante! Tal vez ese mote lo describiera mejor que todos sus títulos, porque pasaba semana tras semana, mes tras mes, en el retiro de su pequeño laboratorio, del que habían surgido pensamientos que asombraron a los científicos y conmovieron profundamente al mundo en general.

Sólo en raras ocasiones tenía visitas la Máquina Pensante, y éstas solían ser de hombres que, al ocupar una alta posición en las ciencias, se dejaban caer por allí para discutir sobre un tema y tal vez convencerse a sí mismos. Dos de esos hombres, el doctor Charles Ransome y Alfred Fielding, llegaron una noche para discutir cierta teoría que no viene al caso aquí.

—Tal cosa es posible —declaró enfáticamente el doctor Ransome en el curso de la conversación.

—Nada es imposible —afirmó la Máquina Pensante con igual énfasis. Siempre hablaba con petulancia—. La mente es el ama de todas las cosas. Cuando la ciencia reconozca plenamente este hecho, se habrá logrado un gran avance.

—¿Qué opina de la nave espacial? —preguntó el doctor Ransome.

—No es nada imposible —aseveró la Máquina Pensante—. Será inventada en cualquier momento. Lo haría yo mismo, pero estoy ocupado.

El doctor Ransome rio con tolerancia.

—Ya lo he oído decir tales cosas —dijo—. Pero no significan nada. La mente puede ser el ama de la materia, pero aún no ha hallado la manera de imponerse. Hay ciertas cosas que no pueden eliminarse con el pensamiento, o más bien, que no cederían a ninguna cantidad de pensamiento.

—¿Qué, por ejemplo? —preguntó la Máquina Pensante.

El doctor Ransome se quedó pensativo por un momento, mientras fumaba.

—Bien, digamos los muros de la prisión —replicó—. Ningún hombre puede salir de una celda mediante el pensamiento. De ser eso posible, no habría presos.

—Un hombre puede aplicar de tal modo su cerebro y su ingenio que puede abandonar una celda, que es lo mismo —afirmó rápidamente la Máquina Pensante.

Al doctor Ransome esto lo divertía ligeramente.

—Supongamos un caso —dijo, un momento después—. Tomemos una celda en la que son confinados presos condenados a muerte, hombres que están desesperados y que, enloquecidos por el miedo, aprovecharían cualquier posibilidad de escapar... Supongamos que usted estuviese encerrado en una de esas celdas. ¿Podría escapar?

—Ciertamente —declaró la Máquina Pensante.

—Por supuesto —dijo el señor Fielding, que intervenía en la conversación por primera vez—, se podría destruir la celda con un explosivo; pero, una vez dentro, preso, no podrá disponer de explosivo alguno.

—No habría nada de eso —dijo la Máquina Pensante—. Ustedes podrían tratarme igual que a un preso condenado a muerte y yo saldría de la celda.

—No a menos que entrara con las herramientas necesarias para salir —dijo el doctor Ransome.

La Máquina Pensante estaba visiblemente fastidiada; sus ojos azules parpadearon.

—Enciérrenme en cualquier celda de cualquier prisión de cualquier parte en cualquier momento, vestido sólo con lo necesario, y escaparé en una semana —declaró secamente.

El doctor Ransome se irguió en su silla, interesado. El señor Fielding encendió otro cigarro.

—¿Quiere decir que realmente podría salir mediante el pensamiento? —preguntó el doctor Ransome.

—Saldría —fue la respuesta.

—¿Habla en serio?

—Por supuesto que sí.

El doctor Ransome y el señor Fielding mantuvieron silencio por un largo rato.

—¿Estaría dispuesto a intentarlo? —preguntó finalmente el señor Flelding.

—Sin duda —dijo el profesor Van Dusen; había un rastro de ironía en su voz—. He hecho cosas más tontas que ésa para convencer a otros hombres de verdades menos importantes.

El tono era ofensivo y había cierta corriente subyacente, parecida a la ira, fluyendo entre ambas partes. Claro que era algo absurdo, pero el profesor Van Dusen reiteró su voluntad de realizar esa fuga, y el asunto quedó decidido.

—Comencemos ya —agregó el doctor Ransome.

—Preferiría que comenzara mañana —dijo la Máquina Pensante—, porque...

—No, ahora —insistió el señor Fielding secamente—. A usted se lo arresta, figuradamente, claro, se lo encierra sin previo aviso en una celda, sin probabilidad alguna de comunicarse con amigos, y se lo deja ahí con los mismos cuidados y atenciones que se le dispensarían a un condenado a muerte. ¿Está dispuesto?

—Muy bien, que sea ahora, entonces —dijo la Máquina Pensante, y se puso de pie.

—Pongamos la celda de condenados a muerte de la prisión de Chisholm.

—La celda de condenados a muerte de la prisión de Chisholm.

—¿Y qué ropa lucirá usted?

—Tan poca ropa como sea posible —replicó la Máquina Pensante—. Zapatos, calcetines, pantalones y una camisa.

—¿Permitirá que se lo revise, supongo?

—Debo ser tratado exactamente como se trata a todos los presos —dijo la Máquina Pensante—. Ni más atención ni menos.

Debieron arreglarse ciertos preliminares en cuanto a la obtención del permiso para realizar la prueba, pero los tres eran hombres influyentes y todo se hizo satisfactoriamente por teléfono; si bien los funcionarios de la prisión, a quienes se explicó el experimento sobre bases puramente científicas, se mostraron perplejos. El profesor Van Dusen sería el preso más distinguido que habían tenido jamás.

Cuando la Máquina Pensante se hubo puesto todas las ropas que iba a usar durante su encarcelamiento, llamó a la pequeña anciana que era su ama de llaves, cocinera y doncella al mismo tiempo.

—Martha —le dijo—, son las nueve y veintisiete. Me marcho. Dentro de una semana, a las nueve y media, estos caballeros y posiblemente uno o dos más cenarán aquí conmigo. Recuerde que al doctor Ransome le gustan mucho las alcachofas.

Los tres hombres se trasladaron a la cárcel de Chisholm, donde el alcaide los estaba esperando, ya que le habían informado por teléfono del asunto. Él sólo había entendido que el eminente profesor Van Dusen iba ser su preso, si es que podía tenerlo bajo su custodia, por una semana; que el profesor no había cometido delito alguno, pero que debía ser tratado como todos los demás presos.

—Regístrenlo —indicó el doctor Ransome.

Se registró a la Máquina Pensante. Nada se halló en él: los bolsillos de los pantalones estaban vacíos; la camisa blanca, de rígida pechera, no tenía bolsillos. Los zapatos y los calcetines fueron retirados, examinados y vueltos a poner. Mientras observaba todos esos preliminares, el estricto registro, y notaba la lastimosa debilidad física del hombre, su rostro falto de color y sus manos blancas y delgadas, el doctor Ransome casi lamentó su participación en el asunto.

—¿Está seguro de que desea hacerlo? —inquirió.

—¿Se convencería usted si no lo hiciera? —preguntó a su vez la Máquina Pensante.

—No.

—Muy bien. Pues lo haré.

La compasión que el doctor Ransome sentía se disipó por el tono. Lo irritaba, y resolvió seguir el experimento hasta el final; sería un duro castigo a la egolatría.

—¿Le será imposible comunicarse con alguien de fuera? —preguntó.

—Absolutamente imposible —replicó el alcaide—. No se le permitirá escribir ninguna clase de mensaje.

—Y sus carceleros, ¿enviarían ellos algún mensaje suyo?

—Ni una palabra, sea directa o indirectamente —dijo el alcaide—. Puede estar seguro de ello.

Me informarán de todo lo que él pudiera decir y me darán todo lo que él pudiera darles.

—Parece absolutamente satisfactorio —dijo el señor Fielding, que estaba francamente interesado en el problema.

—Naturalmente, en el caso de que se rinda —dijo el doctor Ransome— y pida su libertad, ¿entiende usted que debe dejarlo en libertad?

—Entiendo —replicó el alcaide.

La Máquina Pensante estuvo escuchando, pero no tuvo nada que decir hasta ese momento; entonces intervino:

—Me gustaría hacer tres pequeñas peticiones. Pueden otorgármelas o no, como deseen.

—Ningún favor especial—advirtió el señor Fielding.

—No pido ninguno—fue la dura respuesta—. Me gustaría tener un poco de pasta de dientes... Cómprenla ustedes mismos para cerciorarse de que no es más que pasta de dientes, y quisiera tener un billete de cinco dólares y dos de diez.

El doctor Ransome, el señor Fielding y el alcaide intercambiaron miradas de perplejidad. No les sorprendía la petición de pasta de dientes, pero sí la de dinero.

—¿Hay algún hombre, entre aquéllos con los que nuestro amigo entrará en contacto, que se deje sobornar por veinticinco dólares? —preguntó el doctor Ransome al alcaide.

—Ni siquiera por dos mil quinientos dólares —fue la segura respuesta.

—Bien, los tengo —dijo el señor Fielding—. Creo que son bastante inofensivos.

—¿Y cuál es la tercera petición? —preguntó el doctor Ransome.

—Me gustaría que me lustraran los zapatos.

Una vez más, los hombres intercambiaron miradas de perplejidad. Esta última petición era el colmo de lo absurdo, de modo que consintieron. Una vez que se hubo atendido a todos estos detalles, la Máquina Pensante fue llevada a la prisión, de la que debía escapar.

—Aquí está la celda 13 —dijo el alcaide, deteniéndose ante la tercera puerta de un corredor de acero—. Es aquí donde tenemos a los asesinos convictos. Nadie puede salir de aquí sin mi permiso; y nadie que esté aquí puede comunicarse con el exterior. Apuesto mi reputación por ello. Está a sólo tres puertas de mi oficina y puedo oír fácilmente todo ruido desacostumbrado.

—¿Les parece que servirá esta celda, caballeros? —preguntó la Máquina Pensante. Había un toque de ironía en su voz.

—Admirablemente —fue la respuesta.

La pesada puerta de acero se abrió, hubo una fuga precipitada de pequeñas patas y la Máquina Pensante entró en la oscuridad de la celda. Luego, el alcaide cerró la puerta, dando dos vueltas de llave al cerrojo.

—¿Qué es ese ruido ahí dentro? —preguntó el doctor Ransome a través de los barrotes.

—Ratas... docenas de ratas —replicó la Máquina Pensante concisamente.

Después de despedirse, los hombres ya se iban cuando la Máquina Pensante preguntó, levantando la voz:

—¿Qué hora es, exactamente, alcaide?

—Las once y diecisiete —replicó el alcaide.

—Gracias. Me reuniré con ustedes, caballeros, en la oficina del alcaide, a las ocho y media, dentro de una semana —dijo la Máquina Pensante.

—¿Y si no lo consigue?

—No tengo ninguna duda al respecto.

La cárcel de Chisholm era una estructura grande y extensa de granito, de cuatro pisos en total, ubicada en el centro de una gran área de espacio abierto. Estaba rodeada por una pared de sólida mampostería de 5,40 metros de altura, tan finamente acabada por dentro y por fuera que no ofrecía ninguna posibilidad al escalador, por experto que éste fuese. Sobre este cerco, para mayor precaución, había otro de 1,50 metros de varas de acero, cada una de las cuales terminaba en una punta afilada. Este muro, en sí mismo, marcaba un límite absoluto entre libertad y encarcelamiento, porque, aun en el caso de que un hombre escapara de su celda, le resultaría imposible superarlo.

El patio, que alrededor de toda la prisión tenía 7,50 metros de ancho, o sea, la distancia entre el edificio y el muro, era de día el campo de ejercicios para aquellos presos a los que se les concedía el beneficio de una semilibertad ocasional. Pero ese beneficio no era para los que estaban en la celda 13. Durante todo el día había guardias armados en el patio, cuatro guardias, cada uno de los cuales patrullaba un lado del edificio de la prisión.

Por la noche, el patio estaba casi tan iluminado como durante el día. En cada uno de los cuatro lados había una gran luz de arco voltaico que se elevaba por encima de la pared de la prisión y brindaba una clara visión a los guardias. Las luces también iluminaban las varas de acero en que terminaba la pared. Los cables que alimentaban las luces de arco voltaico corrían por los lados del edificio, sobre aisladores, y desde el piso superior cruzaban hasta los postes que soportaban las luces.

Todas estas cosas vio y aprendió la Máquina Pensante, que sólo podía ver a través de la ventana cubierta de barrotes de su celda poniéndose de pie sobre su camastro. Eso fue a la mañana siguiente a su encarcelamiento. Comprendió, también, que del otro lado debía de haber un río, porque oía débilmente la vibración de una lancha de motor y, muy alto en el aire, vio un pájaro de río. Desde esa misma dirección llegaban los gritos de unos niños jugando y el ocasional ruido de una pelota bateada. Supo entonces que entre el muro de la prisión y el río había un espacio abierto, un campo de juego.

La prisión de Chisholm era considerada absolutamente segura. Ningún hombre había escapado nunca de ella. La Máquina Pensante, encaramada sobre su camastro, viendo lo que veía, pudo entenderlo fácilmente. Las paredes de la celda, aunque construidas, juzgó, veinte años antes, eran perfectamente sólidas, y los barrotes de la ventana, de hierro nuevo, no presentaban ni sombra de herrumbre. La ventana misma, aun sin los barrotes, sería un modo difícil de salida, porque era pequeña.

Sin embargo, al considerar estas cosas, la Máquina Pensante no se desalentó. En cambio, fijó pensativamente su mirada estrábica en el gran arco voltaico. Brillaba el sol y siguió con los ojos el cable que iba del arco al edificio. Ese cable eléctrico, razonó, debía descender por el lado del edificio a una distancia corta de su celda. Tal vez fuese de utilidad saberlo.

La celda 13 estaba en el mismo piso que las oficinas de la prisión, es decir, no en el sótano ni tampoco arriba. Sólo había cuatro escalones hasta el piso de la oficina, de modo que el nivel del piso debía de estar a sólo tres o cuatro pies por encima del suelo. No alcanzaba a divisar el suelo que estaba directamente debajo de su ventana, pero sí podía verlo cerca del muro. Sería una caída fácil desde la ventana. Muy bien.

Entonces, la Máquina Pensante comenzó a recordar cómo había llegado a la celda. Primero, estaba la cabina del guardia exterior, que era parte de la pared. Había dos portones de pesados barrotes, ambos de acero. Ante ese portón, siempre había un hombre de guardia. Permitía pasar a la gente a la prisión tras mucho rechinar de llaves y cerraduras, y permitía que salieran cuando se lo ordenaban. La oficina del alcaide estaba en el edificio de la prisión y, para llegar a ese funcionario desde el patio, se debía atravesar un portón de sólido acero con sólo una mirilla en él. Luego, para llegar de esa oficina interior hasta la celda 13, donde él se hallaba, se debían atravesar una pesada puerta de madera y dos puertas de acero hasta los corredores de la prisión; y siempre había que tener en cuenta la puerta de la celda 13, cerrada con doble vuelta de llave.

Había que sortear entonces, recordó, siete puertas antes de que uno pudiese pasar de la celda 13 al mundo exterior, a la libertad. Pero contra esta idea estaba el hecho de que rara vez alguien lo molestaba. A las seis de la mañana aparecía un carcelero a la puerta de su celda con el desayuno; volvía al mediodía y otra vez a las seis de la tarde. A las nueve de la noche se hacía la ronda de inspección. Eso era todo.

«El sistema de esta prisión está admirablemente ideado —fue el elogio mental de la Máquina Pensante—. Deberé estudiarlo un poco cuando salga. No tenía ni idea de que se esmerasen tanto en las prisiones».

No había nada, absolutamente nada, en su celda, salvo el camastro de hierro, tan sólido que nadie podría desarmarlo, salvo con un mazo o una lima. Él no tenía nada de eso. No había ni una silla ni una mesita, ni un trozo de lata ni de loza. ¡Nada! El carcelero se quedaba a su lado mientras comía y luego se llevaba la cuchara y el cuenco de madera que había usado.

Una por una, esas cosas se fueron grabando en su cerebro. Cuando hubo considerado la última posibilidad, inició el examen de su celda. Desde el cielo raso hasta las paredes, examinó las piedras y el cemento que las unía. Caminó golpeando los pies sobre el suelo una y otra vez, pero era de cemento, perfectamente sólido. Después del examen, se sentó sobre el borde del camastro de hierro y quedó por un largo rato sumido en sus pensamientos. Porque el profesor Augustus S. F. X. van Dusen, la Máquina Pensante, tenía algo en que pensar.

Fue interrumpido por una rata, que cruzó entre sus pies y luego se escabulló hacia un ángulo oscuro de la celda, atemorizada por su propia osadía. Después de un rato, clavando su estrábica mirada en la oscuridad del ángulo al que había corrido la rata, la Máquina Pensante pudo divisar entre las sombras muchos ojos que lo miraban. Contó seis pares, y tal vez había otros; no veía muy bien.

Luego, desde su asiento sobre el borde de la cama, reparó por primera vez en la parte inferior de la puerta de su celda. Había una abertura de cinco centímetros entre la barra de acero y el suelo. Tras un tiempo mirando fijamente esa abertura, la Máquina Pensante retrocedió repentinamente hacia el ángulo donde había visto esos ojos saltones al acecho. Hubo un gran ruido de pequeñas patas, varios chillidos de roedores asustados y luego silencio.

Ninguna de las ratas había salido por debajo de la puerta y, sin embargo, no había ninguna en la celda. Por lo tanto, debía de haber otra salida en la celda, por pequeña que fuese. La Máquina Pensante, a cuatro patas, inició la búsqueda de ese agujero, palpando en la oscuridad con sus dedos largos y finos.

Al fin su búsqueda se vio recompensada. Dio con una pequeña abertura en el suelo, al nivel del cemento. Era perfectamente redonda y algo más grande que un dólar de plata. Por ahí habían salido las ratas. Metió sus dedos profundamente en el agujero; parecía ser un caño de desagüe en desuso y estaba seco y polvoriento.

Una vez satisfecho en cuanto a ese punto, volvió a sentarse en el camastro durante una hora y luego realizó otra inspección de su entorno a través de la pequeña ventana de la celda. Uno de los guardias del exterior estaba parado directamente en frente, junto a la pared, y ocurrió que se hallaba mirando a la ventana de la celda 13 cuando apareció la cabeza de la Máquina Pensante. Pero el científico no advirtió al guardia.

Llegó el mediodía y apareció el carcelero con la comida de la cárcel, repulsivamente simple. En casa, la Máquina Pensante sólo comía lo suficiente para vivir; aquí tomaba lo que le ofrecían sin comentario alguno. En ocasiones hablaba con el carcelero, que se quedaba de pie frente a la puerta, observándolo.

—¿Se han hecho mejoras aquí en los últimos años? —preguntó.

—Nada en particular —replicó el carcelero—. Hace cuatro años se construyó el nuevo muro.

—¿Se hizo algo en el edificio mismo?

—Se pintó la madera exterior, y creo que hace unos siete años se colocó un nuevo sistema de cañerías.

—¡Ah! —exclamó el prisionero—. ¿A qué distancia está el río?

—A unos noventa metros. Los muchachos tienen un campo de béisbol entre el muro y el río.

La Máquina Pensante no tenía más que decir, pero cuando el carcelero estaba por marcharse le pidió un poco de agua.

—Paso mucha sed —explicó—. ¿Sería posible que me dejara un poco de agua en un cuenco?

—Le preguntaré al alcaide —contestó el carcelero, y se marchó.

Media hora más tarde volvió con un pequeño cuenco de cerámica lleno de agua.

—El alcaide dice que puede quedarse con este cuenco —informó al prisionero—. Pero deberá mostrármelo cada vez que se lo pida. Si está roto, será el último.

—Gracias —dijo la Máquina Pensante—. No lo romperé.

El carcelero se marchó a cumplir sus tareas. Por una fracción de segundo pareció que la Máquina Pensante quería preguntar algo, pero no lo hizo.

Dos horas más tarde ese mismo carcelero, al pasar frente a la puerta de la celda 13, oyó un ruido adentro y se detuvo. La Máquina Pensante estaba a cuatro patas en un ángulo de la celda, y de ese mismo rincón llegaron varios chillidos atemorizados. El carcelero miró muy interesado.

—Ah, te he cazado —oyó que decía el prisionero.

—¿Qué ha cazado? —preguntó secamente.

—Una de estas ratas —fue la respuesta—. ¿Ve? Y, entre los dedos largos del científico, el carcelero vio una ratita gris que luchaba por zafarse. El prisionero la llevó hacia la luz y la observó atentamente. Es una rata de agua —dijo.

—¿No tiene nada mejor que hacer que cazar ratas? —preguntó el carcelero.

—Es lamentable que estén aquí —fue la irritada respuesta—. Llévese a ésta y mátela. Hay docenas en el lugar de donde vino.

El carcelero tomó al roedor, que se retorcía en sus esfuerzos por huir, y lo arrojó al suelo con violencia. El animal lanzó un chillido y quedó inmóvil. Más tarde, el carcelero informó del episodio al alcaide, que se limitó a sonreír.

Más tarde, ese día, el guardia armado del exterior que permanecía en el lado de la prisión al que daba la celda 13 volvió a mirar a la ventana y vio al prisionero mirando hacia afuera. Vio una mano que se elevaba hacia la ventana cubierta de barrotes y luego algo blanco que cayó al suelo, directamente bajo la ventana de la celda 13. Era un rollito de lienzo, evidentemente de la tela que se suele utilizar para hacer camisas, y atado alrededor, había un billete de cinco dólares.

El guardia se giró de nuevo hacia la ventana, pero el rostro había desaparecido.

Con sonrisa siniestra llevó el rollito de lienzo y el billete de cinco dólares a la oficina del alcaide. Allí, juntos, ambos descifraron algo que estaba escrito sobre la tela con una extraña clase de tinta, muy borroneado. En la parte exterior se leía esto: «Quien encuentre esto, que lo entregue por favor al doctor Charles Ransome».

—¡Ah! —exclamó el alcaide con una risa ahogada—. El plan de fuga número uno ha fracasado—. Luego agregó—: Pero ¿por qué envía esto al doctor Ransome?

—¿Y dónde consiguió la pluma y la tinta para escribir? —preguntó el guardia.

El alcaide miró al guardia y éste miró al alcaide. No había ninguna solución aparente a ese misterio. El alcaide estudió la escritura cuidadosamente y luego sacudió la cabeza.

—Bien, veamos qué iba a decirle al doctor Ransome —dijo al fin, aún intrigado, mientras desenrollaba el trozo de lienzo.

—Bien, esto... ¿qué... qué piensa de esto? —preguntó, azorado.

El guardia tomó el trozo de lienzo y leyó esto: *Rapa cseot netni euqo doml eseon ets. E.*

El alcaide siguió preguntándose durante una hora qué clave era ésa y durante media hora por qué su prisionero intentaría comunicarse con el doctor Ransome, que era la causa de que él estuviese allí. Después de esto, el alcaide dedicó algún tiempo a la pregunta relativa a dónde habría conseguido el prisionero los elementos para escribir y de qué clase eran éstos. Con la idea de esclarecer este punto, volvió a examinar el lienzo. Era tela arrancada de una camisa blanca y tenía bordes irregulares.

Era posible explicar el origen del lienzo, pero qué había usado el prisionero para escribir era otro asunto. El alcaide sabía que era imposible que hubiese contado con un lápiz o una pluma y, por otra parte, ni lápiz ni pluma habían sido utilizados para realizar ese escrito. ¿Qué, entonces? El alcaide decidió investigar personalmente. La Máquina Pensante era su prisionero y él tenía órdenes de retener a sus prisioneros; si éste trataba de escapar enviando mensajes cifrados a personas del exterior, lo impediría, como lo habría impedido en el caso de cualquier otro recluso.

El alcaide fue a la celda 13 y encontró a la Máquina Pensante a cuatros patas sobre el suelo, dedicado a la poco alarmante tarea de cazar ratas. El preso oyó los pasos del alcaide y se volvió rápidamente hacia él.

—Son una desgracia —espetó— estas ratas. Hay ratas a montones.

—Otros hombres han podido soportarlas —comentó el alcaide—. Aquí tiene otra camisa... Permítame la que tiene puesta.

—¿Por qué? —preguntó aceleradamente la Máquina Pensante. Su tono era poco natural y su actitud sugería preocupación.

—Ha intentado usted comunicarse con el doctor Ransome —dijo el alcaide seriamente—. Como prisionero mío, es mi deber ponerle fin a eso.

La Máquina Pensante guardó silencio un momento.

—Muy bien —dijo finalmente—. Cumpla con su deber.

El alcaide sonrió de forma siniestra. El prisionero se puso de pie y se quitó la camisa blanca, poniéndose luego la camisa de convicto que el alcaide le había traído. El alcaide se apresuró a tomar la camisa blanca y allí mismo comparó el trozo de lienzo sobre el que estaba escrito el mensaje cifrado con ciertas partes rotas de la camisa. La Máquina Pensante lo observó curiosamente.

—¿Así que el guardia se lo llevó a usted? —preguntó.

—Desde luego —replicó triunfalmente el alcaide—. Y con eso se cierra su primer intento de fuga.

La Máquina Pensante observaba al alcaide, que, comparando, concluyó para su propia satisfacción que sólo dos trozos de lino habían sido arrancados de la camisa blanca.

—¿Con qué escribió esto? —preguntó el alcaide.

—Creo que es parte de su deber descubrirlo —replicó irritada la Máquina Pensante.

El alcaide comenzó a decir algunas palabras fuertes, pero luego se contuvo y realizó un minucioso registro de la celda y del preso. No halló absolutamente nada, ni siquiera un fósforo o un palillo que hubiesen servido como pluma. El mismo misterio rodeaba al líquido con el que el mensaje había sido escrito. Aunque el alcaide se marchó de la celda 13 visiblemente fastidiado, se llevó la camisa rasgada con aire de triunfo.

«Bien, escribiendo notas en una camisa no logrará salir, eso es seguro —se dijo a sí mismo con cierta complacencia. Guardó los trozos de lienzo en su escritorio, en espera de los acontecimientos—. Si ese hombre escapa de esa celda... maldito sea... renunciaré».

Durante el tercer día de su encarcelamiento, la Máquina Pensante intentó abiertamente salir de su celda mediante el soborno. El carcelero había traído su comida y estaba apoyado contra los barrotes de la puerta, esperando, cuando la Máquina Pensante inició la conversación.

—Los caños de desagüe de la prisión van a dar al río, ¿verdad? —preguntó.

—Sí —replicó el carcelero.

—Supongo que son muy pequeños.

—Demasiado angostos para arrastrarse a través de ellos, si es eso lo que está pensando —fue la sonriente respuesta.

Hubo silencio hasta que la Máquina Pensante terminó su comida. Entonces dijo:

—Usted sabe que no soy un criminal, ¿verdad?

—Sí.

—¿Y que tengo derecho a ser liberado si lo exijo?

—Sí.

—Bien, vine aquí creyendo que podría escapar —dijo el prisionero, y sus ojos estrábicos estudiaron el rostro del carcelero—. ¿Consideraría usted la posibilidad de una recompensa económica por ayudarme a escapar?

El carcelero, que era un hombre honesto, miró la delgada y débil figura del preso, la gran cabeza con su mata de pelo rubio, y casi sintió pena.

—Supongo que cárceles como ésta no fueron construidas para que escape de ellas gente como usted —dijo al fin.

—¿Pero consideraría usted una proposición para ayudarme a salir? —insistió el prisionero, casi implorante.

—No —replicó concisamente el carcelero.

—Quinientos dólares —urgió la Máquina Pensante—. No soy un criminal.

—No —dijo el carcelero.

—¿Mil?

—No —volvió a decir el carcelero, y comenzó a retirarse apresuradamente para evitar que lo siguieran tentando. Luego se dio la vuelta—. Aunque me diera diez mil dólares, yo no podría dejarlo salir. Usted tendría que atravesar siete puertas y yo sólo tengo las llaves de dos.

Luego le contó toda la conversación al alcaide.

—El plan número dos fracasa —comentó el alcaide, sonriendo de forma siniestra—. Primero, un mensaje cifrado; luego, el soborno.

Cuando el carcelero iba hacia la celda 13 a las seis de la tarde, a llevarle comida a la Máquina Pensante, se detuvo, sorprendido por el inconfundible ruido de un acero raspando otro acero. El ruido cesó cuando se oyeron sus pasos y, astutamente, el carcelero, que estaba fuera del alcance de visión del preso, continuó dando pasos como si se alejara de la celda 13, aunque se quedó firme en el mismo sitio.

Después de un momento volvió a oírse el ruido y el carcelero se deslizó de puntillas hasta la puerta de la celda y se asomó a través de las barras. La Máquina Pensante estaba de pie sobre el camastro de hierro, trabajando en los barrotes de la pequeña ventana. Estaba usando una lima, a juzgar por los movimientos de sus brazos hacia uno y otro lado.

Con cautela, el carcelero fue hacia la oficina a buscar al alcaide y ambos volvieron a la celda 13 de puntillas. Aún se oía el ruido acompasado. El alcaide escuchó un instante y repentinamente se plantó ante la puerta.

—¿Bien? —preguntó. Había una sonrisa en su rostro.

La Máquina Pensante miró hacia atrás desde su lugar sobre el camastro y saltó rápidamente al suelo, haciendo frenéticos esfuerzos por ocultar algo. El alcaide entró a la celda con la mano extendida.

—Entréguelo —dijo.

—No —replicó duramente el preso.

—¿Qué es, una lima? —preguntó el alcaide.

La Máquina Pensante guardó silencio y se quedó mirando fijamente al alcaide con una expresión que se acercaba a la decepción en el rostro, pero no del todo. El alcaide se mostró casi simpático.

—El plan número tres fracasa, ¿eh? —preguntó afablemente—. Qué pena, ¿verdad?

El preso no respondió.

—Regístrelo —ordenó el alcaide.

El carcelero registró cuidadosamente al preso.

Al fin, astutamente oculto en el cinturón de los pantalones, halló un trozo de acero de unos cinco centímetros de largo con un lado curvo como una media luna.

—Ah —exclamó el alcaide cuando lo recibió del carcelero—. Del tacón de su zapato —y sonrió plácidamente.

El carcelero continuó su registro y en el otro lado del cinturón halló otra pieza de acero, idéntica a la primera. Los bordes mostraban que habían sido frotados contra las barras de la ventana.

—No podría abrir un camino a través de los barrotes con estos elementos —dijo el alcaide.

—Sí que podría —dijo con firmeza la Máquina Pensante.

—En seis meses, tal vez —comentó el alcaide afablemente.

El alcaide sacudió la cabeza lentamente mientras miraba el rostro ligeramente sonrojado de su prisionero.

—¿Dispuesto a abandonar? —preguntó.

—Aún no he empezado —fue la pronta respuesta.

Luego se llevó a cabo otro exhaustivo registro de la celda. Los dos hombres lo realizaron con esmero y hasta deshicieron el camastro y lo revisaron. Nada. El alcaide en persona trepó sobre el camastro y examinó los barrotes de la ventana, donde el prisionero había estado limando. Cuando miró, pareció hacerle gracia.

—Sólo consiguió darles un poco de brillo —le dijo al prisionero, que lo miraba con aire un tanto abatido. El alcaide aferró las barras de hierro con sus fuertes manos y trató de sacudirlas. Eran inamovibles, engastadas firmemente en el sólido granito. Las examinó una por una y quedó satisfecho. Finalmente se bajó del camastro.

—Abandone, profesor —aconsejó.

La Máquina Pensante sacudió la cabeza y el alcaide y el carcelero salieron de la celda. Cuando desaparecieron por el corredor, la Máquina Pensante se sentó en el borde del camastro con la cabeza entre las manos.

—Está loco si piensa escapar de esa celda —comentó el carcelero.

—Naturalmente, no podrá escapar —dijo el alcaide—. Pero es inteligente. Me gustaría saber con qué escribió aquel mensaje cifrado.

Eran las cuatro de la madrugada cuando un terrible y conmovedor alarido de terror resonó en la gran prisión. Llegaba de una celda, de algún punto del centro del edificio, y su tono indicaba horror, angustia y terrible miedo. El alcaide lo oyó y se lanzó con tres de sus hombres hacia el largo corredor que conducía a la celda 13.

Mientras corrían, se oyó otra vez el horrible grito, que terminó en una especie de gemido. Los rostros blancos de los prisioneros aparecieron en las puertas de las celdas, arriba y abajo, mirando hacia afuera intrigados, atemorizados.

—Es ese tonto de la celda 13 —gruñó el alcaide.

Se detuvo y miró hacia adentro cuando uno de los carceleros encendió una linterna. «Ese tonto de la celda 13» estaba cómodamente tendido de espaldas en su camastro, con la boca abierta y roncando. Mientras ellos miraban, volvió a escucharse el penetrante alarido, que procedía de arriba. El rostro del alcaide palideció mientras subía rápidamente las escaleras. Allí, en el último piso, halló a un hombre en la celda 43, que estaba directamente encima de la celda 13, pero dos pisos más arriba, encogiéndose en un rincón.

—¿Qué ocurre? —preguntó el alcaide.

—¡Gracias a Dios que han venido! —exclamó el preso, que se arrojó contra los barrotes de la celda.

—¿Qué sucede? —volvió a preguntar el alcaide.

Abrió la puerta y entró. El preso cayó de rodillas y abrazó las piernas del alcaide. Su rostro estaba blanco de terror, los ojos muy abiertos y temblaba. Sus manos, frías como el hielo, aferraron las manos del alcaide.

—Sáqueme de esta celda, por favor, sáqueme —rogó.

—¿Qué es lo que le ocurre? —insistió el alcaide con impaciencia.

—Oí algo... algo —dijo el preso, y sus ojos recorrieron nerviosamente la celda.

—¿Qué oyó?

—No sé... No sé —balbuceó el recluso. Luego, en un repentino estallido de terror, agregó—: Sáqueme de esta celda, póngame en cualquier parte... pero sáqueme de aquí.

El alcaide y los tres carceleros intercambiaron miradas.

—¿Quién es este individuo? ¿De qué se lo acusa? —preguntó el alcaide.

—Joseph Ballard —respondió uno de los carceleros—. Está acusado de haber arrojado ácido al rostro de una mujer. Ella murió a consecuencia de ello.

—Pero no pueden probarlo —jadeó el prisionero—. No pueden probarlo. Por favor, póngame en cualquier otra celda.

Aún se aferraba al alcaide, que bruscamente se zafó de sus brazos. Por un momento se quedó mirando al desgraciado, que parecía poseído por todo el terror salvaje e irracional de un niño.

—Escuche, Ballard —dijo finalmente el alcaide—, si oyó algo, quiero saber qué fue. Cuénteme.

—No puedo, no puedo —fue la respuesta. El hombre sollozaba.

—¿De dónde venía?

—No sé. De todas partes... de ninguna parte. Sólo lo oí.

—¿Qué era... una voz?

—Por favor, no me haga responder —suplicó el recluso.

—Usted debe responder —dijo secamente el alcaide.

—Era una voz... pero... pero no era humana —fue la respuesta, pronunciada entre sollozos.

—¿Voz, pero no humana? —repitió el alcaide, intrigado.

—Sonaba sorda... y lejana... y fantasmal —explicó el hombre.

—¿Llegaba de fuera o de dentro de la prisión?

—No parecía venir de parte alguna... estaba aquí, aquí, en todas partes. La oí. La oí.

Durante una hora el alcaide intentó obtener una descripción, pero, repentinamente, Ballard se volvió obstinado y no quiso decir nada; sólo rogaba que lo ubicaran en otra celda o que un carcelero se quedara con él hasta el amanecer. Estas súplicas fueron rudamente rechazadas.

—Y escuche —concluyó el alcaide—, si vuelve a gritar, lo haré encerrar en la celda acolchada.

Luego el alcaide se marchó, muy intrigado. Ballard se sentó ante la puerta de su celda hasta que amaneció, su rostro enjuto y pálido por el terror, oprimido contra los barrotes, mirando la prisión con ojos bien abiertos y fijos.

Aquel día, el cuarto desde el encarcelamiento de la Máquina Pensante, fue animado considerablemente por el preso voluntario, que pasó la mayor parte de su tiempo ante la pequeña ventana de su celda. Comenzó por arrojar otro trozo de lienzo hacia el guardia, que lo recogió obedientemente y lo llevó al alcaide. Sobre él estaba escrito: «Sólo tres días más».

Al alcaide no le sorprendió nada lo que leyó; entendió que la Máquina Pensante quería decir que sólo le quedaban tres días más de prisión y consideró la nota como una fanfarronada. Pero ¿cómo había sido escrita? ¿Dónde había hallado ese nuevo trozo de lienzo la Máquina Pensante? ¿Dónde? ¿Cómo? Examinó cuidadosamente el lienzo. Era blanco, de textura fina, del material usado para hacer camisas. Tomó la camisa que le había quitado al recluso y cuidadosamente colocó los dos trozos originales de lienzo sobre las partes rasgadas. El tercer trozo sobraba; no encajaba en ninguna parte y, sin embargo, era inconfundiblemente de la misma tela.

—¿Y dónde... dónde consigue algo con lo que escribir? —preguntó el alcaide al cielo.

Más tarde, ese mismo cuarto día, la Máquina Pensante se dirigió al guardia armado del exterior a través de la ventana de la celda.

—¿Qué día del mes es hoy? —preguntó.

—Quince —fue la respuesta.

La Máquina Pensante hizo un cálculo astronómico mental y concluyó que la Luna no saldría hasta después de las nueve de la noche. Luego formuló otra pregunta:

—¿Quién se encarga de esos arcos voltaicos?

—Un hombre de la compañía.

—¿No hay electricistas en el edificio?

—No.

—Creo que ahorrarían dinero si tuvieran un electricista propio.

—No es asunto mío —replicó el guardia.

A lo largo de ese día, el guardia advirtió varias veces a la Máquina Pensante ante la ventana, pero su rostro siempre parecía desatento y sus ojos estrábicos se veían pensativos detrás de las gafas. Después de un rato el guardia aceptó la presencia de la cabeza leonina con naturalidad. Había visto a otros prisioneros hacer lo mismo; era el deseo de ver el mundo exterior.

Esa tarde, poco antes de que el guardia diurno fuera relevado, la cabeza volvió a aparecer ante la ventana y la mano de la Máquina Pensante pasó algo entre los barrotes, que cayó al suelo y fue recogido por el guardia. Era un billete de cinco dólares.

—Son para usted —gritó el recluso.

Como de costumbre, el guardia lo llevó al alcaide, que lo miró sospechosamente; todo lo que procedía de la celda 13 lo miraba con sospechas.

—Dijo que era para mí —explicó el guardia.

—Es una especie de propina, supongo —comentó el alcaide—. No veo ninguna razón por la que no pueda aceptarla.

De pronto, calló. Había recordado que la Máquina Pensante había entrado en la celda 13 con un billete de cinco dólares y dos billetes de diez, veinticinco dólares en total. Ahora bien, un billete de cinco dólares había sido atado alrededor de los primeros trozos de lienzo que salieron de la celda. El alcaide aún lo tenía y, para convencerse, lo sacó de un cajón y lo miró. Era de cinco dólares; sin embargo, ahí había otro billete igual, y la Máquina Pensante sólo debía de tener billetes de diez dólares.

—Tal vez alguien le cambió uno de los billetes —pensó al fin, con un suspiro de alivio.

Pero en ese momento tomó una decisión. Registraría la celda 13 como nunca nadie había registrado una celda en este mundo. Cuando un hombre podía escribir a voluntad, cambiar dinero y hacer otras cosas absolutamente inexplicables, había algo que no iba bien en su prisión. Planeó entrar en la celda de noche; las tres de la mañana sería una hora excelente. En algún momento, la Máquina Pensante debía de conseguir todas esas cosas misteriosas. La noche parecía ser lo más razonable.

Así fue como el alcaide se dirigió de puntillas a la celda 13 esa noche, a las tres en punto. Se detuvo en la puerta y escuchó. No había sonido alguno, aparte de la respiración regular del preso. La llave abrió la cerradura casi sin ruido y el alcaide entró, cerrando la puerta tras de sí. Repentinamente, enfocó su linterna sobre el rostro de la figura acostada.

Si el alcaide se había propuesto alarmar a la Máquina Pensante, estaba equivocado, porque el individuo apenas abrió tranquilamente los ojos, buscó sus gafas y preguntó con naturalidad:

—¿Quién es?

Sería inútil describir el registro que el alcaide efectuó. Fue minucioso. No pasó por alto ni un centímetro de la celda o del camastro. Halló el agujero redondo en el piso y, en un rapto de inspiración, metió en él los dedos. Después de un momento de buscar a tientas, sacó algo que miró a la luz de su linterna.

—¡Uf! —exclamó.

Lo que había extraído era una rata, una rata muerta. Su inspiración se desvaneció como una bruma frente al sol. Pero continuó la revisión. La Máquina Pensante, sin decir palabra, se incorporó y, de un puntapié, sacó a la rata de la celda.

El alcaide trepó al camastro y comprobó los barrotes de hierro de la ventana. Estaban perfectamente rígidos; otro tanto ocurría con los barrotes de la puerta.

Luego, el alcaide revisó las ropas del preso, comenzando por los zapatos. ¡Nada oculto había en ellos! Luego, el cinturón. ¡Tampoco había nada! Luego, los bolsillos de los pantalones. De uno extrajo algunos billetes, que examinó.

—¡Cinco billetes de un dólar! —exclamó sorprendido.

—Exacto —dijo el prisionero.

—Pero... usted tenía dos de diez y uno de cinco... ¿qué... cómo lo hace?

—Eso es asunto mío —dijo la Máquina Pensante.

—¿Alguno de mis hombres le cambió ese dinero... bajo palabra de honor? La Máquina Pensante calló por una fracción de segundo.

—No —replicó.

—Bien, ¿los hace usted? —preguntó el alcaide. Estaba dispuesto a creer cualquier cosa.

—Eso es asunto mío —volvió a replicar el preso.

El alcaide miró furiosamente al destacado científico. Creía, sabía que ese hombre lo estaba engañando, pero no sabía cómo. De tratarse de un recluso común, averiguaría la verdad, pero en ese caso quizá las cosas inexplicables que habían ocurrido no se habrían planteado tan rápidamente. Ninguno de los dos hombres habló durante un largo rato, y luego el alcaide se volvió con furia y abandonó la celda, dando un portazo. No se atrevió a hablar en ese momento.

Miró el reloj. Eran las cuatro menos diez. Acababa de tumbarse en su cama cuando volvió a oírse aquel grito desgarrador en toda la prisión. Murmurando unas palabras, que si bien no eran elegantes resultaban altamente expresivas, volvió a encender su linterna y se apresuró hacia la celda del piso superior.

Otra vez Ballard se oprimía contra la puerta de acero, gritando, gritando a pleno pulmón. Sólo calló cuando el alcaide iluminó la celda con su linterna.

—Sáqueme, sáqueme —gritó—. Lo hice, lo hice, la maté. Sáquelo.

—¿Que saque qué cosa? —preguntó el alcaide.

—Le arrojé el ácido en la cara... lo hice... lo confieso. Sáqueme de aquí.

Era lastimoso el estado de Ballard; no fue más que un acto de piedad permitirle salir al corredor. Allí se acurrucó en un rincón, como un animal acosado, y se tapó las orejas con las manos. Llevó media hora calmarlo lo suficiente como para que pudiese hablar. La noche anterior, a las cuatro, había oído una voz, una voz sepulcral, apagada y llorosa.

—¿Qué decía? —preguntó el alcaide, interesado.

—¡Ácido!... ¡Ácido!... ¡Ácido! —dijo el prisionero con voz quebrada—. Me acusaba. —Le arrojé el ácido... y la mujer murió. ¡Oh! —Fue un largo y tembloroso gemido de terror.

—¿Ácido? —preguntó el alcaide, intrigado. El caso lo superaba.

—Ácido. Eso fue todo lo que oí... esa única palabra, repetida varias veces. Hubo otras cosas también, pero no las oí.

—Eso fue anoche, ¿verdad? —preguntó el alcaide—. ¿Qué ha ocurrido esta noche? ¿Qué ha sido lo que lo ha asustado hace un momento?

—Fue lo mismo —jadeó el prisionero—. ¡Ácido!... ¡Ácido!... ¡Ácido! —Se cubrió el rostro con las manos y se quedó sentado temblando—. Fue ácido lo que usé con ella, pero no quería matarla. Sólo oí esas palabras. Me acusaban, me acusaban. —Balbuceó y quedó en silencio.

—¿Oyó algo más?

—Sí... pero no pude entender... sólo un poco... una o dos palabras.

—Bien, ¿qué era?

—Oí «ácido» tres veces, luego un sonido prolongado que parecía un gemido, luego... luego... oí «sombrero del n.º 8». Oí eso dos veces.

—Sombrero del n.º 8 —repitió el alcaide—. ¿Qué demonios es eso de un sombrero del n.º 8? Las voces acusadoras de la conciencia nunca han mencionado un sombrero del n.º 8, que yo sepa.

—Está loco —dijo uno de los carceleros, en tono seguro.

—Eso creo —dijo el alcaide—. Debe de estarlo. Probablemente oyó algo y se asustó. Ahora está temblando. ¡Sombrero del n.º 8! ¡Qué dem...!

Al llegar el quinto día del encarcelamiento de la Máquina Pensante, el alcaide tenía el aspecto de un hombre acosado. Estaba ansioso por que la cosa terminara. No podía dejar de pensar que su distinguido prisionero se había estado divirtiendo. De ser eso así, la Máquina Pensante no había perdido nada de su sentido del humor. Porque ese quinto día arrojó otra nota escrita sobre un lienzo al guardia del exterior, con las palabras: «Sólo dos días más». También arrojó medio dólar.

El alcaide sabía —lo sabía— que el hombre de la celda 13 no tenía ninguna moneda de medio dólar, no podía tener ninguna moneda, como tampoco podía tener pluma y tinta y lienzo, pero igual los tenía. Era un hecho, no una teoría; esa era una de las razones por las que el alcaide tenía ese aspecto de hombre acosado.

Ese asunto fantasmal, pavoroso, acerca del «ácido» y el «sombrero del n.º 8», también lo atormentaba. No era que esas palabras significasen algo, por supuesto, más que los desvaríos de un asesino delirante que había sido impulsado por el temor a confesar su crimen, y, sin embargo, había tantas cosas que «no significaban nada» y que ocurrían en la cárcel desde que la Máquina Pensante estaba allí.

El sexto día, el alcaide recibió una postal que indicaba que el doctor Ransome y el señor Fielding estarían en la prisión de Chisholm la noche siguiente, jueves; en el caso de que el profesor Van Dusen aún no hubiese escapado, y presumían que no, porque no habían tenido noticias suyas, se encontrarían con él allí.

—¡En el caso de que aún no hubiese escapado! —el alcaide sonrió brevemente—. ¡Escapado!

La Máquina Pensante animó el día del alcaide con tres notas. Estaban escritas en el lienzo habitual y se referían a la cita para las ocho y media del jueves, cita que el científico había fijado en el momento de su encarcelamiento.

Por la tarde del séptimo día, el alcaide pasó frente a la celda 13 y miró adentro. La Máquina Pensante estaba tendida sobre el camastro de hierro, aparentemente sumida en un sueño ligero. La celda se veía exactamente igual que siempre cuando se le echaba una mirada casual. El alcaide hubiese jurado que ningún hombre iba a abandonarla entre esa hora —eran las cuatro en punto— y las ocho y media de esa noche.

Cuando volvió a pasar frente a la celda, el alcaide oyó otra vez la rítmica respiración y, acercándose a la puerta, miró adentro. No lo hubiese hecho si la Máquina Pensante hubiese estado mirando, pero ahora... bueno, ahora era diferente.

Un rayo de luz atravesaba la alta ventana y daba sobre el rostro del hombre dormido. Por primera vez le pareció al alcaide que el preso se veía ojeroso y fatigado. En ese momento, la Máquina Pensante se movió ligeramente y el alcaide se marchó de prisa por el corredor, sintiéndose culpable. Esa tarde, después de las seis, vio al carcelero.

—¿Todo en orden en la celda 13? —preguntó.

—Sí, señor —replicó el carcelero—. Aunque no comió mucho.

Con la sensación de haber cumplido con su deber, el alcaide recibió al doctor Ransome y al señor Fielding poco después de las siete. Pensaba mostrarles las notas escritas en lienzo y contarles toda la historia de sus males, que habían sido muchos. Pero antes de que pudiera hacerlo entró en la oficina el guardia del lado del patio que daba al río.

—El arco voltaico de mi lado del patio no enciende —informó al alcaide.

—¡Maldita sea, ese hombre es un hechicero ! —atronó el funcionario—. Todo ha ocurrido desde que está aquí.

El guardia volvió a su puesto en la oscuridad y el alcaide telefoneó a la compañía eléctrica.

—De la prisión de Chisholm —dijo por teléfono—. Envíen tres o cuatro hombres de inmediato, para arreglar una luz de arco voltaico.

La respuesta fue evidentemente satisfactoria, porque el alcaide colgó el auricular y salió al patio. Mientras el doctor Ransome y el señor Fielding esperaban, el guardia del portón exterior entró con una carta urgente. El doctor Ransome vio por casualidad la dirección y, cuando el guardia se marchó, miró la carta con mayor atención.

—¡Caramba! —exclamó.

—¿Qué es? —preguntó el señor Fielding.

En silencio, el doctor le ofreció la carta. El señor Fielding la examinó cuidadosamente.

—Una coincidencia —dijo—. Debe de ser una coincidencia.

Eran casi las ocho cuando el alcaide volvió a su oficina. Los electricistas habían llegado en un furgón y ya estaban trabajando. El alcaide apretó el botón del aparato que le permitía comunicarse con el hombre que estaba en el portón exterior del muro.

—¿Cuántos electricistas han entrado? —preguntó—. ¿Cuatro? ¿Tres trabajadores con monos y blusas y el supervisor? ¿Levita y sombrero de fieltro? Muy bien. Asegúrese de que sólo salgan cuatro. Eso es todo.

Se volvió hacia el doctor Ransome y el señor Fielding.

—Tenemos que ser muy cuidadosos, en especial —y había mucho sarcasmo en su voz— desde que tenemos científicos encerrados.

Sin darle mayor importancia, el alcaide recogió, la carta urgente y empezó a abrirla.

—En cuanto haya leído esto, quiero contarles, caballeros, algo acerca de... ¡Por el gran César! —se interrumpió, repentinamente, mirando la carta. Se sentó, quedándose con la boca abierta, inmóvil por el asombro.

—¿Qué ocurre? —preguntó el señor Fielding.

—Una carta urgente de la celda 13 —balbuceó el alcaide—. Una invitación a comer.

—¿Cómo? —y los otros dos se pusieron de pie al mismo tiempo.

El alcaide quedó azorado en su asiento, mirando la carta; luego llamó bruscamente al guardia que estaba en el corredor.

—Corra a la celda 13 y vea si el preso está dentro.

El guardia cumplió lo que se le ordenaba, mientras el doctor Ransome y el señor Fielding examinaban la carta.

—Es la letra de Van Dusen, no hay ninguna duda —dijo el doctor Ransome—. La conozco muy bien.

En ese momento, sonó el timbre del teléfono que comunicaba con el portón exterior y el alcaide, que estaba medio en trance, tomó el auricular.

—¡Hola! Dos periodistas, ¿eh? Déjelos entrar —se volvió de pronto hacia el doctor y el señor Fielding—. ¡Caramba!, ese hombre no puede haber salido. Debe estar en su celda.

En ese mismo momento regresó el guardia.

—Está aún en la celda, señor —informó—. Lo vi. Está acostado.

—Ya ven, se lo dije —dijo el alcaide, y volvió a respirar tranquilizado—. ¿Pero cómo pudo enviar esa carta por correo?

Sonó un golpe en la puerta de acero que comunicaba el patio de la cárcel con la oficina del alcaide.

—Son los periodistas —dijo el alcaide—. Que pasen —indicó al guardia, y luego dijo a los dos caballeros—: No digan nada de este asunto ante ellos.

Se abrió la puerta y entraron dos hombres procedentes del portón principal.

—Buenas noches, caballeros —dijo uno. Era Hutchinson Hatch; el alcaide lo conocía bien.

—¿Y bien? —preguntó el otro en tono irritado—. Aquí estoy.

Era la Máquina Pensante.

Fijó su beligerante mirada estrábica en el alcaide, que se quedó boquiabierto. Por ahora, este funcionario no tenía nada que decir. El doctor Ransome y el señor Fielding estaban azorados, pero no sabían lo que el alcaide sabía. Ellos sólo estaban azorados; el alcaide estaba paralizado. Hutchinson Hatch, el periodista, observaba la escena con ojos ávidos.

—¿Cómo... cómo... cómo lo logró? —balbuceó el alcaide por fin.

—Venga a la celda —dijo la Máquina Pensante con el tono de enfado que sus colegas científicos conocían tan bien.

El alcaide, aún en un estado parecido al trance, condujo al grupo.

—Ilumine allí con su linterna —ordenó la Máquina Pensante.

El alcaide lo hizo. No había nada raro en el aspecto de la celda y allí, allí sobre el camastro, estaba la figura de la Máquina Pensante. ¡Sin duda! ¡Allí estaba su pelo rubio! El alcaide volvió a mirar al hombre que estaba a su lado y se sorprendió de sus propios sueños extraños.

Con manos temblorosas, quitó los cerrojos a la puerta de la celda. La Máquina Pensante entró.

—Mire aquí —dijo.

Dio un puntapié a los barrotes de acero de la parte inferior de la puerta y tres de ellos se desplazaron. Un cuarto se rompió y rodó hacia el corredor.

—Y también aquí —ordenó el expresidiario mientras se ponía de pie sobre el camastro para alcanzar la pequeña ventana. Pasó su mano a través de la abertura y quitó todos los barrotes.

—¿Qué es eso que hay en la cama? —preguntó el alcaide, que empezaba a recuperarse.

—Una peluca —fue la réplica—. Retire la colcha.

Así lo hizo el alcaide. Debajo había un gran rollo de resistente cuerda, de nueve metros o más, una daga, tres limas, tres metros de cable eléctrico, un delgado y poderoso par de tenazas de acero, un pequeño martillo para tachuelas con su mango y... una pistola Derringer.

—¿Cómo lo ha hecho? —preguntó el alcaide.

—Ustedes, señores, tienen un compromiso para cenar conmigo a las nueve y media en punto—dijo la Máquina Pensante. Vamos, o llegaremos tarde.

—¿Pero cómo lo ha hecho? —insistió el alcaide.

—Jamás crea que puede retener a un hombre que sepa usar su cerebro —dijo la Máquina Pensante. Vamos, llegaremos tarde.

Fue un grupo impaciente el que comió en casa del profesor Van Dusen, y un tanto silencioso. Los invitados eran el doctor Ransome, Albert Fielding, el alcaide y Hutchinson Hatch, el periodista. La comida fue servida a la hora exacta, según las instrucciones que el profesor Van Dusen había dado una semana antes. Al doctor Ransome le encantaron las alcachofas. Por fin concluyó la cena y la Máquina Pensante se volvió hacia el doctor Ransome y lo miró seriamente.

—¿Lo cree ahora? —preguntó.

—Sí —replicó el doctor Ransome.

—¿Admite que ha sido una prueba justa y suficiente?

—Sí.

Como los otros, en especial el alcaide, el doctor Ransome aguardaba ansiosamente la explicación.

—Espero que nos diga cómo... —empezó el señor Fielding.

—Sí, díganos —interrumpió el alcaide.

La Máquina Pensante se reajustó las gafas, lanzó un par de miradas preliminares a su audiencia y comenzó el relato. Contó la historia desde el comienzo, lógicamente, y nunca nadie tuvo oyentes más interesados.

—El pacto era —comenzó— que yo entrara en una celda, sin llevar nada más que lo puesto, y que saliera de esa celda en una semana. Nunca había visto la prisión de Chisholm. Cuando estuve en la celda pedí pasta de dientes, dos billetes de diez dólares y uno de cinco y también que me lustraran los zapatos. Aun cuando estas peticiones no hubiesen sido satisfechas, no hubiera importado demasiado. Pero ustedes las aceptaron.

»Sabía que en la celda no habría nada que ustedes pensaran que yo podría aprovechar. De modo que, cuando el alcaide cerró la puerta, me hallaba supuestamente desamparado, a menos que pudiese sacar partido de tres cosas en apariencia inocentes. Se trataba de cosas que se le habrían concedido a cualquier preso condenado a muerte, ¿verdad, alcaide?

—Pasta de dientes y zapatos lustrados, pero no dinero —replicó el alcaide.

—Todo es peligroso en manos de un hombre que sabe cómo usarlo —continuó la Máquina Pensante—. Aquella primera noche no hice más que dormir y cazar ratas —le lanzó una mirada penetrante al alcaide—. Cuando se me planteó el asunto, supe que no podría hacer nada aquella noche. Ustedes, señores, pensaron que yo necesitaba tiempo para arreglar mi fuga con ayuda exterior, pero eso no era cierto. Sabía que podía comunicarme con quien quisiera, cuando lo deseara.

El alcaide lo miró fijamente por un momento y luego siguió fumando con solemnidad.

—A la mañana siguiente, a las seis en punto, me despertó el carcelero, que me traía el desayuno —continuó el científico—. Me dijo que el almuerzo era a las doce y la comida a las seis.

»Supuse que entre esas horas estaría casi todo el tiempo solo. De modo que inmediatamente después del desayuno examiné los alrededores desde la ventana de la celda. Una mirada me bastó para comprender que sería inútil tratar de escalar la pared, aunque decidiera dejar mi celda por la ventana, dado que mi propósito era no sólo salir de la celda, sino también de la prisión. Por supuesto, pude haber superado el muro, pero me hubiese llevado más tiempo trazar mis planes de esa manera. Así que, por el momento, deseché toda idea al respecto.

»A partir de esa primera observación supe que el río estaba de ese lado de la cárcel y que también había allí un campo de juego. Posteriormente, esas suposiciones fueron confirmadas por un carcelero. Entonces supe una cosa importante: que cualquiera podría acercarse al muro de la prisión de ese lado, de ser necesario, sin llamar particularmente la atención. Había que recordarlo, y lo recordé.

»Pero el elemento exterior que más atrajo mi atención fue el cable de alimentación de la luz de arco voltaico, que pasaba a muy poca distancia, tal vez un metro, de la ventana de mi celda. Supe que eso sería de importancia en el caso de que me fuera necesario cortar la luz.

—Oh, ¿fue usted quien la cortó esta noche, verdad? —preguntó el alcaide.

—Después de haber aprendido todo lo posible desde esa ventana —continuó la Máquina Pensante sin atender la pregunta del alcaide—, consideré la idea de escapar a través la prisión misma. Recordé cómo había llegado a mi celda y sabía que sería la única manera posible. Siete puertas había entre mí y el exterior. Así, por el momento, también abandoné la idea de escapar de ese modo. Y no podía atravesar las sólidas paredes de granito de la celda.

La Máquina Pensante hizo una pequeña pausa y el doctor Ransome encendió un nuevo cigarro. Durante varios minutos hubo silencio y luego el científico fugado continuó:

—Mientras estaba pensando en estas cosas, una rata corrió entre mis pies. Ello sugirió una nueva línea de pensamiento. Había al menos media docena de ratas en la celda: pude ver sus ojos saltones. Sin embargo, me di cuenta de que ninguna de ellas había entrado por debajo de la puerta de la celda. Las atemoricé adrede y observé la puerta de la celda para ver si salían por ahí. No lo hicieron, pero desaparecieron. Obviamente, habían salido por otro lugar. Otro lugar significaba otra abertura.

»Busqué esa abertura y la hallé. Era un viejo caño de desagüe, durante mucho tiempo en desuso y en parte tapado con basura y polvo. Pero por ahí habían entrado las ratas. Llegaban de alguna parte. ¿De dónde? Los caños de desagüe suelen terminar fuera del terreno de la prisión. Probablemente, ése llegaría al río, o muy cerca del río. Por lo tanto, las ratas debían venir de esa dirección. Razoné que debían recorrer todo el caño, porque era sumamente improbable que un caño sólido de hierro o plomo tuviera algún otro orificio aparte del que está en el extremo.

»Cuando el carcelero llegó con mi almuerzo, me dijo dos cosas importantes, aunque él no lo sabía. Una era que siete años antes se había instalado en la prisión un nuevo sistema de cañerías; otra, que el río estaba a sólo noventa metros de distancia. Entonces supe con seguridad que el caño era parte de un viejo sistema; supe también que se inclinaba hacia el río. ¿Pero terminaba el caño en el agua o en la tierra?

»Esa fue la pregunta que había que dilucidar. Lo hice cazando a varias de las ratas de la celda. Mi carcelero se mostró sorprendido de hallarme dedicado a esa tarea. Examiné al menos a una docena de ratas. Estaban perfectamente secas; habían venido por el caño y, lo que era más importante, no eran ratas de casa, sino ratas de campo. De modo que el otro extremo del caño daba a tierra, fuera de las paredes de la prisión. Hasta ahí, todo bien.

»Entonces supe que si trabajaba en esa línea debía atraer la atención del alcaide en otro sentido. Como pueden ver, al decirle al alcaide que mi propósito allí era escapar, dificultaron la prueba, ya que debí engañarlo con indicios falsos.

El alcaide miró con una triste expresión en sus ojos.

—Lo primero fue hacerle creer que estaba tratando de comunicarme con usted, doctor Ransome. De modo que escribí una nota sobre un trozo de lienzo que arranqué de mi camisa, lo dirigí al doctor Ransome y le até un billete de cinco dólares alrededor antes de arrojarlo por la ventana. Estaba seguro de que el guardia lo llevaría al alcaide, pero esperaba que éste lo enviara a su destinatario. ¿Tiene usted esa primera nota sobre lienzo, alcaide?

El alcaide sacó de un bolsillo el mensaje cifrado.

—¿Qué demonios significa? —preguntó.

—Léalo de atrás hacia adelante, comenzando por la letra «E», y no tenga en cuenta la separación de las palabras —ordenó la Máquina Pensante.

El alcaide leyó.

—«É-s-t-e, éste» —deletreó, estudió un instante todo el mensaje y luego lo leyó sonriente—: «Éste no es el modo en que intento escapar». Y bien, ¿qué les parece? —preguntó, aún sonriente.

—Sabía que el mensaje atraería su atención, tal como ocurrió —dijo la Máquina Pensante—, y si usted realmente descubría de qué se trataba sería una especie de crítica amable.

—¿Con qué lo escribió? —preguntó el doctor Ransome, cuando terminó de examinar el lienzo y lo pasó al señor Fielding.

—Con esto —dijo el expresidiario, y extendió su pie. Lucía el zapato que había usado en la prisión, aunque el lustre había desaparecido—. El betún del zapato, humedecido con agua, fue mi tinta; la punta metálica del zapato fue una pluma bastante buena.

El alcaide levantó la cabeza y lanzó repentinamente una carcajada, en parte de alivio, en parte divertida.

—Es usted increíble —dijo admirativamente—. Continúe.

—Eso desencadenó el registro de mi celda por parte del alcaide, como me proponía —continuó la Máquina Pensante—. Estaba ansioso por lograr que el alcaide se tomara la costumbre de registrar mi celda, de modo que, finalmente, al no hallar nunca nada, se hartara y dejara de hacerlo. Esto casi llegó a ocurrir.

El alcaide se sonrojó.

—Entonces se llevó mi camisa blanca y me dio otra de la prisión. Estaba seguro de que estos dos trozos de tela eran todo lo que faltaba. Pero mientras él registraba mi celda, yo tenía otro trozo de la misma camisa, de unos cincuenta y ocho centímetros cuadrados, enrollado y convertido en una bola dentro de la boca.

—¿Cincuenta y ocho centímetros cuadrados de aquella camisa? —preguntó el alcaide—. ¿De dónde los sacó?

—Las pecheras rígidas de todas las camisas blancas tienen un espesor triple —fue la explicación—. Quité la tela del medio y dejé las otras dos. Sabía que usted no se daría cuenta.

Hubo una pequeña pausa y el alcaide miró uno a uno a los presentes con una sonrisa avergonzada.

—Habiéndome desembarazado del alcaide por el momento, al darle algo en que pensar, di mi primer paso serio hacia la libertad— dijo el profesor Van Dusen. Sabía, casi con certeza, que el caño terminaba en algún punto del campo de juego; sabía que muchos niños jugaban allí; sabía que las ratas llegaban a mi celda desde allí afuera. ¿Podía comunicarme con alguien de afuera disponiendo de esos elementos?

»Primero era necesario, comprendí, un hilo largo y bastante fuerte, de modo que... pero miren —levantó las piernas de sus pantalones y mostró que la parte superior de sus calcetines, de fino y fuerte hilo de algodón, había desaparecido—. Los deshice; una vez iniciada la tarea no fue difícil, y ya tuve unos 400 metros de hilo con los que podría contar.

»Luego, en una mitad del lienzo que me quedaba escribí, muy laboriosamente, una carta explicando mi situación a este caballero —e indicó a Hutchinson Hatch—. Sabía que él me ayudaría, por el interés de la historia para su periódico. Até fuertemente a esa carta de lienzo un billete de diez dólares... no hay modo más seguro de atraer el ojo de cualquiera... y escribí sobre el lienzo: «Quien encuentre esto debe entregarlo a Hutchinson Hatch, del *Daily American,* que le dará otros diez dólares por la información».

»Lo siguiente fue hacer llegar esa nota al campo de juego, donde un muchacho pudiera hallarla. Había dos maneras, pero elegí la mejor. Tomé a una de las ratas —desarrollé una gran habilidad para cazarlas—, até el lienzo y el dinero firmemente a una de sus patas y aseguré mi hilo de algodón a la otra y la solté en el caño del desagüe. Deduje que el susto natural del roedor lo haría correr hasta que estuviese fuera del caño y que luego probablemente se detendría en la tierra para arrancarse el lienzo y el dinero.

»Desde el momento en que la rata desapareció por ese caño polvoriento, empecé a sentirme ansioso. Eran tantas las probabilidades. La rata podía cortar el hilo, del que yo sostenía un extremo; otras ratas podían cortarlo; la rata podía huir del caño y dejar el lienzo y el dinero donde nunca fueran hallados; mil otras cosas podían ocurrir. De modo que pasé unas horas de nervios, pero el hecho de que la rata hubiese corrido hasta que sólo unos pocos metros de hilo quedaron en mi celda me hizo pensar que había salido del caño. Había dado instrucciones precisas al señor Hatch acerca de lo que debía hacer en caso de recibir la nota. La cuestión era si le llegaría.

»Hecho esto, sólo podía esperar y hacer otros planes para el caso de que ese fallara. Traté de sobornar abiertamente a mi carcelero, y por él me enteré de que poseía sólo las llaves de dos puertas que estaban entre la libertad y yo. Luego hice algo más para poner nervioso al alcaide. Saqué los refuerzos de acero de los tacones de mis zapatos y simulé limar las barras de la ventana de mi celda. El alcaide armó un gran alboroto por ello. También adquirió la costumbre de tantear los barrotes de la ventana de mi celda para ver si seguían siendo sólidos. Lo eran... por aquel entonces.

El alcaide volvió a sonreír. Ya había superado su asombro.

—Con ese plan ya había hecho todo lo posible y no me restaba más que aguardar los resultados —continuó el científico—. No podía saber si mi nota había sido entregada o aun hallada, o si la rata se la había comido. Y no me atrevía a recoger, a través del caño, el delgado hilo que me conectaba con el exterior.

»Esa noche, cuando me acosté, no pude dormir por temor de que llegara la pequeña señal de un tirón del hilo, que debía indicarme que el señor Hatch había recibido la nota. A las tres y media, calculo, sentí ese tirón, y ningún prisionero que de verdad estuviera condenado a muerte recibió nunca nada con tanto entusiasmo.

La Máquina Pensante se detuvo en su relato y se volvió hacia el periodista.

—Será mejor que explique usted lo que hizo —dijo.

—La nota escrita sobre el lienzo me fue entregada por un muchachito que había estado jugando al béisbol —dijo el señor Hatch—. De inmediato vi en el asunto una historia interesante, de modo que le di al muchacho otros diez dólares y conseguí varios carretes de hilo, un poco de cuerda y un rollo de cable ligero y flexible. La nota del profesor sugería que le pidiera a quien la había hallado que me mostrara el lugar exacto donde la había recogido y me decía que hiciera mi búsqueda a partir de allí desde las dos de la mañana en adelante. Si hallaba el otro extremo del hilo, debía tirar suavemente de él tres veces y luego una cuarta vez.

»Comencé la búsqueda con una pequeña linterna. Pasaron una hora y veinte minutos antes de que hallara el extremo del caño de desagüe, semioculto entre la maleza. El caño era allí muy ancho, digamos de unos treinta centímetros de diámetro. Luego hallé el extremo del hilo de algodón, tiré de él como se me había indicado y de inmediato percibí otro tirón como respuesta.

»Luego até la seda al hilo y el profesor Van Dusen empezó a tirar del otro extremo. Casi sufro un ataque cardíaco por miedo a que el hilo se rompiera. Al extremo de la seda até la cuerda y, cuando ésta casi hubo desaparecido, até el cable. Cuando éste pasó por el caño, teníamos una línea fuerte, que las ratas no podrían destrozar, desde la boca del desagüe hasta la celda.

La Máquina Pensante levantó la mano y Hatch calló.

—Todo esto se realizó en absoluto silencio —dijo el científico—. Pero, cuando el cable llegó a mis manos, estuve a punto de gritar. Entonces intentamos otro experimento, para el que estaba preparado el señor Hatch. Probé el caño como tubo para hablar. Ninguno de los dos podía oír muy claramente, pero no me atreví a hablar fuerte por temor de llamar la atención en la cárcel. Por último, logré hacerle entender lo que necesitaba con urgencia. A él pareció costarle entender cuando le pedí ácido nítrico, por lo que debí repetir la palabra «ácido» varias veces.

»Luego oí un alarido desde una celda que estaba sobre la mía. Supe de inmediato que alguien me había oído y cuando escuché que usted se acercaba, señor alcaide, fingí dormir. Si usted hubiese entrado en mi celda en ese momento, todo el plan de fuga hubiese terminado. Pero usted siguió de largo. Ese fue el momento que más cerca estuve de que me descubrieran.

»Habiendo instalado esa carretilla improvisada, es fácil deducir cómo hacía entrar y salir cosas de mi celda a voluntad. Me limitaba a dejarlas caer en el caño. Usted, señor alcaide, no pudo alcanzar el cable conductor con sus dedos, porque son demasiado gruesos. Mis dedos, como ve, son más delgados y largos. Además, protegí la parte superior del caño con una rata, ¿lo recuerda?

—Lo recuerdo —afirmó el alcaide con una mueca.

—Pensé que, si alguien se veía tentado a investigar ese orificio, la rata apagaría su fervor. El señor Hatch no pudo enviarme nada útil a través del caño hasta la noche siguiente, aunque sí me envió, como prueba, cambio para los diez dólares, de modo que yo continué con otras partes de mi plan. Luego desarrollé el método de fuga que, finalmente, empleé.

»Para poder ponerlo en práctica con éxito era necesario que el guardia del patio se acostumbrara a verme asomado a la ventana de la celda. Esto lo hice arrojando notas escritas sobre lienzo, de tono jactancioso, para que, de ser posible, el alcaide creyera que uno de sus ayudantes se estaba comunicando con el exterior por mí. Me quedaba horas mirando hacia fuera por la ventana, de modo que el guardia pudiera verme, y ocasionalmente le hablaba. De esa manera, supe que la cárcel no tenía electricista propio, sino que dependía de la compañía de electricidad en caso de desperfectos.

»Eso despejó mi camino a la libertad. A primera hora de la noche del último día de mi encarcelamiento, cuando ya estaba oscuro, decidí cortar el cable de alimentación que estaba a pocos centímetros de mi ventana, llegando a él con un cable bañado en ácido que yo tenía. Así, ese lado de la prisión estaría perfectamente oscuro mientras los electricistas buscaban el desperfecto. Algo que también traería al señor Hatch al patio de la prisión.

»Sólo quedaba una cosa por hacer antes de que comenzara la tarea de liberarme. Se trataba de arreglar los detalles finales con el señor Hatch a través de nuestro tubo. Lo hice dentro de la media hora que siguió al momento en que el alcaide se retiró de mi celda, la cuarta noche de mi encarcelamiento. El señor Hatch tuvo nuevamente grandes dificultades para entenderme, y le repetí la palabra «ácido» varias veces y después las palabras «sombrero del número ocho»; esa es mi medida, y esas fueron las palabras que hicieron que el preso del piso superior confesara un asesinato, según me dijo uno de los carceleros el día siguiente. Ese preso oyó nuestras voces, naturalmente confusas, a través del caño, que también iba hasta su celda. La celda que estaba directamente sobre la mía se hallaba desocupada, de modo que nadie más nos oyó.

»Como es natural, la tarea de cortar los barrotes de acero de la ventana y de la puerta fue relativamente fácil con ácido nítrico, que obtuve a través del caño en pequeñas botellas, aunque llevó tiempo. Hora tras hora, los días quinto, sexto y séptimo, el guardia me miraba mientras yo trabajaba en los barrotes de la ventana con ácido sobre un trozo de cable. Usé la pasta de dientes para evitar que el ácido se desparramara. Mientras trabajaba, miraba abstraídamente hacia fuera y, entretanto, el ácido iba penetrando el metal. Noté que los carceleros siempre comprobaban la puerta sacudiendo la parte superior, nunca los barrotes inferiores, de modo que corté estos últimos, dejándolos apoyados en su lugar con débiles hilos de metal. Pero aquello fue una temeridad. No hubiese podido escapar fácilmente por ahí.

La Máquina Pensante quedó en silencio durante varios minutos.

—Creo que lo que he dicho lo aclara todo —continuó—. Los otros puntos que no he explicado no tuvieron otra función que confundir al alcaide y a los carceleros. Esas cosas que estaban en el camastro las puse para contentar al señor Hatch, que deseaba mejorar la historia. Por supuesto, la peluca era necesaria para mi plan. La carta urgente la escribí en mi celda con la estilográfica del señor Hatch y luego se la envié a él, que la despachó por correo. Eso es todo, creo.

—Pero ¿y el hecho de que usted saliera de los terrenos de la prisión y luego entrara a mi oficina a través del portón exterior? —preguntó el alcaide.

—Muy sencillo —dijo el científico. Corté el cable de la luz con ácido, como dije, cuando la corriente estaba desconectada. Por lo tanto, cuando volvió la corriente, el arco no se encendió. Sabía que llevaría algún tiempo descubrir qué era lo que no funcionaba y repararlo. Cuando el guardia fue a informarle a usted, el patio estaba oscuro; me deslicé por la ventana, muy angosta, volví a colocar los barrotes posado en una estrecha cornisa y permanecí en las sombras hasta que llegaron los electricistas. El señor Hatch era uno de ellos.

»Cuando lo vi, le hablé y él me alcanzó una gorra, un mono y una blusa, que me puse a unos tres metros de usted, señor alcaide, mientras usted se hallaba en el patio. Después el señor Hatch me llamó, como si yo fuese un trabajador, y juntos salimos por el portón para buscar algo en el furgón. El guardia del portón nos dejó pasar sin ningún problema, como a dos de los trabajadores que acababan de entrar. Nos cambiamos de ropa y reaparecimos, pidiendo verlo a usted. Lo vimos. Eso es todo.

Hubo silencio durante varios minutos. El doctor Ransome fue el primero en hablar.

—¡Magnífico! —exclamó—. Asombroso.

—¿Cómo pudo el señor Hatch llegar con los electricistas? —preguntó el señor Fielding.

—Su padre es gerente de la compañía —replicó la Máquina Pensante.

—Pero ¿y si no hubiese existido un señor Hatch afuera que lo ayudara?

—Todo prisionero tiene un amigo afuera que lo ayudaría a escapar si pudiese.

—Supongamos... supongamos que no hubiese habido ningún viejo sistema de cañerías —dijo el alcaide, con curiosidad.

—Había otros dos modos de escapar —dijo la Máquina Pensante enigmáticamente. Diez minutos después sonó el teléfono. Llamaban al alcaide.

—La luz está arreglada, ¿verdad? —preguntó el alcaide por teléfono—. Bien. ¿El cable cortado junto a la celda 13? Lo sé. ¿Sobra un electricista? ¿Cómo es eso? ¿Dos salieron?

El alcaide se volvió a los otros con expresión de perplejidad en el rostro.

—Dejó entrar a cuatro electricistas; ha dejado salir a dos y dice que aún quedan tres.

—Yo era el que sobraba —dijo la Máquina Pensante.

—Oh —exclamó el alcaide—. Ya veo.

Luego dijo por teléfono:

—Deje salir al quinto hombre. Está bien así.

LA MANO

Guy de Maupassant

Estaban en círculo en torno al señor Bermutier, juez de instrucción, que daba su opinión sobre el misterioso suceso de Saint-Cloud. Desde hacía un mes, aquel inexplicable crimen conmovía a París. Nadie entendía nada del asunto.

El señor Bermutier, de pie, de espaldas a la chimenea, hablaba, reunía las pruebas, discutía las distintas opiniones, pero no llegaba a ninguna conclusión.

Varias mujeres se habían levantado para acercarse y permanecían de pie, con los ojos clavados en la boca afeitada del magistrado, de donde salían las graves palabras. Se estremecían, vibraban, crispadas por su miedo curioso, por la ansiosa e insaciable necesidad de espanto que atormentaba su alma, que las torturaba como el hambre.

Una de ellas, más pálida que las demás, dijo durante un silencio:

—Es horrible. Roza lo sobrenatural. Nunca se sabrá nada.

El magistrado se giró hacia ella:

—Sí, señora, es probable que nunca se sepa nada. En cuanto a la palabra *sobrenatural* que acaba de emplear, no tiene nada que ver con el caso.

Estamos ante un crimen muy hábilmente concebido, muy hábilmente ejecutado, tan bien envuelto en misterio que no podemos despejarlo de las circunstancias impenetrables que lo rodean. Pero yo, antaño, tuve que encargarme de un suceso en el que verdaderamente parecía que había algo fantástico. Por lo demás, tuvimos que abandonarlo, por falta de medios para esclarecerlo.

Varias mujeres dijeron a la vez, tan de prisa que sus voces no fueron sino una:

—¡Oh! Cuéntenoslo.

El señor Bermutier sonrió gravemente, como debe sonreír un juez de instrucción. Y prosiguió:

—Al menos, no vayan a creer que he podido, aunque fuera por un instante, suponer que había algo sobrehumano en esta aventura. No creo sino en las causas naturales. Pero sería mucho más adecuado si, en vez de emplear la palabra *sobrenatural* para expresar lo que no conocemos, utilizáramos simplemente la palabra *inexplicable.* De todos modos, en el suceso que voy a contarles, fueron sobre todo las circunstancias adyacentes, las circunstancias preparatorias las que me turbaron. En fin, éstos son los hechos:

«Entonces era yo juez de instrucción en Ajaccio, una pequeña ciudad blanca que se extiende al borde de un maravilloso golfo rodeado por todas partes de altas montañas.

»Los sucesos de los que me ocupaba eran sobre todo los de *vendetta.* De estos, los hay que son soberbios, dramáticos al extremo, feroces, heroicos. En ellos encontramos los temas de venganza más bellos con los que se pueda soñar, los odios seculares —apaciguados un momento, nunca extintos—, las astucias abominables, los asesinatos convertidos en matanzas y casi en acciones gloriosas. Desde hacía dos años, no oía hablar más que del precio de la sangre, del terrible prejuicio corso que obliga a vengar cualquier injuria en la propia carne de la persona que la ha cometido, de sus descendientes y de sus allegados. Había visto degollar a ancianos, a niños, a parientes; tenía la cabeza llena de aquellas historias.

»Pues bien, me enteré un día de que un inglés acababa de alquilar para varios años una pequeña villa en el golfo. Había traído con él a un criado francés, a quien había contratado al pasar por Marsella.

»Pronto todo el mundo se interesó por aquel singular personaje, que vivía solo en su casa y que no salía sino para cazar y pescar. No hablaba con nadie, no iba nunca a la ciudad y cada mañana se entrenaba durante una o dos horas al tiro con pistola y con carabina.

»Se crearon leyendas en torno a él. Se pretendió que era un alto personaje que huía de su patria por motivos políticos; luego se afirmó que se escondía tras haber cometido un espantoso crimen. Incluso se citaban circunstancias particularmente horribles.

»Quise, en mi calidad de juez de instrucción, obtener alguna información sobre aquel hombre, pero me fue imposible enterarme de nada. Se hacía llamar sir John Rowell.

»Me contenté, pues, con vigilarlo de cerca, pero, en realidad, nadie me informaba de nada sospechoso en su contra.

»Sin embargo, al seguir, aumentar y generalizarse los rumores acerca de él, decidí intentar ver por mí mismo al extranjero y me puse a cazar con regularidad en los alrededores de su dominio.

»Esperé durante mucho tiempo una oportunidad. Se presentó finalmente en forma de una perdiz a la que disparé y maté en las mismas narices del inglés. Mi perro me la trajo, pero, cogiendo enseguida la presa, fui a excusarme por mi inconveniencia y a rogar a sir John Rowell que aceptara el ave muerta.

»Era un hombre grande con el pelo rojo, la barba roja, muy alto, muy ancho, una especie de Hércules plácido y cortés. No tenía nada de la llamada rigidez británica y me dio las gracias vivamente por mi delicadeza en un francés con un acento de más allá de la Mancha. Al cabo de un mes, habíamos charlado unas cinco o seis veces.

»Finalmente, una noche cuando pasaba por su puerta lo vi en el jardín, fumando su pipa a horcajadas sobre una silla. Lo saludé y me invitó a entrar para tomar una cerveza. No fue necesario que me lo repitiera.

»Me recibió con toda la meticulosa cortesía inglesa; habló con elogios de Francia, de Córcega, y declaró que le gustaban mucho *este* región y *este* costa.

»Entonces, con grandes precauciones y como si fuera resultado de un gran interés, le hice unas preguntas sobre su vida y sus proyectos. Contestó sin apuros y me contó que había viajado mucho por África, las Indias y América. Añadió riéndose:

»—Tuve *mochas* aventuras. ¡Oh! *yes.*

»Luego volví a hablar de caza y me dio los detalles más curiosos sobre la caza del hipopótamo, del tigre, del elefante, e incluso del gorila. Dije:

»—Todos esos animales son temibles.

»Sonrió:

»—¡Oh, no! El más malo es el hombre.

»Se echó a reír abiertamente, con una risa franca de inglés gordo y contento:

»—He cazado *mocho* al hombre también.

»Después habló de armas y me invitó a entrar en su casa para enseñarme escopetas con diferentes sistemas.

»Su salón estaba tapizado de negro, de seda negra bordada con oro. Grandes flores amarillas corrían sobre la tela oscura, brillaban como el fuego. Dijo:

»—Eso ser un tela japonesa.

»Pero en el centro del panel más amplio una cosa extraña atrajo mi mirada. Sobre un cuadrado de terciopelo rojo se destacaba un objeto negro. Me acerqué: era una mano, una mano de hombre. No una mano de esqueleto, blanca y limpia, sino una mano negra reseca, con uñas amarillas, los músculos al descubierto y rastros de sangre vieja, sangre semejante a roña, sobre los huesos cortados de un golpe, como de un hachazo, hacia la mitad del antebrazo.

»Alrededor de la muñeca, una enorme cadena de hierro, remachada, soldada a aquel miembro desaseado, la sujetaba a la pared con una argolla bastante fuerte como para llevar atado a un elefante. Pregunté:

»—¿Qué es esto?

»El inglés contestó tranquilamente:

»—Era mejor enemigo de mí. Era de América. Ello había sido cortado con el sable y arrancado la piel con un piedra cortante y secado al sol durante ocho días. *Aoh,* muy buena para mí, ésta.

»Toqué aquel despojo humano que debía de haber pertenecido a un coloso. Los dedos, desmesuradamente largos, estaban atados por enormes tendones que sujetaban tiras de piel a trozos. Era horroroso ver esa mano, despellejada de esa manera; recordaba inevitablemente alguna venganza de salvajes. Dije:

»—Ese hombre debía de ser muy fuerte.

»El inglés dijo con dulzura:

»—*Aoh yes,* pero fui más fuerte que él. Yo había puesto *ese* cadena para sujetarle.

»Creí que bromeaba. Dije:

»—Ahora esta cadena es completamente inútil, la mano no se va a escapar.

»Sir John Rowell prosiguió con tono grave:

»—Ella siempre quería irse. *Ese* cadena era necesario.

»Con una ojeada rápida, escudriñé su rostro, preguntándome: "¿Estará loco o será un bromista pesado?"

»Pero el rostro permanecía impenetrable, tranquilo y benévolo. Cambié de tema de conversación y admiré las escopetas.

»Noté sin embargo que había tres revólveres cargados encima de unos muebles, como si aquel hombre viviera con el temor constante de un ataque.

»Volví varias veces a su casa. Después dejé de visitarlo. La gente se había acostumbrado a su presencia; ya no interesaba a nadie.

»Transcurrió un año entero; una mañana, hacia finales de noviembre, mi criado me despertó anunciándome que sir John Rowell había sido asesinado durante la noche.

»Media hora más tarde entraba en casa del inglés con el comisario jefe y el capitán de la gendarmería. El criado, enloquecido y desesperado, lloraba delante de la puerta. Primero sospeché de ese hombre, pero era inocente.

»Nunca pudimos encontrar al culpable.

»Cuando entré en el salón de sir John, al primer vistazo distinguí el cadáver extendido boca arriba, en el centro de la habitación.

»El chaleco estaba desgarrado, colgaba una manga arrancada. Todo indicaba que había tenido lugar una lucha terrible.

»¡El inglés había muerto estrangulado! Su rostro negro e hinchado, pavoroso, parecía expresar un espanto abominable; llevaba algo entre sus dientes apretados y su cuello, perforado con cinco agujeros que parecían haber sido hechos con puntas de hierro, estaba cubierto de sangre.

»Un médico se unió a nosotros. Examinó durante mucho tiempo las huellas de dedos en la carne y dijo estas extrañas palabras:

»—Parece que lo ha estrangulado un esqueleto.

»Un escalofrío me recorrió la espalda y miré hacia la pared, en el lugar donde otrora había visto la horrible mano despellejada. Ya no estaba allí. La cadena, quebrada, colgaba.

»Entonces me incliné hacia el muerto y encontré en su boca crispada uno de los dedos de la desaparecida mano, cortada o más bien serrada por los dientes justo a la altura de la segunda falange.

»Luego se procedió a las comprobaciones. No se descubrió nada. Ninguna puerta había sido forzada, ninguna ventana, ningún mueble. Los dos perros de guardia no se habían despertado.

»Ésta es, en pocas palabras, la declaración del criado:

»Desde hacía un mes, su amo parecía estar agitado. Había recibido muchas cartas, que había quemado a medida que iban llegando.

»A menudo, preso de una ira que parecía demencia, cogiendo una fusta, golpeaba con furor aquella mano reseca, pegada a la pared y que había desaparecido, no se sabe cómo, en la misma hora del crimen.

»Se acostaba muy tarde y se encerraba cuidadosamente. Siempre tenía armas al alcance de la mano. A menudo, por la noche, hablaba en voz alta, como si discutiera con alguien.

»Aquella noche daba la casualidad de que no había hecho ningún ruido y, hasta que no fue a abrir las ventanas, el criado no encontró a sir John asesinado. No sospechaba de nadie.

»Comuniqué lo que sabía del muerto a los magistrados y a los funcionarios de la fuerza pública, y se llevó a cabo en toda la isla una investigación minuciosa. No se descubrió nada.

»Ahora bien, tres meses después del crimen, una noche, tuve una pesadilla horrorosa. Me pareció que veía la mano, la horrible mano, correr como un escorpión o como una araña a lo largo de mis cortinas y de mis paredes. Tres veces me desperté, tres veces me volví a dormir, tres veces volví a ver el odioso despojo galopando alrededor de mi habitación y moviendo los dedos como si fueran patas.

»Al día siguiente, me la trajeron; la habían encontrado en el cementerio, sobre la tumba de sir John Rowell; lo habían enterrado allí, ya que no habían podido dar con su familia. Faltaba el índice.

»Ésta es, señoras, mi historia. No sé nada más».

Las mujeres, enloquecidas, estaban pálidas, temblaban. Una de ellas exclamó:

—¡Pero no hay desenlace, ni explicación! No vamos a poder dormir si no nos dice lo que según usted ocurrió.

El magistrado sonrió con severidad:

—¡Oh! Señoras, sin duda alguna, voy a echar a perder sus terribles sueños. Pienso sencillamente que el propietario legítimo de la mano no había muerto y que vino a buscarla con la que le quedaba. Pero no he podido saber cómo lo hizo. Este caso es una especie de *vendetta*.

Una de las mujeres murmuró:

—No, no puede ser así.

Y el juez de instrucción, sin dejar de sonreír, concluyó:

—Ya les había dicho que mi explicación no les gustaría.

LOS ASESINATOS EN LA *RUE* MORGUE
Edgar Allan Poe

¿Qué canción las sirenas cantaron, o qué nombre tomó Aquiles cuando se escondió entre las mujeres? Aunque sean éstos problemas arduos, no se hallan fuera del alcance de toda conjetura.

SIR THOMAS BROWNE, *El entierro en la urna*

Las condiciones mentales que suelen juzgarse como analíticas son, en sí mismas, muy difíciles de analizar. Las apreciamos únicamente por sus efectos. Conocemos de ellas, entre otras cosas, que son siempre para su poseedor, cuando las posee en alto grado, fuente de goces vivísimos. Así como el hombre fuerte se entusiasma con sus aptitudes físicas, el analizador se deleita en esa actividad moral que se ejerce al desembrollar. Obtiene placer hasta de las más triviales ocupaciones que ponen en juego sus talentos. Se muere por los enigmas, por los acertijos, por los jeroglíficos; y muestra en las soluciones de cada uno un grado de agudeza que parece al vulgo penetración preternatural. Sus resultados, llevados a cabo por su solo espíritu y por la esencia de su método, adquieren, en realidad, todo el aspecto de una intuición. La facultad de resolución es acaso muy vigorizada por los estudios matemáticos y en especial por esa importantísima rama de ellos que impropiamente, y sólo teniendo en cuenta sus operaciones previas, ha sido llamada, como por excelencia, análisis. Y, sin embargo, calcular no es por sí mismo analizar. Un jugador de ajedrez, por ejemplo, hace lo uno sin esforzarse en lo otro. De esto se sigue que el juego de ajedrez, en sus efectos sobre el carácter mental, es muy mal comprendido. Yo no estoy escribiendo aquí un tratado, sino únicamente prologando una narración bastante singular, con observaciones hechas a la ligera; por lo tanto, aprovecharé esta ocasión para afirmar que las más altas facultades de la inteligencia reflexiva trabajan más decididamente y con más provecho en el modesto juego de las damas que en toda la primorosa frivolidad del ajedrez. En este último, donde las piezas tienen diferentes y raros movimientos, con diversos, variables valores, lo que sólo es complicado se toma equivocadamente (error no insólito) por profundo. La atención es aquí poderosamente puesta en juego. Si flaquea un solo instante, se comete un descuido, que da por resultado perjuicio o derrota. Como los movimientos posibles son no solamente múltiples sino intrincados, las probabilidades de tales descuidos se multiplican y en nueve casos de diez el que triunfa es el jugador más capaz de reconcentrarse, y no el más perspicaz. En las damas, por el contrario, donde los movimientos son únicos y tienen muy poca variación, las probabilidades de inadvertencia quedan disminuidas, y, como la pura atención queda relativamente desocupada, las ventajas contenidas por cada una de las partes lo son por superior perspicacia. Para ser menos abstracto, supongamos un juego de damas donde las piezas quedan reducidas a cuatro reinas y donde, desde luego, no pueden tenerse inadvertencias. Es evidente que en este caso la victoria sólo puede ser decidida (estando los jugadores en completa igualdad de condiciones) por algún movimiento calculado que resulte de algún esfuerzo de la inteligencia. Privado de los recursos ordinarios, el analizador penetra en el espíritu de su contrincante, por lo tanto se identifica con él, y, con no poca frecuencia, descubre de una ojeada los únicos procedimientos (a veces en realidad absurdamente sencillos) por los cuales puede inducirlo a error o arrastrarlo a un cálculo equivocado.

El *whist* ha sido señalado largo tiempo por su influencia en lo que se llama facultad calculadora; y se ha visto que hombres del mayor grado de inteligencia han hallado en él un deleite a primera vista inexplicable, al paso que dejaban el ajedrez por frívolo. Y no hay duda de que no existe cosa de semejante naturaleza que ejercite de tal modo la facultad de análisis. El mejor jugador de ajedrez de la cristiandad puede llegar a ser poco más que el mejor jugador de ajedrez; pero la pericia en el *whist* implica ya capacidad para el buen éxito en todas las más importantes empresas en que la inteligencia lucha con la inteligencia. Y cuando digo pericia, me refiero a esa perfección en el juego que incluye una comprensión de todas las fuentes de donde puede derivarse una ventaja legítima; y estas fuentes no sólo son diversas, sino multiformes, y residen frecuentemente en reconditeces de pensamiento completamente inaccesibles para el entendimiento vulgar. Observar atentamente es recordar distintamente; y en cuanto a esto, el jugador de ajedrez capaz de concentración lo hará muy bien en el *whist,* puesto que las reglas de Hoyle (basadas a su vez en el puro mecanismo del juego) son suficientes y generalmente comprensibles. Así, el poseer una buena memoria y proceder según «el libro» son puntos comúnmente considerados como el total cumplimiento del buen juego. Pero en cuestiones que están fuera de los límites de la pura regla es donde se demuestra el talento del analizador. Efectúa, en silencio, una porción de observaciones e inferencias. Tal vez lo hagan también sus compañeros; y la diferencia en la extensión de la información obtenida no residirá tanto en la validez de la inferencia como en la calidad de la observación. El conocimiento necesario es el de lo que debe observarse. Nuestro jugador no se limita al juego en modo alguno; ni, porque ahora el juego sea su objeto, habrá de rechazar ciertas deducciones que se originan en cosas exteriores al juego. Examina la fisonomía de su compañero y la compara cuidadosamente con la de cada uno de sus demás contrincantes. Considera el modo de distribuirse las cartas en cada mano; a menudo contando triunfo por triunfo y tanto por tanto, observando las ojeadas que dan a cada uno de ellos sus tenedores. Nota cada variación de los rostros a medida que el juego adelanta, reuniendo gran cantidad de ideas por las diferencias en las expresiones de certidumbre, de sorpresa, de triunfo o de desagrado. Por la manera de levantar una baza, juzga si la persona que la toma puede hacer otra después. Reconoce lo que se juega simuladamente, por el gesto con que se echa la carta sobre la mesa. Una palabra casual o inadvertida; la caída accidental de una carta, o el volverla sin querer con la ansiedad o el descuido que acompaña al acto de evitar que puedan verla; la cuenta de las bazas con el orden de su distribución; perplejidad, duda, entusiasmo o temor; todo ello depara a su percepción, que parecerá intuitiva, indicaciones acerca del verdadero estado de cosas. Una vez jugadas las dos o tres primeras tandas, ya se halla en plena posesión de los contenidos de cada mano y desde aquel momento echa sus cartas con tan absoluta precisión de propósito como si el resto de los jugadores tuvieran vueltas hacia él las caras de las suyas.

La facultad analítica no debe ser confundida con la mera ingeniosidad; porque, mientras que el analizador es necesariamente ingenioso, el hombre ingenioso a menudo es notablemente incapaz de análisis. La facultad de continuidad o de combinación con que se manifiesta generalmente la ingeniosidad y a la cual los frenólogos (en mi opinión erróneamente) han asignado un órgano aparte, suponiendo que es una facultad primordial, se ha visto con tanta frecuencia en individuos cuya capacidad bordeaba, por otra parte, la idiotez que ha llamado la atención general de los escritores de asuntos morales. Entre la ingeniosidad y el talento analítico existe una diferencia mucho mayor, en efecto, que entre el fantaseo y la imaginación, aunque de caracteres muy estrictamente análogos. En realidad se observará que el ingenioso es siempre fantástico, mientras que el verdadero imaginativo no deja de ser nunca analítico.

La narración que sigue podrá servir en cierta manera al lector para ilustrarlo en una interpretación de las proposiciones que acabamos de anticipar.

Hallándome en París durante la primavera y parte del verano de 18** conocí allí a un señor llamado C. Auguste Dupin. Aquel joven caballero pertenecía a una excelente, es más, a una ilustre familia; pero, por una serie de malhadados acontecimientos, había quedado reducido a tal pobreza que sucumbió a ella la energía de su carácter y renunció a sus ambiciones mundanas, así como a procurar por la restauración de su hacienda. Con el beneplácito de sus acreedores, pudo quedar todavía en posesión de un remanente de su patrimonio; y con la renta que obtenía de este modo, pudo arreglárselas, por medio de una rigurosa economía, para procurarse lo más necesario para vivir, sin preocuparse por lo más superfluo. En realidad, los libros eran su único lujo, y en París los libros se obtienen fácilmente.

Nuestro primer encuentro acaeció en una oscura biblioteca de la *rue* Montmartre, donde la coincidencia de andar buscando los dos un muy raro y muy notable volumen nos puso en estrecha intimidad. Nos vimos muy a menudo. Yo me había interesado profundamente por su pequeña historia familiar, que él me contaba minuciosamente con todo el candor con que un francés da rienda suelta a sus confidencias cuando habla de sí mismo. Además, me admiraba la vastedad de sus lecturas; y, sobre todo, mi alma se enardecía con el vehemente ardor y la viva frescura de su imaginación. Dadas las investigaciones en que yo me ocupaba entonces en París, comprendí que la amistad con un hombre como aquél sería para mí un tesoro inapreciable; y con esta idea me confié francamente a él. Por fin quedó convenido que viviríamos juntos durante mi permanencia en la ciudad; y como mi situación económica era algo menos embarazosa que la suya, me fue permitido participar en los gastos de alquiler y amueblar, de manera que se adaptase al carácter algo fantástico y melancólico de nuestro temperamento común, una casa vetusta y grotesca, abandonada hacía ya mucho tiempo con motivo de ciertas supersticiones, las cuales no quisimos averiguar, y que se bamboleaba como si fuese a hundirse, en un retirado y desolado rincón del *faubourg* Saint-Germain.

Si la rutina de nuestra vida en aquel sitio hubiera sido conocida por la gente, nos hubieran tomado por locos, aunque tal vez por locos de especie inofensiva. Nuestra reclusión era perfecta. No admitíamos visitantes. En realidad, el lugar de nuestro retiro había sido cuidadosamente mantenido secreto para mis antiguos camaradas; y hacía ya muchos años que Dupin había cesado de conocer a nadie o de ser conocido en París. Existíamos sólo el uno para el otro.

Una rareza de la fantasía de mi amigo —¿cómo podría calificarla de otro modo?— consistía en estar enamorado de la noche por ella misma; y con esta extravagancia como con todas las demás que él tenía, yo condescendía tranquilamente; me entregaba a sus singulares antojos con abandono perfecto. La negra divinidad no podía siempre habitar con nosotros; pero podíamos falsificar su presencia. Al primer albor de la mañana cerrábamos todos los macizos postigos de nuestra vetusta mansión; encendíamos un par de bujías, fuertemente perfumadas, y que por esto mismo no daban sino un resplandor sumamente pálido y débil. A favor de aquella luz, ocupábamos nuestras almas en sueños, leyendo, escribiendo o conversando, hasta que el reloj nos advertía del advenimiento de la verdadera oscuridad. Y entonces salíamos a pasear por aquellas calles, de bracero, continuando las conversaciones del día, o vagabundeando por todas partes, hasta muy tarde, buscando entre las estrafalarias luces y sombras de la populosa ciudad la infinitud de excitación mental que la tranquila meditación no puede procurarnos.

En tales momentos yo no podía menos que notar y admirar (aunque ya por su rica idealidad había sido preparado a esperarlo) un talento particularmente analítico en Dupin. Parecía, además, deleitarse vivamente en ejercitarlo, sino concretamente en ejercerlo, y no dudaba en confesar el placer que ello le causaba. Se alababa conmigo, riéndose con risita chancera, de que muchísimos hombres, para él, llevaban ventanas en sus pechos, y acostumbraba a reforzar tales afirmaciones con pruebas muy sorprendentes y directas de su íntimo conocimiento de mi propia persona. Sus maneras en tales momentos eran glaciales y abstraídas; sus ojos quedaban sin expresión; mientras que su voz, por lo general ricamente atenorada, se elevaba hasta un atiplado que hubiera sonado a petulancia a no ser por la circunspecta y completa claridad de su pronunciación. Observándolo en tales disposiciones de ánimo, yo a menudo me ponía a meditar acerca de la antigua filosofía del alma doble y me divertía imaginando un doble Dupin, el creador y el analizador.

No vaya a suponerse, por lo que acabo de decir, que estoy narrando algún misterio o escribiendo una novela. Lo que he descrito de aquel francés no era más que el resultado de una inteligencia exaltada o tal vez enferma. Pero del carácter de sus observaciones en aquella época un ejemplo dará mejor idea.

Una noche íbamos vagando por una calle larga y roñosa, en las cercanías del Palais Royal. Como cada uno de nosotros, al parecer, iba enfrascado en sus propios pensamientos, hacía por lo menos quince minutos que ninguno había pronunciado ni una sílaba. De pronto, Dupin rompió el silencio con estas palabras:

ALMA CLÁSICOS ILUSTRADOS

978-84-17430-45-0

978-84-15618-88-1

978-84-17430-47-4

978-84-17430-48-1

978-84-17430-29-0

978-84-17430-32-0

978-84-17430-46-7

978-84-17430-06-1

978-84-15618-89-8

978-84-17430-04-7

978-84-17430-08-5

978-84-17430-09-2

www.editorialalma.com

ALMA CLÁSICOS ILUSTRADOS

reúne obras maestras de la literatura universal con
un diseño acorde con la personalidad de cada título.
La colección abarca libros de todos los géneros, épocas y lugares en
cuidadas ediciones, e incluye ilustraciones creadas por talentosos artistas.
Magníficas ediciones para ampliar su biblioteca y
disfrutar del placer de la lectura con todos los sentidos.

978-84-15618-83-6   978-84-15618-78-2   978-84-15618-82-9   978-84-15618-69-0

978-84-15618-79-9   978-84-17430-05-4   978-84-15618-71-3   978-84-15618-85-0

978-84-15618-70-6   978-84-15618-87-4   978-84-15618-77-5   978-84-15618-68-3

Síguenos en: 📷 @almaeditorial   f Almaeditorial

—Bien mirado, es demasiado pequeño ese muchacho y estaría mejor en el Théâtre des Variétés.

—En eso no cabe duda —repliqué yo sin pensar lo que decía y sin observar al primer pronto (tan absorto había estado en mis reflexiones) de qué modo extraordinario mi interlocutor había coincidido con mis meditaciones. Un instante después, me recobré y mi asombro fue profundo.

—Dupin —dije gravemente—, esto excede a mi comprensión. No vacilo en decir que estoy asombrado y apenas puedo dar crédito a mis sentidos. ¿Cómo es posible que usted haya podido saber lo que yo estaba pensando?

Diciendo esto me interrumpí, para asegurarme, sin duda ninguna, de que realmente sabía él en quién estaba yo pensando.

—En Chantilly —dijo él—, ¿por qué se ha interrumpido usted? Usted estaba observando entre sí que su diminuta figura lo inhabilitaba para la tragedia.

Y esto era precisamente lo que había formado el tema de mis reflexiones. Chantilly era un exzapatero remendón de la calle Saint-Dénis, que se moría por el teatro, y había probado el papel de Jerjes, en la tragedia de Crebillon que lleva ese título, pero sus esfuerzos no le habían ganado sino las burlas del público.

—Dígame usted, por Dios —exclamé—, ¿por qué método, si método hay, ha podido usted profundizar ahora en mi espíritu?

En realidad estaba yo mucho más asombrado aun de lo que hubiera querido confesar.

—Ha sido el vendedor de frutas —respondió mi amigo— quien le ha inducido a esa conclusión de que el remendón de suelas no tenía la talla necesaria para Jerjes *et id genus omne*[1].

—¿El vendedor de frutas? ¡Me pasma usted! Yo no conozco a ninguno.

—Sí, ese hombre que ha topado con usted, cuando hemos entrado en esta calle hará unos quince minutos.

Entonces recordé que, en efecto, un vendedor de frutas, que llevaba en la cabeza una gran canasta de manzanas, por poco me derriba, sin querer,

---

1   «Ni para ninguno de su especie». (N. del T.)

cuando pasábamos de la calle C*** al callejón donde estábamos ahora; pero yo no acababa de comprender qué tenía que ver aquello con Chantilly.

No cabía en Dupin la menor partícula de charlatanería.

—Voy a explicárselo —dijo—, y para que pueda usted recorrerlo todo claramente, primero vamos a repasar en sentido inverso el curso de sus meditaciones desde este momento en que le estoy hablando hasta el del choque con el vendedor de frutas. Los principales eslabones de la cadena se suceden en sentido inverso de este modo: Chantilly, Orion, doctor Nichols, Epicuro, estereotomía, las piedras de la calle, el vendedor de frutas.

Pocas son las personas que, en algún momento de su vida, no se han divertido recorriendo en sentido inverso las etapas por las cuales han sido alcanzadas determinadas conclusiones de su inteligencia. Es una ocupación a menudo llena de interés; y el que por primera vez la prueba se queda pasmado de la aparente distancia ilimitada y de la incoherencia que parecen mediar desde el punto de partida hasta la meta final. Puede suponerse cuál no sería mi asombro cuando oí lo que acababa de decir el joven francés y no pude menos que reconocer que había dicho la verdad. Él continuó luego de este modo:

—Habíamos estado hablando de caballos, si bien recuerdo, en el momento en que íbamos a dejar la calle C***. Era el último tema que habíamos discutido. Cuando entrábamos en esta calle, un vendedor de frutas, con una gran canasta en la cabeza, ha pasado rápidamente delante de nosotros y lo ha empujado a usted contra un montón de adoquines, en un sitio donde la calzada está en reparación; usted ha puesto el pie en uno de los cantos sueltos, ha resbalado, se ha torcido usted ligeramente el tobillo, ha parecido usted quedar molestado o malhumorado, ha refunfuñado unas palabras, se ha vuelto para mirar el montón de adoquines y luego ha continuado andando en silencio. Yo no prestaba particular atención a lo que usted hacía; pero la observación se ha vuelto para mí, desde hace mucho tiempo, una especie de necesidad.

»Usted ha caminado con los ojos mirando al suelo, atendiendo con expresión de enfado a los hoyos y rodadas del empedrado (por lo que yo deducía que estaba usted pensando aún en las piedras), hasta que hemos llegado a la callejuela llamada pasaje Lamartine, que ha sido pavimentada, a manera de prueba, con tarugos sobrepuestos y remachados. Al entrar allí, su semblante se ha iluminado y, al ver yo que se movían sus labios, no he podido dudar de que murmuraba usted la palabra *estereotomía*[2], término que tan afectadamente se aplica a esa especie de pavimento. Yo sabía que usted no podía pronunciar para sí la palabra *estereotomía* sin ser inducido a pensar en los átomos, y por lo tanto, en las teorías de Epicuro; y, como cuando no hace mucho discutíamos acerca de aquel tema, yo le hice notar a usted de qué modo singular, y sin que ello haya sido muy notado, las vagas conjeturas de aquel griego han hallado confirmación en la reciente cosmogonía nebular, he comprendido que no podía usted menos de levantar sus ojos hacia la gran nebulosa de Orión, y he esperado con toda seguridad que usted lo haría. En efecto, usted ha mirado hacia arriba; entonces he adquirido la certidumbre de haber seguido correctamente las etapas de su pensamiento. Ahora bien, en aquella acerba diatriba contra Chantilly que se publicó ayer en el Musée, el escritor satírico, haciendo algunas ofensivas alusiones al cambio de nombre del remendón al calzarse el coturno, citaba un verso latino acerca del cual nosotros hemos conversado a menudo. Me refiero al verso:

Perdidit antiquum littera prima sonum[3].

»Yo le había dicho a usted que esto se refería a la palabra *Orión,* que primeramente se escribía *Urión,* y, por ciertas discusiones algo enconadas que tuvimos acerca de aquella interpretación mía, yo he tenido la seguridad de que usted no la habría olvidado. Era evidente, pues, que no dejaría usted de asociar las dos ideas de *Orión* y *Chantilly.* Que usted las asociaba, lo he comprendido por el carácter de la sonrisa que ha pasado por sus labios. Usted ha pensado, pues, en aquella inmolación del pobre zapatero. Hasta aquel momento usted había caminado inclinando el cuerpo; pero ahora yo lo veía

---

2 Término usado en la filosofía epicúrea. (N. del T.)
3 «Perdió la antigua palabra su primera letra». (N. del T.)

erguirse en toda su talla. Este gesto me ha dado la seguridad de que pensaba usted en la diminuta figura de Chantilly. Y entonces ha sido cuando he interrumpido sus meditaciones para observar que, por ser en efecto un sujeto demasiado bajo de estatura, ese Chantilly estaría mejor en el Théatre des Variétés.

No mucho tiempo después de esta conversación, estábamos recorriendo una edición de la tarde de la *Gazette des Tribunaux,* cuando llamaron nuestra atención los párrafos siguientes:

> Extraños asesinatos. Esta madrugada, hacia las tres, los habitantes del *quartier* Saint-Roch han sido despertados por una serie de espantosos gritos, que salían, al parecer, del piso cuarto de una casa en la *rue* Morgue, la cual se sabía que estaba habitada únicamente por cierta madame L'Espanaye y su hija mademoiselle Camille L'Espanaye. Después de alguna tardanza, ocasionada por los infructuosos intentos para poder entrar en la casa de modo normal, se ha forzado la puerta de entrada con una palanca de hierro y han entrado ocho o diez vecinos, acompañados de dos gendarmes. En aquel momento han cesado los gritos; pero cuando aquellas personas han llegado precipitadamente al primer rellano de la escalera, se han distinguido dos o más voces ásperas, que parecían disputar airadamente y proceder de la parte superior de la casa. Cuando se ha llegado al segundo rellano, también aquellos rumores han cesado y todo ha permanecido en absoluto silencio. Las personas mencionadas se han dispersado y han recorrido precipitadamente todas las habitaciones de la casa. Cuando han llegado por fin a una vasta sala trasera del cuarto piso (cuya puerta, por estar cerrada con llave por dentro, ha tenido que ser forzada), se ha ofrecido un espectáculo que ha sobrecogido a todos los presentes, no sólo de horror sino de asombro.
>
> La habitación estaba en violentísimo desorden; los muebles, rotos y esparcidos en todas direcciones. No quedaba más lecho que la armadura de una cama, todo lo demás de la cual había sido arrancado y tirado por el suelo. Sobre una silla había una navaja de afeitar,

manchada de sangre. En la chimenea había dos o tres largas y espesas guedejas de canosos cabellos humanos, también empapados de sangre, que parecían haber sido arrancados de raíz. Sobre el pavimento se han hallado cuatro napoleones, un pendiente de topacio, tres grandes cucharas de plata, tres cucharillas de *metal d'Alger* y dos talegas que contenían aproximadamente cuatro mil francos en oro. Los cajones de una cómoda que se hallaba en un rincón estaban abiertos y, al parecer, habían sido saqueados, aunque en ellos quedaban todavía algunos objetos. Se ha encontrado asimismo un cofrecito de hierro; estaba debajo de la cama (no de la armadura de la cama). Estaba abierto, con la llave todavía en la cerradura. No contenía más que unas cuantas cartas antiguas y otros papeles de poca importancia.

De madame L'Espanaye no se encontraba rastro pero, al observarse en el hogar una cantidad desusada de hollín, se ha hecho una investigación en la chimenea y (¡da grima decirlo!) se ha extraído de allí el cuerpo de su hija, que estaba cabeza abajo; había sido introducido de esta forma por la estrecha abertura hacia arriba, hasta una altura considerable. El cuerpo estaba todavía caliente. Al examinarlo, se han notado en él numerosas excoriaciones, sin duda ocasionadas por la violencia con que había sido embutido allí y el esfuerzo para extraerlo. En el rostro había algunos fuertes arañazos, y, en la garganta, cárdenas magulladuras y profundas entalladuras causadas por uñas, como si la muerta hubiera sido estrangulada.

Después de un completo examen de todos los lugares de la casa, sin que se lograra ningún nuevo descubrimiento, los presentes se han dirigido a un patinillo enlosado, en la parte posterior del edificio, donde han hallado el cadáver de la anciana señora, con la garganta rebanada de tal modo que, al intentar levantar el cuerpo, la cabeza se ha desprendido. El cuerpo, así como la cabeza, estaban horriblemente mutilados, y el primero de tal modo que conservaba apenas su apariencia humana.

Hasta ahora, que sepamos, no se ha obtenido el menor indicio para aclarar este horrible misterio.

El diario del día siguiente daba estos pormenores adicionales:

La tragedia de la rue Morgue. Buen número de personas han sido interrogadas acerca de tan extraordinario y espantoso *affaire* (la palabra *affaire* no tiene todavía en Francia la escasez de significado que se le da entre nosotros), pero no se ha traslucido nada que dé luz sobre ello. A continuación damos todas las declaraciones más importantes que se han obtenido.

Paulina Dubourg, lavandera, declara haber tratado a las víctimas durante tres años, por haber lavado para ellas todo ese tiempo. La anciana y su hija parecían vivir en buenos términos, muy cariñosas la una con la otra. Eran buenas pagadoras. No sabe nada acerca de su manera ni medios de vivir. Piensa que la señora L'E. decía la buenaventura para ganar la subsistencia. Tenía fama de tener dinero arrinconado. No halló jamás a otras personas en la casa cuando la llamaban para llevarse la ropa ni cuando iba a devolverla. Estaba segura de que no tenían persona alguna a su servicio. No parecía haber muebles en ninguna parte de la casa, salvo en el cuarto piso.

Pierre Moreau, estanquero, declara que acostumbró venderle pequeñas cantidades de tabaco y de rapé a madame L'Espanaye durante unos cuatro años. Él nació en su vecindad y siempre había vivido allí. La muerta y su hija hacía más de seis años que habitaban en la casa donde fueron hallados sus cadáveres. Anteriormente había sido ocupada por un joyero, que a su vez alquilaba las habitaciones inferiores a varias personas. La casa era propiedad de madame L'E. Estaba descontenta por los abusos de su inquilino y se trasladó a la casa de su propiedad, negándose a alquilar ninguna parte de ella. La anciana señora chocheaba ya. El testigo había visto a su hija unas cinco o seis veces durante seis años. Las dos pasaban una vida excesivamente retirada y era fama que tenían dinero. Había oído decir entre los vecinos que madame L'E. decía la buenaventura, pero él no lo creía. Nunca había visto pasar la puerta a ninguna persona, excepto a la anciana señora y a su hija, a un recadero una o dos veces y ocho o diez veces a un médico.

Otras muchas personas, vecinas, declaran lo mismo. Pero de ninguna se dice que frecuentase la casa. No se sabe si la señora y su hija tenían parientes vivos. Los postigos de los balcones de la fachada principal raramente estaban abiertos. Los de la parte de atrás siempre estaban cerrados, excepto las ventanas de la gran sala trasera del cuarto piso. La casa era una buena finca y no muy vieja.

Isidore Musté, gendarme, declara que fue llamado para ir a la casa hacia las tres de la madrugada y halló ante la puerta principal a unas veinte o treinta personas, que se esforzaban por entrar. Él pudo forzar la puerta, por fin, con una bayoneta, y no con una barra de hierro. No tuvo mucha dificultad para abrirla, porque era una puerta de dos hojas y no tenía cerrojo, ni pasador en la parte de arriba. Los gritos fueron continuos hasta que la puerta fue forzada y luego cesaron súbitamente. Parecían ser los alaridos de alguna persona (o personas) en gran angustia; eran muy fuertes y prolongados, no cortos y rápidos. El testigo subió escaleras arriba. Y al llegar al primer rellano, oyó dos voces que gritaban mucho y disputaban violentamente, una de ellas áspera, la otra muy aguda, una voz muy extraña. Pudo distinguir algunas palabras de la primera, que era la de un francés. Positivamente no era una voz de mujer. Pudo distinguir las palabras *sacré* y *diable*. La voz aguda era la de un extranjero. No puede afirmar si era de hombre o de mujer. No pudo distinguir lo que decía, pero piensa que hablaba en español. El estado de la casa y de los cadáveres fue descrito por el testigo como lo describimos nosotros ayer.

Henri Dural, un vecino, de oficio platero, declara que él formaba parte del grupo que entró primero en la casa. Corrobora en general la declaración de Musté. En cuanto se abrieron paso forzando la puerta, volvieron a cerrarla, para contener a la muchedumbre, que se había agrupado muy rápido, a pesar de ser tan tarde. La voz aguda, piensa el testigo que era la de un italiano. De lo que está cierto es de que no era la de un francés. No está seguro de si era una voz de hombre. Bien podía ser la de una mujer. No conoce la lengua italiana. No pudo distinguir las palabras, pero está convencido por la entonación de que el que hablaba era un italiano. Conocía a la madame L'E y a su hija. Había conversado con ellas frecuentemente. Estaba seguro de que la voz aguda no era la de ninguna de las muertas.

Odenheimer, fondista. Este testigo se ofreció voluntariamente a declarar. Como no hablaba francés, fue interrogado por medio de un intérprete. Es natural de Ámsterdam. Pasaba por delante de la casa en el momento de los gritos. Se detuvo unos minutos, probablemente diez. Eran fuertes y prolongados; causaban espanto y angustia. Fue uno de los que entraron en la casa. Corrobora el testimonio anterior, en todos sus particulares menos en uno. Está seguro de que la voz aguda era la de un hombre, de un francés. No pudo distinguir las palabras pronunciadas. Eran altas y rápidas —desiguales—, dichas al parecer con miedo y con ira juntamente. La voz era áspera, no tan aguda como áspera. En realidad no puede afirmar que fuese una voz verdaderamente aguda. La voz grave decía repetidamente *sacré, diable* y una vez *mon Dieu*.

Jules Mignaud, banquero de la casa Mignaud et Fils, *rue* Deloraine. Es el mayor de los Mignaud. Madame L'Espanaye poseía alguna hacienda. Había abierto una cuenta en su casa de banca la primavera del año... (ocho años antes). Había impuesto con frecuencia pequeñas cantidades. No había retirado cantidad alguna hasta tres días antes de su muerte, cuando cobró personalmente la suma de cuatro mil francos. Esta suma fue pagada en oro y encargó a un dependiente que se la llevase a su casa.

Adolphe Le Bon, dependiente en la casa Mignaud et Fils, declara que el día en cuestión, hacia el mediodía, acompañó a madame L'Espanaye a su domicilio con los cuatro mil francos, puestos en dos talegas. Cuando se abrió la puerta, se presentó mademoiselle L'E. y tomó de sus manos una de las talegas, mientras la señora anciana lo aligeraba de la otra. Entonces él saludó y se fue. No vio a ninguna persona en la calle en aquellos momentos. Es una calleja de paso, muy solitaria.

William Bird, sastre, declara que fue uno de los del grupo que entró en la casa. Es inglés. Ha vivido en París dos años. Fue uno de los primeros que subieron las escaleras. Oyó las voces que disputaban. La voz gruesa era la de un francés. Pudo captar algunas palabras, pero ahora no puede recordarlas todas. Oyó distintamente *sacré* y *mon Dieu*. Por un momento se produjo un rumor como si se peleasen varias personas, un ruido de riña y forcejeo. La voz aguda era muy fuerte, más fuerte que la grave. Está seguro de que no era la voz de un inglés. Parecía ser más bien la de un alemán. Bien podía haber sido la voz de una mujer. No entiende alemán.

Cuatro de los testigos arriba mencionados, interrogados nuevamente, han declarado que la puerta de la habitación en que se halló el cuerpo de mademoiselle L'E. estaba cerrada por dentro cuando el grupo llegó a ella. Todo estaba en absoluto silencio, ni gemidos ni ruidos de ninguna clase. Al forzar la puerta, no se vio allí a nadie. Las ventanas, tanto las de la parte posterior como las de la fachada, estaban cerradas y fuertemente aseguradas por dentro con cerrojos. Una puerta de comunicación entre las dos salas estaba cerrada, pero no con llave. La puerta que conduce de la habitación delantera al pasillo estaba cerrada con llave por dentro. Una salita de la parte delantera del cuarto piso, a la entrada del pasillo, estaba abierta, con la puerta entornada. En esta salita se amontonaban camas viejas, cofres y objetos por el estilo. Éstos fueron cuidadosamente apartados y examinados. No quedó ni una pulgada de ninguna porción de la casa sin ser registrada cuidadosamente. Se mandó introducir unos deshollinadores en las chimeneas, por arriba y por abajo. La casa tiene cuatro pisos, con buhardillas *(mansardes)*. Una puerta de escotillón, en el techo, estaba fuertemente enclavada y no parecía haber sido abierta en muchos años. En cuanto al tiempo que transcurrió entre el oírse las voces que disputaban y el forzar la puerta del piso, difieren las afirmaciones de los testigos. Los unos lo reducen a unos tres minutos, los otros lo alargan hasta cinco. Costó mucho abrir la puerta.

Alfonso Garcio, empresario de pompas fúnebres, declara que reside en la *rue* Morgue. Es natural de España. Formaba parte del grupo que entró en la casa. No subió las escaleras. Es muy nervioso y temía los efectos de la emoción. Oyó las voces que disputaban; la voz grave era la de un francés. No pudo distinguir lo que decían. La voz aguda era de un inglés, de esto está seguro. No entiende la lengua inglesa, pero juzga por la entonación.

Alberto Montani, confitero, declara que fue uno de los primeros en subir la escalera. Oyó las voces de referencia. La voz grave era la de un francés. Pudo distinguir varias palabras. Aquel individuo parecía reconvenir al otro. No pudo comprender las palabras de la voz aguda. Hablaba rápida y entrecortadamente. Piensa que aquella voz era la de un ruso. Corrobora las declaraciones generales. Es italiano. Jamás ha conversado con un ruso.

Algunos testigos, interrogados nuevamente, han certificado que las chimeneas de todas las habitaciones del cuarto piso eran demasiado estrechas para permitir el paso de un ser humano. Cuando hablaron de "deshollinadores" se referían a esas escobillas cilíndricas para deshollinar, que usan los que limpian las chimeneas. Estas escobillas fueron pasadas arriba y abajo por todos los cañones de chimenea de la casa. En la parte trasera de la misma no hay paso alguno por donde nadie pudiera bajar mientras el grupo subía las escaleras. El cuerpo de mademoiselle L'Espanaye estaba tan fuertemente embutido en la chimenea que no pudo ser sacado de allí sino uniendo sus fuerzas cinco de los presentes.

Paul Dumas, médico, declara que fue llamado para examinar los cadáveres, hacia el amanecer. Entonces yacían ambos sobre las correas de la armadura de la cama, en la habitación donde fue hallada la señorita L'E. El cuerpo de la joven estaba muy magullado y lleno de excoriaciones. Estas circunstancias se explican suficientemente por haber sido arrastrado hacia arriba por la chimenea. La garganta estaba extraordinariamente excoriada. Presentaba varios arañazos profundos precisamente debajo de la barbilla, junto con una serie de manchas lívidas que eran evidentemente impresiones de unos dedos. El rostro estaba horriblemente descolorido y los globos de los ojos, fuera de sus órbitas. La lengua había sido mordida y parcialmente seccionada. En el hueco del estómago se descubrió un ancho magullamiento producido al parecer por la presión de una rodilla.

En opinión del señor Dumas, mademoiselle L'Espanaye había sido estrangulada por alguna persona o personas desconocidas. El cuerpo de la madre estaba horriblemente mutilado. Todos los huesos de la pierna derecha y del brazo estaban más o menos quebrantados. La tibia izquierda estaba hecha astillas, así como las costillas del mismo lado. Todo el cuerpo estaba espantosamente magullado y descolorido. No es posible decir cómo fueron causadas aquellas heridas. Algún pesado garrote de madera o alguna ancha barra de hierro, alguna silla, alguna herramienta, ancha, pesada y roma, podrían haber producido semejantes resultados, siempre que hubieran sido esgrimidos por las manos de un hombre muy forzudo. Ninguna mujer podría haber asestado aquellos golpes con arma ninguna. La cabeza de la difunta, cuando la vio el testigo, estaba enteramente separada del cuerpo y estaba también muy destrozada. La garganta había sido evidentemente cortada con algún instrumento muy afilado, probablemente con una navaja de afeitar.

Alexandre Etienne, cirujano, fue llamado al mismo tiempo que el señor Dumas para examinar los cuerpos. Corroboró la declaración y las opiniones del señor Dumas.

No se han podido obtener más pormenores importantes, aunque se ha interrogado a otras varias personas. Un crimen tan misterioso, y tan intrincado en todos sus particulares, jamás había sido cometido en París, si es que se trata realmente de un crimen. La policía no tiene rastro alguno; rara circunstancia en asuntos de tal naturaleza. En realidad, pues, no existe ni sombra de la menor pista».

La edición de la tarde de aquel periódico afirmaba que reinaba todavía mucha excitación en el *quartier* Saint-Roch, que las circunstancias del crimen habían sido cuidadosamente investigadas de nuevo, y se había interrogado otra vez a los testigos, aunque sin nuevo resultado. Con todo, una noticia de última hora anunciaba que Adolphe Le Bon había sido detenido y encarcelado, aunque no parecía acusado de ninguna de las circunstancias ya expuestas.

Dupin parecía singularmente interesado en el curso de aquel asunto, al menos yo lo deducía de su conducta, porque él no pronunciaba ningún comentario.

Sólo después de anunciarse que había sido encarcelado Le Bon, me preguntó mi opinión acerca de aquellos asesinatos.

Yo no pude sino expresarle mi conformidad con todo París en considerar que aquello era un misterio insoluble. No hallaba manera de que pudiese darse con el asesino.

—No podemos juzgar acerca de la manera de hallarlo —dijo Dupin—, por esos interrogatorios tan superficiales. La policía de París, tan alabada por su perspicacia, es astuta, pero de ahí no pasa. En sus diligencias no hay otro método sino el que sugieren las circunstancias. Hacen gran ostentación de disposiciones; pero, con bastante frecuencia, resultan adaptarse tan mal a los fines propuestos que nos hacen pensar en monsieur Jourdain[4] pidiendo su «bata para oír mejor la música». Los resultados que obtienen no dejan de ser a veces sorprendentes, pero en su mayoría son obtenidos por mera insistencia y actividad. Cuando tales procedimientos resultan ineficaces, todos sus planes fallan. Vidoc, por ejemplo, era un buen adivinador y hombre perseverante. Pero, como no tenía educada la inteligencia, se descarriaba constantemente, por la misma intensidad de sus investigaciones. Menoscababa su visión al mirar el objeto tan de cerca. Era capaz de ver acaso una o dos circunstancias con desusada claridad, pero al hacerlo necesariamente perdía la visión total del asunto. Puede decirse que ése es el defecto de ser demasiado profundo. La verdad no siempre está dentro de un pozo. En realidad, en cuanto a lo que más importa conocer, yo pienso que es invariablemente superficial. La profundidad está en los valles donde la buscamos, pero no en las cimas de las montañas desde donde la descubrimos. Las variedades y orígenes de esta especie de error tienen un buen ejemplo en la contemplación de los cuerpos celestes. Mirar una estrella por ojeadas, examinarla de soslayo, volviendo hacia ella las partes exteriores de la retina (más sensibles a las débiles impresiones de la luz que las interiores), es

---

4   El protagonista de *El burgués gentilhombre* de Molière. (N. del T.)

contemplar la estrella distintamente, es obtener la mejor apreciación de su brillo, un brillo que se va oscureciendo a medida que vamos volviendo nuestra visión de lleno hacia ella. En realidad, caen en los ojos mayor número de rayos en el último caso, pero en el primero se obtiene una receptibilidad más afinada. Con una profundidad indebida embrollamos y debilitamos el pensamiento y podemos hasta lograr que Venus se desvanezca del cielo por una mirada escrutadora demasiado sostenida, demasiado concentrada o demasiado directa.

»En cuanto a esos asesinatos, vamos a entrar en algunas investigaciones por nuestra cuenta, antes de formarnos opinión alguna respecto a ellos. Una indagación así nos procurará un buen pasatiempo (a mí me pareció impropia esta última palabra, aplicada a tal asunto; pero no dije nada); y, además, Le Bon ha comenzado por prestarme un servicio para el cual no seré desagradecido. Vamos a ir al lugar del suceso, para examinarlo con nuestros propios ojos. Conozco a G***, el prefecto de policía, y no me será difícil obtener el permiso necesario.

Obtuvimos el permiso y nos fuimos en seguida a la *rue* Morgue. Es una de esas miserables callejuelas que cruzan por entre la calle de Richelieu y la de Saint-Roch. Eran ya las últimas horas de la tarde cuando llegamos a ella, porque aquel barrio estaba muy lejos de donde nosotros vivíamos. Hallamos pronto la casa, porque aún había muchas personas que estaban mirando las ventanas cerradas, con vana curiosidad. Era una casa como muchas de París, con una puerta principal, y en uno de sus lados había una casilla de cristales con un bastidor corredizo en la ventanilla, que mostraba ser una portería. Antes de entrar, echamos calle arriba, doblamos por un callejón y luego, doblando otra vez, pasamos a la fachada posterior del edificio. Mientras, Dupin examinaba todos los alrededores, así como la casa, con una minuciosidad de atención cuya finalidad yo no podía comprender.

Luego nos volvimos por donde habíamos venido, llegamos a la fachada delantera del edificio, llamamos y, luego de mostrar nuestros permisos, los agentes de guardia nos permitieron entrar. Subimos las escaleras hasta la habitación donde había sido encontrado el cuerpo de mademoiselle L'Espanaye, y donde aún yacían las dos muertas. El desorden de la habitación, como es costumbre, había sido respetado. Yo no vi nada de lo que se había manifestado en la *Gazette des Tribunaux*. Dupin lo fue escudriñando todo, sin dejarse los cuerpos de las víctimas. Luego pasamos a las otras habitaciones y al patio; un gendarme nos acompañó a todas partes. Aquella investigación nos ocupó hasta el oscurecer, cuando nos fuimos. Camino de nuestra casa, mi compañero se detuvo unos minutos en las oficinas de un diario.

He dicho que las rarezas de mi amigo eran diversas y que *ye les ménageais*[5] (esta frase no tiene su equivalente en español). Le dio por rehusar toda conversación acerca del asesinato, hasta el día siguiente a mediodía. Entonces me preguntó, súbitamente, si había yo observado algo de particular en el escenario del crimen.

Había en la manera como recalcaba la palabra *particular* algo que me hizo estremecer sin saber por qué.

—No, nada de particular —dije—; al menos nada más de lo que vimos los dos expuesto en el diario.

—La *Gazette* —replicó él—, mucho me temo que no ha logrado penetrar en el horror inusitado del asunto. Pero dejemos las vanas opiniones de aquel impreso. Yo pienso que si ese misterio parece insoluble, la misma razón debería hacerlo fácil de resolver; me refiero al carácter desmesurado de sus circunstancias. La policía está confundida por la aparente ausencia de motivación y no por el crimen en sí mismo, para tal atrocidad en el asesinato. Los confunde, también, la imposibilidad aparente de conciliar las voces que se oyeron disputar con las circunstancias de no haber hallado arriba sino a mademoiselle L'Espanaye asesinada, y no hallar manera de que nadie saliera del piso sin que lo viesen las personas que subían por las escaleras. El extraño desorden de la habitación; el cadáver introducido con la cabeza hacia abajo en la chimenea; la espantosa mutilación del cuerpo de la anciana; estas consideraciones, con las ya mencionadas, y otras que no necesitan mención, han bastado para que se paralizasen sus facultades, haciendo fracasar por completo la tan elogiada perspicacia de los agentes del Gobierno. Han caído

---

5   «Condescendía con ellas». (N. del T.)

en el grande aunque común error de confundir lo inusitado con lo abstruso. Pero precisamente por estas desviaciones del plano de lo corriente, es por donde la razón hallará su camino, si ello es posible, en la investigación de la verdad. En indagaciones como las que ahora estamos haciendo, no debemos preguntarnos tanto «¿qué ha ocurrido?» como «¿qué ha ocurrido que no había ocurrido jamás hasta ahora?». En realidad, la facilidad con que yo llegaré, o he llegado ya, a la solución de ese misterio está directamente relacionada con su aparente insolubilidad a los ojos de la policía.

Yo clavé los ojos en mi interlocutor, con mudo asombro.

—Ahora estoy esperando —continuó diciendo y mirando hacia la puerta de nuestra habitación—, estoy ahora esperando a una persona que, aunque tal vez no sea quien ha perpetrado esas carnicerías, bien podría estar complicada en cierta medida en su perpetración. De la peor parte de los crímenes cometidos, es probable que resulte inocente. Espero que no me equivoque en esta suposición; porque sobre ella fundo mi esperanza de descifrar todo el enigma. Yo espero a ese hombre aquí, en esta habitación, de un momento a otro. Verdad es que puede no venir; pero lo más probable es que venga. Si viene es menester detenerlo. Aquí tenemos pistolas; y ambos sabemos para lo que sirven cuando lo exigen las circunstancias.

Yo tomé las pistolas, sin saber apenas lo que me hacía, ni creer lo que oía, mientras Dupin continuaba hablando, casi como en soliloquio. Ya he hablado de sus maneras abstraídas en semejantes momentos. Sus palabras se dirigían a mí; pero su voz, aunque no muy alta, ofrecía la entonación comúnmente empleada en hablar con una persona que se halla muy distante. Sus ojos, sin expresión, miraban sólo a la pared.

—Está completamente demostrado por la experiencia —dijo— que las voces que oyeron disputar las personas que subían las escaleras no eran las voces de aquellas dos mujeres. Esto nos descarga de cualquier duda acerca de si la anciana pudo haber matado primero a su hija y suicidarse después. Hablo de este punto sólo por obediencia al método; porque, debido a su fuerza, madame L'Espanaye hubiera sido totalmente incapaz de arrastrar el cuerpo de su hija chimenea arriba, como fue encontrado; y la naturaleza de las heridas halladas en su cuerpo excluye por completo la idea del suicidio.

Luego el asesinato ha sido cometido por terceras personas; y las voces de estas personas son las que se oyeron disputar. Permítame ahora hacerle notar no todo cuanto se ha declarado acerca de esas voces, sino lo que hay de particular en esas declaraciones. ¿Ha observado usted en ellas algo de particular?

Yo había observado que mientras todos los testigos coincidían en suponer que la voz grave era la de un francés, había mucho desacuerdo en cuanto a la voz aguda, o, como uno de ellos la calificó, la voz áspera.

—Eso es la evidencia misma —dijo Dupin—, pero no la peculiaridad de esa evidencia. Usted no ha notado nada característico. Y, sin embargo, algo había que observar. Los testigos, como usted ha notado, estuvieron de acuerdo en cuanto a la voz grave; en esto eran unánimes. Pero en cuanto a la voz aguda, su particularidad consiste no en que se hallen en desacuerdo, sino en que cuando un italiano, un inglés, un español, un holandés y un francés intentan describirla, cada uno habla de ella como si fuese la de un extranjero. Cada uno de ellos está seguro de que no era la voz de un compatriota suyo. Cada cual la compara no a la voz de un individuo de cualquier nación cuyo lenguaje conoce, sino a todo lo contrario. El francés supone que era la voz de un español y «hubiera podido distinguir algunas palabras, si hubiera estado familiarizado con el español». El holandés sostiene que fue la de un francés; pero hallamos la afirmación de que «por no conocer el francés, el testigo fue interrogado por medio de un intérprete». El inglés piensa que fue la voz de un alemán y «no entiende alemán». El español «está seguro» de que era la de un inglés; pero «juzga por la entonación» únicamente, «porque no tiene ningún conocimiento de inglés». El italiano piensa que fue la voz de un ruso, pero «jamás ha conversado con un natural de Rusia». Un segundo francés difiere, con todo, del primero y está seguro de que aquella voz era la de un italiano, pero, «aunque no conoce esta lengua», está, como el español, «convencido de su entonación». Ahora bien, ¡qué singularmente inusitada debía de ser realmente aquella voz para que pudieran darse tales testimonios de ella! ¡En sus inflexiones, unos ciudadanos de las cinco grandes divisiones de Europa no pueden reconocer nada que les sea familiar! Usted dirá que bien podía haber sido la voz de un asiático o de un africano. Ni los asiáticos ni los africanos abundan en París; pero, sin negar su inferencia, yo quiero ahora llamar su atención nada más que sobre tres puntos. Aquella voz es descrita por uno de los testigos como «más bien áspera que aguda». Otros dos la representan «rápida y desigual». No hubo palabras, en este caso no hubo sonido que se pareciese a las palabras que ninguno de los testigos mencione como distinguible.

»Yo no sé —continuó Dupin— qué impresión puedo haber causado en el entendimiento de usted; pero no vacilo en decir que las legítimas deducciones hechas sólo con esta parte de los testimonios obtenidos (la parte referente a las voces graves y agudas) bastan para engendrar una sospecha que bien podría dirigirnos para todo ulterior avance en la investigación del misterio. He dicho "deducciones legítimas"; pero mi intención no queda así del todo explicada. Yo únicamente quiero decir que esas deducciones son las únicas adecuadas y que mi sospecha se origina en ellas inevitablemente como su única conclusión. Cuál sea exactamente esa sospecha no lo diré todavía. Únicamente deseo hacerle comprender a usted que, para mí, tiene fuerza suficiente para dar una forma definida, una determinada tendencia, a mis indagaciones en aquella habitación.

»Transportémonos en imaginación a aquella sala. ¿Qué es lo primero que buscaremos allí? Los medios de evasión utilizados por los asesinos. No es menester decir que ninguno de los dos creemos ahora en acontecimientos sobrenaturales. Madame y mademoiselle L'Espanaye no han sido asesinadas por espíritus. Los que cometieron el crimen eran seres materiales y escaparon por medios materiales. ¿De qué manera, pues? Por dicha, sólo hay una manera de razonar acerca de este punto, y esta manera deberá conducirnos a una resolución precisa. Examinemos, uno por uno, los posibles medios de evasión. Claro está que los asesinos se hallaban en la habitación donde fue encontrada mademoiselle L'Espanaye, o al menos en la habitación contigua, cuando el grupo de personas subía por las escaleras. De modo que sólo debemos investigar las salidas que tienen esas dos habitaciones. La policía ha dejado al descubierto los pavimentos, los techos y la mampostería de las paredes en todas direcciones. No hubieran podido escapar a su vigilancia salidas secretas. Pero no fiándome de sus ojos, he querido examinarlo todo con los míos. Pues bien, no había allí salidas secretas. Las dos puertas de las habitaciones que daban al pasillo estaban cerradas muy aseguradamente, con las llaves por dentro. Vamos a ver las chimeneas. Éstas, aunque de anchura corriente hasta una altura de ocho o diez pies sobre los hogares, no pueden dar cabida, en toda su longitud, ni a un gato corpulento. La imposibilidad de salida, por los medios ya indicados, es, pues, absoluta, y, por lo tanto, no nos quedan más que las ventanas. Por la de la habitación que da a la fachada principal nadie hubiera podido escapar, sin notarlo la muchedumbre que había en la calle. Los asesinos han de haber pasado, pues, por las de la habitación trasera. Ahora, conducidos a esta conclusión de manera tan inequívoca, no podemos, si bien razonamos, rechazarla, tomando en cuenta imposibilidades evidentes. Sólo nos queda demostrar que esas evidentes "imposibilidades" no son tales en realidad.

»Hay dos ventanas en la habitación. Una de ellas no está obstruida por el mobiliario, y queda completamente visible. La parte inferior de la otra queda oculta a la vista por la cabecera del pesado armazón de la cama, que está muy estrechamente pegado a ella. La primera de estas ventanas estaba fuertemente cerrada y asegurada por dentro. Resistió a los más violentos esfuerzos de los que se afanaron por levantarla. A la parte izquierda de su bastidor se halló barrenado un ancho agujero y un clavo muy grueso hundido en él casi hasta la cabeza. Examinando la otra ventana, se halló atravesado en ella un clavo parecido; y un empeñado esfuerzo para levantar su bastidor fracasó también. La policía quedaba ya completamente convencida de que la salida no se había efectuado en tales direcciones. Y, por lo tanto, se tuvo por superfluo extraer aquellos clavos y abrir las ventanas.

»Mi examen fue algo más detenido y ello por la razón ya expresada: porque yo sabía que allí era menester probar que todas aquellas imposibilidades no eran tales en realidad.

»Yo razoné de este modo *a posteriori.* Los asesinos han debido escapar por una de esas ventanas. Siendo así, no pueden haber vuelto a cerrar los bastidores por dentro como se han hallado; consideración que, por su evidencia, atascó las investigaciones de la policía por aquella parte. Y, con todo, los bastidores estaban cerrados y asegurados. Era, pues, necesario que pudieran cerrarse por sí mismos. No había manera de escapar a esta conclusión. Me fui, pues, a la ventana donde no había estorbos, extraje el clavo con cierta dificultad y probé a levantar el bastidor. Resistió a todos mis esfuerzos como yo me figuraba. Ahora ya sabía, pues, que debía de haber algún resorte secreto; y esta corroboración de mi idea me convenció de que al menos mis premisas eran correctas, por muy misteriosas que aparaciesen las circunstancias referentes a los clavos. Una cuidadosa investigación pronto me hizo descubrir el oculto resorte. Lo apreté, y, satisfecho ya con mi descubrimiento, me abstuve de levantar el bastidor.

»Entonces volví a colocar el clavo y lo miré atentamente. Una persona que pasara por aquella ventana podía haberla vuelto a cerrar y el resorte haber funcionado solo, pero el clavo no podía haber sido colocado. La conclusión era obvia y estrechaba más todavía el campo de mis investigaciones. Los asesinos debían de haber escapado por la otra ventana. Suponiendo, pues, que los resortes de cada bastidor fuesen los mismos, como era probable, debía de existir una diferencia entre los clavos, o al menos entre las maneras de clavarlos. Me subí al correaje de la armadura de la cama y examiné por cima de su cabecera, minuciosamente, la segunda ventana. Pasando la mano por detrás de la tabla, descubrí y apreté el resorte, que era, como había yo supuesto, idéntico en forma a su vecino. Entonces miré bien su clavo. Era tan grueso como el otro. Y estaba aparentemente clavado de igual manera, hundido casi hasta la cabeza.

»Usted dirá tal vez que me quedé perplejo; pero si usted piensa eso, no ha comprendido bien la naturaleza de estas deducciones. Para usar una frase deportiva, no me ha hallado ni una vez "en falta"; no se ha perdido el rastro, no se ha perdido ni un instante. No ha habido un solo defecto en ningún eslabón de la cadena. He rastreado el secreto hasta su consecuencia final y esa consecuencia era el clavo. Tenía, digo, en todos sus aspectos, la apariencia de su compañero de la otra ventana pero esto no era absolutamente nada (tan decisivo como parecía ser) comparado con la consideración de que en aquel punto terminaba toda mi pista. "Debe de haber algún defecto —me decía yo—, en ese clavo". Lo toqué; y su cabeza, con casi un cuarto de pulgada de su espiga, se me quedó en los dedos. El resto de la espiga estaba en el orificio barrenado, donde había sido roto. La fractura era antigua (porque sus bordes estaban incrustados de herrumbre), y, según parecía, había sido compuesto de un martillazo que había hundido una porción de la cabeza del clavo en la superficie del bastidor. Entonces volví a colocar cuidadosamente aquella parte en la mella de donde la había separado, y su semejanza con un clavo perfecto fue completa, la fisura era invisible. Apretando luego el resorte, levanté suavemente el bastidor unas pulgadas; la cabeza del clavo subió con él, quedando firme en su agujero. Cerré la ventana y la apariencia de clavo entero era otra vez perfecta.

»El enigma, hasta aquí, ya estaba resuelto. El asesino se había escapado por la ventana que daba sobre la cama. Al bajar la ventana por sí misma luego de escapar por ella (o tal vez al ser deliberadamente cerrada), había quedado sujeta por el resorte, y era la sujeción de este resorte lo que había engañado a la policía, que pensó que era aquélla la sujeción del clavo, por lo cual se había considerado innecesario continuar aquella investigación.

»El problema siguiente era el de cómo bajó el asesino. Acerca de este punto yo había quedado satisfecho en mi paseo con usted alrededor del edificio. A unos cinco pies y medio de la ventana en cuestión pasa la cadena de un pararrayos. Por aquella cadena hubiera sido imposible que nadie pudiese llegar a la ventana, y no digo nada entrar por ella. Con todo, observé que los postigos del cuarto piso eran de una especie particular llamados por los carpinteros parisienses *ferrades,* una especie raramente usada hoy, pero que se ve con frecuencia en las casas antiguas de Lyon y Burdeos. Tienen la forma de una puerta ordinaria (de una, no de dos hojas) y su mitad superior está enrejada o trabajada a manera de celosía, por lo cual ofrecen un excelente agarradero para las manos. En el caso presente, aquellos postigos tienen su buena anchura de tres pies y medio. Cuando los vimos desde la parte trasera de la casa, estaban los dos abiertos casi hasta la mitad, es decir, que formaban un ángulo recto con la pared. Es probable que la policía haya examinado la parte trasera de la finca; pero si lo ha hecho, al mirar aquellas *ferrades* en el sentido de su anchura (como deben de haberlo hecho), no se han dado cuenta de aquella gran anchura o, en todo caso, no le han dado la debida importancia.

En realidad, una vez se han convencido de que no podía efectuarse la huida por aquel lado, no le han concedido sino un examen harto superficial. Para mí era, sin embargo, cosa clara que el postigo perteneciente a la ventana que estaba a la cabeza de la cama, si se abría del todo hasta que tocase en la pared, llegaría a unos dos pies de la cadena del pararrayos. También era evidente que, con el esfuerzo de un valor y una actividad excepcionales, podía muy bien haberse entrado por aquella ventana desde la cadena. Al llegar a aquella distancia de dos pies y medio (supongamos ahora el postigo completamente abierto) un ladrón podía haber hallado un firme asidero en aquel labrado de celosía. Soltando luego su sostén en la cadena, apoyando sus pies firmemente en la pared y saltando atrevidamente, podía haber impelido el postigo de modo que se cerrase, y, desde luego, suponiendo que entonces se hallase abierta la ventana, hubiese ido a parar al interior de la habitación.

»Tenga usted muy presente que he hablado de una actividad muy extraordinaria, indispensable para tener éxito en una acción tan arriesgada y dificultosa. Mi propósito ha sido demostrarle a usted, en primer lugar, que es posible que esa acción se haya realizado; pero, en segundo lugar y muy principalmente, deseo grabar en su entendimiento el muy extraordinario, el casi preternatural carácter de la agilidad con que pueda haberse realizado.

»Usted me dirá sin duda, usando el lenguaje de la ley, que para "defender mi causa" debería más bien depreciar la actividad requerida en aquel caso que insistir en valorarla enteramente. Eso se podrá hacer en la práctica forense, pero no corresponde al oficio de la razón. Mi finalidad consiste en la verdad, únicamente. Y mi propósito inmediato, en conducir a usted a que parangone esa inusitada actividad de que acabo de hablarle con esa peculiarísima voz aguda (o áspera) y desigual, acerca de cuya nacionalidad no se han hallado ni dos personas que estuviesen de acuerdo y en cuya pronunciación no ha sido posible descubrir silabeo alguno.

Al oír aquellas palabras comenzó a formarse en mi espíritu una vaga idea de lo que pensaba Dupin. Me parecía encontrarme al borde de la comprensión, sin que pudiera comprender todavía, como los que, a veces, se hallan a punto de recordar, sin ser capaces, al fin, de lograrlo. Mi amigo continuó su razonamiento:

—Usted habrá comprendido —dijo— que he llevado la cuestión del modo de salida al de entrada. Mi propósito ha sido sugerir que ambas fueron efectuadas de igual manera y por un mismo sitio. Volvamos ahora al interior de la habitación. Estudiemos sus aspectos. Los cajones de la cómoda, se ha dicho, han sido saqueados, aunque algunas prendas de vestir han quedado en ellos. La conclusión es absurda. Se trata de una mera conjetura (muy necia, por cierto) y nada más. ¿Cómo sabemos que todos esos objetos hallados en los cajones no eran todo lo que contenían? Madame L'Espanaye y su hija vivían una vida extremadamente retirada: no se relacionaban con nadie, salían raramente, tenían pocos motivos para numerosos cambios de vestir. Los objetos que se han encontrado eran, por lo menos, del mismo valor que cualquiera de los que probablemente pudieran poseer aquellas señoras. Si un ladrón hubiese tomado alguno, ¿por qué no tomar los mejores?, ¿por qué no llevárselos todos? En una palabra, ¿hubieran abandonado cuatro mil francos en oro para cargarse con un fardo de ropa blanca? El oro fue abandonado. Casi toda la cantidad de dinero mencionada por monsieur Mignaud, el banquero, fue hallada en talegas sobre el pavimento. Por lo tanto, yo quisiera descartar del pensamiento de usted la desatinada idea de un motivo, engendrado en los cerebros de la policía por esa parte de la prueba que se refiere al dinero entregado a la puerta de la casa. Coincidencias diez veces más notables que ésta (entrega de moneda y asesinato cometido en la persona que lo recibe) se nos presentan a todos a cada hora de nuestras vidas, sin llamarnos la atención ni siquiera momentáneamente. Por lo general, las coincidencias constituyen grandes tropiezos en el camino de esa clase de pensadores, educados de tal manera que no saben nada de la teoría de las probabilidades, esa teoría a la cual los más gloriosos objetos de la investigación humana deben lo más glorioso del saber. En el ejemplo actual, si el oro hubiese desaparecido, el hecho de su entrega tres días antes hubiera podido formar algo más que una coincidencia. Hubiera podido corroborar esa idea de un motivo. Pero, dadas las reales circunstancias del caso, si hemos de suponer que el oro ha sido el motivo de ese crimen, debemos también imaginar que quien lo ha cometido ha sido tan vacilante, tan idiota, que ha abandonado a la vez su oro y el motivo de su crimen.

»Fijando firmemente en nuestro pensamiento los puntos acerca de los cuales yo he llamado su atención (aquella voz peculiar, aquella agilidad inusitada y aquella sorprendente ausencia de motivo en un crimen de tan singular atrocidad como éste), vamos a examinar esa carnicería. Tenemos a una mujer estrangulada a fuerza de manos y metida hacia arriba en una chimenea, con la cabeza hacia abajo. Los asesinos ordinarios no emplean semejantes maneras de asesinar. Y mucho menos obran de ese modo con el asesinado. En la manera de introducir violentamente el cuerpo chimenea arriba deberá usted admitir que hubo algo de excesivamente exagerado, algo completamente irreconciliable con nuestras nociones comunes acerca de las acciones humanas, aun cuando supongamos que los autores sean los hombres más depravados que se pueda imaginar. Piense usted, además, qué enorme debió de haber sido esa fuerza que pudo introducir tan violentamente el cuerpo hacia arriba en una abertura como aquélla que los esfuerzos unidos de varias personas apenas bastaron para arrastrarlo hacia abajo.

»Fijémonos ahora en otras indicaciones del empleo de un vigor maravillosísimo. En el hogar había unas espesas guedejas de canosos cabellos humanos. Habían sido arrancados con sus raíces. Usted sabe la mucha fuerza que es necesaria para arrancar de la cabeza sólo veinte o treinta cabellos juntos. Usted ha visto aquellas guedejas tan bien como yo. Sus raíces (¡horrendo espectáculo!) estaban grumosas de fragmentos de carne del cuero cabelludo, prueba segura de la fuerza prodigiosa que fue menester para arrancar tal vez un millón de cabellos a un mismo tiempo. La garganta de la anciana, no sólo estaba cortada, sino que la cabeza había sido completamente separada del cuerpo, y el instrumento para ello fue sólo una navaja de afeitar. Le ruego que atienda también a la brutal ferocidad de tales acciones. De las magulladuras en el cuerpo de madame L'Espanaye no es menester hablar. Monsieur Dumas y su digno auxiliar monsieur Etienne han declarado que habían sido causadas por algún instrumento contundente; y en esto aquellos señores han acertado. Ese instrumento fue, sin duda alguna, el pavimento de piedra del patio, sobre el cual la víctima cayó desde la ventana que da encima de la cama. Esta idea, por muy sencilla que ahora parezca, escapó a la policía por la misma razón que no advirtió la anchura de los postigos, porque, con el asunto de los clavos, su comprensión quedó herméticamente sellada para la posibilidad de que las ventanas hubiesen podido ser abiertas jamás.

»Si ahora, como añadidura a todas estas cosas, ha reflexionado usted adecuadamente acerca del extraño desorden de la habitación, ya hemos podido llegar al punto de combinar las ideas de una agilidad pasmosa, una fuerza sobrehumana, una ferocidad brutal, una carnicería sin motivo, una grotesquería dentro de lo horrible, absolutamente ajena a la naturaleza humana, y una voz extranjera por su acento para los oídos de hombres de varias naciones y desprovista de todo silabeo distinguible o inteligible. ¿Qué resulta, pues, de todo esto? ¿Qué impresión ha causado en la imaginación de usted?

Sentí un escalofrío cuando Dupin me hizo aquella pregunta.

—Un loco —dije— ha cometido ese crimen, algún demente furioso que se ha escapado de alguna *Maison de Santé* vecina.

—En algunos aspectos —me respondió—, su idea no es desacertada. Pero las voces de los locos, hasta en sus más feroces paroxismos, nunca se parecen a esa voz peculiar oída desde las escaleras. Los locos pertenecen a algún país y su lenguaje, aunque incoherente en sus palabras, tiene siempre la coherencia de su silabeo. Además, el cabello de un loco no se parece al que yo tengo en la mano. He desenredado este mechoncito de los dedos rígidamente crispados de madame L'Espanaye. Dígame lo que puede usted inferir de esto.

—¡Dupin! —dije completamente desalentado—. Ese cabello es rarísimo, ese cabello no es humano.

—Yo no he dicho que lo fuese —me contestó—, pero antes que decidamos acerca de este punto, le ruego que examine ese pequeño esbozo que he dibujado en este papel. Es un facsímile sacado de lo que una parte de los testigos han descrito como «cárdenas magulladuras y profundas mellas causadas por uñas», en el cuello de mademoiselle L'Espanaye, y otros (los señores Dumas y Etienne), como «serie de manchas lívidas, impresiones evidentes de unos dedos».

»Usted comprenderá —continuó mi amigo, desplegando el papel sobre la mesa, ante nuestros ojos— que este dibujo da la idea de una presión firme y poderosa. No hay aquí deslizamiento visible. Cada dedo ha mantenido, posiblemente hasta la muerte de la víctima, el espantoso agarro con que se hundió en el primer instante. Pruebe usted ahora a poner todos sus dedos a la vez, en las respectivas impresiones, tales como las ve aquí.

En vano lo intenté.

—Pudiera ser que no aplicásemos a este punto el ensayo que requiere —dijo él—. El papel se halla extendido sobre una superficie plana; pero la garganta humana es cilíndrica. Aquí tenemos un zoquete de leña, cuya circunferencia es aproximadamente la de la garganta. Arrolle en él este dibujo y pruebe otra vez su experimento.

Así lo hice; pero la dificultad aún fue más evidente que la primera vez.

—Ésta —dije— no es la huella de una mano humana.

—Ahora, lea —prosiguió Dupin— este pasaje de Cuvier.

Era una descripción anatómica, minuciosa y general, del gran orangután leonado de las islas de la India Oriental. La estatura gigantesca, la fuerza y la actividad prodigiosas, la salvaje ferocidad y las tendencias imitadoras de estos mamíferos son harto conocidas en todo el mundo. Desde el primer momento comprendí todos los horrores de aquellos asesinatos.

—La descripción de los dedos —dije yo, cuando acabé de leer— está completamente de acuerdo con este dibujo. No hallo otro animal sino el orangután de la especie aquí mencionada que pueda haber marcado entalladuras como las que usted ha dibujado. Ese mechón de pelo fulvo es también idéntico al del animal descrito por Cuvier. Pero no hallo manera de comprender las circunstancias de tan espantoso misterio. Además, se oyeron disputar dos voces y una de ellas era indiscutiblemente la de un francés.

—Es verdad; y usted recordará una expresión atribuida casi unánimemente, por los testigos, a esa voz: la expresión *Mon Dieu!* La cual, en tales circunstancias, ha sido caracterizada por uno de los testigos (Montani, el confitero) como expresión de protesta o reconvención. En estas voces, por lo tanto, yo he fundado mis esperanzas de una completa solución del enigma. Hay un francés conocedor del asesinato. Es posible —en realidad mucho más que probable— que él sea inocente de toda participación en los hechos sangrientos que han ocurrido. El orangután puede habérsele escapado. Él puede haber seguido su rastro hasta aquella habitación, pero en medio de las agitadas circunstancias que se produjeron pudo no haberlo podido recapturar. El animal anda todavía suelto. Yo no me propongo continuar estas conjeturas, puesto que no tengo derecho a calificarlas de otro modo, porque los vislumbres de reflexión en que se fundan alcanzan apenas la suficiente profundidad para ser apreciables hasta para mi propia inteligencia, y porque menos puedo pretender hacerlas inteligibles para la comprensión de otra persona. Las llamaremos, pues, conjeturas, y como tales hablaremos de ellas. Si el francés en cuestión es, en realidad, como yo supongo, inocente de aquella atrocidad, este anuncio que yo dejé la pasada noche, cuando regresábamos, en las oficinas de *Le Monde* (un periódico dedicado a los asuntos marítimos), nos lo traerá a nuestro domicilio.

Me presentó un periódico; y yo leí lo que sigue:

> Captura. En el Bois de Boulogne, a primeras horas de la mañana del día ** de los corrientes [la mañana del crimen], se ha encontrado un enorme orangután de la especie de Borneo. Su propietario (de quien se sabe que es un marinero, perteneciente a un navío maltés) podrá recuperar su animal, dando de él satisfactoria identificación, y pagando algunos pequeños gastos ocasionados por su captura y manutención. Dirigirse al N.º***, *rue***, faubourg* Saint-Germain *** tercero.

—Pero ¿cómo es posible —pregunté— que sepa usted que el hombre es un marinero y que pertenece a un barco maltés?

—Yo no lo conozco —dijo Dupin—. No estoy seguro de su existencia. Pero aquí tengo un pedacito de lazo que, por su forma y su aspecto grasiento, ha sido evidentemente usado para anudar los cabellos en forma de esas largas coletas a que son tan aficionados los marineros. Además, ese lazo es uno de los que muy pocas personas saben anudar, y es peculiar de los malteses. Yo encontré esta cinta al pie de la cadena del pararrayos.

No podía pertenecer a ninguna de las dos víctimas. En todo caso, si me he equivocado en mis deducciones acerca de esta cinta, esto es, al pensar que ese francés es un marinero perteneciente a un navío maltés, no habré causado ningún daño a nadie al decir lo que digo en ese anuncio. Si he cometido error, él supondrá que me han engañado algunas circunstancias, que no se tomará el trabajo de inquirir. Pero si he acertado, habremos ganado un punto muy importante. Conocedor, aunque inocente del crimen, ese francés vacilará entre responder o no al anuncio, en si debe o no reclamar el orangután. Razonará de este modo: «Soy inocente; soy pobre; mi orangután vale mucho dinero, un verdadero caudal para un hombre que se halla en mi situación, ¿por qué debo perderlo por vanas aprensiones de peligro? Ahí lo tengo, a mi alcance. Fue hallado en el Bois de Boulogne, a gran distancia del escenario de aquella carnicería. ¿Cómo podría sospecharse que un bruto haya podido cometer semejante acción? La policía se halla despistada, no ha podido ofrecer el menor indicio. Hasta en el caso de que sospechasen del animal, sería imposible demostrar que yo conozco el crimen, ni enredarme en culpabilidad porque lo conociera. Y, sobre todo, me conocen. El anunciante me señala como posesor del animal. Ignoro hasta qué punto se extiende ese conocimiento. Si evito el reclamar una propiedad de tan gran valor, y que se sabe que es mía, acabaré por hacer sospechoso al animal. No sería prudente llamar la atención sobre mí, ni sobre él. Contestaré, pues, a ese anuncio, recuperaré mi orangután, y lo guardaré encerrado hasta que se haya disipado este asunto».

En aquel momento oímos unos pasos en la escalera.

—Prepárese usted —dijo Dupin—, con sus pistolas, pero no haga uso de ellas ni las muestre hasta que yo le haga una señal.

Habíamos dejado abierta la puerta principal de la casa, y el visitante había entrado sin llamar, y subido algunos peldaños de la escalera. Pero, ahora, parecía vacilar. Oímos que bajaba. Dupin se fue rápidamente para la puerta, cuando lo oímos subir otra vez. Ahora ya no se volvía atrás por segunda vez, sino que subía decididamente, y llamaba a la puerta de nuestra habitación.

—Adelante —dijo Dupin—, con voz alegre y satisfecha.

Entró un hombre. Era, sin duda, un marinero, un hombre alto, fornido, musculoso, con cierta expresión de arrogancia no del todo antipática. Su rostro muy atezado tenía más de la mitad oculta por las patillas y el bigote. Traía un grueso garrote de roble, pero no parecía traer otras armas. Saludó inclinándose desmañadamente y nos dijo un «buenos días», con acento francés, el cual, aunque algo suizo, bien daba a conocer su origen parisiense.

—Siéntese usted, amigo —dijo Dupin—. Supongo que viene usted a reclamar su orangután. Le doy palabra de que casi se lo envidio a usted, ¡hermoso animal, y, a no dudarlo, de mucho precio! ¿Qué edad le atribuye usted?

El marinero dio un largo suspiro, como quien se quita un gran peso de encima, y luego contestó, con voz segura:

—No puedo decirle a usted, pero no podrá tener más de cuatro o cinco años. ¿Lo tiene usted aquí?

—¡Oh, no! No tiene esto condiciones para guardarlo. Está en una cuadra de alquiler, en la *rue* Dubourg, muy cerca de aquí. Podrá usted recuperarlo mañana por la mañana. ¿Desde luego viene usted preparado para demostrar su propiedad?

—Sin duda alguna, señor.

—Sentiré mucho desprenderme de él —dijo Dupin.

—Yo no pretendo que se haya usted tomado tanto trabajo sin que tenga su recompensa, señor —dijo aquel hombre—. Eso ni pensarlo. Y estoy muy dispuesto a pagar una gratificación por el hallazgo del animal; eso sí, cosa puesta en razón.

—Bien —respondió mi amigo—, todo eso está muy conforme, sin duda alguna. ¡Vamos a ver! ¿Qué voy a pedir yo? ¡Ah!, ya lo sé; voy a decírselo. Mi recompensa será ésta: usted me dirá todo lo que sepa acerca de esos asesinatos de la *rue* Morgue.

Dupin dijo estas últimas palabras en voz muy baja y con mucha tranquilidad. Con la misma tranquilidad se fue hacia la puerta, la cerró y se metió la llave en el bolsillo. Luego sacó de su seno la pistola y la colocó, sin mostrar la menor agitación, sobre la mesa.

El rostro del marinero se encendió como si luchase con un arrebato de sofocación. Se puso de pie y empuñó su garrote; pero acto seguido se dejó caer en la silla, temblando violentamente, y con rostro de moribundo. No dijo ni una palabra. Lo compadecí de todo corazón.

—Amigo mío —dijo Dupin, en tono bondadoso—, se alarma usted innecesariamente, se lo digo a usted de veras. No nos proponemos causarle daño alguno. Le doy a usted mi palabra de honor como caballero y como francés de que no intentamos perjudicarle. Yo sé muy bien que es usted inocente de las atrocidades de la *rue* Morgue. Pero no puedo negar que en cierto modo se halla usted complicado en ellas. Por lo que acabo de decirle, puede usted comprender que he tenido medios de información acerca de este asunto, medios con los cuales no hubiera usted podido ni soñar. Ahora el caso se presenta de este modo: usted no ha hecho nada que haya podido evitar, nada, ciertamente, que lo haga a usted culpable. No se le puede acusar de haber robado, habiendo podido hacerlo impunemente. No tiene nada que ocultar. No tiene usted motivos para ocultarlo. Por otra parte, está usted obligado por todos los principios del honor a confesar todo lo que sepa. Se halla encarcelado un hombre inocente, acusado de ese crimen cuyo autor puede usted indicar.

El marinero había recobrado mucho de su presencia de ánimo, cuando Dupin hubo pronunciado estas palabras; pero había desaparecido toda la arrogancia de sus maneras.

—Así Dios me salve —dijo— que yo le contaré a usted todo lo que sé acerca de este asunto, pero no espero que me crea usted ni en la mitad de lo que diga; estaría loco si lo esperase. Y, a pesar de ello, soy inocente, y quiero hablar con toda franqueza aunque me cueste la vida.

Lo que declaró fue, en sustancia, esto: recientemente había hecho un viaje al archipiélago índico. Un grupo, del que él formaba parte, desembarcó en Borneo y pasó al interior para hacer una excursión de recreo. Entre él y un compañero capturaron aquel orangután. Aquel compañero murió, y el animal quedó de su exclusiva propiedad. Después de muchos trabajos, ocasionados por la intratable ferocidad de su cautivo durante el viaje de regreso, por fin logró encerrarlo felizmente, en su propio domicilio de París, donde, para no atraer la molesta curiosidad de los vecinos, lo tuvo cuidadosamente recluido, hasta el momento en que pudo restablecerlo de una herida que se había hecho en un pie, con una astilla, a bordo del navío. Su resolución definitiva había sido venderlo.

Ahora bien, al volver a su casa después de una francachela con algunos marineros, una noche, mejor dicho, la madrugada del crimen, halló al animal instalado en su alcoba, en la cual había podido penetrar desde un cuartito contiguo, donde lo había encerrado, según él pensaba con toda seguridad. Con una navaja de afeitar en la mano y todo enjabonado, estaba sentado delante de un espejo, probando la operación de afeitarse, en la que sin duda había observado a su amo, acechándolo por el ojo de la llave. Aterrorizado al ver un arma tan peligrosa en posesión de un animal tan feroz, y tan capaz de servirse de ella, aquel hombre, durante unos momentos, se quedó sin saber qué hacer.

Con todo, había podido lograr habitualmente apaciguar al animal, aun en sus arranques más feroces, por medio de un látigo, y a éste recurrió también en aquella ocasión. Pero al ver el látigo, el orangután saltó de pronto fuera de la habitación, echó escaleras abajo, y de allí, por una ventana que, desgraciadamente, estaba abierta, saltó a la calle.

El francés lo siguió desesperado; el mono, llevando todavía la navaja de afeitar en la mano, de cuando en cuando se volvía para mirar hacia atrás y hacer muecas a su perseguidor, hasta que éste llegaba cerca de él. Y entonces escapaba otra vez. De este modo continuó la persecución mucho tiempo. Las calles estaban en profundo silencio, porque eran casi las tres de la madrugada. Al descender por una callejuela situada detrás de la *rue* Morgue, la atención del fugitivo fue detenida por una luz que brillaba por la ventana abierta de la habitación de madame L'Espanaye en el cuarto piso de la casa. Se precipitó hacia la casa, vio la cadena del pararrayos, trepó con inconcebible agilidad por ella, se agarró al postigo que estaba abierto de par en par hasta la pared y, balanceándose agarrado de aquella manera, saltó directamente sobre la cabecera de la cama. Todo esto apenas duró un minuto. El orangután, al entrar en la habitación, había rechazado con las patas el postigo, que volvió a quedar abierto.

Mientras tanto, el marinero estaba a la vez contento y perplejo. Tenía mucha esperanza de poder ahora capturar al bruto, que difícilmente podría escapar de la trampa donde se había metido, como no fuera por la cadena, donde podría salirle al paso cuando por ella bajase. Por otra parte, no le faltaban grandes motivos de inquietud por lo que el animal pudiera hacer dentro de la casa. Esta última reflexión hostigó a aquel hombre a seguir persiguiendo al fugitivo. Una cadena de pararrayos se sube sin dificultad, especialmente cuando uno es marinero; pero, cuando hubo llegado a la altura de la ventana, que estaba sobrado apartada a su izquierda, hubo de hacer alto en su viaje; todo cuanto podía lograr era alargarse para poder dar una ojeada al interior de la habitación. Al dar aquella ojeada, por poco se deja caer de su agarradero con el exceso de su horror. Entonces fue cuando se levantaron aquellos horribles chillidos, en el silencio de la noche, que habían despertado de su sueño a los inquilinos de la *rue* Morgue. Madame L'Espanaye y su hija, con sus ropas de dormir, habían estado, según parece, arreglando unos papeles en la arquita de hierro ya mencionada y que había sido llevada hasta el centro de la habitación. Estaba abierta y su contenido estaba en el suelo junto a ella. Las víctimas estaban, sin duda, sentadas de espaldas a la ventana; y, por el tiempo que pasó entre el ingreso del animal y los gritos, parece probable que no lo vieron en seguida. El golpeteo del postigo debió de ser naturalmente atribuido al viento.

Cuando el marinero miró dentro, el gigantesco animal había agarrado a madame L'Espanaye por los cabellos (que los llevaba sueltos, por haber estado peinándolos) y estaba blandiendo la navaja de afeitar junto a su cara, imitando los gestos de un barbero. La hija yacía tendida en el suelo, inmóvil; se había desmayado. Los gritos y los forcejeos de la anciana señora (durante los cuales fue arrancado el cabello de su cabeza) produjeron el efecto de cambiar los probables propósitos pacíficos del orangután en los de la cólera. Con un resuelto gesto de su musculoso brazo, le separó casi la cabeza del cuerpo. La vista de la sangre inflamó su ira en frenesí. Rechinándole los dientes y despidiendo lumbre por los ojos, se lanzó sobre el cuerpo de la joven y hundió sus espantosas garras en su garganta, manteniendo su agarro hasta que ella expiró. Su mirada extraviada y salvaje se dirigió en aquel momento a la cabecera de la cama, sobre la cual el rostro de su amo, rígido de horror, se distinguía apenas en la oscuridad. La furia del animal, que se acordaba todavía del temido látigo, se convirtió instantáneamente en miedo. Conociendo que había merecido ser castigado, parecía deseoso de ocultar sus sangrientas acciones, y comenzó a saltar por la habitación, con la angustia de su agitación nerviosa, derribando y destrozando los muebles a su paso y arrancando la cama de su armadura. Para terminar, primero agarró el cuerpo de la hija y lo introdujo en la chimenea, como fue hallado; luego el de la anciana señora, al que inmediatamente arrojó por la ventana, de cabeza.

Cuando el mono se acercó a la ventana con su mutilada carga, el marinero retrocedió despavorido hacia la cadena del pararrayos, y más resbalando por ella que agarrándose, se fue acto seguido y precipitadamente a su casa, temiendo las consecuencias de aquella carnicería y abandonando de buena gana, tal fue su terror, todo cuidado por lo que pudiera ocurrirle al orangután. Las palabras oídas por el grupo en la escalera eran, pues, las exclamaciones de horror y espanto del francés, mezcladas con las diabólicas jerigonzas del bruto.

Apenas me queda nada que añadir. El orangután debió de escapar de la habitación por la cadena del pararrayos, poco antes del amanecer. Debió de cerrar maquinalmente la ventana al pasar por ella. Tiempo después fue capturado por su propio dueño, que obtuvo por él buena cantidad de dinero en el Jardin des Plantes. Le Bon fue dejado en libertad inmediatamente, luego de contar nosotros lo que había sucedido (con algunos comentarios por parte de Dupin) en el despacho del prefecto de Policía. Aquel funcionario, aunque muy bien dispuesto para con mi amigo, no podía disimular del todo su pesar al ver el giro que el asunto había tomado, y se permitió un par de frases sarcásticas, acerca de la falta de corrección en las personas que se entrometían en las funciones a él pertinentes.

—Déjelo usted que digan —me dijo luego Dupin, que no creyó necesario replicar—. Él que vaya charlando; así se aliviará la conciencia. Por mi parte estoy satisfecho de haberlo vencido en su propio terreno. Sin embargo, el haberle fallado la solución de este misterio no es cosa tan extraña como él supone; porque, en verdad, nuestro amigo el prefecto se pasa lo bastante de agudo para poder pensar con profundidad. Su ciencia carece de base. Es todo cabeza y no cuerpo, como las pinturas que representan a la diosa Laverna[6], o, por decir mejor, todo cabeza y espaldas, como un bacalao. Pero, a fin de cuentas, es una buena persona. Me agrada sobre todo por un truco maestro de su astucia, al cual debe el haber alcanzado su fama de hombre de talento. Me refiero a su manera *de nier ce qui est, et d'expliquer ce qui n'est pas*[7,8].

---

6   Diosa romana de los ladrones y de los impostores. (N. del T.)

7   Rousseau, *Nueva Eloísa*. (N. de E. A. Poe)

8   «De negar lo que es y explicar lo que no es». (N. del T.)

LA CARTA ROBADA
Edgar Allan Poe

> Nada es para la sabiduría más
> odioso que la excesiva agudeza.
>
> SÉNECA

En París, después de una tormentosa noche, en el otoño de 18**, gozaba yo de la doble voluptuosidad de la meditación y de una pipa de espuma de mar, en compañía de mi amigo C. Augusto Dupin, en su pequeña biblioteca privada o gabinete de lectura, situada en el piso tercero del número 33 de la *rue* Dunôt, en el barrio de Saint-Germain. Durante una hora, por lo menos, habíamos permanecido en un profundo silencio. Cada uno de nosotros, para cualquier observador, hubiese parecido intensa y exclusivamente atento a las volutas de humo que adensaban la atmósfera de la habitación. En lo que a mí respecta, sin embargo, discutía mentalmente ciertos temas que habían constituido nuestra conversación en la primera parte de la noche. Me refiero al asunto de la *rue* Morgue y al misterio relacionado con el asesinato de María Roget. Consideraba yo aquello, por tanto, como algo coincidente, cuando la puerta de nuestra habitación se abrió dando paso a nuestro antiguo conocido monsieur G***, prefecto de la policía parisiense.

Le acogimos con una cordial bienvenida, pues aquel hombre tenía su lado simpático, así como su lado despreciable, y no le habíamos visto hacía varios años. Como estábamos sentados en la oscuridad, Dupin se levantó entonces para encender una lámpara; pero volvió a sentarse, sin hacer nada, al oír decir a G*** que había venido para consultarnos, o más bien para pedir su opinión a mi amigo, sobre un asunto oficial que le había ocasionado muchos trastornos.

—Si es un caso que requiere reflexión —observó Dupin, desistiendo de encender la mecha—, lo examinaremos mejor en la oscuridad.

—Ésta es otra de sus extrañas ideas —dijo el prefecto, quien tenía la costumbre de llamar «extrañas» a todas las cosas que superaban su comprensión, y que vivía así entre una legión completa de «extrañezas».

—Es muy cierto —convino Dupin, ofreciendo a su visitante una pipa y arrastrando hacia él un cómodo sillón.

—Y bien, ¿cuál es la dificultad? —pregunté—. Espero que no sea nada relacionado con el género asesinato.

—¡Oh, no! Nada de eso. De hecho, el asunto es muy sencillo en realidad, y no dudo que podríamos arreglárnoslas bastante bien nosotros solos; pero luego he pensado que a Dupin le agradaría oír los detalles de esto, porque es sumamente «extraño».

—Sencillo y extraño —subrayó Dupin.

—Pues sí, y no es exactamente ni una cosa ni otra. De hecho es que nos ha traído grandes quebraderos de cabeza ese asunto por ser tan sencillo y, a la par, tan desconcertante.

—Quizá sea la gran sencillez de la cosa la que los induce al error —dijo mi amigo.

—¡Qué insensatez está usted diciendo! —replicó el prefecto, riendo de buena gana.

—Quizá el misterio sea un poco demasiado sencillo —dijo Dupin.

—¡Oh, Dios misericordioso! ¿Quién ha oído alguna vez semejante idea?

—Un poco demasiado evidente.

—¡Ja, ja, ja! ¡Ja, ja, ja! ¡Jo, jo, jo! —gritaba nuestro visitante, enormemente divertido—. ¡Oh, Dupin! ¿Quiere usted hacerme morir de risa?

—¿De qué se trata, en fin de cuentas? —pregunté.

—Pues voy a decírselo —anunció el prefecto, lanzando una larga y densa bocanada, a la vez que se arrellanaba en su asiento—. Voy a decírselo en pocas palabras. Pero, antes de comenzar, me permito advertirle que se trata de un asunto que requiere el mayor secreto. Y que perdería yo, muy probablemente, el puesto que ocupo en la actualidad si se supiera que se lo he confiado a alguien.

—Empiece ya —le invité.

—O no empiece —dijo Dupin.

—Bueno, empezaré. Estoy informado personalmente, por fuente muy elevada, de que cierto documento de la mayor importancia ha sido robado de las habitaciones reales. Se sabe quién es el individuo que lo ha robado, esto no admite duda. Le han visto robarlo. Y se sabe, también, que lo tiene en su poder.

—¿Cómo se ha sabido? —preguntó Dupin.

—Se infiere claramente —replicó el prefecto— de la naturaleza del documento y de la no aparición de ciertos resultados que habrían tenido lugar en seguida, si no estuviese el documento en poder del ladrón. Es decir, si fuera utilizado para el fin que debe él proponerse.

—Sea usted un poco mas explícito —insté al prefecto.

—Pues bien, me arriesgaré a decir que ese papel confiere a su poseedor cierto poder en cierto lugar, poder que es de una valía inmensa.

El prefecto era muy aficionado a la jerga y a los rodeos diplomáticos.

—Sigo sin entender absolutamente nada —dijo Dupin.

—¿No? Pues bien, trataré de ser más claro. La revelación de ese documento a una tercera persona, cuyo nombre silenciaré, pondría en entredicho el honor de alguien del más alto rango, y esto daría al poseedor del documento un ascendiente sobre esa ilustre personalidad, cuyo honor y tranquilidad se hallan así comprometidos.

—Pero ese ascendiente —interrumpí— depende de que el ladrón sepa que la persona robada le conoce. ¿Quién se atrevería...?

—El ladrón —dijo G***— es el ministro D***, que se atreve a todo; lo mismo a lo que es indigno que a lo que es digno de un hombre. El procedimiento del robo es tan ingenioso como audaz. El documento en cuestión (una carta, para ser franco) ha sido recibido por la persona robada estando a solas en el regio *boudoir*. Mientras lo leía cuidadosamente, fue interrumpida de pronto por la entrada de otro ilustre personaje, a quien ella deseaba especialmente ocultarlo. Después de precipitados y vanos esfuerzos para meterlo en un cajón, se vio obligada a dejarlo, abierto como estaba, sobre una mesa. La dirección, no obstante, estaba vuelta y el contenido, por tanto, era ilegible; de modo que la carta pasó inadvertida. En ese momento entra el ministro D***. Sus ojos de lince ven en seguida el papel, reconocen la letra y la dirección, observan la confusión de la persona a quien iba dirigido, y el ministro descubre su secreto. Después de despachar algunos asuntos, con la celeridad en él acostumbrada, saca una carta un tanto parecida a la misiva en cuestión; la abre, finge leerla y luego la coloca muy cerca de la otra. Vuelve a conversar durante unos quince minutos sobre los asuntos públicos. Y, por último, se despide y coge de la mesa la carta a la que no tiene derecho. La legítima poseedora lo ve; pero, naturalmente, no se atreve a llamar la atención sobre aquel acto en presencia del tercer personaje que está junto a ella. El ministro se marcha, dejando su propia carta, una carta sin importancia, sobre la mesa.

—Ahí tiene usted —me dijo Dupin—, ahí tiene usted precisamente lo que se requería para que el ascendiente fuese completo: el ladrón sabe que la persona robada le conoce.

—Sí —asintió el prefecto—, y el poder alcanzado así lo ha usado con amplitud desde hace algunos meses para sus fines políticos; hasta un punto muy peligroso. La persona robada está cada día más convencida de la necesidad de recuperar su carta. Pero esto, sin duda, no puede hacerse abiertamente. Al fin, impulsada por la desesperación, me ha encargado el asunto.

—Era imposible, supongo —me dijo Dupin, lanzando una perfecta voluta de humo—, elegir, e incluso imaginar, un agente más sagaz.

—Usted me adula —replicó el prefecto—, pero es posible que hayan tenido en cuenta esta opinión.

—Está claro —dije—, como usted ha hecho observar, que la carta se halla aún en posesión del ministro, puesto que es esa posesión, y no el uso de la carta, lo que le confiere su poder. Con el uso ese poder desaparece.

—Es cierto —afirmó G***—, y con esa convicción he procedido. Mi primer cuidado ha sido efectuar una pesquisa en la residencia del ministro, y allí mis primeros apuros han estribado en la necesidad de buscar sin que él lo supiese. Por encima de todo estaba yo prevenido contra el peligro existente en darle motivo para que sospechase nuestro propósito.

—Pero —observé— se halla usted completamente *au fait*[1] en estas investigaciones. La policía parisiense ha hecho eso más de una vez.

—¡Oh, sí! Y por esa razón no desespero. Además, las costumbres del ministro me proporcionan una gran ventaja. Está ausente con frecuencia de su casa por la noche. No tiene muchos criados. Duermen éstos a cierta distancia de la habitación de su amo. Y como, por otro lado, son casi todos napolitanos, están siempre dispuestos a emborracharse. Poseo, como usted sabe, llaves con las cuales puedo abrir todos los cuartos o gabinetes de París. Durante tres meses no ha pasado una noche cuya mayor parte no la haya dedicado en persona a registrar el hotel de D***. Mi honor está en juego. Y, para terminar de confiarle el gran secreto, la recompensa es muy crecida. Por eso no he abandonado la búsqueda hasta estar por completo convencido de que ese hombre es más astuto que yo. Creo que he registrado cada escondrijo y cada rincón de la casa en los cuales podría estar oculto el papel.

—Pero —sugerí— ¿no sería posible que, aunque la carta estuviera en posesión del ministro, y lo está indudablemente, la hubiera escondido él en otra parte que en su propia casa?

—Eso no es posible en absoluto —aseguró Dupin—. La situación peculiar actual de los asuntos de la corte, y en especial de esas intrigas en las que D*** está, como se sabe, envuelto, hace de la eficacia inmediata del documento, de la posibilidad de ser presentado en el momento, un punto de una importancia casi igual a su posesión.

—¿La posibilidad de ser presentado? —dije.

—Es decir, de ser destruido —dijo Dupin.

—De seguro —observé—, ese papel está en la casa. En cuanto a que lo lleve encima el ministro, podemos considerar esta hipótesis de todo punto como ajena a la cuestión.

---

1   'Al corriente'. (N. del T.)

—De todo punto —dijo el prefecto—. Le he hecho atracar dos veces por dos maleantes y su persona ha sido rigurosamente registrada bajo mi propia inspección.

—Podía usted haberse ahorrado esa molestia —opinó Dupin—. D***, por lo que presumo, no está loco rematado, y, por tanto, ha debido prever esos atracos como cosa natural.

—No está loco rematado —dijo G***—, pero es un poeta. Por lo cual, para mí, se halla muy cerca de la locura.

—Es cierto —admitió Dupin, después de lanzar una larga bocanada de humo de su pipa de espuma—, aunque sea yo mismo culpable de ciertas aleluyas.

—Denos usted detalles precisos de su busca —dijo mi amigo.

—Pues bien, el hecho es que nos hemos tomado tiempo y hemos buscado por todas partes. Tengo una larga experiencia en estos asuntos. Hemos recorrido la casa entera, cuarto por cuarto, dedicando las noches de toda una semana a cada uno. Hemos examinado primero el mobiliario de cada habitación y hemos abierto todos los cajones posibles, y supongo que sabrá usted que, para un agente de policía convenientemente adiestrado, un cajón secreto no resulta una cosa imposible. Es un mastuerzo todo hombre que en una pesquisa de ese género permite que un cajón secreto escape a su búsqueda. ¡La cosa es tan sencilla! Hay en cada estancia una cubicación de la cual puede uno darse cuenta. Tenemos para eso reglas exactas. Ni la quincuagésima parte de una línea en sus medidas puede escapársenos. Después de las habitaciones nos hemos dedicado a las sillas. Los almohadones han sido sondeados con esos finos aguijones que me ha visto usted emplear. Hemos quitado los tableros de las mesas.

—¿Y eso para qué?

—A veces el tablero de una mesa, o de cualquier otra pieza semejante del mobiliario, es levantado por la persona que desea esconder un objeto. Ahueca entonces la pata, deposita el objeto dentro de la cavidad y vuelve a colocar el tablero. Los fondos y remates de las columnas de las camas son utilizados para el mismo fin.

—Pero ¿no puede descubrirse ese hueco por el sonido? —pregunté.

—No hay manera, si ha sido depositado el objeto envuelto en un relleno de algodón suficiente. Además, en nuestro caso, nos veíamos obligados a actuar sin hacer ruido.

—Pero ustedes no han podido desmontar todas las piezas de moblaje en las cuales hubiera sido factible depositar un objeto de la manera que usted ha indicado. Una carta puede ser enrollada en una espiral muy fina, parecidísima en su forma a una aguja de hacer punto, y ser así introducida dentro del palo de una silla, por ejemplo. ¿Han desmontado ustedes las piezas de todas las sillas del aposento?

—Ciertamente no. Pero hemos hecho algo mejor. Hemos examinado los palos de cada silla en el hotel, e incluso las junturas de toda clase de muebles, con ayuda de un potente microscopio. Si hubiese habido un indicio cualquiera de una alteración reciente, no hubiéramos dejado de descubrirlo al punto. Un solo grano de polvo de berbiquí, por ejemplo, habría aparecido tan visible como una manzana. Cualquier alteración en la cola, una simple grieta en las junturas, hubiese bastado para asegurar su descubrimiento.

—Supongo que habrán ustedes examinado los espejos, entre la luna y la chapa, y que habrán registrado las camas y sus ropas, lo mismo que las cortinas y alfombras.

—¡Naturalmente! Y, cuando hubimos examinado cada partícula del mobiliario de ese modo, examinamos la propia casa. Dividimos su superficie entera en compartimientos que numeramos, para que así no se nos olvidase ninguno. Después examinamos cada pulgada cuadrada por todas partes, incluyendo las dos casas contiguas, con el microscopio, como antes.

—¡Las dos casas contiguas! —exclamé—. Ha debido usted de afrontar grandes dificultades.

—En efecto, pero la recompensa ofrecida es prodigiosa.

—¿Incluye usted los pisos de las casas?

—Todos los suelos son de ladrillo. En comparación con lo demás, eso nos ha dado poco trabajo. Hemos examinado el musgo entre los ladrillos, y lo hemos encontrado intacto.

—Habrá usted mirado entre los papeles de D***, por supuesto, y dentro de los libros de su biblioteca, como es natural.

—Sin duda alguna. Hemos abierto cada paquete y cada bulto. Y no sólo hemos ojeado todos los libros, sino que hemos pasado hoja por hoja de cada volumen. No nos contentamos con una simple sacudida, según suelen hacer algunos de nuestros oficiales de policía. Hemos medido también el espesor de cada pasta de libro con la más exacta minuciosidad, aplicando a cada una las más escudriñadoras miradas del microscopio. Si se hubiera introducido algo en una de las encuadernaciones, habría sido del todo imposible que el hecho escapase a nuestra observación. Unos cinco o seis volúmenes, que acababan de salir de manos del encuadernador, fueron cuidadosamente sondeados, en sentido longitudinal, con las agujas.

—¿Han explorado ustedes los suelos por debajo de las alfombras?

—Sin duda alguna. Hemos quitado todas las alfombras y examinado las tablas con el microscopio.

—¿Y los papeles de las paredes?

—Sí.

—¿Han registrado las cuevas?

—Lo hemos hecho.

—Entonces —dije—, han incurrido ustedes en un error, y la carta no está en la casa, como usted supone.

—Temo que tenga usted razón en eso —dijo el prefecto—. Y ahora, Dupin, ¿qué me aconseja que haga?

—Una investigación concienzuda en la casa.

—Eso es completamente inútil —replicó G***—. No estoy tan seguro de que respiro como de que la carta no se halla en el hotel.

—No tengo mejor consejo que darle —dijo Dupin—. ¿Posee usted, supongo, una descripción exacta de la carta?

—¡Oh, sí!

Y aquí el prefecto, sacando una cartera de apuntes, se puso a leernos en alta voz una minuciosa reseña del aspecto interno, y en especial del externo, del documento perdido. Al poco rato de terminar la lectura de aquella descripción, se despidió el buen señor, más decaído de ánimo de lo que lo había yo visto nunca hasta entonces.

Un mes después, aproximadamente, nos hizo otra visita, encontrándonos casi en la misma ocupación que la otra vez. Tomó una silla, sacó una pipa de un bolsillo, se puso a fumar e inició una conversación baladí. Por último, le dije:

—Bueno, G***, pero ¿qué hay de la carta robada? Supongo que al final se habrá usted resignado a pensar que no es cosa sencilla ganar en listeza al ministro.

—¡Que el diablo le confunda! —exclamó G***—. Sí; realicé, a pesar de todo, ese nuevo examen que Dupin sugería. Pero fue labor perdida, como yo suponía.

—¿A cuánto asciende la recompensa de la que usted habló? —quiso saber Dupin.

—Pues a una gran cantidad... Es una recompensa muy generosa... No sé a cuánto asciende exactamente. Pero le diré una cosa. Y es que me comprometería yo a entregar por mi cuenta un cheque de cincuenta mil francos a quien pudiese conseguirme esa carta. El hecho es que el asunto adquiere cada día mayor importancia y la recompensa ha sido doblada recientemente. Sin embargo, y aunque la tripliquen, no podría yo hacer más de lo que hice.

—Pues sí —dijo Dupin, arrastrando siempre las palabras, entre las bocanadas de su pipa de espuma—. Realmente..., creo, G***, que no se ha esforzado usted... todo lo que podía en este asunto. Yo creo que podría hacer un poco más, ¿no?

—¡Cómo!... ¿En qué sentido?

—Pues —dos bocanadas— podría usted —otras dos bocanadas— aplicar el consejo sobre esta cuestión, ¿eh? —tres bocanadas—. ¿Recuerda usted la historia que cuentan de Abernethy?

—No, ¡maldito Abernethy!

—De acuerdo; ¡al diablo y buen viaje! Pero escuche... Una vez, cierto hombre rico concibió el propósito de obtener gratis una consulta médica de Abernethy. Con tal fin entabló con él en una casa particular una conversación corriente, a través de la cual insinuó su caso al galeno, como si se tratase de un individuo imaginario: «Supongamos, dijo el avaro, que sus síntomas

son tales y cuales, y ahora, doctor, ¿qué le mandaría usted que tomase?».
«Pues le mandaría que tomase... el consejo de un médico, seguramente».

—Pero —dijo el prefecto, un poco desconcertado— estoy por completo dispuesto a buscar consejo y a pagarlo. Daría, realmente, cincuenta mil francos a quien quisiera ayudarme en este asunto.

—En ese caso —replicó Dupin, abriendo un cajón y sacando un talonario de cheques—, puede usted llenarme un cheque por esa suma. Cuando lo haya usted firmado, le entregaré la carta.

Me quedé estupefacto. El prefecto parecía fulminado. Durante unos minutos permaneció callado e inmóvil, mirando con aire incrédulo a mi amigo; con la boca abierta y los ojos como fuera de las órbitas. Luego, pareció volver en sí algún tanto. Tomó una pluma y, después de alguna vacilación, acabó por llenar y firmar un cheque de cincuenta mil francos, que tendió, por encima de la mesa, a Dupin. Éste lo examinó cuidadosamente y se lo guardó en la cartera. Después, abriendo uno de los cajones de su escritorio, sacó de él una carta y se la dio al prefecto. El funcionario la asió dando evidentes muestras de alegría, la abrió con mano trémula, echó una rápida ojeada a su contenido y luego, precipitándose a la puerta, se fue sin más ceremonia. Salió de la habitación y de la casa sin haber pronunciado una sílaba desde que Dupin le había pedido que llenase el cheque.

Cuando se hubo marchado, mi amigo entró en algunas explicaciones:

—La policía parisiense es sumamente hábil en su oficio. Sus agentes son perseverantes, ingeniosos y astutos, están versados a fondo en los conocimientos que requieren sus funciones. Por eso, cuando G*** nos detalló la manera de efectuar las pesquisas en el hotel de D***, tenía yo entera confianza en que habían realizado una investigación satisfactoria, hasta donde alcanza su labor...

—¿Hasta donde alcanza su labor? —repetí.

—Sí —afirmó Dupin—. Las medidas adoptadas eran no sólo las mejores en su género, sino que se realizaron con una perfección absoluta. Si la carta hubiera sido depositada dentro del radio de sus investigaciones, esos mozos la habrían encontrado, sin la menor duda.

Reí un poco simplemente, pero él parecía haber dicho aquello muy en serio.

—Las medidas —prosiguió— eran buenas en su género. Y habían sido bien ejecutadas. Pero su defecto estribaba en ser inadecuadas al caso de ese hombre. Hay una serie de recursos muy ingeniosos que son para el prefecto una especie de lecho de Procusto al cual adapta al cabo todos sus planes. Pero yerra a todas horas por excesiva profundidad o por demasiada superficialidad en el caso en cuestión. Muchos colegiales razonan mejor que él. He conocido uno de ocho años de edad, cuyo éxito como adivinador en el juego de pares y nones causa la admiración universal. Este juego es sencillo y se juega con bolas. Uno de los participantes tiene en la mano cierto número de esas bolas y pregunta a otro si ese número es par o impar. Si éste lo adivina con exactitud, el adivinador gana una; si yerra, pierde una. El muchacho a quien aludo ganaba todas las bolas de la escuela; naturalmente, tenía un sistema de adivinación que consistía en la simple observación y en la apreciación de la astucia de sus contrincantes. Por ejemplo, supongamos que su adversario sea un bobalicón y que alzando su mano cerrada le pregunta: «¿Nones o pares?». Nuestro colegial replica: «Nones», y pierde. Pero en la segunda prueba, gana. Porque se dice a sí mismo: «El bobalicón ha puesto pares la primera vez y toda su astucia le va a impulsar a poner nones en la segunda. Diré, por tanto: "Nones"». Dice «Nones» y, en efecto, gana. Ahora bien, este sistema de razonamiento del colegial, con un adversario un poco menos simple, lo variaría él razonando así: «Este chico ve que en el primer caso ha dicho "Nones", y en el segundo se propondrá, es la primera idea que se le ocurrirá, efectuar una ligera variación de "pares" a "nones" como hizo el bobalicón. Pero una segunda reflexión le dirá que es ésa una variación demasiado sencilla. Y, por último, se decidirá a poner "pares" como la primera vez. Diré, por tanto: "Pares"». Dice «Pares», y gana. Pues bien, este sistema de razonamiento de nuestro colegial, que sus camaradas llaman «suerte», en último análisis, ¿qué es?

—Es sencillamente —dije— una identificación del intelecto de nuestro razonador con el de su contrario.

—Eso es —convino Dupin—, y cuando pregunté al muchacho de qué manera efectuaba él esa perfecta identificación en la cual consistía su éxito, me dio la siguiente respuesta: «Cuando quiero saber hasta qué punto es alguien listo o tonto, hasta qué punto es bueno o malo, o cuáles son en el momento presentes sus pensamientos, modelo la expresión de mi cara, lo más exactamente que puedo, de acuerdo con la expresión de la suya, y espero entonces para saber qué pensamientos o qué sentimientos nacerán en mi mente o en mi corazón, como para emparejarse o corresponder con la expresión». Esta respuesta del colegial supera en mucho toda la profundidad sofística atribuida a La Rochefoucauld, a La Bruyère, a Maquiavelo y a Campanella.

—Y la identificación del intelecto del razonador con el de su adversario depende —deduje—, si le comprendo a usted bien, de la exactitud con que el intelecto de su contrincante sea estimado.

—En la evaluación práctica depende de eso —confirmó Dupin—, y si el prefecto y toda su cohorte se han equivocado con tanta frecuencia, ha sido, primero, por carencia de esa identificación, y, en segundo lugar, por una apreciación inexacta. O, más bien, por la no apreciación de la inteligencia con la que se miden. No ven ellos más que sus propias ideas ingeniosas y cuando buscan algo escondido, sólo piensan en los medios que hubieran empleado para ocultarlo. Tienen mucha razón en lo de que su propia ingeniosidad es una fiel representación de la de la multitud; pero, cuando la astucia del malhechor es diferente de la de ellos, ese malhechor, naturalmente, los embauca... No deja eso nunca de suceder cuando su astucia está por encima de la de ellos, lo cual ocurre muy a menudo, incluso cuando está por debajo. No varían su sistema de investigación. Todo lo más, cuando se encuentran incitados por algún caso insólito y... por alguna recompensa extraordinaria, exageran y llevan a ultranza sus viejas rutinas. Pero no modifican en nada sus principios. En el caso de D***, por ejemplo, ¿qué se ha hecho para cambiar el sistema de actuar? ¿Qué son todas esas perforaciones, esas búsquedas, esos sondeos, ese examen al microscopio, esa división de las superficies en pulgadas cuadradas y numeradas? ¿Qué es todo eso sino exageración, al aplicarlo, de uno de los principios de investigación que están fundados sobre un orden de ideas referente a la ingeniosidad humana, y al que el prefecto se ha habituado en la larga rutina de sus funciones? ¿No ve usted que él considera como cosa demostrada que todos los hombres que quieren esconder una carta utilizan, si no precisamente un agujero hecho con berbiquí en la pata de una silla, al menos alguna cavidad, algún rincón muy extraño, cuya inspiración han tomado del mismo registro de ideas que el agujero hecho con un berbiquí? ¿Y no ve usted también que escondites tan rebuscados sólo se emplean en ocasiones ordinarias y sólo son adoptados por inteligencias ordinarias? Porque en todos los casos de objetos escondidos, esa manera ambiciosa y torturada de ocultar el objeto es, en principio, presumible y presumida. Así, su descubrimiento no depende en modo alguno de la perspicacia, sino sólo del cuidado, de la paciencia y de la decisión de los buscadores. Pero cuando se trata de un caso importante, o, lo que es igual a los ojos de la policía, cuando la recompensa es considerable, ve uno cómo todas esas buenas cualidades fracasan indefectiblemente. Comprenderá usted ahora lo que yo quería decir al afirmar que, si la carta robada hubiera estado escondida en el radio de investigación de nuestro prefecto, o, dicho de otra forma, si el principio inspirador hubiera estado comprendido en los principios del prefecto, la habría él descubierto de un modo seguro, infalible. Sin embargo, ese funcionario ha sido engañado por completo y la causa primera, original, de su derrota estriba en la suposición de que el ministro es un loco, porque ha conseguido hacerse una reputación como poeta. Todos los locos son poetas. Es la manera de pensar del prefecto. Y tan sólo es él culpable de una falsa distribución del término medio al inferir de eso que todos los poetas están locos.

—¿Pero es, realmente, poeta? —pregunté—. Sé que son dos hermanos y que ambos han logrado fama en la literatura. El ministro, según creo, ha escrito un libro muy notable sobre el cálculo diferencial e integral. Es un matemático y no un poeta.

—Se equivoca usted. Le conozco muy bien. Es poeta y matemático. Y como poeta y matemático ha debido razonar con exactitud. Como simple matemático, no hubiese razonado en absoluto, y habría quedado así a merced del prefecto.

—Semejante opinión —opiné— tiene que asombrarme. Está desmentida por la voz del mundo entero. No intentará usted aniquilar una idea madurada por varios siglos. La razón matemática está desde hace largo tiempo considerada como la razón *par excellence*.

—*Il y a à parier* —replicó Dupin, citando a Chamfort— *que toute idée publique, toute convention reçue, est une sottise car elle a convenue au plus grand nombre*[2]. Los matemáticos, le concedo esto, han hecho cuanto han podido por propagar el error popular a que usted alude, el cual, aun habiendo sido propagado como verdad, no por eso deja de ser un error. Por ejemplo, nos han acostumbrado, con un arte digno de mejor causa, a aplicar el término *análisis* a las operaciones algebraicas. Los franceses son los culpables originarios de ese engaño particular, pero si se reconoce que los términos de la lengua poseen una importancia real, y si las palabras cobran su valor por su aplicación, ¡oh!, entonces concedo que análisis significa 'álgebra', poco más o menos como en latín *ambitus* significa 'ambición'; *religio*, 'religión', y *homines honesti,* 'la clase de hombres *honorables'.*

—Veo que va usted a tener un choque con algunos de los algebristas de París, pero continúe.

—Impugno la validez. Y, por consiguiente, los resultados de una razón cultivada por medio de cualquier forma especial que no sea la lógica abstracta. Impugno especialmente el razonamiento ganado del estudio de las matemáticas. Las matemáticas son la ciencia de las formas y de las cantidades. El razonamiento matemático no es más que la simple lógica aplicada a la forma y a la cantidad. El gran error consiste en suponer que las verdades que se llaman «puramente algebraicas» son verdades abstractas o generales. Y este error es tan enorme que me maravilla la unanimidad con que es acogido. Los axiomas matemáticos no son axiomas de una verdad general. Lo que es cierto en una relación de forma o de cantidad resulta a menudo un error craso con relación a la moral, por ejemplo. En esta última ciencia, suele ser falso que la suma de las fracciones sea igual al todo. De igual modo, en química el axioma yerra. En la apreciación de una fuerza motriz, yerra también, pues dos motores, que son cada cual de una potencia dada, no poseen necesariamente, cuando están asociados, una potencia igual a la suma de sus potencias tomadas por separado. Hay una gran cantidad de

---

2 «Puede apostarse que toda idea pública, toda convención admitida, es una necedad, porque ha convenido a la mayoría». (N. del T.)

otras verdades matemáticas que no son verdades sino en límites de relación. Pero el matemático argumenta, incorregible, conforme a sus verdades finitas, como si fueran de una aplicación general y absoluta, valor que, por lo demás, el mundo les atribuye. Bryant, en su muy notable *Mitología,* menciona una fuente análoga de errores cuando dice que, aun cuando nadie cree en las fábulas del paganismo, lo olvidamos nosotros mismos sin cesar, hasta el punto de inferir de ellas deducciones, como si fuesen realidades vivas. Hay, por otra parte, en nuestros algebristas, que son también paganos, ciertas fábulas paganas a las cuales se presta fe y de las que se han sacado consecuencias, no tanto por una falta de memoria como por una incomprensible perturbación del cerebro. En suma: no he encontrado nunca un matemático puro en quien se pudiera tener confianza, fuera de sus raíces y de sus ecuaciones; no he conocido uno solo que no tuviera por artículo de fe que $x2 + px$ es absoluta e incondicionalmente igual a q. Diga a uno de esos señores, en materia de experiencia y si ello le divierte, que cree usted en la posibilidad del caso en que $x2 + px$ no sea absolutamente igual a q, y cuando le haya hecho comprender lo que quiere usted decir, póngase fuera de su alcance. Y con la mayor celeridad posible. Pues, sin duda alguna, intentará acogotarle.

»Quiero decir —continuó Dupin, mientras yo me contentaba con reírme de sus últimas observaciones— que si el ministro no hubiera sido más que un matemático, el prefecto no se habría visto en la necesidad de firmarme ese cheque. Le conocía yo, por el contrario, como matemático y poeta. Y había adoptado mis medidas en razón a su capacidad y teniendo en cuenta las circunstancias en que se hallaba colocado. Sabía yo que era un hombre de corte y un intrigante audaz. Pensé que un hombre así debía de estar, sin duda, al corriente de los manejos policíacos. Por supuesto, debía de haber previsto, y los acontecimientos han venido a demostrarlo, las asechanzas a que estaba sometido. Me dije que habría imaginado las investigaciones secretas en su hotel. Esas frecuentes ausencias nocturnas que nuestro buen prefecto había acogido como ayudas positivas de su futuro éxito, yo las consideraba como simples tretas para facilitar la libre búsqueda de la policía y para persuadirla con mayor facilidad de que la carta no estaba en el hotel.

Sentía yo también que toda esa serie de ideas referentes a los principios invariables de la acción policíaca en los casos de busca de objetos escondidos, ideas que le he explicado hace un momento no sin cierta dificultad, sentía yo que toda esa serie de pensamientos debieron de desplegarse en la mente del ministro, llevándole imperativamente a desdeñar todos los escondrijos usuales. Pensé que aquel hombre no podía ser tan cándido que no adivinase que el escondite más intrincado y remoto de su hotel resultaría tan visible como un armario para los ojos, las pesquisas, los berbiquíes y los microscopios del prefecto. Creía yo, en fin, que él debía de haber tendido por instinto a la sencillez, si no había sido inducido a ello por su propia elección. Recordará usted acaso con qué carcajadas desesperadas acogió el prefecto mi sugerencia, expuesta en nuestra primera entrevista...

—Sí —dije—, recuerdo muy bien su hilaridad. Creí realmente que le iba a dar un ataque de nervios.

—El mundo material —prosiguió mi amigo— está lleno de analogías muy exactas con el inmaterial. Y esto es lo que da cierto tono de verdad a ese dogma retórico de que una metáfora o una comparación pueden fortalecer un argumento e igualmente embellecer una descripción. El principio de la *vis inertiae,* o fuerza de la inercia, parece idéntico en lo físico y en lo metafísico, por ejemplo. No es menos cierto, en cuanto a lo primero, que un cuerpo voluminoso se pone en movimiento más difícilmente que uno pequeño. Y, por consecuencia, su *momentum,* o cantidad de movimiento, está en proporción con esa dificultad. Y en cuanto a lo segundo, los intelectos de amplia capacidad son al mismo tiempo más impetuosos, más constantes y más accidentados en sus movimientos que los de un grado inferior. Son los que se mueven con menos facilidad, los más cohibidos y vacilantes al iniciar su avance. Aun más: ¿ha observado usted alguna vez cuáles son las muestras de tiendas en las calles que atraen más la atención?

—No me he fijado nunca en eso.

—Hay un juego de acertijos que se realiza sobre un mapa. Uno de los jugadores pide a alguien que encuentre un nombre dado. El nombre de una ciudad, de un río, de un Estado o... de un Imperio. Cualquier palabra, en suma, comprendida en la extensión abigarrada e intrincada del mapa. Una persona novata en el juego procura, en general, embrollar a sus adversarios, indicándoles nombres impresos en gruesos caracteres que se extienden desde una punta a la otra del mapa. Estas palabras, como las muestras y los carteles en letras grandes de la calle, escapan a la observación por el hecho mismo de su excesiva evidencia, y aquí el olvido material es precisamente análogo a la inatención moral de una inteligencia que deja pasar las consideraciones demasiado palpables, demasiado patentes. Pero es éste un punto, al parecer, que supera un poco la comprensión del prefecto. No ha creído nunca probable o posible que el ministro haya depositado la carta precisamente ante las narices del mundo entero, como medio mejor de impedir que lo perciba cualquier habitante de ese mundo.

»Pero cuanto más reflexionaba yo sobre la atrevida, arrojada y brillante ingeniosidad de D***, sobre el hecho de que debía de tener siempre a mano el documento para intentar utilizarlo de acuerdo con su propósito —prosiguió Dupin—, y también sobre la evidencia decisiva lograda por el prefecto de que ese documento no estaba escondido dentro de los límites de una investigación ordinaria y en regla, más convencido me sentía de que el ministro había recurrido, para esconder su carta, al modo más amplio y sagaz, que consistía en no intentar esconderla en absoluto.

»Convencido de tales ideas —continuó—, me puse unas gafas verdes y llamé una mañana como por casualidad al hotel del ministro. Encontré a D*** bostezando, holgazaneando y perdiendo el tiempo, pretendiendo estar aquejado del más abrumador aburrimiento. Es él, tal vez, el hombre más enérgico que existe hoy, pero únicamente cuando no le ve nadie.

»Para ponerme a tono con él, me lamenté de la debilidad de mis ojos y de la necesidad en que me encontraba de usar gafas. Pero, a través de aquellas gafas, examiné cuidadosa y minuciosamente la habitación entera, aunque pareciendo estar atento tan sólo a la conversación del dueño de la casa.

»Dediqué una atención especial a una amplia mesa de despacho junto a la cual estaba él sentado y sobre cuyo tablero veíanse reunidas en una mescolanza varias cartas y otros papeles, con uno o dos instrumentos de música y algunos libros. Después de aquel largo y cauto examen, no vi allí nada que excitase una especial sospecha.

»Por último, mis ojos, al recorrer la habitación, cayeron sobre un tarjetero de cartón con filigrana de baratija, colgado por una cinta azul sucia de una anilla, encima justamente de la chimenea. Aquel tarjetero con tres o cuatro compartimientos contenía cinco o seis tarjetas de visita y una carta solitaria. Esta última estaba muy sucia y arrugada y casi partida por la mitad, como si hubiesen tenido el propósito de, en un primer impulso, romperla por completo como un papel inútil y hubiesen luego cambiado de opinión. Tenía un ancho sello negro con la inicial D*** muy a la vista y estaba dirigida, con una letra muy pequeña, al propio ministro. La habían puesto allí al descuido. E incluso, al parecer, con desprecio.

»Apenas eché una ojeada sobre aquella carta llegué a la conclusión de que era la que yo buscaba. Evidentemente, resultaba en su aspecto por completo distinta de aquélla de la cual nos había leído el prefecto una descripción tan minuciosa. En ésta el sello era ancho y negro, con el monograma D***. En la otra, era pequeño y rojo; con el escudo ducal de la familia S***. En ésta la dirección al ministro estaba escrita con una letra diminuta y femenina. En la otra, la dirección a una persona regia aparecía trazada con una letra a todas luces resuelta y personal. El tamaño era su único punto de semejanza. Pero el carácter excesivo de estas diferencias, fundamentales en realidad; la suciedad y el estado deplorable del papel, arrugado y roto, que estaban en oposición con las verdaderas costumbres de D***, tan metódicas, revelaban el propósito de desconcertar a un indiscreto, presentándole las apariencias de un documento sin valor. Todo esto, a lo que debe añadirse la colocación ostentosa del documento, puesto de lleno ante los ojos de todos los visitantes y ajustándose con tanta exactitud a mis conclusiones anteriores, corroboraba admirablemente las sospechas de alguien que acudiese con intención de sospechar.

»Prolongué mi visita el mayor tiempo posible. Y, mientras sostenía una discusión muy animada con el ministro sobre un tema que sabía yo que le interesaba en grado sumo, mantuve mi atención fija sobre la carta. Durante ese examen, recordaba yo su aspecto exterior y la manera de estar colocada en el tarjetero, y al final hice también un descubrimiento que disipó la ligera duda que podía quedarme aún. Al examinar los bordes del papel, observé que estaban más deteriorados de lo que parecía necesario. Ofrecían el aspecto roto de un papel duro, que, habiendo sido doblado y aplastado por la plegadera, es doblado en sentido contrario, aunque por los mismos pliegues que constituían su primera forma. Este descubrimiento me bastó. Era evidente para mí que la carta había sido vuelta como un guante, plegada de nuevo y lacrada otra vez. Di los buenos días al ministro y me despedí inmediatamente de él, dejando una tabaquera de oro sobre la mesa.

»A la mañana siguiente volví a buscar la tabaquera y reanudamos desde luego la conversación del día anterior. Mientras la sosteníamos, una fuerte detonación, como de un pistoletazo, se oyó debajo mismo de las ventanas del hotel, seguida de los gritos y vociferaciones de una multitud aterrada. D*** se precipitó hacia una ventana, la abrió y miró hacia abajo. Al propio tiempo, fui hacia el tarjetero y tomé la carta. La guardé en mi bolsillo y la sustituí por un facsímil, en cuanto al aspecto exterior, que había yo preparado con todo cuidado en casa, imitando el monograma D***; cosa ésta que hice fácilmente, por medio de un sello de miga de pan.

»El alboroto en la calle había sido causado por el capricho insensato de un hombre armado de una escopeta. Había éste disparado en medio de un gentío de mujeres y de niños. Pero, como no estaba cargada con bala, el individuo fue tomado por loco o por borracho, y se le permitió seguir su camino. Cuando se marchó, D*** se retiró de la ventana, adonde le había yo seguido sin tardanza después de haberme asegurado de que tenía la carta en cuestión. A los pocos instantes me despedí de él. Creo casi omiso advertir que el presunto loco era un hombre pagado por mí...

—Pero ¿qué se proponía usted —pregunté— al sustituir la carta por un facsímil? ¿No hubiera sido mejor tomarla simplemente a raíz de su primera visita y haberse ido?

—D*** —explicó Dupin— es un hombre decidido y de gran temple. Además, tiene en su hotel criados fieles a sus intereses. De haber efectuado yo esa tentativa violenta que usted sugiere, no habría salido con vida de su casa. El buen pueblo de París no hubiera oído hablar más de mí. Pero, aparte de estas consideraciones, tenía yo un fin. Ya conoce usted mis simpatías políticas. En este asunto obré como partidario de la dama en cuestión. Hacía dieciocho meses que el ministro la tenía en su poder. Es ella ahora quien lo tiene a él, ya que él ignora que la carta no está ya en su posesión, y querrá utilizarla para uno de sus *chantages* habituales. Va a buscarse él mismo, y en breve, su ruina política. Su caída será tan precipitada como embarazosa. Se habla sin más ni más del *facilis descensus Averni;* pero en materia de ascensiones, como decía la Catalani acerca del canto, es más fácil subir que bajar. En el caso presente no tengo simpatía alguna, ni siquiera piedad, por el ministro. D*** es el *monstrum horrendum,* un hombre genial, pero sin principios. Le confieso, con todo, que me gustaría mucho conocer el carácter exacto de sus pensamientos cuando, retado por la que el prefecto llama «cierta persona», se vea reducido a abrir la carta que dejé para él en su tarjetero.

—¡Cómo! ¿Es que ha puesto usted algo especial en ella?

—¡Ya lo creo! No he creído conveniente dejar el interior en blanco. Eso habría parecido un insulto. D*** me jugó una vez, en Viena, una mala pasada, y le dije en tono de buen humor que me acordaría de aquello. Por eso, como yo estaba seguro de que él sentiría cierta curiosidad por identificar a la persona que le había ganado en listeza, pensé que era una lástima no dejarle algún indicio. Conoce él muy bien mi letra y copié, exactamente en mitad de la página en blanco, estas palabras:

> *... Un desein si funeste,*
> *S'il n'est digne d'Atrée, est digne de Thyeste[3].*

Las encontrará usted en el *Atrée,* de Crébillon.

---

3   «... Tan funesto designio, / si no es digno de Atreo, digno, en cambio, es de Tieste». (N. del T.)

LA CERILLA SUECA

Antón Chéjov

En la mañana del 6 de octubre de 1885, en el despacho del *stanovoy* (jefe local de policía) del segundo distrito, se presentó un joven bien vestido y manifestó que el corneta retirado de la Guardia, Marko Ivanovich Kliansov, había sido asesinado. Mientras declaraba, el joven estaba pálido y muy agitado. Le temblaban las manos y miraba con ojos horrorizados.

—¿Con quién tengo el honor de hablar? —le preguntó el *stanovoy*.

—Soy Pieskov, administrador de Kliansov, agrónomo y mecánico.

El *stanovoy* y los alguaciles que acudieron con Pieskov al lugar del suceso encontraron lo siguiente: junto al pabellón en que vivía Kliansov se aglomeraba la muchedumbre. La noticia del suceso había recorrido con la rapidez de un relámpago todas las cercanías, y la gente por ser día festivo llegaba al pabellón desde todos los alrededores del pueblo. Reinaba un rumor sordo. De cuando en cuando se veían fisonomías pálidas y llorosas. La puerta del dormitorio de Kliansov se hallaba cerrada. La llave estaba colocada en la cerradura por la parte de dentro.

—Por lo visto, los asesinos penetraron por la ventana —observó Pieskov al inspeccionar la puerta.

Se dirigieron a la parte del jardín sobre la que daba la ventana del dormitorio. La ventana, cubierta por un visillo verde y desteñido, tenía un aspecto triste y lúgubre. Un ángulo del visillo aparecía ligeramente doblado, y permitía de este modo ver el interior de la habitación.

—¿Ha mirado alguno de ustedes por la ventana? —preguntó el *stanovoy*.

—No, señor —contestó el jardinero Efrem, anciano bajito, canoso y con cara de sargento retirado—. No está uno para mirar cuando el espanto le hace temblar el cuerpo.

—¡Ay Marko Ivanovich, Marko Ivanovich! —clamó el *stanovoy* mientras miraba hacia la ventana—. Ya te decía yo que ibas a terminar mal. Ya te lo decía yo y no me hacías caso. ¡La corrupción no trae buenos resultados!

—Gracias a Efrem —dijo Pieskov—. Si no hubiera sido por él, no nos habríamos dado cuenta. Él fue el primero a quien se le ocurrió que aquí debía de haber pasado algo. Esta mañana se me presentó y me dijo: «¿Por qué tarda tanto el señor en despertarse? ¡Hace ya una semana que no sale del dormitorio!». En cuanto me lo dijo, sentí como si me hubieran dado un hachazo en la cabeza. En ese instante, caí en la cuenta... Desde el sábado pasado no se dejaba ver, y hoy es ya domingo. ¡Hace siete días! ¡Se dice muy pronto!

—Sí, amigo... —suspiró otra vez el *stanovoy*—. Era un hombre inteligente, culto ¡y tan bueno! Era el primero en todas las reuniones. ¡Pero qué corrupto era el pobre, que en paz descanse! Yo siempre lo esperaba. ¡Stepan! —gritó el *stanovoy* dirigiéndose a uno de los alguaciles—: Ve inmediatamente a mi casa y manda a Andrei para que avise enseguida al *ispravnik* (comisario de distrito). Di que han asesinado a Marko Ivanovich. Y ve a buscar al mismo tiempo al inspector... ¿Hasta cuándo va a seguir allí tomando el fresco? Que venga cuanto antes. Luego te vas a avisar al juez instructor Nicolai Ermolech para que acuda inmediatamente. ¡Espera, te daré una carta!

El *stanovoy* dejó vigilantes alrededor del pabellón, escribió una carta para el juez de instrucción y se marchó a tomar el té a casa del administrador. Al cabo de unos diez minutos estaba sentado en un taburete, mordisqueaba cuidadosamente los terrones de azúcar y sorbía el té, ardiente como una brasa.

—¡Ya, ya...! —exclamaba—. ¡Ya, ya...! Noble rico, «amante de los dioses», como decía Pushkin, ¿y qué ha resultado de todo esto? ¡Nada! Bebedor, mujeriego y... ¡Ahí tiene usted...! Lo han asesinado.

Al cabo de dos horas llegó el juez de instrucción. Nicolai Ermolech Chubikov (así se llamaba el juez), anciano, alto, robusto, de unos sesenta años, desempeñaba su cargo hacía ya un cuarto de siglo. Era célebre en todo el distrito como hombre honrado, inteligente y amante de su profesión. Al lugar del suceso vino también con él su fiel ayudante y escribiente Diukovsky, joven, alto, de unos veintiséis años.

—¿Es posible, señores? —empezó a decir Chubikov al entrar en la habitación de Pieskov, estrechando rápidamente las manos de todos—. ¿Es posible? ¿A Marko Ivanovich lo han asesinado? ¡No, es imposible! ¡Im-po-si-ble!

—Ya lo ve usted... —exclamó suspirando el *stanovoy*.

—¡Señor, Dios mío! ¡Si lo vi el viernes pasado en la feria de Tarabankov! Él y yo estuvimos tomando vodka.

—Pues ya lo ve usted... —volvió a suspirar el *stanovoy*.

Suspiraron, se horrorizaron, tomaron el té y luego se marcharon hacia el pabellón.

—¡Paso! —gritó el inspector a la multitud.

Al entrar en el pabellón, el juez instructor comenzó ante todo a inspeccionar la puerta del dormitorio. La puerta resultó ser de pino, pintada de amarillo, y parecía intacta. No se hallaron señales especiales que pudieran proporcionar algún indicio. Comenzaron a forzar la puerta.

—¡Señores, que se retiren los que estén de más aquí! —dijo el juez de instrucción cuando, después de unos cuantos hachazos, consiguieron romper la puerta—. Se lo ruego a ustedes en interés de la inspección... ¡Inspector, que no entre nadie aquí!

Chubikov, su ayudante y el *stanovoy* abrieron la puerta e indecisamente, uno tras otro, entraron en el dormitorio. A su vista se presentó el siguiente espectáculo: junto a la única ventana había una cama grande con un enorme colchón de plumas. Sobre éste se hallaba una manta arrugada. La almohada, con la funda de indiana, estaba en el suelo, también muy arrugada. Encima de la mesita, que aparecía delante de la cama, había dos relojes de plata y una moneda de veinte kopeks, también de plata... Allí mismo encontraron cerillas azufradas. Aparte de la cama, la mesita y la única silla, no había otros muebles en el dormitorio. Al mirar debajo de la cama, el *stanovoy* vio un par de docenas de botellas vacías y un gran frasco de vodka. Debajo de la mesita estaba tirada una bota cubierta de polvo. Después de haber lanzado una ojeada por la habitación, el juez instructor frunció el entrecejo, se puso colorado y murmuró algo apretando los puños.

—Pero ¿dónde está Marko Ivanovich? —preguntó en voz baja Diukovsky.

—Le ruego a usted que no intervenga en esto —respondió severamente Chubikov—. ¡Tengan ustedes la bondad de mirar bien por el suelo! Este es el segundo caso así que se me presenta en mi carrera —añadió dirigiéndose al *stanovoy* y bajando la voz—. En 1870 tuve un caso igual. Se acordará usted seguramente. El asesinato del comerciante Portretov. Allí también pasó lo mismo. Los canallas lo asesinaron y sacaron el cadáver por la ventana... Chubikov se acercó a la ventana y, después de correr el visillo, la empujó ligeramente. La ventana se abrió.

—Se abre, luego no estaba cerrada... ¡Hum! Hay huellas en el alféizar. ¿Lo ve usted? Aquí están las huellas de las rodillas... Alguien ha entrado por aquí... Hace falta inspeccionar, pero que muy bien, la ventana.

—En el suelo no hay nada de particular —dijo Diukovsky—. Ni manchas ni rasguños. He encontrado solamente una cerilla sueca apagada. ¡Aquí está! Creo recordar que Marko Ivanovich no fumaba; y en su casa utilizaba cerillas azufradas y no suecas. Esta cerilla nos puede servir de indicio.

—¡Cállese usted, hágame el favor! —exclamó el juez de instrucción haciendo un movimiento con la mano—. ¡Venirnos ahora con una cerilla! No puedo soportar las fantasías ardientes. Mejor sería que registrase bien la cama en lugar de buscar cerillas.

Después de inspeccionar la cama, Diukovsky declaró:

—No hay ni una sola mancha de sangre ni de ninguna otra clase... Tampoco hay roturas recientes en el colchón. En la almohada hay huellas de dientes. La manta, en algunas partes, tiene ciertas manchas con olor y sabor a cerveza... El aspecto general del lecho permite suponer que ha habido lucha.

—¡Sin que usted me lo diga sé que ha habido lucha! Nadie le ha preguntado nada de luchas. Antes de buscarlas valdría más...

—Aquí no hay sino una bota, pero no se ve la otra por ninguna parte.

—¿Y qué?

—Pues que lo han estrangulado precisamente cuando se descalzaba. No le dieron tiempo sino de descalzarse un solo pie.

—¡Oh, oh, qué lejos le lleva la fantasía...! ¿Cómo sabe usted que lo han estrangulado?

—En la almohada hay huellas de dientes. Además, está muy arrugada y tirada en el suelo, a unos dos metros y medio de la cama.

—Pero ¿qué historias nos está usted contando? Lo mejor es que nos vayamos al jardín; y a usted le valdría más recorrerlo que estar aquí revolviendo todo esto... Eso lo haré yo sin usted.

Al llegar al jardín, la exploración comenzó por buscar en la hierba, que estaba pisoteada justamente debajo de la ventana. Una mata de bardana que crecía junto a ella y pegada a la pared aparecía tronchada. Diukovsky consiguió descubrir en ella unas cuantas ramitas rotas y un pedazo de algodón. También encontró algunos finos hilos de lana de color azul oscuro.

—¿De qué color era el último traje de Ivanovich? —preguntó Diukovsky a Pieskov.

—De dril amarillo.

—Perfecto. Los asesinos, entonces, llevaban traje azul.

Cortaron unas cuantas yemas de la bardana y las envolvieron muy cuidadosamente en un papel.

En aquel momento llegaron el *ispravnik* Artsebachev Svistkovsky y el médico Tintinyev. El *ispravnik* saludó a todos e inmediatamente se dedicó a satisfacer su curiosidad; el médico, alto y muy delgado, con los ojos hundidos, la nariz larga y la barbilla puntiaguda, sin saludar ni preguntar a nadie, se sentó en un tronco, suspiró y dijo:

—¿Conque los serbios han vuelto otra vez a agitarse? ¿Qué es lo que quieren? No lo sé. ¡Ay, Austria, Austria! ¿Es esto, acaso, cosa tuya?

La inspección de la ventana por la parte exterior no dio resultados. La de la hierba y las matas cercanas a aquélla dieron muchos indicios útiles para la investigación. Diukovsky, por ejemplo, consiguió encontrar en la hierba un reguero de manchas, largo y oscuro, que iba desde la ventana hasta unos metros más allá, a través del jardín. Dicho reguero terminaba debajo de una hilera de matas en una mancha grande de color castaño oscuro. Debajo de la misma mata también fue hallada una bota, que resultó ser la pareja de la que había en el dormitorio.

—¡Esto es sangre, y de hace mucho tiempo! —dijo Diukovsky mirando las manchas.

El médico, al pronunciar Diukovsky la palabra *sangre,* se levantó y lánguidamente lanzó una mirada a las manchas.

—Sí, es sangre —murmuró.

—De modo que, si hay sangre, no fue estrangulado —dijo Chubikov mirando mordazmente a Diukovsky.

—Lo habrán estrangulado en su cuarto y aquí, temiendo que no estuviera bien muerto, tal vez lo hicieron con arma blanca. La mancha que está debajo de la mata demuestra que el cuerpo permaneció ahí bastante tiempo, hasta que los asesinos encontraron el medio de sacarlo del jardín.

—Bien. ¿Y la bota?

—Esta bota me afirma aún más en mi creencia de que lo han matado cuando estaba descalzándose, antes de acostarse. Se habría quitado una sola bota y la otra, es decir, ésta, pudo descalzársela solamente a medias. Luego se desprendió sola al arrastrar hasta aquí el cadáver...

—¡Qué pericia! —exclamó riéndose Chubikov—. ¡Se le ocurren una tras otra! ¿Cuándo aprenderá usted a no entrometerse con sus suposiciones? ¡Valdría más que en lugar de fantasear se ocupara usted de hacer el análisis de la hierba y de la sangre!

Después de la inspección y de haber sacado el plano del lugar, todo el personal se dirigió a casa del administrador para redactar el informe y para comer. Durante la comida hablaron del suceso.

—El reloj, el dinero y otras cosas están intactos —comenzó a decir Chubikov.

—El asesinato no se ha realizado por móviles económicos: tan cierto es esto como que dos y dos son cuatro.

—El asesino debe de ser un hombre inteligente —exclamó, interviniendo, Diukovsky.

—¿De dónde saca usted eso?

—Tengo en mi poder la cerilla sueca, cuyo uso no conocen aún los aldeanos de este país. Esa clase de cerillas la emplean solamente algunos hacendados, pero no todos. No hubo un solo homicida, sino, por lo menos, tres: dos sujetaban a la víctima y el tercero lo estranguló. Kliansov era muy fuerte y los asesinos debían de saberlo.

—¿De qué podría servirle la fuerza si estaba durmiendo?

—Los asesinos debieron de sorprenderlo cuando se descalzaba. Quitarse las botas no quiere decir estar durmiendo.

—¡No hay que inventar historias! ¡Coma usted y no fantasee!

—A mi entender, señor —dijo el jardinero Efrem colocando el samovar encima de la mesa—, este asesinato debe de haberlo cometido Nicolacha.

—Es muy posible —dijo Pieskov.

—¿Y quién es ese Nicolacha?

—El ayuda de cámara del amo, señor —respondió Efrem—. ¿Quién pudo hacerlo sino él? Es un bandido, un bebedor, un mujeriego tan corrompido que... ¡Dios nos libre! Él le llevaba al señor el vodka, él lo acostaba... Así que ¿quién pudo asesinarlo sino él...? Además... me atrevo a declarar ante usted que, en una ocasión, dijo en la taberna que iba a matar al amo. Todo por una mujer... Akulka... Es que tenía relaciones con la mujer de un soldado... Al señor le había gustado e hizo todo lo posible para atraerla y Nicolacha naturalmente se enfadó... Ahora está en la cocina, tumbado y completamente borracho. Está llorando... ¡Miente, no le da lástima del señor!

—En efecto, por esa Akulka bien pudo ponerse furioso —dijo Pieskov—. Es mujer de un soldado, pero... no en vano la bautizó Marko Ivanovich con el nombre de Naná. Tiene algo que recuerda a Naná... algo atractivo.

—La conozco... la he visto —dijo el juez instructor sonándose con un pañuelo rojo.

Diukovsky se puso colorado y bajó la vista. El *stanovoy* golpeó el platillo con los dedos. El *ispravnik* comenzó a toser y a buscar algo en su cartera. Solamente al médico, por lo visto, no le produjo impresión alguna recordar a Akulka y a Naná. El juez instructor ordenó que trajeran a Nicolacha. Éste, mozo joven, de cuello largo, nariz prolongada y llena de pecas y pecho hundido, entró en la habitación. Traía puesta una levita del señor. Tenía la cara soñolienta y llorosa. Estaba borracho y apenas se sostenía sobre sus piernas.

—¿Dónde está el señor? —le preguntó Chubikov.

—Lo han asesinado, excelencia —dicho esto, Nicolacha parpadeó y comenzó a llorar.

—Sabemos que lo han asesinado, pero ¿dónde está ahora? ¿Dónde está su cuerpo?

—Dicen que lo sacaron por la ventana y lo enterraron en el jardín.

—¡Hum...! Los resultados de la inspección son conocidos ya en la cocina... ¡Muy mal...! Oye, querido, ¿dónde estuviste la noche que mataron al señor? ¿Es decir, el sábado?

Nicolacha levantó la cabeza, estiró el cuello y quedó pensativo.

—No le sé decir, excelencia —dijo —. Yo estaba un poco bebido y no lo recuerdo.

—¡Coartada! —exclamó en voz baja Diukovsky, sonriendo y frotándose las manos.

—Muy bien. Pero... ¿por qué hay sangre debajo de la ventana del señor?

Nicolacha volvió a levantar la cabeza y quedó nuevamente pensativo.

—¡Piensa más deprisa! —le dijo el *ispravnik*.

—Enseguida. Esa sangre no es nada, excelencia. Es que he degollado una gallina. Y la he degollado muy sencillamente, como se acostumbra, pero se me escapó de las manos y echó a correr... Por eso hay sangre.

Efrem declaró que, efectivamente, Nicolacha degollaba todas las tardes y en varios sitios una gallina, pero nadie había visto que una gallina, no degollada por completo, corriese por el jardín.

—¡Coartada! —exclamó sonriéndose Diukovsky.

—¡Y qué coartada más estúpida!

—¿Y has tenido relaciones con Akulka?

—Sí, señor. No puedo negarlo.

—¿Y el señor te la quitó?

—No, señor; me la quitó el señor Pieskov y al señor Pieskov se la quitó mi amo. Esto fue lo que pasó.

Pieskov se turbó y comenzó a frotarse el ojo izquierdo. Diukovsky clavó en él sus ojos, notó la turbación y se estremeció. Observó que el administrador llevaba pantalones azules, cosa en la que hasta entonces no había reparado. Los pantalones le hicieron recordar los hilos azules encontrados en la bardana. Chubikov, por su parte, lanzó una mirada de sospecha sobre Pieskov.

—Retírate —le dijo a Nicolacha—. Y ahora permítame una pregunta, señor Pieskov. Usted, naturalmente, estuvo aquí el sábado.

—Sí. A las diez cené con Marko Ivanovich.

—¿Y después?

Pieskov quedó confuso y se levantó de la mesa.

—Después... después... A decir verdad, no lo recuerdo —balbuceó—. Aquella noche había bebido demasiado. No recuerdo ni dónde ni cuándo me dormí... ¿Por qué me miran todos ustedes de esa manera? ¡Como si yo fuese el asesino!

—¿Dónde se despertó usted?

—Me desperté en la cocina de los criados, cerca de la estufa... Todos lo pueden afirmar; por qué me encontré cerca de la estufa, no lo sé.

—No se agite... ¿Conocía usted a Akulka?

—Eso no tiene nada de particular.

—¿De sus manos pasó a las de Kliansov?

—Sí... ¡Efrem, sirve más de estos hongos! ¿Quiere té, Evgraf Kusinich?

Durante cinco minutos reinó un silencio pesado, abrumador. Diukovsky callaba y no quitaba sus escrutadores ojos del pálido rostro de Pieskov. El silencio fue interrumpido por el juez instructor.

—Habrá que ir a la casa grande para hablar allí con la hermana del difunto, María Ivanovna —dijo—. Ella podría hacernos alguna declaración interesante. Chubikov y su ayudante agradecieron la comida y se dirigieron a la casa señorial. Encontraron a la hermana de Kliansov, María Ivanovna, mujer de unos cuarenta y cinco años, rezando delante de los iconos. Al ver a los visitantes con las carteras y el uniforme, palideció.

—Ante todo, pido perdón por haber interrumpido sus rezos —comenzó a decir muy galantemente Chubikov—. Venimos a pedirle cierto favor. Usted, naturalmente, lo habrá oído ya... Se sospecha que su hermano ha sido asesinado. ¡La voluntad de Dios...! La muerte no se compadece de nadie, ni de los zares ni de los labradores. ¿No podría usted ayudarnos con algunas declaraciones?

—¡Ay! ¡No me pregunten ustedes! —dijo María Ivanovna, palideciendo aún más y tapándose la cara con las manos—. ¡No puedo decirles nada! ¡Nada! ¡Se lo suplico a ustedes! Yo, nada... ¿Qué puedo yo...? ¡Ay, no, no... ni una palabra de mi hermano...! ¡Ni siquiera en la hora de la muerte he de decir nada...!

María Ivanovna se echó a llorar y se marchó a otra habitación. Los jueces cambiaron una mirada, se encogieron de hombros y se retiraron.

—¡Qué mujer del demonio! —exclamó Diukovsky, en tono insultante, al salir de la casa grande—. Por lo visto, sabe algo y lo oculta. También se nota algo en la cara de su doncella... ¡Que aguarden, pues, demonios! Lo averiguaremos todo.

Por la noche, Chubikov y su ayudante, iluminados por la pálida luna, se volvieron a sus casas; ya en el coche, hicieron mentalmente el balance del día. Ambos estaban cansados y callaban. A Chubikov, por lo común, no le gustaba hablar yendo de viaje y el charlatán Diukovsky callaba por complacer al viejo juez. Al término del viaje, el ayudante no pudo resistir más el silencio.

—Que Nicolacha ha tomado parte en este asunto —dijo—, *non dubitandum est*. Hasta por su careto se nota lo granuja que es... La coartada lo descubre por completo. Tampoco cabe la menor duda de que en este asunto no es él el iniciador. El muy estúpido ha sido el brazo ejecutor. ¿De acuerdo? Tampoco representa el último papel en este drama el modesto Pieskov. Los pantalones azules, la confusión, el hecho de dormir cerca de la estufa lleno de miedo después del asesinato, coartada también es Akulka.

—¡Charle, charle...! ¡Ahora le toca a usted...! Según usted, todo el que conocía a Akulka es asesino... ¡Oh vehemencia! Debería estar usted todavía chupando el biberón sin cuidarse de asuntos importantes.

—Usted también ha ido detrás de Akulka; por consiguiente, ¿es uno de los implicados? También fue cocinera de usted, pero... no digo nada. La víspera del domingo por la noche estuvimos los dos jugando una partida de cartas; de otra manera, podría sospechar igualmente de usted. No se trata de ella, mi querido amigo. Se trata del sentimiento trivial, bajo y repugnante. A ese joven modesto no le agradó no haber triunfado. El amor propio... Quería vengarse... Y luego sus labios carnosos lo dicen todo de él. ¿Se acuerda usted de cómo apretaba los labios cuando comparaba a Akulka con Naná? ¡No cabe duda de que el canalla se abrasa de pasión! Pues bien: se trata del amor propio herido y la pasión no satisfecha. Esto es bastante para cometer un asesinato. Tenemos a dos en nuestro poder, pero ¿quién será el tercero? Nicolacha y Pieskov sujetaron a la víctima. Pero ¿quién será el que la estranguló? Pieskov es tímido, es cobarde en general. Los tipos como Nicolacha no saben ahogar con una almohada; prefieren un hacha... El que estranguló fue otro, pero ¿quién pudo ser?

Diukovsky se caló el sombrero hasta los ojos y se quedó pensativo. Calló hasta que el coche llegó a la casa del juez de instrucción.

—¡Eureka! —dijo entrando en la casa sin quitarse el gabán—. ¡Eureka, Nicolai Ermolech! ¿Cómo no se me ha ocurrido esto antes?

—Déjelo usted, hágame el favor... La cena está ya preparada. ¡Siéntese y vamos a cenar!

El juez de instrucción y Diukovsky se pusieron a cenar. Diukovsky se sirvió una copa de vodka, se levantó, irguiéndose, y, centelleándole los ojos, dijo:

—¡Pues sepa usted que el tercero que intervino, el que estrangulaba, era una mujer! ¡Sí...! Hablo de la hermana del difunto, María Ivanovna.

Chubikov apuró la copa y detuvo la mirada en Diukovsky.

—Usted... no da en el clavo. Tiene la cabeza un poco... ¿No le estará doliendo?

—Estoy perfectamente bien. Quizá sea yo el loco, pero ¿cómo se explica usted la confusión de ella cuando nos presentamos? ¿Cómo se explica usted que no quisiera declarar? Supongamos que todas estas cosas son tonterías, ¡está bien!, ¡perfectamente!; pues entonces acuérdese de las relaciones que existían entre ellos. Ella odiaba a su hermano. Es *staroverka* (miembro de una secta ortodoxa) y él un mujeriego y un descreído... Ahí tiene usted la razón de ese odio. Dicen que él logró convencerla de que era el ángel de Satanás. Delante de ella se entregaba a prácticas de espiritismo.

—¿Y qué?

—¿No lo comprende usted? Ella, *staroverka,* lo mató por fanatismo; no sólo mató al corruptor: libró también al mundo de un anticristo y está persuadida de que ha logrado un triunfo para su religión. ¡Usted no conoce a esas solteronas, esas *staroverkas*! ¡Lea usted a Dostoievsky! ¡Mire usted lo que dicen Leskov, Pechersky...! ¡Es ella, es ella, así me maten! Es ella quien lo ha estrangulado. ¡Es una mujer mala! Para despistarnos, estaba rezando delante de los iconos cuando entramos. Como diciendo: «Me voy a poner a rezar para que piensen que rezo por el difunto, para que crean que no los esperaba». ¡Amigo Nicolai Ermolech, deje a mi cargo este asunto: déjeme que lo lleve hasta el final! ¡Hágame el favor! ¡Yo lo he empezado y yo lo terminaré!

Chubikov movió negativamente la cabeza y frunció el entrecejo.

—Nosotros también sabemos llevar asuntos difíciles —dijo—. Y usted no debe meterse en lo que no le incumbe. Escriba usted lo que yo le dicte. Esta es su misión.

Diukovsky se enfadó y salió dando un portazo.

—¡Qué listo es este pícaro! —murmuró Chubikov mirando a Diukovsky mientras se alejaba—. ¡Qué listo! Pero también es vehemente e inoportuno. Habrá que comprarle una tabaquera en la feria.

Al día siguiente por la mañana, fue conducido a casa del juez de la aldea Kliausovka un mozo que tenía la cabeza grande y el labio leporino, el cual dijo llamarse pastor Danilka, que prestó una declaración muy interesante.

—Yo estaba un poco bebido —dijo—. Hasta la medianoche estuve en casa de mi compadre. Al ir a casa, como estaba borracho, me metí en el río para bañarme. Me baño... y en esto veo que van dos hombres por el dique y que llevan algo negro. «¡Eh!», grité. Y ellos se asustaron y pies para qué os quiero. Se dirigieron a la huerta de Makar. ¡Que me parta un rayo si no llevaban un cordero!

Aquel mismo día, a última hora de la tarde, fueron detenidos Pieskov y Nicolacha y conducidos en convoy a la capital del distrito. En la ciudad los metieron en la cárcel.

Pasaron doce días.

Era por la mañana. El juez de instrucción, Nicolai Ermolech, estaba sentado en su despacho junto a una mesa verde y hojeaba la causa de Kliansov; Diukovsky, inquieto, paseaba de un rincón a otro como lobo enjaulado.

—¿Está usted persuadido de la culpabilidad de Nicolacha y Pieskov? —decía acariciando nerviosamente su incipiente barbita—. ¿Por qué no quiere usted convencerse de la culpabilidad de María Ivanovna? ¿Tiene usted pocas pruebas?

—No digo que no esté persuadido. Estoy convencido de ello, pero, por otro lado, tengo poca fe... Pruebas de verdad no las hay, sino que todo son puras presunciones... fanatismo, etcétera.

—¡Usted lo que quisiera es que le presentasen el hacha, las sábanas ensangrentadas...! ¡Leguleyos! ¡Pues yo se lo demostraré a usted! ¡Yo lo haré dejar de mirar fríamente la parte psicológica de esta causa! ¡Su María Ivanovna irá a Siberia! ¡Se lo demostraré! ¿Le parecen poco las presunciones? Pues tengo algo fundamental... ¡Algo que le demostrará la lógica de mis deducciones! Déjeme que averigüe más.

—¿De qué habla usted?

—De la cerilla sueca... ¿Se le ha olvidado? ¡A mí, no! Averiguaré quién fue el que la encendió en la habitación del muerto. No la encendieron ni Nicolacha ni Pieskov, a quienes, al registrarlos, no les hemos encontrado cerillas, sino el tercero, es decir, María Ivanovna. Se lo demostraré. Déjeme ir por el distrito a averiguar las cosas.

—¡Bueno, está bien, siéntese usted...! Vamos a proceder al interrogatorio. Diukovsky se sentó junto a una mesa y metió su larga nariz en los papeles.

—Que entre Nicolai Tetejov —gritó el juez instructor.

Hicieron entrar a Nicolacha. Estaba pálido y delgado como una astilla. Temblaba.

—¡Tetejov! —empezó a decir Chubikov—. En 1879 fue usted procesado por el juez del primer distrito por delito de robo, y fue usted condenado a prisión. En 1882 lo procesaron por segunda vez y volvieron a meterlo en la cárcel... Estamos enterados de todo...

En el rostro de Nicolacha se reflejó el asombro. La omnisciencia del juez de instrucción lo dejó pasmado. Pero pronto el asombro se convirtió en expresión de profundo dolor. Se echó a llorar y pidió permiso para ir a lavarse y tranquilizarse. Lo sacaron de la sala.

—¡Que entre Pieskov! —ordenó el juez.

Hicieron entrar a Pieskov. El joven, durante los últimos días, había cambiado físicamente. Estaba delgado, pálido, casi demacrado. En sus ojos se leía la apatía.

—Siéntese usted, Pieskov —dijo Chubikov—. Espero que esta vez sea usted más razonable y no mienta como las otras veces. Todos estos días negaba usted su participación en el asesinato de Kliansov, a pesar de las múltiples pruebas que hablan en su contra. Muy mal hecho. La confesión aminora la culpa. Hoy hablo con usted por última vez. Si hoy no confiesa, mañana ya será tarde. Bien. Declare...

—No sé nada... ni sé tampoco qué pruebas son ésas —dijo Pieskov.

—¡Muy mal hecho! Pues permítame que le relate cómo ocurrió el suceso. El sábado por la noche estaba usted en el dormitorio de Kliansov, bebiendo con él vodka y cerveza. (Diukovsky clavó la mirada en el rostro de Pieskov y ya no la apartó durante todo el monólogo). Nicolacha les servía a ustedes. A la una de la madrugada Marko Ivanovich le manifestó su deseo de acostarse. Siempre se acostaba a la una. Cuando estaba descalzándose y dando órdenes relativas al gobierno de la casa, usted y Nicolai, a una señal convenida, agarraron al señor, que estaba borracho, y lo arrojaron sobre la cama. Uno de ustedes se le sentó en los pies y el otro, encima de la cabeza. En ese momento entró por el vestíbulo una mujer conocida de usted, vestida de negro, la cual había convenido de antemano con ustedes todo lo referente a su participación en este asunto criminal. Ella tomó la almohada y empezó a ahogarlo. Durante la lucha, se apagó la vela. La mujer sacó del bolsillo una caja de cerillas suecas y la encendió. ¿No es cierto? Veo en su rostro que digo la verdad. Luego... después de haberlo ahogado y de haberse convencido de que ya no respiraba, usted y Nicolai lo sacaron por la ventana y lo colocaron junto a la mata de bardana. Temiendo que reviviese, le dio usted con un arma blanca. Después se lo llevaron y lo pusieron por algún tiempo debajo del arbusto de lilas. Tras haber descansado y pensarlo bien se lo llevaron... Lo sacaron atravesando la empalizada... Enseguida se dirigieron a la carretera... Luego siguieron por el dique. En el dique los asustó a ustedes un *mujik*... Pero ¿qué le pasa a usted?

Pieskov, pálido como la muerte, se levantó tambaleándose.

—¡Estoy sofocado! —dijo—. Bien... ¡Así sea! Pero déjeme usted salir, hágame el favor.

Sacaron a Pieskov.

—¡Por fin confesó! —exclamó Chubikov satisfecho—. ¡Se ha rendido! ¡Con qué habilidad lo he agarrado! Le he expuesto el asunto con claridad...

—Y no ha negado tampoco lo de la mujer vestida de negro —dijo riéndose Diukovsky—. Sin embargo, me atormenta horrorosamente la cerilla sueca. ¡No puedo contenerme más! ¡Adiós! Allá voy.

Diukovsky se puso la gorra y se marchó.

Chubikov comenzó a interrogar a Akulka. Ésta declaró que no sabía nada de nada.

—¡Yo he vivido solamente con usted y no conozco a nadie más! —dijo.

A las seis de la tarde volvió Diukovsky. Venía agitado como nunca. Le temblaban las manos hasta tal punto que no fue capaz de desabrocharse el gabán. Le ardían las mejillas. Se veía que traía novedades.

—*Veni, vidi, vici* —exclamó, entrando como una tromba en la habitación de Chubikov y desplomándose en un sillón—. ¡Juro por mi honor que empiezo a creer en mi genio! ¡Escuche usted, el demonio nos lleve! Escuche y asómbrese, da risa y tristeza al mismo tiempo. Tenemos en nuestro poder a tres... ¿no es eso? ¡He encontrado al cuarto, o mejor dicho a la cuarta, porque también es mujer! Y ¡qué mujer! ¡Sólo por una ligera caricia en sus hombros daría yo diez años de vida! Pero... escuche usted... He ido a Kliansovka y me he puesto a describir espirales alrededor de ella. Visité por el camino todas las tienduchas, tabernas y bodegas, pidiendo en todas partes cerillas suecas... En todas partes me contestaron: «No tenemos». He estado recorriéndolo todo hasta ahora mismo.

Más de veinte veces perdí la esperanza y otras tantas volví a tenerla. He andado durante todo el día y solamente hace una hora di con lo que buscaba. El sitio está a unas tres verstas de aquí. Me despacharon un paquete de diez cajas de cerillas, y faltaba una... Pregunté enseguida: ¿Quién ha comprado la caja que falta?

«Fulana de Tal... Le gustan las cerillas suecas», me dijeron. ¡Querido Nicolai Ermolech, no es posible concebir lo que puede a veces hacer un hombre expulsado del seminario y repleto de lecturas de Gaborio! ¡Desde este mismo día comienzo a respetarme! ¡Uf! ¡Bueno, vamos!

—¿Adónde?

—A casa de la cuarta... Hay que darse prisa. Si no..., si no me abrasaré de impaciencia. ¿Sabe usted de quién se trata? ¡No lo adivinará usted! ¡La joven esposa de nuestro *stanovoy* Evgyaf Kusmich, Olga Petrovna..., ésa es! ¡Ella fue la que compró aquella cajita de cerillas!

—Usted... tú... usted... ¿se ha vuelto loco?

—¡Es muy sencillo! En primer lugar, ella fuma. En segundo lugar, estaba enamoradísima de Kliansov. Éste la cambió por Akulka. La venganza. Ahora recuerdo que los encontré a los dos, en una ocasión, escondidos en la cocina, detrás de la cortina. Ella le hacía mil promesas y él fumaba su cigarrillo y le echaba el humo en la cara. Bueno, vámonos... Aprisa... porque ya está oscureciendo... Vámonos.

—Yo no me he vuelto tan loco todavía como para ir a molestar por la noche y por tonterías de chiquillo a una señora noble y honrada.

—¡Noble, honrada...! Después de eso, es usted un trapo y no un juez de instrucción. ¡Nunca me había atrevido a injuriarlo pero ahora es usted el que me obliga a ello! ¡Trapo! Es usted un trapo. Vamos, querido Nicolai Ermolech, se lo ruego.

El juez hizo un movimiento de desprecio con la mano y escupió.

—¡Se lo ruego a usted! ¡Se lo ruego a usted no por mí, sino por el interés de la Justicia! ¡Se lo suplico a usted, en fin! ¡Hágame usted ese favor por lo menos una vez en la vida! —Diukovsky se arrodilló—: ¡Nicolai Ermolech! ¡Sea usted bueno: me llamará usted canalla y malvado si me equivoco acerca de esta mujer! ¡No olvide usted qué causa tenemos! ¡Es toda una causa! ¡Es una novela y no una causa! ¡Llegará a ser célebre en todos los rincones de Rusia! ¡Fíjese usted, viejo insensato!

El juez frunció el entrecejo e indecisamente alargó la mano para recoger el sombrero.

—¡Bueno, el diablo te lleve! —dijo—. Vámonos.

Había ya oscurecido cuando el coche del juez llegó a la casa del *stanovoy*.

—¡Qué cochinos somos! —dijo Chubikov, asiendo la cuerda de la campanilla. Estamos molestando a la gente.

—No importa, no importa... No tenga usted miedo... Diremos que se nos ha roto un amortiguador del coche.

A Chubikov y a Diukovsky los recibió en el umbral una mujer alta, robusta, de unos veintitrés años, cejas negras como el azabache y rojos labios carnosos. Era la propia Olga Petrovna.

—¡Ah..., tanto gusto! —exclamó sonriendo francamente—. Han llegado ustedes precisamente a la hora de cenar... Mi Evgraf Kusmich no está en casa... Está en la del pope... Pero no importa, la pasaremos sin él... Siéntense ustedes... ¿Vienen ahora de hacer averiguaciones...?

—Sí... Es que se nos ha roto un amortiguador del coche —comenzó a decir Chubikov, entrando en el salón y acomodándose en un sillón.

—¡Hágalo pronto, atúrdala usted! —dijo en voz baja Diukovsky—. ¡Sorpréndala usted!

—Un amortiguador... Un... Sí... y entramos aquí...

—¡Sorpréndala, le digo! ¡Se dará cuenta si empieza usted a divagar!

—Bueno, haz lo que quieras y a mí déjame en paz —murmuró Chubikov, levantándose y acercándose a la ventana—. Yo no puedo. ¡Tú has armado este embrollo y tú tendrás que ponerle término!

—Sí, un amortiguador... —comenzó Diukovsky, aproximándose a la mujer del *stanovoy* y frunciendo su larga nariz—. Hemos venido no para...

bueno... para cenar..., ni tampoco para ver a Evgraf Kusmich. ¡Hemos venido a preguntarle a usted, señora mía, dónde está Marko Ivanovich, a quien usted ha asesinado!

—¿Qué? ¿Qué Marko Ivanovich? —balbuceó la mujer del *stanovoy*, y su ancho rostro se tiñó en un instante de un color rojo subido—. Yo... no comprendo...

—¡Se lo pregunto a usted en nombre de la ley! ¿Dónde está Kiansov? ¡Nosotros estamos perfectamente enterados de todo!

—¿Quién los ha informado? —preguntó suavemente la mujer del *stanovoy*, sin poder resistir la mirada de Diukovsky.

—Tenga la bondad de indicarnos el lugar en el que se encuentra.

—¿Pero cómo lo han averiguado ustedes? ¿Quién se lo ha contado?

—¡Nosotros estamos enterados de todo! ¡Se lo exijo en nombre de la ley!

El juez de instrucción, animado por la turbación de la mujer, se acercó a ella y le dijo:

—Díganos usted dónde está y nos marcharemos. De lo contrario, nosotros...

—¿Para qué lo quieren ustedes?

—¿A qué vienen esas preguntas, señora? ¡Nosotros le rogamos que nos diga usted dónde se encuentra! ¡Está usted temblando y confusa...! ¡Sí, lo asesinaron, y si quiere usted saber más, le diré que lo ha asesinado usted! ¡Sus cómplices la han delatado!

La mujer del *stanovoy* palideció.

—Vengan ustedes —dijo suavemente, retorciéndose las manos—. Lo tengo escondido en una cabaña. ¡Pero, por el amor de Dios, no se lo digan a mi marido, se lo suplico! ¡No podría soportarlo!

La mujer del *stanovoy* descolgó de la pared una llave grande y condujo a sus huéspedes, atravesando la cocina y el vestíbulo, hasta el patio. Reinaba ya una gran oscuridad. Caía una lluvia muy fina. La mujer del *stanovoy* iba delante. Chubikov y Diukovsky la seguían por la hierba crecida, aspirando el olor del cáñamo salvaje y de la basura que había esparcida por aquellos lugares. El patio era muy grande. Pronto pasaron por el estercolero y sintieron que sus pies pisaban tierra de labor. En la oscuridad se divisaban las siluetas de los árboles y, entre éstos, una casita con la chimenea encorvada.

—Esta es la cabaña —dijo la mujer del *stanovoy*—. Pero les suplico que no se lo digan a nadie. Al acercarse al lugar, Chubikov y Diukovsky vieron que de la puerta colgaba un enorme candado.

—¡Prepare la vela y las cerillas! —dijo en voz baja el juez de instrucción a su ayudante. La mujer del *stanovoy* abrió el candado y dejó entrar a sus huéspedes. Diukovsky encendió una cerilla e iluminó la entrada de la pieza. En medio de ella había una mesa, sobre la cual estaban colocados un samovar, una sopera con restos de sopa y un plato con residuos de salsa.

—¡Adelante!

Entraron en la habitación contigua, en el baño. Allí también había una mesa. Encima de la mesa, una fuente muy grande, con pedazos de pan, una botella de vodka, platos, cuchillos y tenedores.

—Pero ¿dónde está? ¿Dónde está el asesinado? —preguntó el juez.

—¡Está arriba, en la litera! —murmuró la mujer, palideciendo y temblando cada vez más.

Diukovsky tomó la vela y subió hasta la litera, donde encontró un cuerpo humano, largo, que yacía inmóvil, sobre un colchón de plumas. El susodicho cuerpo emitía un ligero ronquido...

—¡Nos están engañando, el demonio los lleve! —gritó Diukovsky— ¡No es él! Aquí está durmiendo alguien que está bien vivo. ¡Eh! ¿Quién es usted, con mil diablos?

El cuerpo suspiró fuertemente con un silbido y comenzó a moverse. Diukovsky le dio con el codo. El durmiente se incorporó y alargó las manos a la cabeza que estaba junto a él.

—¿Quién es? —preguntó por lo bajo—. ¿Qué quieres?

Diukovsky acercó la vela a la cara del desconocido y lanzó un grito. En la nariz roja, en los cabellos encrespados y despeinados, en los negros bigotes, uno de los cuales estaba muy retorcido y vuelto hacia arriba en una postura impertinente, reconoció al corneta Kliansov.

—¿Es usted... Marko... Ivanovich? ¡No puede ser!

El juez miró hacia arriba y se quedó medio muerto...

—Soy yo, sí... ¡Ah! ¿Es usted, Diukovsky? ¿Qué demonios hace aquí? ¿Y quién es ese tipo de ahí? ¡Señor, el juez! ¿Cómo han venido ustedes aquí?

Kliansov descendió rápidamente y abrazó a Chubikov. Olga Petrovna se ocultó detrás de la puerta.

—Pero ¿cómo han venido ustedes? ¡Tomemos una copa de vodka, qué diablo! ¡Tra-ta-ti-to-tom...! ¡Bebamos! Sin embargo, ¿quién los ha traído a ustedes aquí? ¿Cómo se han enterado ustedes de que estoy aquí? ¡Bueno, qué más da! ¡Bebamos!

Kliansov encendió la lámpara y sirvió tres copas de vodka.

—Es que yo... ¡yo no te entiendo! —dijo el juez abriendo los brazos—. ¿Eres tú, o no lo eres?

—Vamos, déjame... ¿Vas a echarme un sermón? ¡No te molestes! ¡Joven Diukovsky, bébete tu copa! ¡Be-ba-mos, a-mi-gos...! Pero ¿qué hacen ustedes ahí? ¡Vamos a beber, bebamos!

—Yo, sin embargo, no lo entiendo —dijo el juez apurando rápidamente su copa—. ¿Por qué estás aquí?

—¿Por qué no voy a estar si me encuentro bien aquí?

Kliansov apuró otra copa y comió después un pedazo de jamón.

—Vivo aquí, como ven, en esta casa de la mujer del *stanovoy*... Aislado, entre árboles, como un duende... ¡Bebe! ¡Es que me dio lástima de la pobre! Me compadecí de ella y... vivo aquí en la cabaña, como un ermitaño... Como, bebo... La semana próxima pienso marcharme de aquí... Ya estoy harto...

—¡Inconcebible! —dijo Diukovsky.

—¿Por qué inconcebible?

—¡Inconcebible! ¡Dígame cómo ha ido a parar su bota al jardín.

—¿Qué bota?

—Hemos encontrado una bota en el dormitorio y la otra en el jardín.

—¿Y para qué quiere saberlo? No es cosa suya. ¡Beban, el demonio los lleve! ¡Me han despertado! ¡Pues beban! La historia de la otra bota es muy interesante. Yo no quería venir aquí, no estaba de humor..., pero ella llegó a mi ventana y empezó a reñirme... ¡Ya sabes tú cómo son las mujeres, por lo general...! Yo, como estaba algo bebido, tomé la bota y se la tiré, a la cabeza... ¡Ja, ja! ¡Toma, por reñirme! Ella entró por la ventana, encendió la lámpara y empezó a darme guerra. Me obligó a levantarme, me trajo aquí y aquí me encerró. Aquí me alimento... ¡Amor, vodka y fiambres! Pero ¿adónde van? Chubikov, ¿adónde van?

El juez escupió y salió de la cabaña: detrás de él, Diukovsky, cabizbajo. Ambos se sentaron en el coche y se marcharon. Nunca les pareció el camino tan largo y tan aburrido como aquella vez. Ambos callaban. Chubikov, durante todo el camino, iba temblando de rabia; Diukovsky escondía el rostro en el cuello del gabán, como si temiera que la oscuridad y la llovizna leyesen la vergüenza en su rostro.

Al llegar a su casa, el juez de instrucción encontró en su cuarto al médico Tintinyev. El doctor estaba sentado junto a la mesa y, suspirando fuertemente, hojeaba la revista *Niva*.

—¡Qué cosas pasan en este mundo! —dijo, recibiendo al juez con una sonrisa triste—. ¡Otra vez Austria ha...! Y Gladstone también... de una manera...

Chubikov tiró el sombrero debajo de la mesa y comenzó a temblar.

—¡Esqueleto del demonio! —gritó—. ¡Déjame en paz...! ¡Te he dicho mil veces que me dejes tranquilo con tu política! ¡No estoy ahora para política! Y a ti —añadió Chubikov dirigiéndose a Diukovsky y amenazándolo con el puño—, ¡a ti no te olvidaré por los siglos de los siglos!

—Pero... ¿no era la cerilla sueca? ¡Vaya usted a saber...!

—¡Que te ahorquen con tu cerilla! ¡Quítate de mi vista y no me irrites, porque no sé lo que voy a hacer contigo! ¡No vuelvas a poner los pies aquí!

Diukovsky suspiró, tomó el sombrero y salió.

—¡Me voy a emborrachar! —decidió al salir de la casa, dirigiéndose tristemente a la taberna.

La mujer del *stanovoy*, al volver de la cabaña a su casa, encontró a su marido en el salón.

—¿A qué ha venido el juez aquí? —preguntó el marido.

—Ha venido a decir que han encontrado a Kliansov... Figúrate, lo han encontrado en casa de una mujer casada.

—¡Ay Marko Ivanovich, Marko Ivanovich! —exclamó suspirando el *stanovoy* y levantando los ojos al cielo—. ¡Ya te decía yo que la corrupción no trae buenos resultados! ¡Ya te lo decía yo! ¡No me has hecho caso!

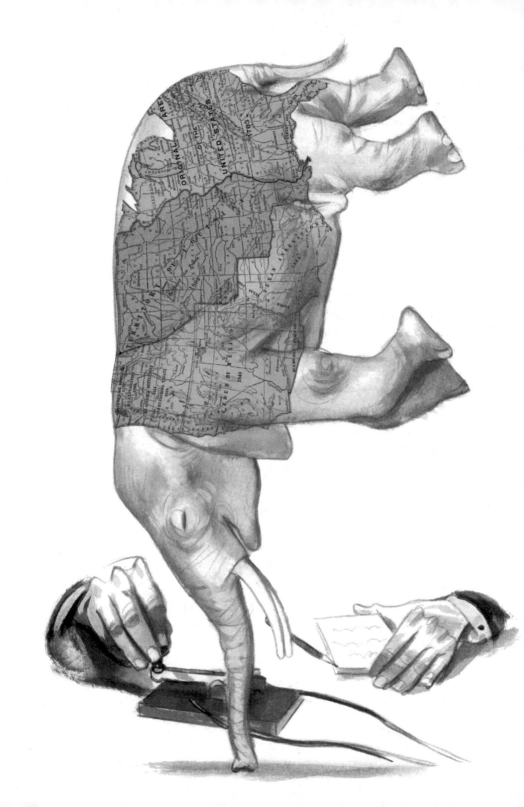

EL ROBO DEL ELEFANTE BLANCO

Mark Twain

I

Una persona con la cual trabé amistad circunstancialmente en el tren me contó la extraña historia que relataré a continuación. Quien la contaba era un caballero de más de setenta años de edad, y su rostro bondadoso y amable y su aire grave y sincero ponían la inconfundible marca de la verdad sobre cada manifestación que salía de sus labios. Dijo:

Usted sabe cómo reverencia el pueblo de ese país al real elefante blanco de Siam. Como sabrá, está consagrado a los reyes, sólo los reyes pueden poseerlo y, de alguna manera, hasta es superior a los reyes, ya que no sólo es objeto de honores, sino también de adoración. Pues bien, hace cinco años, cuando hubo tropiezos con relación a la línea demarcatoria entre Gran Bretaña y Siam, fue evidente que Siam había cometido un error. Por ello se dieron precipitadamente toda clase de satisfacciones y el representante inglés declaró que se daba por conforme y que se debía olvidar el pasado. Esto fue de gran alivio para el rey de Siam y en parte como prueba de gratitud, y en parte también, quizá, para eliminar cualquier resto de sentimiento desagradable en Inglaterra, quiso hacerle a la reina un rega-lo, única manera segura de granjearse la buena voluntad de un enemigo, según las ideas orientales. Este regalo no sólo debía ser real, sino magní-ficamente real. Siendo así... ¿qué presente más adecuado que un elefante blanco? Mi situación en la Administración Pública india era tal que se me consideró especialmente digno del honor de entregarle el obsequio a Su Majestad. Se equipó un barco para mí y mi servidumbre y para los oficiales y subalternos encargados del elefante. Llegué al puerto de Nueva York y alo-jé mi regia carga en unos soberbios aposentos de Jersey. Era imprescindible estar algún tiempo allí para que la salud del animal se restableciera antes de reanudar el viaje.

Todo fue bien durante quince días; después empezaron las calamida-des. ¡Robaron el elefante blanco! Me despertaron en plena noche para co-municarme la horrorosa desgracia. Por algunos instantes, fui presa del terror y la ansiedad; me sentí impotente. Después me tranquilicé y recobré mis facultades. Pronto vi qué camino debía seguir porque, a decir verdad, sólo había un camino posible para un hombre inteligente. A pesar de lo tardío de la hora, llegué a toda prisa a Nueva York y logré que un agente de policía me guiara hasta la central de detectives. Por fortuna llegué a tiem-po, aunque el jefe, el famoso inspector Blunt, se disponía ya a marcharse a su casa. Blunt era una persona de estatura media y físico compacto y, cuando estaba abismado en sus pensamientos, tenía una manera singu-lar de fruncir el ceño y de golpearse reflexivamente la frente con el dedo, que lo convencía a uno enseguida de que estaba ante un ser extraordina-rio. Sólo con verlo me infundió confianza y me hizo alentar esperanzas. Expuse el motivo de mi visita. Esto no le causó la menor agitación: el efec-to aparente sobre su férreo dominio de sí mismo fue tan escaso como si yo le hubiese dicho que me habían robado al perro. Me invitó a sentarme con un gesto y dijo tranquilamente:

—Permítame que lo piense un poco, por favor.

Después de pronunciar estas palabras, se sentó al escritorio y apoyó la cabeza en la mano. En el otro extremo de la habitación trabajaban varios em-pleados; el rasgueo de sus plumas fue el único ruido que oí durante los seis o siete minutos siguientes. Entretanto, el inspector seguía sumido en sus pensamientos. Por fin alzó la cabeza y algo en las firmes líneas de su rostro me reveló que su mente había realizado su tarea y que tenía decidido su plan. Y Blunt, con voz grave y solemne, dijo:

—No es éste un caso ordinario. Todos los pasos deben ser dados con precaución; hay que asegurarse de cada paso antes de dar el siguiente. Y debe conservarse el secreto, un secreto hondo y absoluto. No le hable a nadie del asunto, ni siquiera a los reporteros. Yo me haré cargo de ellos; cuidaré de que sepan sólo aquello que pueda convenirme dejarles saber.

Blunt apretó un timbre y apareció un joven.

—Alaric— dijo Blunt—, dígales a los periodistas que esperen un poco —el joven se retiró—. Ahora, hablemos de negocios... y procedamos con método. En esta profesión mía, nada puede hacerse sin un método rígido y minucioso —y, tomando papel y pluma, preguntó—: ¿Cómo se llama el elefante?

—Hassan Ben Ali Ben Selim Abdallah Mohamed Moisés Alhammal Jamsetjeejebhoy Dhuiep Sultan Ebu Bhudpoor.

—Muy bien. ¿Nombre de pila?

—Jumbo.

— Perfecto. ¿Dónde nació?

—En la capital de Siam.

—¿Sus padres viven?

—No. Fallecieron.

—¿Tuvieron otros hijos además de éste?

—No. Es hijo único.

—Muy bien. Esto basta por ahora. Tenga la amabilidad de describirme al elefante y no deje de mencionar un solo detalle, por insignificante que le parezca, es decir, insignificante desde su punto de vista. Para los hombres de mi profesión no hay detalles insignificantes: no existe tal cosa.

Hice la descripción; él tomó nota. Cuando hube terminado, dijo:

—Ahora, escúcheme. Si he cometido algún error, corríjame —y leyó lo siguiente—: Estatura, seis metros; longitud, desde el ápice de la frente hasta la inserción de la cola, 8 metros; longitud del tronco, 5 metros; longitud de la cola, 2 metros; longitud total, comprendidos el tronco y la cola, 15 metros; longitud de los colmillos, 3 metros; orejas, en proporción con esas dimensiones; su pisada recuerda la marca que hace un barril cuando vuelca sobre la nieve; color del elefante, blanco opaco; en cada oreja tiene un agujero del porte de un plato destinado a calzar joyas y tiene en alto grado el hábito de mortificar con su trompa no sólo a las personas que conoce, sino también a perfectos desconocidos; renquea ligeramente con la pata trasera derecha y ostenta en la axila izquierda una pequeña cicatriz causada otrora por un forúnculo. Al ser robado, tenía sobre su lomo un castillo con plazas para quince personas y una manta de montar de paño de oro del tamaño de una alfombra corriente.

No había error alguno. El inspector apretó el timbre, le dio la descripción a Alaric y dijo:

—Haga imprimir cincuenta mil ejemplares de estos datos y que los envíen por correo enseguida a las oficinas de todos los detectives y de todos los prestamistas del continente.

Alaric se fue.

—Bueno. Hasta aquí vamos bien. Ahora, quiero una fotografía de la cosa robada.

Le di una. La examinó con aire crítico y expresó:

—Deberá bastarnos, ya que no disponemos de otra cosa, pero en esta foto el elefante tiene enrollada la trompa y se la ha metido en la boca. Éste es un detalle lamentable y encaminado a confundir, ya que, naturalmente, no la tiene, por lo general, en esa posición —y tocó el timbre—: Alaric, haga imprimir cincuenta mil ejemplares de esta fotografía a primera hora de la mañana y despáchelos por correo con las circulares descriptivas —Alaric se retiró para cumplir con las órdenes. El inspector dijo—: Vaya por descontado que será necesario ofrecer una recompensa. ¿Cuál será la cantidad?

—¿Qué cantidad le parece bien a usted?

—Para empezar, yo diría... pongamos... veinticinco mil dólares. El asunto es complejo y difícil; hay mil caminos de escape y posibilidades de ocultamiento. Esos ladrones tienen amigos y compinches en todas partes...

—¡Dios mío! ¿Sabe usted quiénes son?

El astuto rostro, experto en el arte de disimular los pensamientos y las emociones, no me permitió que adivinara lo más mínimo, ni tampoco me lo permitieron las palabras de réplica, tan plácidamente pronunciadas:

—No le importe eso. Puede ser que sí y puede ser que no. Por regla general, nosotros barruntamos en forma bastante aproximada quién es nuestro hombre por el tipo de trabajo y la magnitud del juego en que se embarca. Aquí no tenemos que vérnoslas con un carterista ni con un ratero de salón, métase eso en la cabeza. Este objeto no ha sido «sustraído» por un principiante. Pero, como le estaba diciendo, si se toma en cuenta el cúmulo de viajes que deberán hacerse y la diligencia con la que los ladrones eliminarán sus huellas a medida que avancen, veinticinco mil dólares serán quizás una suma harto pequeña, aunque me parece que vale la pena comenzar con eso.

De manera que nos atuvimos a esta cifra, para empezar. Luego, aquel hombre, a quien no se le pasaba detalle alguno que pudiera servir como pista, dijo:

—En la historia detectivesca, hay casos elocuentes de maleantes que han sido atrapados gracias a las peculiaridades de su apetito. De modo que... Veamos... ¿Qué come ese elefante y en qué cantidad?

—Bueno... En cuanto a qué come, es una bestia capaz de comer de todo. Se comería a un hombre, se comería una Biblia..., se comería cualquier cosa intermedia entre un hombre y una Biblia.

—Muy bien... Muy bien, de veras, pero demasiado general. Hacen falta detalles... Los detalles son lo único valioso en nuestro oficio. En lo que se refiere a los hombres, ¿a cuántos es capaz de comerse de una sentada... o, si así lo prefiere, en un día... con tal que estén tiernos?

—A Jumbo no le importa que estén tiernos o no. En una sola comida, podría comerse a cinco hombres normales.

—Muy bien. Cinco hombres. Tomaremos nota de eso. ¿De qué nacionalidades los prefiere?

—Eso le da lo mismo. Prefiere a la gente conocida, pero no tiene prejuicio alguno contra los extraños.

—Muy bien. Ahora, en lo que atañe a las Biblias, ¿cuántas podría comerse de una sentada?

—Una edición completa.

—Eso no me parece lo bastante explícito. ¿Se refiere usted a la edición corriente en octavo o a la ilustrada para familias?

—Creo que Jumbo no mostraría especial interés por las ilustraciones, es decir, que no daría más valor a las ilustraciones que a la simple palabra impresa.

—No. Usted no me entiende. Me refiero al volumen. La biblia corriente en octavo pesa unas dos libras y media, mientras que la edición grande en cuarto pesa diez o doce. ¿Cuántas Biblias Doré se comería el elefante de una sentada?

—Si usted conociera a ese elefante, no lo preguntaría. Se comería las que hubiera.

—Expresémoslo, entonces, en forma de dólares y centavos. Hay que averiguarlo de algún modo. La Doré cuesta cien dólares el ejemplar, en cuero de Rusia, biselado.

—El elefante necesitaría unos cincuenta mil dólares. Digamos... una edición de quinientos ejemplares.

—Eso ya es más exacto. Tomaré nota. Muy bien. Le gustan los hombres y las Biblias. Hasta aquí, todo bien. ¿Qué más podría comer el elefante? Necesito detalles.

—Dejaría las Biblias para comer ladrillos, dejaría los ladrillos para comer botellas, dejaría las botellas para comer ropa, dejaría la ropa para comer gatos, dejaría los gatos para comer ostras, dejaría las ostras para comer jamón, dejaría el jamón para comer azúcar, dejaría el azúcar para comer pastel, dejaría el pastel para comer patatas, dejaría las patatas para comer salvado, dejaría el salvado para comer heno, dejaría el heno para comer avena, dejaría la avena para comer arroz, ya que ha sido criado preferentemente a base de arroz. Sólo rechazaría la manteca europea y aun quizá la comiera si la probara.

—Muy bien. La cantidad total ingerida en una comida... digamos unos...

—Una cantidad que va de un cuarto a media tonelada.

—Y bebe...

—Todo lo fluido. Leche, agua, whisky, melaza, aceite de castor, aceite de trementina, ácido fénico; cualquier fluido salvo el café europeo.

—Muy bien. ¿Y en cuanto a la cantidad...?

—Anote de cinco a quince barriles. Su sed varía; sus demás apetitos, no.

—Estas cosas son inusuales. Deben servirnos como excelentes pistas para dar con él —Blunt presionó el timbre—: Alaric, llame al capitán Burns.

Vino Burns. El inspector Blunt le contó todo el asunto, detalle por detalle. Luego, con el tono claro y firme de un hombre cuyos planes están claramente definidos y que está acostumbrado a dar órdenes, dijo:

—Capitán Burns, forme un destacamento con los detectives Jones, Davis, Halsey, Bates y Hackett para que busquen al elefante.

—Sí, señor.

—Y otro destacamento con los detectives Mortes, Dakin, Murphy, Rogers, Tupper, Higgins y Bartolomew para que vayan tras los ladrones.

—Sí, señor.

—Disponga una fuerte custodia, una guardia de treinta hombres escogidos, con un relevo de treinta, en el lugar donde robaron al elefante, para que lo vigilen severamente y no permitan acercarse a nadie, con excepción de los periodistas, sin órdenes escritas de mi parte.

—Sí, señor.

—Ponga detectives vestidos de paisano en el ferrocarril, en los barcos y en las estaciones de ferri y en todas las carreteras que lleven fuera de Jersey, con orden de registrar a todas las personas sospechosas.

—Sí, señor.

—Dé a todos esos hombres fotografías y la descripción del elefante y ordéneles que registren todos los trenes y los ferris y otros navíos que partan.

—Sí, señor.

—Si pueden encontrar al elefante, que se apoderen de él y me lo comuniquen por telégrafo.

—Sí, señor.

—Que me informen enseguida si se encuentra alguna pista, pisadas del animal o algo similar.

—Sí, señor.

—Consiga una orden para que la policía de puertos vigile atentamente la línea costera.

—Sí, señor.

—Despache detectives vestidos de paisano por todas las líneas ferroviarias, al norte hasta llegar al Canadá, al oeste hasta Ohio, al sur hasta Washington.

—Sí, señor.

—Coloque peritos en todas las oficinas telegráficas para escuchar todos los mensajes y que exijan que se les aclaren todos los despachos cifrados.

—Sí, señor.

—Que todo esto se haga con la mayor discreción, recuérdelo. Con el más impenetrable secreto.

—Sí, señor.

—Infórmeme con presteza a la hora de costumbre.

—Sí, señor.

—¡En marcha!

—Sí, señor —y se fue.

El inspector Blunt quedó en silencio y pensativo durante unos instantes, mientras el fuego de sus ojos se enfriaba y extinguía. Después, se volvió hacia mí y dijo, con voz plácida:

—No soy muy dado a presumir; no acostumbro a hacer tal cosa; pero... hallaremos al elefante.

Le estreché la mano con entusiasmo y le di las gracias; y eran muy sinceras. Cuanto más veía a aquel hombre, más me agradaba y más admiración sentía ante los misteriosos prodigios de su profesión. Al llegar la noche, nos separamos y volví a casa sintiéndome mucho más alegre que al ir a su oficina.

II

A la mañana siguiente todo apareció en los periódicos al más mínimo detalle. Hasta había agregados, consistentes en la «teoría del detective Fulano y el detective Zutano y el detective Mengano» acerca de la forma en la que se había efectuado el robo, sobre quiénes eran los ladrones y adónde habían escapado con su botín.

Había once de estas teorías y abarcaban todas las posibilidades. Y este solo hecho prueba cuán independientes son los detectives para pensar. No había dos teorías análogas, ni siquiera parecidas, con excepción de un detalle sorprendente, en el cual coincidían absolutamente las once teorías. Ese detalle era que, aunque en la parte posterior de mi edificio había un boquete y la única puerta seguía estando cerrada con llave, el elefante no había sido llevado por el boquete, sino por alguna otra abertura (no descubierta). Todos concordaban en que los ladrones habían hecho aquel boquete sólo para despistar a los detectives. Esto jamás se me habría ocurrido a mí o a cualquier otro profano, quizá, pero no había confundido a los detectives ni por un momento. Por eso, el que yo había supuesto el único detalle falto de misterio era en realidad el que más me había inducido al error. Las once teorías indicaban a los presuntos ladrones, pero ni siquiera dos de ellas coincidían en sus nombres, por lo que el total de las personas sospechosas era de treinta y siete. Todas las crónicas de los distintos periódicos terminaban con la más importante de las opiniones, la del inspector en jefe Blunt. Parte de estas declaraciones decía lo siguiente:

El jefe sabe quiénes son los principales culpables, Duffy el Simpático y MacFadden el Rojo. Diez días antes del robo, el jefe ya sabía que iba a ser perpetrado y había procedido cautelosamente haciendo seguir a los dos destacados malhechores; pero, por desgracia, la noche en cuestión se perdieron sus huellas y, antes de que pudiesen ser halladas de nuevo, el pájaro había volado... o digamos, más bien, el elefante.

Duffy y McFadden son los truhanes más audaces de la profesión. El jefe tiene razón al pensar que fueron ellos quienes robaron la estufa de la central de detectives una inclemente noche del invierno pasado, como consecuencia de lo cual el jefe y todos los detectives estuvieron antes de la mañana siguiente en manos de los médicos, algunos con los pies helados y otros, con los dedos, las orejas u otros miembros.

Cuando acabé de leer la primera mitad de esta crónica, me asombró más que nunca la prodigiosa sagacidad de aquel hombre extraño. Blunt no sólo veía con claridad todo lo presente, sino que ni siquiera podía serle ocultado el futuro. No tardé en ir a su oficina y le manifesté mi incontenible deseo de que hiciera arrestar a aquellos hombres y nos ahorrara de ese modo inconvenientes y perplejidades, pero su réplica fue sencilla y concluyente.

—A nosotros no nos corresponde impedir el delito, sino castigarlo. No podemos castigarlo antes de que se cometa.

Le hice notar que el estricto secreto con que empezamos había sido estropeado por los periódicos y que no sólo se habían revelado todos nuestros planes y propósitos, sino que hasta se había publicado el nombre de todas las personas sospechosas, que ahora, sin duda, se disfrazarían o se ocultarían.

—Déjelas usted —me dijo Blunt—. Ya verán que, cuando yo esté listo, mi mano caerá sobre ellas, en sus escondites, infalible como la mano del destino. En cuanto a los periódicos, tenemos que complacerlos. La fama, la reputación, la constante mención pública... son el pan de cada día del detective. Éste debe publicar sus hechos o, de lo contrario, se podría creer que no los tiene. Debe publicar su teoría, ya que nada es más extraño o impresionante que la teoría de un detective, o le vale más asombrado respeto. Debemos publicar nuestros planes, porque los periódicos quieren saberlos y no podemos negarnos sin ofenderlos. Debemos mostrarle constantemente al público qué estamos haciendo, o creerá que no hacemos nada. Es mucho más agradable que un diario diga: «La ingeniosa y excepcional teoría del inspector Blunt es la siguiente», que verlo escribir alguna cosa hostil o, lo que es peor, algo sarcástico.

—Comprendo la fuerza de su argumentación. Pero he notado que, en una parte de sus declaraciones periodísticas de esta mañana, usted se negó a revelar su opinión sobre un punto de poca importancia.

—Sí. Siempre hacemos eso; causa buen efecto. Además, yo no me había formado una opinión al respecto, de todos modos.

Puse una gran suma de dinero en manos del inspector para hacer frente a los gastos corrientes y me senté a la espera de noticias. Confiábamos en que los telegramas empezaran a llegar de un momento a otro. En el intervalo, releí los periódicos y también nuestra circular descriptiva y noté que la recompensa de veinticinco mil dólares parecía ser ofrecida nada más que a los detectives. Dije que, en mi opinión, la recompensa debía ofrecerse a quienquiera que encontrara al elefante. El inspector manifestó:

—Los detectives encontrarán al elefante, de modo que la recompensa irá adonde debe ir. Si lo encuentran otras personas, será solamente observando a los detectives y usando las pistas e indicaciones robadas a ellos y esto, a fin de cuentas, autorizará a los detectives a quedarse con la recompensa. La verdadera finalidad de la recompensa es estimular a los hombres que consagran su tiempo y su afinada sagacidad a ese tipo de trabajo, y no otorgar beneficios a los ciudadanos que por azar tropiecen con una presa, sin habérselos ganado con su propio mérito y trabajo.

Esto, a decir verdad, era bastante razonable. En ese momento, el telégrafo del rincón comenzó a emitir chasquidos y el resultado fue el siguiente despacho:

Estación Flower, Nueva York, 7.30 a. m.

Encontré pista. A través de granja próxima, vi sucesión profundas huellas.

Las seguí tres kilómetros dirección este sin resultado. Creo elefante se ha

dirigido oeste. Ahora, lo seguiré en esa dirección.

Darley, detective

—Darley es uno de los más destacados hombres de las fuerzas policiales —dijo el inspector—. Pronto volveremos a tener noticias de él.

Llegó el segundo telegrama:

Barker's, Nueva Jersey, 7.40 a. m.

Acabo de llegar. Anoche fue violentada aquí fábrica de vidrio y sustrajeron

ochocientas botellas. La sola agua existe cercanías está a ocho kilómetros

distancia. Iré allí. El elefante debe estar sediento. Las botellas estaban

vacías.

Baker, detective

—También esto promete —dijo el inspector—. Ya le dije que el apetito de ese animal no sería mala pista.

El tercer telegrama:

Taylorville, Long Island, 8.15 a. m.
Parva heno desapareció cerca aquí noche. Seguramente comida.
Tengo pista y parto.
Hubbard, detective

—¡Cómo va de un lado a otro ese animal! —dijo el inspector—. Ya sabía yo que nos iba a dar trabajo, pero lo atraparemos.

Estación Flower, Nueva York, 9.00 a. m.
Seguí huellas cinco kilómetros dirección oeste. Son grandes, hondas e irregulares. Acabo encontrar granjero que dice no son huellas elefante. Dice son agujeros que él cavó para árboles de sombra al helarse tierra invierno pasado. Espero órdenes conducta a seguir.
Darley, detective

—¡Ajá! ¡Un cómplice de los delincuentes! Estamos cada vez más cerca —exclamó el inspector, y le dictó el siguiente telegrama a Darley:

Apréselo y oblíguelo indicar cómplices. Siga huellas hasta Pacífico si hace falta.
Jefe Blunt

El telegrama siguiente:

Coney Point, Pensilvania, 8.45 a. m.
Anoche, atracadas oficinas compañía gas y robados tres meses facturas impagadas. Hay pista y me pongo en marcha.
Murphy, detective

—¡Santo Dios! —exclamó el inspector—. ¿Sería capaz el elefante de comer facturas de gas? Por ignorancia, sí; pero esos papeles no permiten mantener la vida. Al menos, por sí solos. Luego llegó este conmovedor telegrama:

Ironville, Nueva York, 9.30 a. m.

Acabo de llegar. Pueblo estupefacto. Elefante pasó por aquí cinco de la mañana. Algunos dicen que fue al este, otros, al oeste, otros, al norte y otros, al sur; pero todos aseguran no haber esperado para fijarse bien. Mató caballo; conseguí trozo caballo como pista. Lo mató con trompa; dado estilo golpe, creo que golpeó hacia izquierda. Dada posición que está caballo, creo elefante se encaminó Norte a lo largo línea ferrocarril Berkley. Lleva cuatro horas y media ventaja, pero encontraré su pista enseguida.

Hawes, detective

Di gritos de alegría. El inspector permaneció impasible, como una imagen tallada. Con serenidad, apretó su timbre.

—Alaric, envíeme al capitán Burns.

Vino Burns.

—¿Cuántos hombres están ahora preparados para recibir órdenes inmediatas?

—Noventa y seis, señor.

—Mándelos al norte sin demora. Que se concentren a lo largo de la carretera de Berkley al norte de Ironville.

—Sí, señor.

—Que efectúen sus movimientos con la máxima reserva. A los que estén fuera de servicio, téngalos disponibles.

—Sí, señor.

—¡En marcha!

—Sí, señor.

A poco, llegó otro telegrama:

Sage Corners, Nueva York, 10:30 a. m.

Acabo de llegar. Elefante pasó por aquí 8.15 a. m. Todos escaparon pueblo menos un policía. Parece elefante no golpeó policía sino poste de luz. Alcanzó ambos. Tengo trozo policía como pista.

Stumm, detective

—De modo que el elefante ha ido hacia el oeste —dijo el inspector—. Con todo, no podrá huir, porque mis hombres están diseminados por toda esa zona.

El telegrama siguiente decía:

Glover's, 11.15 a. m.

Acabo de llegar. Pueblo desierto, excepto enfermos y ancianos. Elefante pasó hace tres cuarto hora. Reunión masiva de junta antiabstinencia; metió trompa ventana y les echó agua aljibe. Algunos la tragaron y murieron; hay varios ahogados. Detectives Cross y O'Shaughnessy atravesaban ciudad, pero iban sur; de manera que no vieron elefante. Toda zona varios kilómetros redonda terror; gente abandonan sus casas. Adondequiera se vuelven, encuentran elefante; muchos muertos.

Brant, detective

Aquellos estragos me apenaban a tal punto que sentí deseos de llorar. Pero el inspector se limitó a decir:

—Ya lo ve… Le estamos pisando los talones. Intuye nuestra presencia; ha vuelto de nuevo hacia el este.

Todavía nos esperaban más noticias intranquilizadoras. El telégrafo trajo esto:

Hoganport, 12.19

Acabo de llegar. Elefante pasó hace media hora, causando salvaje pánico y excitación. Se lanzó enfurecido calles; de dos fontaneros que pasaban, mató a uno; el otro escapó. Pesadumbre general.

O'Flaherty, detective

—El animal está ahora justo en medio de mis hombres —dijo el inspector—. Nada puede salvarlo.

Luego sobrevino una serie de telegramas de detectives desparramados por Nueva Jersey y Pensilvania y que iban detrás de pistas consistentes en graneros, fábricas y bibliotecas de escuelas dominicales destruidos, con grandes esperanzas... esperanzas que, en realidad, valían tanto como certezas. El inspector dijo:

—Me gustaría comunicarme con ellos y ordenarles que fueran hacia el norte, pero es imposible. Un detective sólo va a la oficina telegráfica para enviar un informe; después, vuelve a salir y uno no sabe cómo echarle mano.

Luego llegó este despacho:

> Bridgeport, Connecticut, 12.15 p. m.
>
> Barnum ofrece cantidad fija cuatro mil dólares anuales por derechos exclusivos usar elefante medio publicidad ambulante desde ahora hasta que detectives lo arresten. Quiere pegar carteles circo en cuerpo de él.
>
> Pide respuesta inmediata.
>
> Biggs, detective

—¡Es completamente absurdo! —exclamé.

—Por supuesto —dijo el inspector—. Evidentemente, el señor Barnum, que se cree tan astuto, no sabe quién soy, pero yo sí sé quién es él.

> Oferta señor Barnum rechazada. Siete mil dólares o nada.
>
> Jefe Blunt

—Ya está. No necesitaremos aguardar mucho tiempo una respuesta. El señor Barnum no está en casa: está en la oficina del telégrafo, de acuerdo con su costumbre cuando trata negocios urgentes. Dentro de tres...

> Trato hecho.
>
> P. T. Barnum

Tal fue la interrupción de los tictacs telegráficos. Antes de que yo pudiera comentar este insólito episodio, el siguiente despacho llevó mis pensamientos por otro muy angustioso cauce...

> Bolivia, Nueva York. 12.50 p. m.
> Elefante llegó aquí del sur y pasó hacia bosque 11.50 a. m., desbaratando cortejo fúnebre por camino y restándole a dos plañideros. Pobladores disparason contra él varias pequeñas balas cañón luego huyeron. El detective Burke y yo llegamos diez minutos después, desde norte, pero confundimos unas excavaciones con pisadas y perdimos por eso mucho tiempo; finalmente encontramos buena pista y la seguimos hasta bosques. Luego, apoyamos en tierra manos y rodillas y continuamos vigilando atentamente huella y así la seguimos al internarse maleza. Burke se había adelantado. Desgraciadamente, animal se detuvo a descansar; de modo que Burke, la cabeza inclinada, atento a huella, chocó con patas traseras elefante antes advertir su proximidad. Burke se puso de pie inmediatamente, aferró cola y gritó con júbilo «Reclamo la...» pero no dijo más, ya que un solo golpe enorme trompa redujo valiente detective a fragmentos. Hui atrás y elefante se volvió y me siguió hacia límite bosque, a enorme velocidad y yo habría estado perdido sin poderlo remediar, de no haber intervenido nuevamente restos cortejo fúnebre, que atrajeron su atención pero esto no es gran pérdida, ya que sobra material para otro. Mientras tanto, elefante vuelto desaparecer.
> Mulrooney, detective

No recibimos más noticias que las enviadas por los diligentes y confiados detectives diseminados por Nueva Jersey, Pensilvania, Delaware y Virginia que seguían nuevas y estimulantes pistas... hasta que, poco después de las dos de la tarde, llegó este telegrama:

> Baxter Centre, 2.15 p. m.
> Elefante estuvo aquí, cubierto cartelones circo y disolvió reunión religiosa, derribando y dañando a muchos a punto de pasar a mejor vida.

Los pobladores lo cercaron y establecieron guardia. Cuando llegamos Brown y yo, penetramos cerco y procedimos identificar elefante por fotografía y señas. Todas coincidían excepto una, que no pudimos ver: cicatriz forúnculo bajo axila. Por cierto que Brown se arrastró debajo de él para mirar y elefante le abrió cabeza, mejor dicho, le aplastó y destruyó cráneo, aunque nada salió del interior. Todos escaparon; lo mismo elefante, golpeando a diestra y siniestra con gran efecto. Animal escapó, pero dejó grandes rastros sangre a causa heridas causadas por balas cañón. Redescubrimiento seguro. Se dirigió al sur, a través denso bosque.

Brent, detective

Éste fue el último telegrama. Al llegar la noche, descendió una niebla tan espesa que no podían verse las cosas que estaban a un metro de distancia. Esto duró toda la noche. Los ferris y hasta los autobuses tuvieron que dejar de circular.

III

Al día siguiente, los periódicos seguían llenos de teorías detectivescas. También aparecieron con todo lujo de detalles nuestros trágicos acontecimientos y muchas cosas más que los periódicos recibieron de sus corresponsales por telégrafo. Dedicaban al hecho columnas y más columnas, con destacados titulares, a tal punto que me causaba angustia leer aquello. Su tono general era el siguiente:

¡EL ELEFANTE BLANCO EN LIBERTAD! ¡ARREMETE EN SU MARCHA FATAL!

¡PUEBLOS ENTEROS ABANDONADOS POR SUS POBLADORES, POSEÍDOS POR EL PÁNICO!

¡EL PÁLIDO TERROR LO PRECEDE, LA MUERTE Y LA DEVASTACIÓN LO SIGUEN!
¡TRAS ÉL, LOS DETECTIVES!

¡GRANEROS DESTRUIDOS, FÁBRICAS ARRASADAS, COSECHAS DEVORADAS, REUNIONES PÚBLICAS DISPERSADAS, ACOMPAÑADAS POR ESCENAS DE CARNICERÍA IMPOSIBLES DE DESCRIBIR!

¡LAS TEORÍAS DE LOS TREINTA Y CUATRO DETECTIVES DE LA POLICÍA!

¡LA TEORÍA DEL JEFE BLUNT!

—¡Eso es! —gritó el inspector, casi traicionando su excitación—. ¡Es formidable! Es la ganga más grande que haya tenido nunca una institución detectivesca. Su fama llegará hasta los confines de la Tierra y perdurará hasta el fin de los tiempos, y mi nombre con ella.

Pero no había alegría para mí. Me parecía que había sido yo quien había cometido todos aquellos sangrientos crímenes y que el elefante sólo era mi irresponsable agente. ¡Y cómo había aumentado la lista! En cierto sitio el elefante interfirió una elección y mató a cinco electores que habían votado por partida triple. A esto le había seguido la muerte de dos inocentes señores llamados O'Donohue y McFlannigan, que «el día anterior acababan de hallar cobijo en el país de los oprimidos del mundo entero y se disponían a ejercitar el noble derecho de los ciudadanos norteamericanos en las urnas, momento en que fueron desintegrados por la despiadada mano del Azote de Siam». En otro lugar el elefante había dado con «un estrafalario predicador sensacionalista que preparaba sus heroicos ataques de la temporada por venir contra el baile, el teatro y otras cosas que no podían devolver el golpe, y lo había aplastado». Y en un tercer lugar había «matado a un vendedor de pararrayos». Y así aumentaba la lista, cada vez más roja y cada vez más desalentadora. Ya eran sesenta los muertos y doscientos cuarenta los heridos. Todos los informes atestiguaban la actividad y devoción de los detectives y terminaban con la observación de que «trescientos mil ciudadanos y cuatro detectives vieron al horrible animal y éste aniquiló a dos de estos últimos».

Yo temía oír nuevamente el martilleo del telégrafo. Poco a poco, empezaron a llegar torrencialmente los mensajes, pero su carácter me causó una agradable decepción. Pronto fue evidente que se había perdido toda pista del elefante. La niebla le había permitido buscar un buen escondite sin ser visto. Telegramas recibidos de los puntos más ridículamente lejanos daban cuenta de que se había vislumbrado una vaga y enorme mole a través de la niebla a tal y cual hora, y de que «se trataba indudablemente del elefante». La vaga mole había sido entrevista en New Haven, Nueva Jersey, Pensilvania, en el interior del estado de Nueva York, en Brooklyn... ¡y hasta en la propia ciudad de Nueva York! Pero, en todos los casos, la enorme y vaga mole había desaparecido velozmente y sin dejar huellas. Todos los detectives del gran contingente policial disperso sobre aquella vasta extensión del país despachaban informes hora tras hora y cada uno de ellos tenía una pista y seguía a algo y le estaba pisando los talones.

Pero el día transcurrió sin más novedades.

Al día siguiente, lo mismo.

Al otro día, lo mismo.

Las informaciones periodísticas comenzaron a resultar monótonas, con sus hechos que nada decían, con sus pistas que a nada conducían y con sus teorías que casi habían agotado los elementos que asombran y deleitan y deslumbran. Por consejo del inspector, dupliqué la recompensa ofrecida.

Transcurrieron otros cuatro días sombríos. Después, los pobres y diligentes detectives sufrieron un duro golpe; los periodistas se negaron a publicar sus teorías y dijeron con indiferencia: «Dennos un descanso».

Dos semanas después de la desaparición del elefante, obediente al consejo del inspector, aumenté la recompensa a setenta y cinco mil dólares. La cantidad era grande, pero decidí sacrificar mi fortuna personal antes que perder mi reputación ante el Gobierno. Ahora que la adversidad se ensañaba con los detectives, los periódicos se volvieron contra ellos y se dedicaron a herirlos con los más punzantes sarcasmos. Esto les sugirió una idea a los cómicos del teatro, que se disfrazaron de detectives y dieron caza al elefante a través del escenario de la forma más extravagante. Los caricaturistas dibujaron a los detectives registrando el país con prismáticos, mientras el elefante, desde atrás de ellos, les robaba manzanas de los bolsillos. Y bosquejaron toda clase de ridículos dibujos de la placa de detective; sin duda, ustedes habrán visto esa placa estampada en oro en la contratapa de las novelas policíacas. Se trata de un ojo desmesuradamente abierto, con la leyenda: «Nosotros nunca dormimos». Cuando los detectives pedían una copa, el tabernero, con ínfulas de chistoso, resucitaba una vieja expresión y decía: «¿Quiere usted un trago de esos que hacen abrir los ojos?». La atmósfera estaba cargada de sarcasmos.

Pero había un hombre que se movía con calma, sin darse por afectado, indiferente a pesar de todo. Era aquel ser de corazón de roble, el inspector jefe Blunt. Su valiente ojo nunca cedía en su vigilancia, su serena confianza jamás flaqueaba. Siempre decía: «Que sigan con sus burlas; el que ríe último, ríe mejor».

Mi admiración por aquel hombre se convirtió en algo similar a la adoración. Yo estaba siempre a su lado. Su oficina se había convertido para mí en un sitio desagradable y esta sensación aumentaba cada día. Con todo, si él podía soportarlo, yo me proponía hacer lo mismo; al menos, mientras fuera posible. De manera que iba con regularidad y me quedaba; era el único extraño que parecía con fuerzas para hacerlo. Todos se asombraban de que yo pudiese hacerlo y, con frecuencia, me parecía que debía marcharme, pero en tales ocasiones observaba aquel rostro sereno y aparentemente inconsciente y me mantenía firme.

Unas tres semanas tras la desaparición del elefante, a punto de manifestar que me veía obligado a arriar mi bandera y retirarme, el gran detective contrarrestó este pensamiento proponiendo una jugada más soberbia.

Consistía ésta en pactar con los ladrones. La inagotable inventiva de aquel hombre superaba todo lo que yo jamás había visto, a pesar de mis abundantes intercambios de ideas con las mentes más brillantes del mundo. Blunt dijo que estaba seguro de poder convenir la suma del rescate en cien mil dólares y recuperar al elefante. Yo dije que esperaba reunir esa cantidad, pero ¿qué sería de los pobres detectives que habían trabajado tan sacrificadamente...? Blunt dijo:

—En las transacciones, les toca siempre la mitad.

Esto contrarrestó mi única objeción. De modo que el inspector escribió dos misivas con este contenido:

Estimada señora:

Su marido puede obtener una gran cantidad de dinero (y verse totalmente protegido por la ley) concertando una entrevista inmediata conmigo.

Jefe Blunt

Envió una de estas cartas con su emisario confidencial a la «presunta esposa» de Duffy el Simpático y la otra, a la presunta esposa de McFadden el Rojo. Al cabo de una hora, llegaron estas ofensivas respuestas.

Viejo estúpido: Duffy el Simpático la palmó hace dos años.
Bridget Mahoney

Jefe Blunt: McFadden el Rojo fue ahorcado hace 18 meses. Todos los burros, menos los detectives, lo saben.
Mary O'Hooligan

—Sospechaba que esto era así desde hace tiempo —manifestó el inspector—. Este testimonio prueba la infalible precisión de mi instinto.

Apenas fracasaba uno de sus recursos, tenía otro listo. Escribió rápidamente un aviso para los diarios matutinos y conservó un ejemplar:

A— xwblv. 242. N. Tjnd— fz 328 wmlg. Ozpo,— 2 m! ugw. Mum.

Dijo que, si el ladrón estaba vivo, esto lo llevaría al punto de encuentro habitual. Explicó además que el punto de encuentro habitual era un lugar donde se resolvían todos los asuntos entre los detectives y los delincuentes. La entrevista tendría lugar a las doce de la noche siguiente.

Nada podíamos hacer hasta ese momento y yo me apresuré a irme de la oficina y me sentí realmente agradecido por ese privilegio.

La noche siguiente, a las once, llevé los cien mil dólares en billetes y se los entregué al jefe y poco después éste se despidió, con su inconmovible confianza en los ojos. Pasó una hora casi interminable; luego oí su grato andar y me levanté con una exclamación entrecortada y tambaleándome. ¡Qué llama de victoria ardía en sus ojos! Y dijo:

—¡Hemos cerrado el trato! ¡Los bromistas cantarán mañana una canción muy distinta! ¡Sígame!

Tomó una vela encendida y bajó al vasto sótano abovedado, donde dormían siempre sesenta detectives y donde un numeroso grupo estaba en esos momentos jugando a las cartas para matar el tiempo. Lo seguí de cerca. Me dirigí rápidamente al oscuro y lejano extremo del aposento y, en el preciso instante en el que sucumbía a una sensación de asfixia y poco me faltaba para desvanecerme, Blunt tropezó y cayó sobre los estirados miembros de un voluminoso objeto, y lo oí exclamar, inclinándose:

—Nuestra noble profesión queda rehabilitada. ¡Aquí está su elefante!

Me trasladaron a la oficina de la planta superior y me hicieron recobrar el sentido con ácido fénico. Luego, penetró allí como un enjambre todo el cuerpo de detectives y hubo otro desbordamiento de triunfante júbilo, como yo no había visto nunca. Llamaron a los reporteros, se abrieron cajas de champaña, se pronunciaron brindis, los apretones de manos y las felicitaciones fueron continuos y entusiastas. Naturalmente, el jefe era el héroe del día y su felicidad era tan grande y había sido ganada de una manera tan paciente y noble y valerosa, que me sentí feliz al verla, aunque yo era ahora un pordiosero sin hogar, con mi inestimable carga muerta, y había perdido mi posición en la Administración Pública de mi país, dado lo que parecería por siempre una ejecución tristemente negligente de una importante misión. Muchos elocuentes ojos dieron muestras de su profunda admiración por el jefe y muchas detectivescas voces murmuraron: «Mírenlo: es el rey de la profesión. Basta con darle un rastro y no necesita más. No hay cosa escondida que no pueda encontrar». La distribución de los cincuenta mil dólares proporcionó gran placer: cuando hubo terminado, el jefe pronunció un discursito, mientras se metía en el bolsillo su parte, y dijo en el transcurso de éste:

—Disfruten ese dinero, muchachos, porque se lo han ganado. Y algo más: han ganado inmarcesible fama para la profesión detectivesca.

Llegó un telegrama, cuyo contenido era el siguiente:

Monroe, Michigan, 10.00 p. m.

Por primera vez encuentro oficina telégrafos en más de tres semanas.

Seguí huellas, a caballo, a través bosques, a mil seiscientos kilómetros de aquí y son más fuertes y grandes y frescas cada día. No se preocupe; una semana más y tendré elefante. Esto es segurísimo.

Darley, detective

El jefe ordenó que se dieran tres vítores por Darley, «uno de los principales cerebros del cuerpo de detectives», y dispuso luego que se le telegrafiara, para que regresase y recibiera su parte de la recompensa. Así concluyó el maravilloso episodio del elefante robado. Los periódicos volvieron a prodigar sus elogios al día siguiente, con una sola y despreciable excepción. La del que manifestó: «¡Qué grande es el detective! Podrá ser un poco lento para encontrar una pequeñez tal como un elefante extraviado, podrá darle caza durante todo el día y dormir con su putrefacto esqueleto durante tres semanas, pero lo encontrará por fin... ¡si puede conseguir que el hombre que lo indujo a error le indique el lugar!».

Yo había perdido al pobre Hassan para siempre. Las balas de cañón le habían causado heridas fatales. Se había arrastrado hacia aquel lugar hostil, situado en medio de la niebla, y allí, rodeado por sus enemigos y en constante peligro de ser encontrado, había perecido de hambre y había sufrido hasta que con la muerte le llegó la paz.

El rescate me costó cien mil dólares, los gastos de investigación cuarenta y dos mil. Jamás volví a pedir un cargo público, estoy arruinado y me he convertido en un vagabundo, pero mi admiración por ese hombre, a quien considero el detective más grande que el mundo haya dado, se mantiene viva hasta hoy y seguirá así hasta el fin de mis días.

EL CRIMINAL PERFECTO
Edgar Wallace

l señor Felix O'Hara Golbeater sabía algo de investigación criminal, pues, habiendo ejercido como *solicitor* durante dieciocho años, había mantenido asiduo contacto con las clases delincuentes, y su ingenio y agudas facultades de observación le habían permitido obtener sentencias condenatorias en casos en los que los métodos ordinarios de la policía habían fracasado.

Hombre escaso de carnes, cerca de la cincuentena, se distinguía por una barba cerrada y mocha y unas cejas cargadas, siendo objeto una y otra de desvelados y pacientes cuidados.

No es habitual, ni siquiera entre las gentes de toga, tan dadas a costumbres singulares, extremarse en el cuidado de las cejas, pero O'Hara Golbeater era hombre precavido y preveía el día en que la gente interesada en ello buscaría sus cejas cuando su retrato figurase en los tablones de anuncios de las delegaciones de policía; pues el señor Felix O'Hara Golbeater, que no pecaba de iluso, se daba perfecta cuenta del hecho primordial de que no se puede engañar a todo el mundo indefinidamente. En consecuencia, vivía eternamente alerta a causa de la misteriosa persona que, tarde o temprano, acabaría por entrar en escena y sabría ver a través de la máscara de Golbeater el abogado, de Golbeater el fideicomisario, de Golbeater el mecenas deportivo y de (última y mayor de sus distinciones) Golbeater el aviador, cuyos vuelos habían causado cierta sensación en el pueblecito de Buckingham donde tenía su «sede campesina». Y no tenía ninguna gana de ser «visto por dentro».

Una noche de abril estaba sentado en su despacho. Sus empleados se habían ido a casa hacía ya mucho tiempo y la encargada de la limpieza también se había marchado.

No era costumbre de Felix O'Hara Golbeater quedarse en la oficina hasta las once de la noche, pero las circunstancias eran excepcionales y justificaban la desusada conducta.

A sus espaldas había una serie de cajas de acero laqueadas. Estaban dispuestas en estantes y ocupaban media pared. En cada caja, pintado con pulcros caracteres blancos, figuraba el nombre de la persona o entidad para cuyos documentos estaba reservado el receptáculo. Había una caja dedicada al «Sindicato Alfarero Anglochino» (en liquidación); otra, a «La testamentaría Erly», y otra, a nombre de «El difunto sir George Gallinger», para no citar más que unas cuantas.

Golbeater estaba principalmente interesado en la caja que llevaba la inscripción «Bienes de la difunta Louisa Harringay», que permanecía abierta sobre su impoluto escritorio y con el contenido dispuesto en ordenados montones.

De cuando en cuando, tomaba notas en un libro pequeño, pero grueso, colocado a su lado; notas destinadas, al parecer, a su uso confidencial, pues el libro estaba provisto de cierre.

Cuando estaba más absorto en su inspección, sonó un golpe seco en la puerta.

Alzó la vista y escuchó con el cigarro apretado entre sus dientes blancos y regulares.

La llamada se repitió. Se levantó, cruzó la alfombrada habitación con suavidad e inclinó la cabeza, como si de esa forma pudiera intensificar sus facultades auditivas.

El visitante volvió a golpear los paneles de la puerta, esta vez con impaciencia, y trató luego de abrirla.

—¿Quién es? —preguntó Golbeater en voz baja.

—Fearn —fue la respuesta.

—Un momento.

Golbeater volvió rápidamente hasta el escritorio y amontonó todos los documentos en la caja abierta. Colocó ésta nuevamente en su estante y, regresando junto a la puerta, la abrió.

Un joven esperaba en el umbral. Su largo gabán estaba salpicado de lluvia. En su rostro, amable y franco, luchaban el embarazo de quien tiene que cumplir una misión desagradable y el fastidio peculiar del inglés a quien se hace esperar sobre el felpudo de la puerta.

—Adelante —dijo Golbeater, y abrió del todo la puerta.

El joven entró en la habitación y se quitó el abrigo.

—Está bastante mojado —se disculpó con voz ronca.

Golbeater asintió con un gesto. Cerró la puerta cuidadosamente y echó la llave.

—Siéntese —dijo, y acercó una silla. Sus firmes ojos grises no se apartaban del rostro del otro. Estaba completamente alerta, en tensión, obedeciendo al atávico instinto de defensa. Hasta la inclinación de su cigarro revelaba cautela y desafío.

—Vi encendida la luz del despacho... y se me ocurrió hacer una visita —dijo torpemente. Siguió una pausa—. ¿Ha volado usted últimamente?

Golbeater se quitó el habano de la boca y lo examinó atentamente.

—Sí —respondió como si hablase confidencialmente con su cigarro.

—Es curioso que una persona como usted se dedique a eso —dijo el otro, con un destello de admiración reprimida en los ojos—. Supongo que el estudio de los criminales y el contacto con ellos... le fortalece los nervios... y esas cosas.

Fearn estaba marcando el tiempo. Casi podía oírse la marcha acompasada de sus pasos mentales. Comenzó de nuevo:

—¿Cree de veras, Golbeater, que alguien podría... podría escapar de la justicia si realmente lo intentase?

Un extravagante pensamiento medio esperanzado relampagueó en la mente del letrado. ¿Habría hecho aquel joven necio alguna incursión fuera de la ley? ¿Habría sobrepasado también él la línea divisoria? Los jóvenes son dados a las locuras.

Y, si así fuese, ello significaría la salvación para Felix O'Hara Golbeater, pues Fearn era el prometido de la joven heredera de la fortuna de la difunta señorita Harringay… y era también el tipo de hombre a quien el abogado más temía. Lo temía porque era un necio, un necio terco e inquisitivo.

—Lo creo, y muy de veras —respondió—; mi tesis, basada en la experiencia, es que en cierto tipo de crímenes el culpable no tiene por qué ser necesariamente descubierto y que, en otras clases, incluso si resulta identificado, puede muy bien, contando con un día de ventaja, escapar al arresto.

Se arrellanó en su sillón para proseguir con su teoría favorita, que ya había sido tema de debate la última vez que él y Fearn se habían encontrado en el club.

—Tómeme a mí como ejemplo —dijo—. Suponga que yo fuese un criminal (uno de los de envergadura); nada me sería más fácil que montar en mi aparato, salir volando alegremente para Francia, descender allí donde supiera que me esperaban suministros de repuesto y continuar mi viaje hasta algún lugar insospechable. Conozco una docena de sitios en España donde el avión podría ocultarse.

El joven lo contemplaba con expresión sombría y dubitativa.

—Admito —siguió Golbeater, haciendo un gesto con la mano que sostenía el cigarro— que me encuentro en circunstancias excepcionalmente favorables para ello; pero, en realidad, en cualquier caso la cuestión no consiste sino en arreglarlo todo de antemano; en una cuidadosa y detallada preparación, al alcance de cualquier criminal. El camino, en realidad, está abierto para todos. Pero ¿qué nos encontramos en la práctica? Un individuo roba sistemáticamente a su patrón y se engaña a sí mismo todo el tiempo con la creencia de que sucederá un milagro que le permitirá salir bien de sus desfalcos. En vez de reconocer lo inevitable, sueña con la suerte; en lugar de planear metódicamente su fuga, emplea todas sus facultades organizadoras en ocultar hoy el delito de ayer.

Se detuvo, a la espera de la confesión que había estado alentando. Sabía que Fearn hacía alguna que otra especulación bursátil; que frecuentaba las carreras de caballos.

—Hum —gruñó Fearn. Su rostro, magro y moreno, se contrajo en una momentánea mueca—. Es maravilloso no encontrarse fuera de la ley, ¿verdad? ¿Usted no lo estará, supongo?

Felix O'Hara Golbeater era sumamente perspicaz en lo referente a las sutilezas de la naturaleza humana y muy avisado en la lectura de presagios. Sabía captar la verdad que se esconde tras una sonrisa y lo mismo puede ser interpretada como una muestra de humorismo que como una fatal acusación y así, en la pregunta que se le formulaba a modo de burlona humorada, reconoció su ruina.

El joven lo observaba ávidamente, con la mente asaltada por vagos temores, tan vagos e indefinidos que había pasado cuatro horas paseando arriba y abajo por la calle en la que estaban situadas las oficinas de Golbeater antes de decidirse a visitarlo.

El abogado se echo a reír.

—Sería bastante enojoso para usted que yo me encontrase en tal situación —repuso—, pues en este momento tengo en mi poder algo así como sesenta mil libras de su prometida.

—Creía que estaban en el banco —dijo rápidamente el otro.

El letrado se encogió de hombros.

—Así es —repuso—, pero no por eso dejan de estar a mi disposición. Las palabras mágicas «Felix O'Hara Golbeater» inscritas en la esquina inferior izquierda de un cheque pondrían el dinero en mis manos.

—¡Oh! —exclamó Fearn.

No hizo intento alguno de disimular su alivio.

Se levantó con ese gesto un tanto desmañado característico de los jóvenes de honestidad transparente y expresó con palabras el pensamiento que con mayor insistencia le rondaba la mente.

—Me importa un bledo el dinero de Hilda —dijo bruscamente—. Tengo suficiente para vivir, pero comprendo que hay que andarse con cuidado... por interés de ella, claro está.

—Hace usted muy bien en ser cuidadoso —dijo Golbeater. Las comisuras de sus labios se crisparon, pero la barba ocultó el hecho a su visitante—; sería conveniente que pusiera usted un detective en el banco para cuidar de que yo no saque el dinero y desaparezca.

—Lo he hecho —reveló el joven, presa de cierta confusión—; al menos... bueno, la gente dice cosas, ¿sabe...? Se habló mucho de aquel caso del legado Meredith... A decir verdad, usted no salió muy airoso de aquello, Golbeater.

—Pagué el dinero —replicó Golbeater de buen temple—, si es a eso a lo que se refiere —fue hasta la puerta y la abrió—. Espero que no se moje —dijo cortésmente.

Fearn no acertó más que a murmurar un incoherente tópico y bajó a traspiés y a tientas las oscuras escaleras que descendían hasta la calle.

Golbeater entró en la habitación contigua, cerrando la puerta tras de sí. No había allí ninguna luz y desde la ventana pudo observar los movimientos del otro. Esperaba que a Fearn se le uniese algún acompañante, pero la vacilación que el joven exteriorizó al salir a la calle indicaba que no tenía ninguna cita ni esperaba a nadie.

Golbeater regresó al interior del despacho. No malgastó el tiempo en especulaciones. Sabía que el juego había terminado. De un cajón abierto en el fondo de la caja fuerte sacó un memorándum y lo repasó.

Un año antes, un francés excéntrico que ocupaba una pequeña pero señorial vivienda campestre en el condado de Wilt había muerto, y la propiedad había sido puesta en venta. Lo curioso del caso era que no se ofreció en el mercado inglés. Su difunto propietario era el último descendiente de un linaje de exiliados franceses que tenían establecido su hogar en Inglaterra desde los tiempos de la Revolución. Los herederos, que no albergaban el menor deseo de residir en una tierra que nada significaba para ellos, habían confiado la venta de la propiedad a una firma de notarios franceses.

Golbeater, perfecto conocedor de la lengua francesa y serio estudioso de la prensa parisina, tuvo noticia de la oferta y adquirió la propiedad por mediación de una serie de agentes. Fue reamueblada desde París. Los dos criados que cuidaban de la pequeña mansión habían sido contratados asimismo desde París, de donde recibían su paga, y ninguno de ambos, que recibían giros y cartas con el matasellos parisiense, asociaban a monsieur Alphonse Didet, el empleador a quien jamás habían visto, con el abogado de Londres.

Tampoco las buenas gentes de Letherhampton, la aldea próxima a la casa, se quebraban demasiado los cascos acerca del cambio de propietario. Un «franchute» era, al fin y al cabo, muy parecido a otro «franchute»; habían crecido acostumbrados a las excentricidades de los aristócratas exiliados y los veían con la misma indiferencia con que miraban los accidentes del paisaje y con el desdén que la mente aldeana reserva para los ignorantes que no hablan su lengua.

También disponía Golbeater, en las cercanías de Whitstable, de un pequeño bungaló amueblado con sencillez, al que acostumbraba a ir los fines de semana. Lo más importante y valioso que contenía era una motocicleta; y en el depósito de equipajes de una estación terminal de Londres había dos baúles, viejos y deteriorados, cubiertos de etiquetas con nombres extranjeros y de pintorescos anuncios de hoteles de ultramar. Felix O'Hara Golbeater era muy meticuloso. Además, se beneficiaba de la experiencia ajena; conocía el tipo del criminal desordenado y aprovechaba la lección proporcionada por el prematuro fin con el que se recompensa la negligencia en la fuga.

Fue hasta la chimenea, encendió una cerilla y quemó el cuaderno de notas hasta dejarlo reducido a ceniza. No había nada más que quemar, pues tenía por costumbre deshacerse en el acto de cuanto pudiera llegar a ser comprometedor. De la caja fuerte sacó un grueso paquete, lo abrió y expuso a la vista un apretado fajo de billetes ingleses y franceses. Representaban la mayor parte de las sesenta mil libras que, si cada cual tuviera lo suyo, deberían estar en poder de los banqueros de la señorita Hilda Harringay.

Las sesenta mil no estaban completas, porque había tenido que tapar algunas trampas de más urgente y apremiante pago.

Se puso rápidamente un impermeable, apagó la luz, dejó artísticamente una carta a medio terminar en un cajón abierto de su escritorio y salió del despacho. Cuando el tren correspondiente a la hora de salida de los teatros dejaba la estación de Charing Cross, Golbeater iba pensando en las ventajas de ser soltero. Carecía de ataduras que pudieran turbar su conciencia: era el delincuente ideal.

Desde la estación de Sevenoaks recorrió a pie los tres kilómetros largos que conducían al hangar. Pasó la noche en el cobertizo, leyendo a la luz de una linterna. Mucho antes del amanecer se cambió de indumentaria, poniéndose su conjunto de mecánico y guardando su ropa de calle, cuidadosamente plegada, en un armario.

Hacía un día perfecto para volar y, a las cinco de la mañana, con la ayuda de dos labradores que se dirigían a su trabajo, puso en marcha el avión y se elevó con facilidad sobre la aldea. Para su buena fortuna, no hacía viento, y, lo que era aún mejor, el mar estaba cubierto de neblina. Había tomado la dirección de Whitstable y cuando percibió bajo él, en la oscuridad, el rumor de las aguas, descendió hasta distinguir la orilla; reconoció un puesto de guardacostas y prosiguió el vuelo por espacio de una milla, a lo largo de la playa.

* * *

Los periódicos que publicaron el relato de la tragedia del avión describieron cómo fue descubierto el aparato, flotando invertido a tres kilómetros de la costa, y la afanosa exploración efectuada por los guardacostas y la policía en busca del cuerpo del infortunado Felix O'Hara Golbeater, que evidentemente se había extraviado y había perecido ahogado cuando trataba de llegar a su bungaló. Insinuaban en lenguaje velado que lo que se proponía era en realidad ganar la costa francesa, para lo que tenía muy buenas razones.

Lo que ninguno de ellos descubrió fue cómo Felix O'Hara Golbeater había orientado su aparato en vertical hacia el cielo cuando apenas distaba unos metros de la superficie del agua (y otro tanto de la orilla) y se había dejado caer en el mar con cerca de sesenta mil libras en el bolsillo impermeable de su mono de faena.

Ni cómo, con sorprendente rapidez, había alcanzado el pequeño y aislado bungaló de la playa, se había quitado su ropa empapada en la galería, había entrado luego en la casita para cambiarse, y había vuelto a salir para hacer un hato con el conjunto de mecánico mojado; ni cómo había metido éste en un saco convenientemente lastrado y lo había dejado caer en el pozo situado detrás de la casa. Ni cómo, con pasmosa celeridad, se había rapado la barba y las cejas, poniendo tal cuidado en eliminar los rastros de la operación que ni un simple pelo sería jamás encontrado por la policía.

Ninguna de esas cosas fue descrita, por la sencilla razón de que no eran conocidas y de que no hubo ningún reportero lo suficientemente imaginativo para figurárselas.

A primeras horas de la mañana, un motociclista limpiamente afeitado, de aspecto juvenil, provisto de gafas de motorista y envuelto en un amplio impermeable, se dirigió velozmente a Londres, deteniéndose únicamente en las poblaciones y fondas frecuentadas por los motociclistas. Llegó a Londres después del anochecer. Dejó la moto en un garaje, juntamente con el mojado impermeable. Había tenido en cuenta un plan más elaborado para deshacerse de ambas cosas, pero no lo consideró necesario ni lo era en realidad.

Felix O'Hara Golbeater había dejado de existir: estaba tan muerto como si verdaderamente su cadáver yaciera, como un juguete de las olas, en el fondo del mar.

Monsieur Alphonse Didet pidió al mozo de la consigna, en buen francés entreverado de un inglés no tan bueno, la devolución de sus dos baúles.

Para los aldeanos de Letherhampton, el esperado francés había llegado o regresado (se mostraban un tanto vagos en cuanto a si había estado ya o no en la casita con anterioridad) y su presencia servía de relleno a las conversaciones.

Londres entretanto discutía con afanoso interés la historia de Felix O'Hara Golbeater. Scotland Yard sometió a un rápido examen las oficinas del señor Golbeater en Bloomsbury, el piso del señor Golbeater en Kensington y la cuenta corriente del señor Golbeater; pero, pese a que descubrieron muchas cosas interesantes, no encontraron dinero alguno.

Una muchacha de rostro pálido, acompañada por un joven delgado y de aire sencillo, interrogaba al detective encargado del caso.

—Nuestra hipótesis —dijo el policía con acento impresionante— es que, al intentar huir a la costa francesa, sufrió un accidente mortal. Estoy convencido de que ha muerto.

—Yo no —repuso el joven.

El detective pensó que era tonto, pero consideró inoportuno decirlo.

—Estoy seguro de que sigue vivo —dijo Fearn enérgicamente—. Le digo a usted que es listo como un demonio. Si quería abandonar Inglaterra, ¿por qué no hacerlo tomando el paquebote de la noche pasada? Nada se lo impedía.

—Tenía entendido que usted había contratado detectives privados para que vigilasen los barcos, ¿no es así?

El joven se sonrojó.

—Sí —confesó—; lo había olvidado.

—Enviaremos una circular a todas las delegaciones, pero debo confesar que no espero que se lo encuentre.

En honor de la policía ha de afirmarse que no se anduvo con displicencias a la hora de realizar su tarea. El bungaló de Whitstable fue registrado de punta a punta, sin resultado; no había el menor rastro de Golbeater; incluso el espejo ante el que se había afeitado estaba cubierto de una espesa capa de polvo; éste había sido uno de los primeros artículos del mobiliario examinados por el detective.

El terreno circundante fue escudriñado con la misma escrupulosidad, pero el día de la partida del fugitivo había llovido y, además, éste se había tomado la trabajosa molestia de llevar a cuestas la moto hasta la carretera.

Su piso no ofrecía tampoco indicio alguno de su paradero. La carta inacabada apoyaba fuertemente la teoría de la policía de que no había tenido la intención de huir tan precipitadamente.

Afortunadamente, el caso mereció para los periódicos franceses el interés suficiente como para permitir a Felix O'Hara Golbeater adquirir un conocimiento básico de la marcha de las investigaciones. Cada mañana llegaban puntualmente a su *château* los periódicos *Le Petit Parisien y Le Matin*. No se había suscrito a ningún periódico inglés; era demasiado prudente para hacerlo. En las audaces columnas de *Le Matin* descubrió algo sobre sí mismo: todo cuanto deseaba saber, y ese todo era altamente satisfactorio.

Se entregó a la relajante vida de su casa de campo. Había planeado el futuro con todo detalle. Se condenó a sí mismo a seis meses de prisión en su bella vivienda, al término de los cuales podría establecer ya, merced a una asidua correspondencia llevada con el tacto y la estrategia debidos, su personalidad como monsieur Alphonse Didet sin el más leve temor de ser identificado. Pasados los seis meses haría una sencilla excursión, quizás a Francia, o, siguiendo un plan más elaborado, saldría embarcado en un yate.

Por el momento se dedicó al cultivo de sus rosas, al estudio de la astronomía, al que lo invitaba el diminuto observatorio del difunto propietario, y a mantener una voluminosa correspondencia con varias doctas sociedades situadas en Francia.

Había por entonces en Letherhampton un superintendente de policía amante del estudio. Las malas lenguas expresaban la opinión de que sus estudios adolecían de una laguna imperdonable para los de su profesión: la criminología.

El superintendente Grayson era un hombre hecho a sí mismo y un autodidacta. Era el típico suscriptor de cursos por correspondencia y, mediante un módico desembolso y una enorme capacidad para aprender como los loros ciertos hechos oscuros para el hombre medio, había llegado a convertirse, sucesivamente, en técnico publicitario, ingeniero civil de mérito pasable, periodista y docto en francés y español. Su francés pertenecía a la variedad que se entiende mejor en Inglaterra, sobre todo por los profesores de cursos por correspondencia, pero el superintendente vivía en beatífica ignorancia de este hecho, y suspiraba por una oportunidad de experimentar con un auténtico francés.

Con anterioridad a la llegada del monsieur Alphonse Didet había visitado repetidas veces el *château* y hablado, en su lengua materna, con los dos sirvientes allí instalados. Como no eran más que unos pobres e ignorantes siervos, no comprendieron, por supuesto, el elevado lenguaje que él hablaba, en vista de lo cual desechó a sus obtusas víctimas por estimarlas demasiado provincianas, aunque de hecho ambos eran parisinos de pura cepa.

Una vez entrado en escena monsieur Alphonse, el superintendente Grayson trató de dar con una excusa para hacerle una visita, con el mismo y desamparado afán con que el que desea colgar un cuadro busca un martillo en el momento crítico. Las fuentes ordinarias de inspiración estaban descartadas. Monsieur Didet, al ser súbdito francés, no podía ser llamado a formar parte de un jurado, pagaba religiosamente sus impuestos y nunca había atropellado a nadie con su automóvil, entre otras razones porque no poseía automóvil.

El superintendente estaba desesperado por encontrar la ocasión propicia cuando un desventurado policía resultó gravemente herido durante el cumplimiento de su deber y se abrió una suscripción en todo el condado para acudir en su socorro, con autorización del jefe de policía. Se encomendó al superintendente Grayson la misión de recoger las dádivas locales.

Fue así como llegó al *Château Blanche*.

Monsieur Alphonse Didet observó a la fornida figura que se aproximaba, calzada con botas de montar y espuelas, el pecho florido de medallas y de cintas, como correspondía a un superintendente con un pasado en el ejército, y se dio golpecitos en los dientes con la pluma, pensativo. Abrió un cajón de su escritorio y sacó su revólver. Estaba cargado. Extrajo los cartuchos y los arrojó en un puñado a la papelera. Porque, si aquello significaba el arresto, no estaba completamente seguro de lo que haría, pero tenía la absoluta certeza de que no lo ahorcarían.

Paul, el anciano mayordomo, anunció al visitante.

—Hágale pasar —dijo monsieur Alphonse, y adoptó una postura negligente en la butaca, con un libro de ciencia sobre la rodilla y las grandes gafas artísticamente encaramadas de medio lado sobre la nariz. Alzó la mirada por debajo de las enarcadas cejas conforme el policía entraba, se levantó y, con una cortesía muy francesa, le ofreció un asiento.

Tras aclararse la garganta, el superintendente comenzó a hablar en francés.

Dio los buenos días a monsieur; se sentía desolado por tener que interrumpir los estudios del profesor, pero, *hélas!*, le había ocurrido un terrible accidente a un bravo gendarme del cuerpo municipal (ésta fue la denominación más aproximada a «policía del condado» que el esforzado hablante logró encontrar, y sirvió para el caso).

Su interlocutor escuchó y comprendió, emitiendo firmemente a través de la nariz largos, muy largos suspiros de alivio, y sintiendo un extraordinario temblor de rodillas, sensación que nunca hubiera pensado experimentar.

También él se sentía desolado. ¿Podía hacer algo?

El superintendente sacó del bolsillo una hoja manuscrita, plegada. Explicó, en su francés, el significado de su encabezamiento, exponiendo el abolengo y la posición social de los ilustres nombres de quienes contribuían con su ayuda. Nombres escritos con letra muy grande, barroca e ilegible. Los únicos caracteres sencillos eran los correspondientes a la columna del dinero, donde la prudencia y el instinto de conservación habían aconsejado que las cifras de los donativos fuesen inconfundibles.

¡Qué alivio! Alphonse Didet cuadró los hombros y llenó los pulmones con el aire de la libertad y la respetabilidad.

Interiormente alborozado, aunque relajado y sereno por fuera, el profesor francés de las gafas ladeadas caminó hasta su escritorio. ¿Cuánto debería dar?

—¿A cuánto equivalen cien francos? —preguntó por encima del hombro.

—A cuatro libras —respondió el superintendente con orgullo.

Y monsieur Alphonse Didet estampó su firma, anotó cuidadosamente la cantidad de cuatro libras en la columna destinada a tal propósito, sacó de un cajón un billete de cien francos y se lo tendió al superintendente junto con la lista de donantes.

Siguieron una serie de reverencias y cumplidos murmurados por ambas partes; el superintendente efectuó su partida y monsieur Alphonse Didet, embargado de satisfacción y de placer, lo observó descender por el sendero.

Aquella noche, mientras dormía el sueño de los justos, dos hombres de Scotland Yard entraron en su dormitorio y lo detuvieron en la cama.

Sí, arrestaron al más sagaz de los criminales, porque en la lista de donativos había firmado, con letra clara y exuberante, «Felix O'Hara Golbeater».

EL DIAMANTE NÚMERO SETENTA Y CUATRO

Edgar Wallace

E l inspector de Scotland Yard miraba impasible la flaca figura del rajá de Tikiligi con un regocijo que a duras penas lograba ocultar. El rajá era joven y, en su elegante atuendo occidental de etiqueta, parecía aún más delgado de lo que era. El oscuro color oliváceo de su tez estaba enfatizado por un sedoso bigotito negro y su bien engominado cabello, negro como ala de cuervo, estaba atusado hacia atrás desde la frente.

—Espero que a Su Alteza no le importe verme —dijo el inspector.

—No, no; no me importa —dijo Su Alteza sacudiendo la cabeza vigorosamente—. Me alegro de verlo. Hablo inglés muy bien, pero no soy súbdito británico. Soy súbdito holandés.

Al principio el inspector no supo cómo expresar el propósito de su visita con palabras.

—Hemos sabido en Scotland Yard —comenzó— que Su Alteza ha traído a este país una gran colección de piedras preciosas.

Su Alteza asintió enérgicamente con la cabeza.

—Sí, sí —dijo ansiosamente—. Fenomenales joyas, fenomenales piedras preciosas, grandes como huevos de pato. ¡Tengo veinte!

Se dirigió a un ayudante de piel oscura en un idioma que el inspector no entendió y el hombre extrajo un estuche del cajón de un escritorio, lo abrió y mostró una brillante colección de piedras que relucían y destellaban a la luz de la estancia.

El inspector quedó absolutamente impresionado, no tanto por el valor o la belleza de las piedras como por el considerable peligro que corría su dueño.

—Es por esto por lo que he sido enviado aquí —explicó—. Tengo que advertirle, de parte del comisario de policía, que justamente ahora hay en Londres dos ladrones que son especialmente de temer.

—¡Bah! Yo no temo nada —replicó Su Alteza ondeando las manos majestuosamente—. Este hombre —señaló a su ayudante— es un gran personaje en mi país. Es jefe de policía y trata con gran crueldad a los hombres malos. ¡Les corta la cabeza con gran rapidez!

Dijo algo a su auxiliar, al parecer en su propia lengua y éste mostró dos blancas filas de dientes al sonreír.

—Recuerde, oficial inspector de policía —continuó el rajá con dignidad—, que no vengo a vender. Vengo a comprar; a comprar el diamante número setenta y cuatro para mi collar.

—¿El diamante número setenta y cuatro?

—Setenta y tres tengo, todos de gran belleza y tamaño. ¡Mire!

Caminó enérgicamente hasta la mesa y cogió de nuevo el estuche, seleccionando una brillante piedra de gran tamaño.

—Quiero comprar uno como éste —dijo—. Debe ser tan grande, tan bello y tan brillante, y pagaré lo que sea... Millones.

El inspector apretó los labios.

—Sí, comprendo —dijo sombríamente—. Pero, al mismo tiempo, debe usted tener cuidado con Benny Lamb, que está en la ciudad y es un tipo muy astuto.

—¿Es mal hombre? —preguntó Su Alteza, interesado.

—Muy mal hombre —dijo el inspector gravemente.

—Bien: córtenle la cabeza —sugirió Su Alteza—. Es bien sencillo —se encogió de hombros.

—No es tan sencillo en este país —replicó el inspector, tratando de no sonreír—, pues necesitamos tener lo que llamamos «pruebas» aun antes de meterlo en la cárcel y no tenemos prueba alguna contra Benny Lamb.

—En mi país mato a los hombres malos muy rápidamente —dijo el rajá, complacido—. ¡El mío es un bello país! Tengo miles y miles de esclavos trabajando en mis minas...

—Exactamente, Alteza —interrumpió el detective—, y eso hace que el segundo ladrón sea el más peligroso. Se hace llamar el Liante. Si se entera de que usted se sirve de esclavos para obtener dinero, vendrá en su busca y tendrá usted mucha suerte si logra salir de este país con sus brillantes.

—¿El Liante? —dijo el rajá, desconcertado.

El detective le explicó la magnitud de las operaciones del Liante, ilustrando su explicación con algunos acontecimientos del pasado. Antes de abandonar el hotel Gran Imperio, en cuyo palaciego edificio ocupaba el rajá una *suite* de diez habitaciones, el detective sintió que había impresionado a Su Alteza con una sensación de peligro.

El rajá y el Liante constituían el tema de conversación en un restaurante de moda del West End, donde el señor Benny Lamb, un apuesto joven impecablemente trajeado, de origen trasatlántico, estaba debatiendo con dos amigos íntimos las posibilidades de dar el mayor golpe del año.

—Está nadando en dinero, absolutamente nadando en dinero —dijo, moviendo la cabeza con reproche— y el asunto es fácil para nosotros, Jim.

Jim, un pelirrojo menudo, inspiró por la nariz, como olisqueando, escépticamente.

—No hay dinero fácil en el mundo, Benny —replicó—, pero si lo que dices sobre el rajá es cierto, éste constituye la vía de acceso más directa.

—Hay una única cosa que debemos vigilar —dijo Benny Lamb con gravedad—. Acaba de llegarme el soplo de que el Liante ha regresado a la ciudad. ¿Recuerdas al tipo que estuvo aquí hace un año y desplumó a tantos estafadores? Pues ha vuelto. Me he encontrado con Baltimore Jones, que lo ha visto aquí, y dice que el Liante lo dejó limpio no hace mucho y lo dejó tirado en París. ¡El muy cerdo!

—¿Irá a por el rajá? —preguntó el tercero de los presentes.

Benny asintió.

—Es la clase de individuo que atrae al Liante como el imán atrae las limaduras de hierro —dijo—. Lo vi anoche en un palco del teatro. Llevaba botonadura de brillantes, gemelos de brillantes, ¡y que me crucifiquen si no tenía la correa del reloj enjoyada con diamantes! Le brillaba como un árbol de Navidad, y aún más. Uno de los camareros del hotel me ha dicho que lleva botones de brillantes en el pijama.

—¿Cuál es el plan? —preguntó Jim y el señor Benny Lamb recapacitó por un momento.

—Viene a comprar diamantes —dijo—. Nadie pensaría que desee comprarlos, teniendo tantos como tiene: pero ése es su vicio. De acuerdo con los informes de los camareros (me llevo bien con los camareros del Gran Imperio), tiene en casa un collar con setenta y tres grandes diamantes y tiene la intención de comprar el número setenta y cuatro. Así que mi proyecto consiste en reunir una colección de brillantes, dejarme caer por el hotel y tener una pequeña charla con él. Creo que sé dónde puedo conseguir el diamante que él desea, pero eso no viene al caso. Lo que yo quiero es ver sus principales piedras, hacerme con algunas imitaciones y efectuar el cambio, cuando lo visite por segunda vez, de las piedras falsas por las buenas.

—Conozco algo mejor que eso —dijo Jim y Benny lo miró con respeto, pues Jim solía tener ramalazos de inspiración—. Hazlo víctima del viejo timo de la confianza. Suena simple, pero ese tipo de individuos son los más fáciles de embaucar con el truco de la confianza.

Benny no veía cómo podría practicarse el timo de la confianza y Jim se lo explicó.

—Vas a verlo, todo emperifollado, llevando tantos brillantes como puedas reunir... de los auténticos. Llévalos en una cartera y vuélcalos ante él con aire descuidado. Dile que te pasarás a recogerlos al día siguiente. A estos orientales les gusta ese tipo de cosas. Al día siguiente, cuando vayas a recogerlos, pídele que te enseñe uno de esos grandes que él posee. Dile que crees que podrás encontrarle pareja si te permite llevártelo.

—¡Bah! ¿Crees que va a entrar por ese aro? Pensaba que ibas a proponer algo sensato.

Estuvieron sentados hasta que el restaurante cerró sin llegar a concretar su plan. Al día siguiente, el señor Benny Lamb fue al hotel en un elegante automóvil e hizo pasar su tarjeta al rajá de Tikiligi y el potentado de piel oscura lo recibió inmediatamente, pues la tarjeta de Benny, bellamente impresa, llevaba inscrito lo que a primera vista parecía el nombre de uno de los más grandes comerciantes de Hatton Garden.

Traía consigo un respetable envoltorio de diamantes, pues Benny, que era hombre de considerables recursos, contaba con amigos en el comercio ilícito de diamantes que podían proporcionarle una impresionante cantidad de éstos.

Su Alteza, ataviado con una bata de seda, entró en la gran sala de estar procedente de su dormitorio. Mascaba algo vigorosamente.

«Buyo», adivinó Benny, que tenía algún conocimiento del Oriente.

El rajá era algo suspicaz, o parecía serlo, y al principio no se mostró propenso a hablar de diamantes.

—No puedo recibirle a usted sin cita previa —dijo, sacudiendo la cabeza—. ¿Cómo sé yo que usted no es un Liante?

Benny rio de buena gana ante la sugerencia.

—Me alegra que haya usted oído hablar de ese bribón —repuso y, entonces, al venirle un pensamiento repentino, preguntó con rapidez—: ¿Le ha dado problemas?

—No, no, no —dijo el rajá enfáticamente—. Yo no tengo problemas. Bien, ¿qué quiere usted?

Benny Lamb entró en materia sin más preámbulos. Era hombre de palabra fácil y convincente y por fin sacó de su cartera un cilindro de terciopelo azul, que desenrolló, poniendo ante los aprobadores ojos del rajá un número de diamantes de extraordinario tamaño. El rajá los cogió y los examinó, volviéndolos a su sitio uno por uno con un pequeño olfateo.

—Éste no es gran cosa —dijo— y este otro tampoco lo es. Son pequeños, muy pequeños. No me sirven en absoluto. Deseo uno grande. Verá usted...

Dio unas palmadas y entró su ayudante, a quien habló en un extraño idioma. El ayudante sacó de un cajón un estuche de terciopelo azul y lo abrió y el señor Benny Lamb avanzó un paso y exhaló un largo y extático suspiro de admiración. Las piedras que relucían en los compartimientos de terciopelo estaban llenas de belleza y esplendor.

—¿Puedo...? —alargó la mano, pero el ayudante cerró el estuche de golpe.

—No, no —dijo el rajá—. Usted me traerá algunas piedras parecidas a éstas. Mañana quizás, o pasado. ¿A qué hora vendrá, señor?

—Mañana, a las cinco de la tarde —respondió Benny Lamb, interiormente enardecido de alegría.

—Buenas piedras las que le he enseñado, ¿eh? —dijo el rajá con una amplia sonrisa—. ¿Cuánto cree que valen?

—No hay ninguna que valga menos de cincuenta mil libras —contestó Benny.

—¿Y cree usted que logrará conseguirme otra tan buena? —preguntó el rajá ávidamente.

Benny no se atrevió a hablar. Asintió con la cabeza.

Cuando aquella noche se juntó con su pequeña banda su plan estaba ultimado.

—Faukenberg tendrá que proporcionarnos la piedra —dijo, refiriéndose al más notorio perista de Londres, un hombre que negociaba exclusivamente con la aristocracia del delito y manejaba un género que hubiera asustado a un individuo de menor envergadura—. Deberá ser de un tamaño lo más aproximado posible a los que posee el moreno ése. Es un tipo de lo más perspicaz, os lo aseguro. Si la piedra parece pequeña, lo más seguro es que ni se moleste en examinarla. Vayamos al Hodys a echar un trago a su cuenta.

Los tres fueron juntos a su bar favorito y, por el camino, el señor Lamb les dio buena cuenta de su entrevista.

—Y ha oído hablar del Liante, además —dijo con una risita—. Tengo la impresión de que ese tipo anda detrás de él. Conozco a algunos empleados del Gran Imperio y me han dicho que ha habido algún que otro joven misterioso merodeando por allí.

El Hodys estaba abarrotado de gente, pero se hicieron camino hasta la barra y, en pie junto a ésta, alzaron sus vasos en un brindis mudo. Benny estaba pagando la refrescante consumición cuando la camarera dijo con una sonrisa:

—¿Es de usted esa carta que hay en el mostrador?

—Mía no —contestó Benny, volviéndose. Había un sobre casi al alcance de su codo y, al cogerlo, se le arrugó el entrecejo—. «Señor Benny Lamb» —leyó—. ¿Quién diablos ha dejado esto aquí? ¿Habéis visto a alguien?

Sus compañeros movieron negativamente la cabeza. Habían visto a muchos circunstantes, pero a nadie de carácter sospechoso. Benny rasgó la solapa del sobre, sacó una cuartilla y leyó:

Anda usted tras los diamantes del rajá y yo también. No hay razón para que choquemos y podría ser aconsejable que trabajáramos juntos y compartiéramos las ganancias. Reúnase conmigo en la esquina de la avenida St. John con Maida Vale esta noche, a las diez en punto. Venga solo, pues yo también iré solo.

—Pero, pero... —el señor Benny Lamb jadeó—. ¡Esto es el colmo! Conque quiere compartir las ganancias, ¿eh? ¿Qué pensáis de esto, chicos?

Tendió la carta a los otros y éstos la leyeron.

—¿Vas a ir?

—Sí, creo que iré —contestó Benny después de una pausa—. Me gustaría echar un vistazo a ese tipo. Quizá tengamos que darle caza un día de éstos y será útil saber a quién tenemos que buscar.

No eran aún las diez cuando llegó al lugar de la cita y, al tiempo que un reloj cercano daba la hora, un joven atravesó la calzada y fue derecho hacia él. Llevaba un abrigo con el cuello levantado y un sombrero flexible de fieltro echado sobre los ojos, y, como daba la espalda a la farola, Benny no tuvo oportunidad de verle el rostro.

—¿Benny Lamb? —preguntó vivamente.

—Soy yo —contestó el caballero en cuestión y echó una ojeada en torno para ver si el Liante venía acompañado. Pero, al parecer, se encontraba solo.

—Subamos esta calle; es tranquila —dijo Anthony y, andando al paso, comenzaron a caminar a lo largo de la ancha y desierta calle—. Iré al grano —continuó—: ¿Está usted dispuesto a compartir el botín?

—¿Creería usted probable, señor Liante, que yo compartiera el botín con alguien, dado el supuesto de que yo anduviera tras los brillantes del rajá? Quiero hacerle saber una cosa —se paró en seco e imprimió al otro un tirón por el pecho, tratando de atisbarle el rostro—. Creo que ha tomado usted el hábito de librar a los «desviados» del dinero que han ganado. Bien... por lo que a mí respecta, ya puede ir desechando esa idea. Si llego a apoderarme de la mercancía del rajá, me basto y me sobro para cargar con ella.

—No albergo la menor intención de privarle de su duramente ganada recompensa —dijo Anthony sardónicamente—. He venido aquí únicamente para hacerle una oferta. ¿Acepta trabajar a medias conmigo?

—Antes lo veré en el infierno —repuso el señor Benny Lamb desapasionadamente.

—De acuerdo —asintió Anthony—. Entonces no hay nada más que hablar.

Ya estaba volviéndose cuando el otro lo agarró con fuerza del brazo.

—Un momento, muchachito —dijo—. Echemos una ojeada a esa cara.

Cuando estiraba la mano para arrebatarle al otro el sombrero, algo le golpeó la barbilla y cayó al suelo. Al principio pensó que Anthony había usado un bastón, pero, al parecer, se había valido únicamente de los puños.

—Levántese —dijo Anthony— y pida disculpas por la libertad que se ha tomado.

El señor Benny Lamb se encontraba tan aturdido, no tanto por efecto del golpe como por lo inesperado de éste, que no tenía ni aliento para excusarse.

Anthony lo miró por un segundo; luego rio silenciosamente y, girando sobre sus talones, se alejó. El señor Benny Lamb no hizo intento alguno de seguirlo. No refirió todas las circunstancias de la entrevista a sus compañeros, pues no las creía beneficiosas para su prestigio. Además, quería olvidar aquel golpe hasta encontrarse en condiciones que le permitieran el lujo de traerlo a la memoria. Entonces tendría una cuenta que ajustar con el Liante. No dejaba de ser curioso que, en aquellos particulares momentos, hubiera en Londres exactamente veinticinco hombres que se habían prometido a sí mismos un arreglo similar.

La mañana siguiente, a hora temprana, visitó al gran Faukenberg, que tenía una imponente joyería en Clerkenwell. El señor Faukenberg no protestó contra la sugerencia de prestar una de sus valiosas piedras a un delincuente que contaba con tres condenas en su haber. Era una persona demasiado sensata y, cuando le fue contada la historia de las riquezas del rajá, no tuvo otro pensamiento que el de su propio beneficio.

—Puedo echar mano de una piedra como ésa —dijo—, pero te costará un poco de dinero, Benny; el préstamo, quiero decir. Vale treinta mil libras. Me la trajo de París Lew, de una condesa francesa que empeñó todas sus joyas. No pienso deshacerme de ella hasta que se hayan olvidado de cómo es, pero es justo lo que tú necesitas, e incluso sospecho que sería un gran negocio vendérsela al rajá. No es probable que lea el *Hue and Cry* o que esté al tanto de las joyas desaparecidas que busca la policía. El préstamo por tres días te costará mil libras, Benny, y, por supuesto, conservaré como garantía el dinero que te debo.

—No tienes de qué preocuparte —replicó Benny con una sonrisa estirada—. No te perderé el diamante.

Confirmó la hora de su cita con el rajá después de telefonear al hotel para asegurarse de que el comprador de joyas se encontraba en situación abordable y se presentó ante el soberano con el diamante en un bolsillo y una pasable imitación, dentro de un estuche gemelo, en otro. El rajá tomó el diamante auténtico y lo examinó.

—Sí, sí —dijo—, es una bella piedra, una piedra muy bella.

Era evidentemente un tanto experto, pues sacó un ocular de joyero y examinó la piedra con aire crítico.

—¿Cuánto quiere por ella? —preguntó.

—Treinta mil libras —dijo Benny y el rajá miró melancólicamente la piedra.

—Es mucho dinero —repuso— y quizá no la compre. No, no creo que pueda pagar treinta mil libras. Además, es demasiado pequeña —devolvió el estuche con un sentido movimiento de cabeza—. Vea usted que yo tengo muchas más grandes —dijo algo a su ayudante, que otra vez sacó el gran estuche aplanado lleno de brillantes piedras—. Ésta, por ejemplo, es inmensamente grande —dijo señalando uno de los diamantes y Benny lo miró—. Esta otra es del mismo tamaño que la que usted ha traído —indicó una destellante pieza más grande que yacía junto a la piedra anterior.

—Así es —dijo Benny. Deslizó su mano en el bolsillo, abrió la cajita que contenía el diamante y se lo escondió hábilmente en la palma.

—¿Puedo mirar esta piedra, Alteza?

—Sí, mírela. Es bella de ver y es mejor que la de usted, pues vale cuarenta mil libras.

—¡Admirable! —musitó Benny y cogió la piedra.

Era un artista en su especialidad. Bajo la directa mirada del monarca de piel oscura, la piedra que había extraído del estuche de su bolsillo fue sustituida por la que era propiedad del rajá.

—Muy bonita —dijo, sosteniendo la piedra del rajá en la palma de la mano y poniendo el diamante falso en el guardajoyas—. Entonces, ¿no puedo persuadir a Su Real Alteza de que compre esta piedra?

—No es lo bastante buena —repuso el rajá negando con la cabeza—. Quizá vuelva a verlo mañana.

«Mañana no me verás el pelo», pensaba Benny mientras bajaba al vestíbulo por las escaleras de mármol y se lanzaba al taxi que lo estaba esperando.

Volvió directo al comercio de Faukenberg, jubiloso por su éxito. No las tenía todas consigo de que algún emisario del Liante no estuviera esperándolo sobre el felpudo, pero entró sin tropiezos en el establecimiento de Faukenberg y, rápido como un rayo, pasó al interior del pequeño recibimiento trasero, donde lo esperaban sus dos compinches.

—¡Lo he conseguido! —proclamó Benny triunfalmente—. Ahora es cuando hacemos un rápido mutis al continente, Faukenberg. Tú te quedas con la piedra y la encajas en el mercado.

—¿Cómo lo has hecho? ¿Dando el cambiazo?

Benny asintió.

—Si el rajá me hubiera comprado el diamante, la cosa hubiera sido más sencilla. Hubiera podido cambiar mis piedras una por otra. Tal y como fue el asunto, tuve que arreglarlo de otra manera: tomar su brillante y poner mi bonita imitación en su lugar —soltó una risita—. Aquí tienes tu diamante, Faukenberg; y no merece las mil libras, mi viejo compadre.

—El servicio que te ha hecho vale mucho más —dijo Faukenberg calmosamente al tiempo que abría el estuche—. No se consigue una piedra como ésta... ¡Dios mío! —su rostro palideció.

—¿Qué sucede? —preguntó Benny ansiosamente.

—¡Ésta... ésta no es mi piedra! —balbuceó Faukenberg—. ¡Imbécil! ¿Qué es lo que has hecho?

—¿No es tu piedra? —jadeó Benny.

—¡Idiota! —rugió Faukenberg—. ¡Es una de esas imitaciones de bisutería que venden en Bond Street por cinco libras! ¡Vuelve y recupera mi piedra!

Benny había palidecido.

—¿Estás seguro?

—¡Vuelve por ella! —casi gritó el perista, y Benny saltó dentro del primer taxi que pudo encontrar y regresó volando al hotel.

Su gestión fue en vano. El rajá había abandonado el hotel casi inmediatamente después de marcharse él.

—¿Es usted amigo de Su Alteza? —preguntó el atribulado gerente—. No ha pagado su cuenta esta semana... Se marchó de modo tan precipitado y misterioso que estoy un poco preocupado.

—¿Amigo yo de él? —preguntó Benny con voz hueca—. No, no soy amigo suyo.

—Perdóneme, ¿cómo se llama usted? —preguntó de improviso el gerente—. ¿No será usted el señor Lamb?

—Así me llamo —dijo Benny.

—Oh, entonces dejó una nota para usted.

Benny desgarró el sobre y el corazón le dio un vuelco cuando vio que la carta estaba escrita con la misma letra que la que había recibido la noche anterior. El mensaje era breve:

Muchas gracias por la piedra y saludos a Faukenberg.

Estaba firmado «El Liante».

En aquel preciso momento, Paul, el ayudante del rajá, estaba en el alojamiento que el Liante tenía en Westminster, quitándose con aceite de coco el colorete a base de bija del rostro, mientras que Sandy hacía otro tanto con Anthony.

—Paul —dijo Anthony, evadiendo por un momento las atenciones de Sandy—, olvidé pagar la cuenta de ese infernal hotel.

—Doscientas libras a la semana por las habitaciones —intervino Sandy— es un precio infame. Además, aún te quedan tres días para completar la semana.

—Enviaré el dinero esta tarde —dijo el Liante— y creo que escribiré a Benny para preguntarle si le gustaría ser allí mi huésped durante tres días.